Jörg Erlebach

Chroniken aus Schattenwelt

1

Der Stern von Taurin

Jörg Erlebach
Chroniken aus Schattenwelt
Der Stern von Taurin (Band 1)

1. Auflage

Autor: Jörg Erlebach
Umschlagdesign: Jaqueline Kropmann
Lektorat/Korrektorat: Petra Lorenz
Satz/Layout/E-Book: Johannes Wolfers
Druck: cprinting.pl

Print: ISBN 978-3-946446-96-5
E-Book Epub: ISBN 978-3-946446-97-2
E-Book Mobi: ISBN 978-3-946446-98-9

Bibliografische Information der Deutschen Nationalbibliothek:
Die Deutsche Nationalbibliothek verzeichnet diese Publikation in der Deutschen Nationalbibliografie; detaillierte bibliografische Daten sind im Internet über http://dnb.dnb.de abrufbar.

Besuchen Sie den SadWolf Verlag im Internet:
www.sadwolf-verlag.de

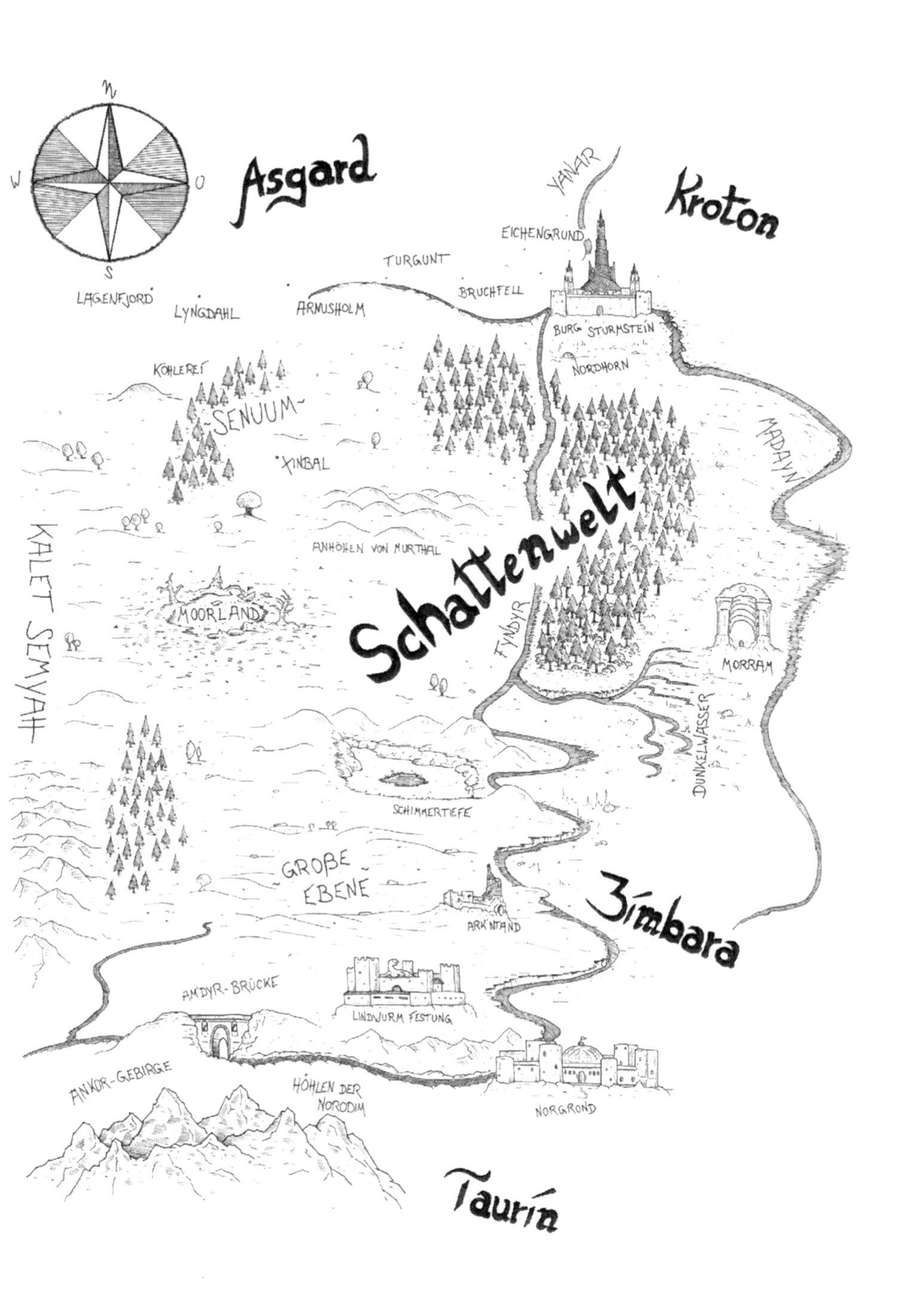
N
W
O
S
Asgard
Kroton
YANAR
EICHENGRUND
TURGUNT
BRUCHFELL
LAGENFJORD
LYNGDAHL
ARMUSHOLM
BURG STURMSTEIN
NORDHORN
KÖHLEREI
SENUUM
MADAYN
XINBAL
Schattenwelt
ANHÖHEN VON MURTHAL
KALET SEMYAH
MOORLAND
FYNDYR
MORRAM
DUNKELWASSER
SCHIMMERTIEFE
GROßE EBENE
ARK'NTAND
Zímbara
AM'DYR-BRÜCKE
LINDWURM FESTUNG
ANKOR-GEBIRGE
HÖHLEN DER NORODIM
NORGROND
Taurín

Ich bin Faranon,

Hüter und Bewahrer der Schriften des Unsterblichen Geschlechts – der Norodim. Ich bin an dieses Wissen mit Körper und Geist gebunden.

So fiel mir die Aufgabe zu, über die rätselhaften Begebenheiten der vergangenen Monde zu berichten.

Ein Menschenkind, das durch einen zufälligen Umstand zum Schlüsselträger wurde, löste diese Ereignisse in Schattenwelt aus.

Die bisherige Ordnung existiert nun nicht mehr, und ob sich alles zum Guten wenden wird, steht auf Messers Schneide.

Doch hört selbst …

Kapitel 1

Chem – Kontinent der Gegensätze

Es begann im Jahr der Schlange, in Chem, dem großen Kontinent der Gegensätze – genauer gesagt in Asgard. Asgard und Kroton, der kalte Norden von Chem. Schnee, Eis und karge Landschaften prägen das Bild dieser Regionen. Die Menschen dort – verschlossen, erdverbunden, kriegerisch. Es gibt nur wenige Städte; die Menschen leben in kleinen Dörfern. Sie versuchen mit viel Mühe, der Natur den lebensnotwendigen Unterhalt abzuringen. Und so kommt es immer wieder zu feindlichen Auseinandersetzungen zwischen den Sippen. Beherrscht werden die nördlichen Gefilde von Glagans Horden, die mordend und brennend durch das Land ziehen.

Im Süden – die Reiche Taurin und Zimbara, Heimat der alten Herrscherdynastien.

Blühender Handel und ausgedehntes Wissen kennzeichnen diese Hochkulturen von Chem. Auch hier mag es Arm und Reich geben, doch findet ein jeder sein Auskommen, und es mangelt nicht am Lebensnotwendigen. So sind die Menschen des Südens leichtherzigerer Art, neugierig und reiselustig. Ihre Herrscher sind stolz und halten ihren Stand in Ehren.

Doch getrennt werden der Norden und der Süden durch Schattenwelt, Land der Zauberer, der Dämonen und vieler anderer Wesen. Schattenwelt ist uralt, keiner weiß, wann und wie es entstanden ist – und doch soll es einige Wesen geben, die vielleicht darüber Kenntnis haben.

Aber Vorsicht ist geboten – über Schattenwelt liegt der Geruch des Bösen und dieser Gestank breitet sich wie eine Seuche über das Land aus …

Kapitel 2

Tirons Suche beginnt

Chem, Asgard – Winter im Jahre der Schlange ...

Der Wind stürmte und peitschte gegen die Wände der Hütte, dem nicht genug, schneite es auch noch dicke Flocken.

Tiron streckte den Kopf zur Tür hinaus und verzog das Gesicht, als ihn der eiskalte Wind erfasste. Gereizt ließ er die Tür ins Schloss fallen und schlich missmutig wieder zu seinem Hocker. Er rückte ihn vor den Kamin, setzte sich und starrte trübsinnig ins Feuer.

Seine Mutter Helena – sie flickte gerade seine grüne Jacke, die bei seinem gestrigen Ausflug in den Wald ziemlich in Mitleidenschaft gezogen worden war – sah kurz auf und meinte: »Kein gutes Wetter, um draußen herumzutollen, nicht wahr?«

Tiron gab keine Antwort, was sollte er auf diese Frage auch antworten.

Roga, sein Vater, fragte: »Warum schnitzt du nicht eine Kleinigkeit für deinen Freund Ognar? Hat er nicht nächste Woche Geburtstag?«

»Ja, Vater, das hat er.« Mit einem tiefen Seufzer stand Tiron auf und lief zum Holzkorb, der unter dem Fenster stand, um sich ein geeignetes Holz auszusuchen. Er mochte sowieso nicht raus, also warum nicht ein Geschenk für Ognar anfertigen?

Hoffnungsvoll riskierte er noch einen letzten Blick durchs Fenster, doch an diesem Tag hatten sich auch die meisten anderen Dorfbewohner in ihre Hütten zurückgezogen.

Gerade wollte er sich wieder dem Korb zuwenden, als er eine kleine Gestalt zum Zentrum des Dorfes rennen sah. Es war der kleine Beluk, Sohn des Dorfschmieds, und er schien ziemlich aufgeregt zu sein.

Beluk rannte schwer atmend auf den verschneiten Dorfplatz zu. Die Lagerfeuer flackerten wild, der Schneesturm wurde heftiger. Der Junge erreichte seine Hütte und trommelte mit beiden Fäusten gegen die Türe.

»Vater, Vater!« Beluk glich mittlerweile einem kleinen Schneemann, der zum Leben erwacht war.

Schwerfällig trat Isra, Beluks Vater, aus seiner Holzhütte. »Was ist los, mein Sohn?«, fragte der Schmied.

»Vater, viele bewaffnete Männer kommen den Pfad herauf – sie haben Pferde und tragen schwarze Gewänder.«

Isra reagierte sofort. »Beluk, ins Haus, schnell!« Eilig nahm Isra sein Schwert und rannte zur gegenüberliegenden Hütte. Hier wohnte Roga, das Dorfoberhaupt.

Er schlug mit der Faust so fest gegen Türe, das die Schaniere gequält aufknirschten, »Roga, die Horden sind da!«

»Verdammt, einmal musste es ja so kommen«, kam es aus dem Haus zurück. Roga riss die Türe auf und funkelte den Schmied an, »Isra, hole die anderen Männer, die Frauen und Kinder sollen in den Hütten bleiben.«

Von bösen Vorahnungen geplagt, lief Isra davon, um die anderen herbeizuholen.

Roga wandte sich seiner fassungslosen Frau Helena zu. »Frau, behalte Tiron bei dir und bleibe im Haus – Glagans Horden haben uns gefunden.«

Tiron ließ erschrocken sein Schnitzwerkzeug fallen, Helena wurde aschfahl. »Bei allen Göttern von Asgard – hört dieses Morden und Brennen denn nie auf? Wenn sie uns die Ernte nehmen, hungern wir elend zu Tode.«

Roga nickte traurig, »Helena, diesmal werden und müssen wir uns wehren – der Winter ist heuer zu hart, als dass wir ihn durchstehen könnten.«

Isra hatte sich mittlerweile mit den anderen Männern des Dorfes vor Rogas Hütte eingefunden. Leises Getuschel ging durch die Reihen der Umstehenden.

Das Dorfoberhaupt trat ins Freie und blickte ausnahmslos in fragende Gesichter, »Freunde, Glagans Horden haben uns gefunden – sie kommen gerade den Pfad herauf. Wir müssen sie aufhalten, sonst sind unsere Familien dem Untergang geweiht. Ihr wisst, wie schlecht der Sommer war und wie hart dieses Jahr der Winter ist. Unsere Vorräte reichen schon jetzt nicht mehr aus.«

Zustimmendes Nicken kam von den Männern herüber. Jemand fragte besorgt: »Wann werden sie da sein?«

»Beluks Angaben nach kommen sie bereits den Pfad hinauf – keine Zeit also!«, erwiderte Isra.

In diesem Moment brach der Schneesturm mit aller Gewalt los – man hätte meinen können, die Götter wollten das Land Asgard verschlingen.

Das Dorfoberhaupt schrie gegen den heulenden Wind an: »Los, verteilt euch – sie werden jeden Moment hier sein!«

Die Männer stoben in alle Richtungen davon.

Schon kamen die ersten dunklen Gestalten den Hang herauf. Man hörte dumpfe Geräusche, gefolgt von den Kampfrufen der Horde, die durch den Sturm zu einem Gestöhne verzerrt wurden. Gleich darauf erstes Waffengeklirr – Eisen auf Eisen, die Wegelagerer hatten das Dorf erreicht.

Roga eilte an den nördlichen Rand des Dorfes – von dort erklangen die Kampfgeräusche. Als er ankam, bot sich ihm ein Bild des Grauens. Glagans Horden nahmen wirklich keine Rücksicht – sie metzelten jeden hin, der sich ihnen den Weg stellte. Der Schnee war an einigen Stellen bereits rot vom Blut seiner Männer gefärbt. Viele von ihnen lagen stöhnend am Boden und wandten sich unter den Schmerzen ihrer Verletzungen. Er rannte zu einer leblosen Gestalt in unmittelbarer Nähe, drehte sie um und erstarrte – es war Isra. Als er in die leblosen und gebrochenen Augen seines Freundes blickte, zerriss es ihm innerlich das Herz. Doch für Trauer blieb keine Zeit, dann aus dem Nichts wälzte sich eine schwarze Gestalt mit lederner Maske auf der Brust auf ihn zu. Roga erkannte, wie ein silberner Streif oberhalb seines Kopfes die Luft teilte. *Eine Streitaxt*, durchzuckte es ihn und warf sich in den Schnee – einen Augenblick später und sein Kopf wäre in zwei Hälften gespalten worden. Während des Falles machte er eine Drehung nach links und ließ sein Schwert zwei Fuß hoch über dem Boden einen Halbkreis beschreiben. Er spürte, wie sich seine

Klinge unterhalb des Knies in das Fleisch seines Gegners bohrte. Er hörte den Schrei des Verletzten, sprang auf und stieß ihm das Schwert in die Brust.

Einer weniger, dachte er bitter.

Zeit zum Erholen blieb aber nicht, denn hinter ihm erklang markerschütterndes, höhnisches Gelächter, das ihm durch Mark und Bein fuhr. Roga wandte sich blitzschnell um und stand vor einem Riesen mit langem schwarzem Haar. Der Mann trug einen Lederumhang, der mit feinen silbernen Fäden durchsponnen war – ein wenig sah es aus wie eine Spinne, die in ihrem Netz auf Beute lauert. Der Kopf des Hünen steckte in einem Helm, der die Form eines Wolfsschädels hatte. Sein Gesicht war narbendurchzogen, von Wind und Wetter gegerbt und ein dunkles Augenpaar fixierte in mit einem durchdringenden Blick.

Als der Riese seine Stimme erhob, übertönte sie sogar den Sturm und fast war man dazu geneigt zu glauben, der Sturm hätte Angst vor diesem Mann. »Wer bist du – dass du es wagst, dich uns entgegenzustellen?«

Roga schluckte und spürte wie seine Knie weich wurden. Er riss sich zusammen und entgegnete mit fester Stimme: »Ich bin Roga Cendor, Dorfoberhaupt. Im Namen der Nordgötter bereite diesem Blutvergießen ein Ende. Bei uns gibt es nichts zu holen. Die Ernte war schlecht, und der Winter ist hart.«

Der Mann fing lauthals an, zu lachen. »Glagan *gibt* Befehle – aber er nimmt keine entgegen. Roga Cendor – entweder bist du verrückt oder ein sehr mutiger Mann. Was bist du nun?«

»Ein Vater, der nicht will, dass seine Kinder verhungern!«, erwiderte Roga unsicher.

»Dann sieh dich um!« Glagan zeigte auf seine umstehenden Männer. »Alles *meine* Kinder – und ich will auch nicht, dass sie verhungern!« Die Männer fingen an zu lachen. »Aber nun gut – keiner soll später behaupten, dass Glagan unnachsichtig war. Ich biete dir eine faire Chance. Wir werden einen Zweikampf austragen – nur du und ich! Gewinne ich – gehört das Dorf und alles was sich darin befindet, mir – verliere ich aber, werden meine Männer ihrer Wege ziehen und euch in Frieden lassen!«

»Wer garantiert mir für euer Wort?«

»Ich glaube nicht, dass du eine große Wahl hast, Roga Cendor!«, lachte der Hüne.

Roga ließ seinen Blick über die Gesichter seiner umstehenden Freunde schweifen – er erkannte in den vielen Augen Hoffnung, aber auch Wut und Verzweiflung. Seine Gedanken rasten durch den Kopf, doch es gab tatsächlich nur diese eine Möglichkeit. »Nun gut – kämpfen wir!«

Glagan rief laut: »Brak, hole die Dorfbewohner zusammen – sie alle sollen Zeuge dieses Kampfes werden!«

Kurze Zeit später trug der Wind ängstliche Frauen- und Kinderstimmen zu den Männern. Unruhe entstand – die Männer bestürmten Roga mit Fragen.

Dieser schüttelte nur den Kopf: »Sagt ehrlich, was für eine Chance haben wir denn? Aber wenn ich gewinne, lässt er uns in Frieden leben.«

Die verstörten Frauen trafen ein und bekamen noch die letzten Worte von ihres Dorfoberhauptes zu hören.

Tiron klammerte sich an seine Mutter und Helena sah zu Roga – die nackte Angst im Gesicht. Er blickte seine Frau an und gab ihr mit einer kurzen Geste zu verstehen, dass sie, wenn möglich, unbemerkt fliehen sollte. Sie riss entsetzt die Augen auf und schüttelte heftig mit dem Kopf, während Roga mit Nachdruck die Geste wiederholte. Dann wandte sich an Glagan. »Bringen wir es hinter uns.«

Glagan grinste zufrieden und blies einmal kräftig in ein schieferfarbenes Horn – es klang wie das Röhren eines Hirsches in der Brunft.

Mit einem Mal begannen Glagans Umrisse zu verschwimmen – er sah aus wie ein Schatten im Nebel. Entsetzensrufe und Worte wie *Zauberei*, *Magie* und *Betrug* drangen in Rogas Bewußtsein, doch der Schatten hob bereits sein Schwert.

Inzwischen hatte es Helena gemeinsam mit ihrem Sohn Tiron tatsächlich geschafft, sich unbemerkt von allen anderen, fortzustehlen. Sie wusste, dass Roga Recht gehabt hatte – sie musste handeln, musste versuchen, wenigstens ihr Kind zu schützen. Sie eilte mit dem Jungen zum Dorfende gen Süden. Als sie an der letzten Hütte vorbei waren, zog sie Tiron hinter einen breiten, hochaufgetürmten Holzstapel und nahm seinen Kopf sanft in beide Hände. Sie versuchte stark zu sein, unterdrückte ihre aufkommenden Tränen und sah ihm fest in die Augen. »Tiron, du musst jetzt tapfer sein – geh in die Wälder und verstecke dich! Komme erst wieder, wenn die Horden das Dorf verlassen haben. Hier – nimm dieses Amulett, es soll dich vor Unheil und Bösem bewahren. Ich habe es vor vielen Jahren von einem alten Magier bekommen. Es war ein Dank, denn als er zu uns kam, war er sehr krank. Wir taten unser Bestes, aber er schaffte es nicht – er starb kurze Zeit später, doch vorher übergab er es mir mit den gleichen Worten, die heute zu dir spreche: *Trage es stets bei dir und es wird eines Tages sein Geheimnis offenbaren.* Hast du alles verstanden, mein Sohn?«

Tiron nickte mit Tränen in den Augen – er war trotz seiner elf Jahre klug genug, um zu verstehen, was hier vor sich ging.

»Gut – dann lauf, laufe so schnell und solange du kannst!«

Tiron nahm das Geschenk seiner Mutter, umarmte sie ein letztes Mal, drehte sich um und rannte in den Wald. Helena sah ihm nach, bis sie ihn zwischen den Bäumen aus den Augen verlor. Gerne wäre sie mit ihm gelaufen, doch konnte sie ihren Mann bei dieser Prüfung alleine lassen?! Nein!

Sie machte kehrt und rannte zur Dorfmitte zurück. Dort angekommen, atmete sie kurz auf, anscheinend hatte keiner ihr Verschwinden bemerkt, denn alle hatten nur Augen für den Kampf. Sie drängte die Menschen beiseite. Ihr Mann und dieser – Helena erbleichte –

»Was geschieht hier?«, schrie sie entsetzt.

Ein tiefschwarzer Schatten umkreiste Roga. Er sah mitgenommen aus und blutete bereits aus mehreren tiefen Wunden. Als er sich kaum noch auf den Beinen halten konnte, sprach eine tiefe Stimme, die wie ein entferntes Donnergrollen durch den Nebel hallte. »Und nun, Roga Cendor, spüre meine Macht und genieße sie!«

Ein feuerroter Blitz fuhr für einen Augenblick aus den dunklen Nebelschlieren hervor und traf Roga. Dieser griff sich an die

Brust, stieß einen markerschütternden Schrei aus und brach auf der Stelle zusammen.

Helana schrie vor Grauen laut auf und sank besinnungslos zu Boden, als sie ihren Mann tot im Schnee liegen sah.

Der Schatten löste sich langsam auf und zum Vorschein kam Glagan – ein teuflisches Lachen im Gesicht. Er blickte in die von blankem Grauen gezeichneten Gesichter der Dorfbewohner. »Ihr wisst nun, welche Macht ich habe. Möchte noch jemand sein Glück versuchen?«

Alle Bewohner traten vor Entsetzen benommen wie in Trance einen Schritt zurück.

»Sehr gut!« Glagan drehte sich zu seinen Männern um. »Nehmt alles mit, was wir gebrauchen können. Die Frauen werden mit uns gehen – das Dorf brennt nieder!«

Glagans Leute johlten, und man konnte die Lust in ihren Augen aufflackern sehen – der Gedanke an Frauen war endlich wieder etwas Angenehmes.

Es begann das Plündern des Dorfes – alles, was nicht niet- und nagelfest war, wurde auf dem Rücken der Pferde verschnürt. Die weinenden Frauen wurden in Reih und Glied mit Halsbändern gefesselt, ihre wehrlosen Männer und verängstigten Kinder in der großen Scheune eingesperrt.

Als Glagan sah, dass alles bereit war, gab er das Zeichen zum Aufbruch. Die Horden setzten sich Richtung Norden in Bewegung – hinterließen brennende Hütten und verzweifelte Menschen.

Als sie eine Wegstunde hintersich gelassen hatten, gab Glagan ein Zeichen und der Zug hielt an. Er ritt an den wehklagenden Frauen vorüber, um zu Brak zu gelangen, der die Nachhut bildete, und rief seinen Gefolgsmann zu sich: »Brak, nimm dir zwanzig Männer und reite ins Dorf zurück – macht alle nieder, die sich noch rühren!«

Brak sah ihn grinsend an. »Na endlich! Und ich dachte schon, du wirst langsam weich.« Doch als er den bohrenden Blick seines Herrn spürte, wendete er ohne weitere Worte sein Pferd und ritt los, um die Männer für diese Aufgabe zusammenzusuchen.

Glagan gab seinem Tier die Sporen, um wieder zur vorderen

Reihe zu gelangen. Als er von dort zurückblickte, waren seine Leute bereits auf dem Weg zurück ins Dorf. Der Rest des Zuges setzte sich wieder in Bewegung.

Die Dunkelheit brach herein, als Brak die Horden wieder einholte. Auf den fragenden Blick von Glagan hin antwortete er nur mit einem kurzen Nicken.

Während all dieser Geschehnisse lief eine kleine einsame Gestalt durch die verschneiten Wälder. Tiron wusste nicht, wie lange oder wie weit er gelaufen war – er hatte jedes Zeitgefühl verloren. Als er an einer großen Eiche vorüber kam, fiel ihm ein dunkles Loch knapp über dem Erdboden auf. Neugierig untersuchte er seine Entdeckung. Der Baumstamm der Eiche war innen hohl, und der Spalt war gerade groß genug, um einen kleinen Jungen, wie er es war, hindurch zu lassen.

»Ein gutes Versteck«, murmelte er zu sich selbst – jemand, der nicht genau auf dem gleichen Weg vorbei kam wie er, würde diesen Eingang niemals bemerken.

Auf allen Vieren drückte Tiron sich durch den Spalt – Finsternis empfing ihn, er fühlte, dass der Boden aus alten Blättern und Moos bestand. Völlig ausgepumpt ließ sich der Junge auf die weiche Unterlage fallen. Er kam sich allein und verlassen vor, dachte immer wieder über die letzten Worte seiner Mutter nach. Verzweiflung und Ungewissheit quälten ihn – doch irgendwann übermannte ihn die Müdigkeit, und er fiel in einen tiefen traumlosen Schlaf.

Als Tiron durch die ersten wärmenden Sonnenstahlen, die durch die Öffnung im Baum hereinfielen, geweckt wurde glaubte er zunächst an einen bösen Traum. Er sah sich um und wurde sich seiner Umgebung wieder bewusst – es war alles bittere Realität.

Durch das schmale Loch im Baumstumpf schlängelte er sich nach draußen und schaute sich um. Die Sonne blendete so stark, dass der Junge seine Augen zukneifen musste, um überhaupt etwas wahrzunehmen. Nichts erinnerte an den Schneesturm des letzten Tages – vor ihm lag eine Landschaft, wie sie schöner nicht hätte sein können. Die Bäume sahen aus wie in Zucker getaucht, und durch die Lichtreflektion entstand der Eindruck, als hätte es tausende kleine Edelsteine geregnet. Doch Tiron hatte keinen Blick für die Schönheit des Waldes – er wollte nur zurück ins Dorf, heim zu seiner Mutter und seinem Vater.

Er machte sich auf den Weg und bemerkte, wie steif seine Glieder durch die Kälte der vergangenen Nacht waren.

In Richtung Norden lief er, dort mussten die Hütten seiner Eltern und Freunde liegen. Tiron orientierte sich am Moosbewuchs der Bäume – schon früh hatte sein Vater ihm beigebracht, wie man sich im Wald zurechtfindet. Es wurde ein kraftraubender Weg zurück, denn immer wieder brach er im losen Schnee ein.

Nach dem Stand der Sonne zu urteilen, musste er schon den halben Tag gelaufen sein, als er zum ersten Mal einen leichten Geruch von verbranntem Holz wahrnahm. Unruhe erfasste den Jungen, und seine Schritte wurden schneller. Als er eine große Schneewehe überwunden hatte, sah er seine Heimat – oder zumindest das, was davon übrig geblieben war …

Mit einem Aufschrei des Entsetzens rannte er den Hang hinunter.

»Mutter, Vater?!?« Dutzende Male rief Tiron, doch seine Rufe und Fragen verhallten ungehört in der Weite des Waldes.

Er kam an den ersten Hütten vorbei – nur Rauch, Asche, Trümmer, Vernichtung. Er lief weiter in Richtung Dorfmitte, zum Haus seiner Eltern – als er das Zentrum, den großen Dorfplatz, erreicht hatte, weiteten sich seine Augen vor Ungläubigkeit und Entsetzen.

Vor ihm türmte sich ein Berg voller Toter auf – hingeschlachtet wie Vieh. Überall lag der eisenhaltige Geruch von Blut in der Luft – Tirons Magen rebellierte, er drehte sich um und übergab sich.

Nach einer geraumen Zeit, als sein Bauch sich etwas beruhigt hatte, begannen seine Gedanken zu rasen.

Langsam ging er auf die Toten zu … dort drüben lag der arme kleine Beluk, der die Horde zuerst entdeckt hatte, und er entdeckte seinen Freund Ognar – er wäre in paar Tagen genauso alt geworden wie er selbst. Weiter hinten sah Tiron Beluks Vater

Isra, den tapferen Schmied; und überhaupt lagen hier scheinbar alle anderen Männer und Kinder seines Dorfes in ihrem Blut. Frauen konnte Tiron jedoch keine entdecken …

Unter Schock stehend begann er fieberhaft nach seinen Eltern zu suchen – aber keine Spur von ihnen …

Hoffnung keimte auf – sie zersprang wie eine Seifenblase – Tiron fand seinen grausam ermordeten Vater etwas abseits, schon fast zugeschneit.

Jetzt brach die Verzweiflung mit aller Gewalt aus ihm hervor, er begann, bitterlich zu weinen. Erst nach einer langen Zeit hatte er sich wieder soweit beruhigt, dass er klare Gedanken fassen konnte.

Nun suchte er Hütte um Hütte, Haus um Haus nach seiner Mutter ab. Nachdem er auch in der letzten Behausung nichts gefunden hatte, keinen einzigen Hinweis auf Frauen überhaupt, schlussfolgerte Tiron, dass diese entweder entkommen oder in Gefangenschaft geraten sein mussten.

Sein Entschluss stand somit fest – er würde es herausfinden!

Doch bevor er sich auf die Suche begeben wollte, würde er den Toten eine würdige Bestattung geben, wie es in seinem Dorf Sitte war. Zumindest das konnte er tun.

Tiron sammelte alles unverbrannte Holz ein und schichtete es über den Leichen zu einem großen Haufen auf. Er entzündete den Holzstoß mit der Restglut aus den umliegenden Ruinen.

Und so brannte im Wald abermals ein großes Feuer – ein Totenfeuer. Tiron stand vor den lodernden Flammen – tief in Gedanken versunken, nahm er die Hitze gar nicht wahr. Er kämpfte mit den Tränen und aus Verzweiflung wurde Hass, aus Schmerz wurde Wut.

»Vater – bei den Göttern des Nordens, ich schwöre – dich und alle, die hier brennen – zu rächen. Ich werde nicht eher aufgeben, bis dass der letzte der Mörder seinen Platz in einem Grab gefunden hat!«

Tiron nahm das Schwert seines Vaters, das er neben dessen toten Körper gefunden hatte, drehte sich um und ging in Richtung des Pfades.

Die Suche hatte begonnen!

Kapitel 3

Eine wegweisende Begegnung

Das Lagerfeuer war fast niedergebrannt, nur vereinzelt hörte man das leise Knacken im Holz. Die Feuerstelle war eingesäumt von großen Buchen, gut geschützt also vor den Blicken Neugieriger – in Zeiten wie dieser musste man sich vorsehen. Tiron saß eingewickelt in einer Decke und starrte tiefsinnig in die kleinen Flammen. Er war erschöpft und ausgelaugt. Mehr als ein Dutzend Mal war die Sonne schon auf- und untergegangen, solange lagen die furchtbaren Ereignisse nun zurück. Tagelang war er der Spur von Glagans Horden gefolgt, diese führte zuerst nach Norden, änderte dann in einem großen Bogen ihre Richtung und führte somit weiter in den Süden. Nachdem starke Schneefälle eingesetzt hatten, verlor er die Fährte nach kurzer Zeit.

So wanderte er weiter südlich, immer in der Hoffnung, die Spuren wieder zu finden. Aber er fand nichts – nicht den kleinsten Hinweis – *wie vom Erdboden verschluckt*, dachte er.

Es hatte sich bereits – aufgrund seiner eingeschlagenen Richtung – ein milderes Klima bemerkbar gemacht. Die Landschaft veränderte langsam ihr Gesicht, das raue Wetter wechselte sich mit etwas milderer Witterung ab. Nur vereinzelt trugen die umliegenden Gipfel der Berge noch weiße Kronen.

Tiron wusste nur ungefähr, wo er sich befand – aber Süden hieß: Richtung Schattenwelt – Land des Bösen. Er kannte es nur von den Erzählungen und Legenden der Alten. Seine Eltern hatten manchmal davon gesprochen, aber stets mit Angst und im Flüsterton. Sie sprachen von Wesen, die älter waren als Chem – sie nannten sie die »Norodim« – die Unsterblichen. Diese Wesen schienen weder gut noch böse zu sein. Der Legende nach, so sein Vater, überließen die Norodim vor langer Zeit Chem seinem Schicksal – der Grund, weshalb sie das taten, war in Vergessenheit geraten -, und zogen sich in unterirdische Höhlen zurück. Es stand geschrieben, erst wenn das Tor von Aburin geöffnet wird, steigen die Norodim wieder empor.

Doch Schattenwelt war böse, das wusste Tiron – es gab dort Kreaturen, die nicht lebten, aber auch nicht sterben konnten; er hatte von Trollen, Drachen, Zauberern und manch anderen Furcht einflößenden Gestalten gehört.

Diesen Gedanken hing er noch eine Weile nach, als er sich ertappte, dass er mit dem Geschenk seiner Mutter spielte. Er nahm das Amulett von seinem Hals und schaute es sich genauer an. Der Anhänger hatte die Form eines Tropfens, seine Farbe war bernsteingelb. In der Mitte des Tropfens befand sich eine Aushöhlung. Diese Vertiefung füllte ein rötlicher Stein – so ein Schmuckstück hatte Tiron noch nie gesehen. Es kam ein schwaches Leuchten aus seinem Inneren – man konnte fast meinen, das Amulett hätte ein pulsierendes Herz. Die Fassung, durch welche die Lederschnur führte, bestand aus einem seltsamen Metall – verziert mit Schriftzeichen, die Tiron nicht lesen konnte. Es musste ein großer Meister gewesen sein, der diesen Anhänger hergestellt hatte.

Er hängte sich das Amulett wieder um den Hals und legte ein paar Holzscheite nach. Als das Feuer wieder leicht aufloderte und die Umgebung in diffuses Licht tauchte, aß Tiron die übrigen Waldbeeren, die er unterwegs gesammelt hatte. Langsam musste er dem anstrengenden Marsch Tribut zollen, müde legte er sich näher ans Feuer, um die angenehme Wärme möglichst lange genießen zu können.

Die Sonne stand bereits eine Weile am Himmel, als Tiron erwachte. Verschlafen streckte er seine Glieder, um ihre Beweglichkeit wieder zu erlangen. Gestern, als er seinen Lagerplatz ausgesucht hatte, war ihm ein kleiner Bach gleich in der Nähe aufgefallen. Kurzerhand nahm er ein morgendliches Bad im kristallklaren Wasser – schneidende Kälte durchfuhr seinen Körper – doch er fühlte sich erfrischt und vor allem sauber. Nachdem er sorgfältig die Reste des Feuers mit Sand abgedeckt hatte, setzte er seinen Weg Richtung Süden fort.

Je weiter er ging, desto näher kam er Schattenwelt – das

wusste er. Doch was sollte er sonst tun – die letzte Fährte der Horden führte in eben diese Richtung. Die Chancen standen zwar denkbar schlecht, Glagan und sein Gefolge – und vor allem seine Mutter – wieder zu finden, waren aber immer noch größer, als wenn er nach Osten oder Westen gehen würde. Tiron stellte fest, dass sich tief in seinem Innern langsam ein Gefühl des Unbehagens ausbreitete und mit jedem Schritt mehr von ihm Besitz ergriff.

Die Sonne stand schon fast im Zenit, da tauchte vor ihm eine große Anhöhe auf, aber es verging nochmals eine ganze Weile, bis er sie endlich erreichte. Als er schwitzend die flache Hügelkuppe erreichte, blieb ihm vor Staunen der Mund offen stehen. Diese Anhöhe ging auf der anderen Seite in eine steil abfallende Wand über – so blickte er jetzt von diesem Plateau auf eine weite Ebene hinunter. Vor ihm lag ein riesiges, nicht überschaubares Gebiet – Schattenwelt!

Das Gelände breitete sich wie ein dunkler, unendlich tiefer See aus – ein See, dessen gegenüberliegende Ufer nicht zu erkennen waren. Das Tal war wolkenverhangen, kaum dass ein Sonnenstrahl den Boden berührte. Unter normalen Umständen hätte man dieses Gebiet als einen Ort der Stille und Zuflucht bezeichnen können – hier aber war es etwas anderes. Die Aura dieser fahlen Töne verlieh der Umgebung ein totes, gespenstisches Aussehen. Er war sich sicher, dass dort unten das Böse lauerte.

Tiron begann, nach einer Möglichkeit für den Abstieg zu suchen. Nach einiger Zeit fand er einen langen, abwärts führenden Riss in der Felskante. Es war zwar gefährlich – aber es konnte klappen. Beim Einstieg in die Wand bemerkte er, dass das Gestein brüchig und lose war – es war also doppelte Vorsicht geboten.

Es verging eine unendlich lange Zeit, bis Tiron einen kleinen Felsvorsprung erreichte, der Platz zum Ausruhen bot. Er blickte nach unten und versuchte abzuschätzen, wie weit es bis zu der nächsten Möglichkeit für eine Rast sein würde. Es mussten ungefähr an die hundert Fuß sein – weiter unten sah er, dass der Boden mit dichtem Strauchwerk bewachsen war.

»Also los«, sagte er aufmunternd zu sich selber. Vorsichtig wie eine Katze, suchte er nach festem Halt, immer auf der Hut, denn der Stein war tückisch. Den zweiten Vorsprung erreichte er ohne größere Probleme – nun waren es bis zum Boden keine sechzig Fuß mehr. Nach einer kurzen Pause kletterte Tiron weiter, doch er kam nur eine kurze Strecke weit, als plötzlich – wie aus dem Nichts – ein Adlerpärchen angriff. Tiron zuckte erschrocken zusammen und klammerte sich im Fels fest. Immer wieder attackierten ihn die beiden großen Adler mit Schnäbeln und Krallen. Sie vollführten wahrhaft tollkühne Aktionen, um Tiron am Weiterklettern zu hindern. Nun sah er auch den Grund für die Angriffslust der Vögel – wenige Fußbreit rechts von ihm, und von oben nicht einsehbar, befand sich ein Adlerhorst mit zwei Jungen. Die Raubvögel wollten also nur ihre Jungen schützen.

Tiron beeilte sich, weiter nach unten zu kommen, achtete aber in seiner Angst einen kleinen Moment nicht auf seinen Halt, sondern auf die angreifenden Vögel – da – ein Felsstück brach aus! Er versuchte vergebens, sein Gleichgewicht zu halten, griff ins Leere und stürzte. Er nahm noch wahr, dass der Boden immer näher kam – dann der dumpfe Aufprall – Schwärze.

Als Tiron wieder zu sich kam, hatte er keine Ahnung, wo er sich befand. Er begann, seine Umgebung zu ertasten und stellte schnell fest, dass er sich in einem Raum aus Holz befand. Er konnte nichts sehen, also war es Nacht oder der Raum war abgedunkelt. Zudem nahm er allerlei seltsame Gerüche war, manche sehr angenehm, andere wiederum schrecklich, aber – und das beunruhigte ihn – er konnte keinen dieser Düfte einordnen, geschweige denn, sich erinnern, schon einmal etwas Ähnliches gerochen zu haben. Gerade als er anfing, darüber nachzudenken, ging auf der gegenüberliegenden Seite eine Tür auf – das Sonnenlicht brach wie ein Wasserfall herein. Tiron schloss die Augen, denn das gleißende Licht schmerzte höllisch. Er blinzelte zur Tür hin – eine Gestalt stand im Türrahmen. Durch den Sonnenschein, der jetzt seitlich noch einfiel, sahen die Umrisse der Person aus, als würde sie glühen.

Nach und nach gewöhnten sich seine Augen an das hereinströmende Licht und Tiron konnte sein Umfeld, sowie auch die

Gestalt besser wahrnehmen. Klein, untersetzt, langer grauer Bart, wache Augen … Tiron vernahm eine Stimme, heiser und doch auch angenehm.

»Na, mein junger Freund – ich sehe, du bist erwacht – wie geht es dir?«

Darüber hatte Tiron noch gar nicht nachgedacht – wie hatte er den Sturz überleben können? Zumindest hätte er sich alle Knochen im Leib brechen müssen. »Wo bin ich hier, wie lange schon? Und wer seid Ihr?«, sprudelten die Fragen aus ihm heraus.

»Viele Fragen auf einmal, da ich aber zuerst gefragt habe, gebietet es die Höflichkeit, mir auch als Erster zu antworten.«

»Entschuldigung, Herr. Danke, ich glaube, es geht mir gut, zumindest habe ich keine Schmerzen.«

»Das freut mich zu hören, denn lange bist du schon bei mir«, gab die Gestalt zurück.

»Was meint Ihr mit lange?«

»Mehr als ein voller Mondumlauf ist vergangen, seitdem du hier bist.«

Tiron wurde speiübel, damit waren alle Chancen vorbei, die Horden jemals wieder zu finden.

»Nun zu deinen Fragen – eine habe ich dir bereits beantwortet. Du bist hier am Rande von Schattenwelt. Ein Gebiet, das die Trolle und Oger »Senuum« nennen, das heißt soviel wie »Halbwelt«. In Senuum sind die Grenzen zwischen Asgard und Schattenwelt fließend. Hier wohnen einige wenige Menschen mit dem Bösen auf selbem Terrain. Man hat sozusagen mit den Kreaturen der Nacht ein Stillhalteabkommen – was aber nicht heißen will, dass es keine Auseinandersetzungen mit ihnen gibt. Doch dazu später mehr. Nun zu meiner Person – ich bin Xinbal. Seit langer Zeit lebe ich in Senuum. Ich sammle Kräuter, Gräser, Beeren – die ich zu Arzneien, Tinkturen und sonst allerlei Mittelchen verarbeite. Es kommen Menschen genauso zu mir wie Trolle oder Gnomen – alle benötigen Hilfe und ich heile sie so gut ich kann. Ich denke, das Böse sieht mich mit einer gewissen Gleichgültigkeit oder Neutralität – nenn es, wie du willst – es lässt mich in Ruhe. Das könnte sich aber jederzeit ändern, denn das Wesen der Trolle und Oger ist unberechenbar und launisch.«

Tiron lauschte aufmerksam den Schilderungen von Xinbal. »Seid Ihr ein Magier?«, fragte er vorsichtig.

Xinbal lächelte verschmitzt. »Vielleicht! So, mein Junge, ich habe auch eine Menge Fragen an dich – aber das hat Zeit bis nach dem Essen – du hast doch Hunger, oder?«

Bei dem Wort Essen hatte sich Tirons Bauch bereits selbstständig gemacht und meldete schlagartig ein großes Loch in der Magengegend. »Ja, Herr ich habe Hunger – großen Hunger!«

Er musste dabei kein besonders geistreiches Gesicht machen, denn Xinbal stemmte beide Hände in die Hüften, lehnte sich etwas nach hinten und lachte schallend. »Na gut – kannst du gehen?«

Tiron versuchte, sich langsam zu erheben und stand alsbald – wenn auch etwas wackelig – auf seinen Beinen.

«Ja, ja – der Hunger verleiht einem Beine!«, gluckste der Alte.

Als Tiron nach einigen unsicheren Schritten aus dem Raum heraustrat und seine Augen sich langsam an das Tageslicht gewöhnten, schaute er sich um. Zwei Hütten gab es hier – jene, welche er eben verlassen hatte, und eine andere unmittelbar gegenüber, nur etwas größer. In der Mitte eine Art Lagerplatz mit einer großen Feuerstelle. Dort musste noch vor Kurzem ein Feuer gebrannt haben, denn zarte Rauchfahnen zogen ihre Spiralen in den Himmel. Das Ganze wurde eingesäumt von dichtem Strauchwerk und hohen Bäumen. Inzwischen war der seltsame Alte zu der anderen Hütte gelaufen und machte sich im Inneren zu schaffen.

Tiron lief ebenfalls hinüber und wollte schon eintreten, als Xinbal sich umdrehte, ihn scharf anblickte: »Die erste und zugleich die wichtigste Regel, die bei mir gilt, betrete niemals – ich wiederhole – niemals – diese Räumlichkeiten ohne meine Erlaubnis!«

Tiron trat erschrocken vom Eingang zurück und murmelte verlegen eine Entschuldigung. Er ging zum Lagerplatz zurück und setzte sich auf einen großen Stein, der in unmittelbarer Nähe der Feuerstelle lag.

Mit knurrendem Magen schaute er in die Glut, da rief Xinbal aus der Hütte: »Die zweite Regel, junger Mann – wer essen will, der muss auch dafür arbeiten! Geh und sammle Holz für das Feuer.«

Tiron wollte etwas erwidern, unterdrückte es aber. Er ging um Xinbals Hütte herum, dort begann das dichte Strauchwerk – und begann wie geheißen, Holz und Reisig einzusammeln. Hier bemerkte er es zum ersten Male wieder – dieses unangenehme Gefühl in seiner Bauchgegend – nein, es war nicht der Hunger – es war etwas anderes. Er nahm sich fest vor, Xinbal danach zu fragen, was es damit auf sich hatte.

Tiron trug bereits beide Arme voll Holz und befand sich auf dem Rückweg, als sich ein köstlicher Geruch in der Luft ausbreitete. Er lief schneller, denn jetzt meldete sich der Hunger mit aller Gewalt zurück. Er rannte zur Lagerstelle, um zu sehen, was da so gut roch.

Xinbal wartete anscheinend schon auf ihn, er saß bereits am Feuer und aß gemütlich. Tiron glaubte einer Täuschung zu unterliegen – Feuer?! Wie konnte das … als er losging, war kein Holz da gewesen – kein Kessel mit Essen – und doch tanzten jetzt die Flammen unter einem brodelnden Topf, der über der Feuerstelle hing.

»Schon wieder zurück? Lege das Holz ordentlich neben den Stein und iss etwas.«

Das ließ Tiron sich nicht zweimal sagen – innerhalb von Augenblicken hatte er das Holz fein säuberlich aufgestapelt. Xinbal nickte anerkennend.

Als Tiron sich setzen wollte, brummte der Alte: »Haben wir da nicht etwas vergessen?« Tiron schaute verdutzt, aber Xinbal zeigte nur auf seine Hände. »Hinter dem Haus ist ein Brunnen, dort kannst du dich waschen. Wir sind zwar hier in der Wildnis – was aber nicht heißt, dass wir solche Dinge vernachlässigen werden!«

Tiron spurtete los und wusch seine Hände und Arme, trocknete sie an seiner Hose ab und rannte wieder zurück.

»Was war denn das? Eine Katzenwäsche?«, grinste Xinbal, »Hier hast du etwas zu essen«, und reichte Tiron eine kleine dampfende Schüssel.

Dieser setzte sich auf den Stein und schlang den – vermutlichen – Eintopf gierig hinunter. Was es auch war – es schmeckte jedenfalls köstlich.

»Iss langsam Junge – sonst wird es dir der Magen verübeln!«

Tiron nickte und zwang sich dazu, länger zu kauen. Trotzdem war er schneller fertig als Xinbal. »Kann ich noch etwas haben? Es schmeckt ausgezeichnet«, fragte er.

Der Alte deutete mit dem Kopf zum Kessel. Tiron holte mit der Kelle einen großen Nachschlag, setzte sich und begann erneut, zu essen.

Xinbal schaute ihm schmunzelnd zu und stellte fest: »Also, gesund scheinst du wieder zu sein – zumindest lässt das Fassungsvermögen deines Magens darauf schließen!«

»Was meint Ihr, Herr?«, nuschelte Tiron mit vollem Mund.

Da fing Xinbal laut und herzlich an zu lachen. »Gut, die Ohren sollten ebenfalls mal wieder mit Wasser in Berührung kommen…«

Tiron schaute ihn völlig entgeistert an und machte dabei anscheinend ein ziemlich dummes Gesicht. Xinbal lachte noch lauter, schlug sich prustend die Hände auf die Schenkel und japste nach Luft. Doch schlagartig wurde er mit einem Mal ernst. Tiron, der mit seinem Eintopf nun fertig war, bemerkte den Ausdruck im Gesicht des Alten.

»Herr?«

»Junge – vorhin hast du mir deine Fragen gestellt, Fragen, die du für wichtig hieltest, um deine Situation zu verstehen. Nun möchte ich von dir Antworten auf meine Fragen.«

Tiron schaute ihn offen an. »Fragt, Herr, wenn ich Euch Antwort geben kann, werde ich es ehrlich und wahrheitsgetreu tun!«

Der Magier räusperte sich und nickte. »Gut, mein Sohn, *wer* bist du?«

Tiron wunderte die Frage etwas. »Ihr meint, wie ich heiße, Herr?«

»Nein – ich fragte, wer du bist!«

Tiron überlegte lange und erwiderte dann: »Hmm – nun gut – ich bin der Sohn von Roga und Helena Cendor, geboren im Jahr des Drachen und wohnte mit meiner Familie im nördlichen Teil von Asgard – genau kann ich das aber nicht sagen – ich bin das erste Mal so weit weg von zu Hause. Übrigens – ich heiße Tiron, Herr.«

»Das erste Mal unterwegs?« Xinbal rieb sich seinen Bart und dachte lange nach. »Du hast in der Vergangenheit gesprochen, als du von deiner Familie erzähltest! Warum?«

Tiron sah bedrückt zu Boden. »Sie sind tot.«

»Alle?«, fragte der Magier sofort nach.

»Das weiß ich nicht«, antwortete der Junge wahrheitsgemäß.

»Dann erzähle deine Geschichte!«

Also begann Tiron zu berichten, von seiner Flucht in den Wald, dem Tod seines Vaters, dem der Dorfbewohner, von seiner Suche nach seiner Mutter bis hin zu dem Sturz von der Felswand. Xinbal hörte sehr aufmerksam zu, unterbrach Tiron nur hie und da, wenn ihm etwas unklar erschien.

Als der Junge endete, nickte er sehr ernst und meinte traurig: »Als ich dich am Fuße der Felsen gefunden habe, warst du mehr tot als lebendig, obwohl du – und das ist wirklich sehr erstaunlich – keinen einzigen Knochen gebrochen hattest. Die Sträucher am Boden haben die Wucht deines Sturzes abgefangen. Von den starken Prellungen und Schürfwunden abgesehen hat dein Kopf das Meiste abbekommen. Durch den Aufprall lagst du in einem tiefen Schlaf – nur dein Körper schien noch zu leben. Ich dachte mir schon, dass du irgendwann aus deinem Traum erwachen würdest. Die Götter und Mutter Natur meinten es wohl gut mit dir – jeder andere hätte sich den Hals gebrochen – also haben sie mit dir noch etwas vor.«

»Wie – sie haben etwas vor – mit mir? Wie meint Ihr das?«, fragte Tiron erstaunt.

»Das Leben, Tiron, ist manchmal sehr grausam, doch alles, was geschieht, ist uns vorher bestimmt und dient einem höheren Zweck oder Aufgabe – dieser Grund ist oftmals nicht ersichtlich, undeutlich, und schemenhaft wie ein Schatten. Doch dieser Schatten ist immer bei uns – irgendwann gibt er sich uns zu erkennen und wir beginnen, zu begreifen.«

»Das verstehe ich nicht.«

»Musst du auch nicht, aber die Zeit wird kommen, in der Klarheit herrschen wird – dann bekommst du deine Antworten auf das Warum, Wieso und Weshalb. So, Tiron – du hast also vor, diesen Glagan für den Tod deines Vaters zur Rechenschaft zu ziehen?«

Zorn blitzte in Tirons Augen auf, »Ja, Herr.«

»Gut – das ist nur allzu verständlich, doch bedenke deine jetzige Situation! Du bist ein Knabe – mutig – ja! Aber unerfahren. Und Mut wird oft verwechselt mit Leichtsinn und Tollkühnheit. Wie hast du dir das vorgestellt? Einfach der Fährte folgen, und wenn du Glagan eingeholt hast, dann … – ja – was denn dann, du Schlauberger?«

Tiron ließ den Kopf hängen und murmelte leise: »Ich weiß es nicht – aber was sollte ich denn sonst unternehmen?«

»Nun – es gäbe da einen Weg – er ist hart, steinig und du brauchst sehr viel Geduld!«

Tiron horchte auf. »Was für ein Weg?«

Xinbals Blick ruhte sehr lange und nachdenklich auf dem Jungen. »Was würdest du dazu sagen wenn ich dich bitte, hierzubleiben?«

»Wie bitte?«, rief Tiron erschrocken. »DAS ist der Weg, von dem Ihr gesprochen habt? Ich soll hierbleiben? So finde ich Mutter niemals!«

»Sei nicht töricht, mein Junge, bleib ruhig und höre dir zuerst an, was ich zu sagen habe. Du bist jung – zu jung, um es jetzt zu vollenden, was du vor nicht allzu langer Zeit begonnen hast. Es ist leicht, zu hassen, aber sehr schwierig, diesen Hass auch zu beherrschen. Und wie ich dir vorhin schon sagte – Leichtsinn wird oft mit Mut verwechselt. Genau deshalb sollst du bleiben, um zu lernen. Lerne die Geheimnisse der Natur kennen, um sie für dich zu nutzen. Lerne die Magie … «

»Also doch«, rief Tiron, »ich wusste es – Ihr seid ein Zauberer!«

Xinbal reagierte nicht auf Tirons Ausruf und setzte seinen Satz unbeirrt fort: » … denn, wenn du sie zum Guten einsetzt, wird sie dir helfen – und schlussendlich lerne dich selbst kennen. Wenn du das tust, so wirst du bereit sein, deinen Weg weiter zu gehen. Schattenwelt oder vielmehr Senuum ist eine sehr seltsame Welt – grausam und zerstörerisch, und doch bei Zeiten schön wie eine Rose, die am Wegesrand blüht. Du kannst viel über und von diesem Ort lernen. Es liegt in deiner Hand, aber selbstverständlich steht es dir frei zu gehen – wenn du dich also so entscheidest, dann geh und zieh deiner Wege!« Xinbal hob den Arm und wies gen Süden. »Dort musst du entlang!«

Tiron sah sein Gegenüber an und schluckte – mit vielem hatte er gerechnet, aber nicht mit diesem.

Die Sonne war schon fast hinter den Bäumen verschwunden und die Dämmerung begann langsam, ihr schummriges Licht zu verbreiten. »Darf ich noch eine Nacht hier bleiben, Herr – ich muss darüber nachdenken.«

»Natürlich darfst du – wichtige Entscheidungen brauchen Zeit und Ruhe. Hast und Eile sind schlechte Ratgeber – also schlafe eine Nacht darüber. Morgen erwarte ich deine Entscheidung!«

Tiron bedankte sich fahrig, erhob sich und ging sehr nachdenklich zurück in die Hütte – es wurde eine unruhige Nacht.

Am nächsten Morgen wachte er auf, als er Xinbal draußen fluchen hörte. Tiron stand eilig auf, zog sich sein Hemd über und schlüpfte in seine Hosen. Er trat vor die Tür, um zu sehen, was da vor sich ging.

Xinbal war wohl barfuß zum Brunnen gegangen und hatte sich einen Dorn eingetreten. Jedenfalls hüpfte er auf einem Bein quer über den Lagerplatz und schimpfte wie ein Rohrspatz. Tiron hielt sich beide Hände vor den Mund, um nicht laut loszulachen, es sah schon zu komisch aus. Dann besann er sich und rief: »Wartet, Herr Xinbal – ich helfe Euch!«

Der Alte rief: »Diese verfluchten Sträucher – ich brenne sie nieder – noch heute.«

»Setzt Euch«, meinte Tiron, »dann kann ich Euch den Stachel entfernen.«

Xinbal setzte sich auf einen Baumstumpf und hielt ihm seinen Fuß entgegen – ein langer schwarzer Stachel steckte im Fussballen des Alten. Vorsichtig zog Tiron den Dorn heraus. Als er fertig war, spiegelte sich Erleichtung in den Gesichtszügen von Xinbal.

»Vielen Dank, mein Sohn, du hast mir soeben das Leben gerettet«, brummte der Alte und fragte im nächsten Atemzug: »Und? Wie hast du dich entschieden?«

»Wenn ich bleibe, Herr, so habe ich eine Bitte.«

»Die da wäre?«

»Ich will die Kunst des Kampfes erlernen. Den Umgang mit Schwert, Bogen und Axt!«

Xinbal schüttelte den Kopf und entgegnete: »Diese Bitte kann ich dir nicht erfüllen, denn solche Fähigkeiten beherrsche ich nicht. Wohl aber kommen hier von Zeit zu Zeit zwei Freunde vorbei – Krieger, die seit Jahren rastlos durch Schattenwelt streifen und sich schon so manches Mal ihrer Haut erwehren mussten. Sie könnten deinen Wunsch erfüllen!«

»Dann bleibe ich und lerne, denn Ihr hattet Recht mit dem, was Ihr gestern gesagt habt. Ich bin zu klein, zu jung, zu unerfahren. Also werde ich das ändern.«

»Gut gesprochen, Tiron, aus deinen Worten spricht die Klugheit – so sei es also! Von nun an nennst du mich Meister – die erste Pflicht eines Lehrlings.«

»Ja, Herr – ääh, Meister!«

Xinbal lachte lauthals, sah Tiron an und wurde gleich wieder ernst. »Dann habe ich jetzt also einen Lehrling? Sehr schön! Also hole weiteres Holz für das Feuer, zwei Eimer Wasser vom Brunnen, fege deine Hütte aus und mache den Lagerplatz sauber!«

»Aber, Meister, ich … «

»Keinen Widerspruch, Junge, wenn du höhere Ziele verfolgst oder erreichen willst, musst du erst ganz unten anfangen – also los!«

Murrend schlich Tiron davon. Gedankenvoll sah Xinbal ihm nach. »Großes ist für dich vorgesehen, Tiron, doch ich danke den Göttern, dass du noch Zeit hast, zu lernen.«

Und so kann ich, Faranon, Hüter und Bewahrer der Schriften des Unsterblichen Geschlechts, Euch also berichten, dass Tiron viele Jahre bei Xinbal blieb.

Er lernte die Geheimnisse der Natur kennen, Xinbal lehrte ihn etwas Magie und hielt auch sein Versprechen. Tiron erhielt Unterricht von den beiden Kriegern, er erlernte den Umgang mit Schwert, Axt und Bogen.

Er bestand viele Abenteuer in Senuum – doch davon ein anderes Mal. Wichtigeres gibt es über Tiron zu erzählen.

So hört nun weiter …

Kapitel 4

Die Prophezeiung der Norodim

Der Regen prasselte bereits seit zwei Tagen unaufhörlich auf das Land – anscheinend hatten die Götter die Absicht Schattenwelt zu ertränken, um das Böse vom Angesicht der Welt tilgen.

Tiron saß angelehnt unter einem Baum mit dichter, weit ausladender Krone – so ziemlich der einzige Platz in der Nähe, der einigermaßen trocken war.

Seit Tagen spürte er eine seltsame Unruhe und Rastlosigkeit in sich. Doch so sehr er in sich hinein lauschte, er konnte den Grund dafür nicht entdecken. Was hatte ihn Xinbal stets gelehrt? *Achte auf deine innere Stimme – höre auf dein Gefühl. Die Weisheit und die Klugheit findest du nicht unter Steinen – so sehr du danach auch suchst! Suche in dir und du wirst eines Tages fündig. Doch merke dir – kein Mensch erwirbt seine Weisheit und Klugheit an einem Tag – man muss sie zuerst erkennen, aber – und das ist genauso wichtig – auch benutzen können!*

Tiron dachte, wie so oft in letzter Zeit, über die Worte seines Meisters nach. Mit einem Seufzer erhob er sich, schlug den Kragen seines Hemdes hoch und trat den Rückweg nach Hause an. Als er eintraf, war Xinbal mal wieder mit irgendwelchen Ritualen in seiner Hütte beschäftigt.

Wie unerschöpflich muss das Wissen des Alten sein – dagegen sind die Bannsprüche, Schutzzauber und all die anderen magischen Dinge, die ich von ihm gelernt habe – wahrscheinlich nur kleine Fische, dachte Tiron. Er kam sich klein und unbedeutend vor.

In diesem Augenblick trat Xinbal ins Freie: »Schon zurück!« Es war mehr Feststellung als Frage.

»Ja, Meister.«

Xinbal betrachtete ihn abschätzend und meinte lakonisch: »Unruhig?«

»Ja – aber ich kann es nicht genau einordnen.«

»Dann halte Zwiesprache mit dir!«

»Das habe ich schon, Meister – mehr als einmal – irgendetwas sagt mir, ich muss gehen. Ich glaube, es ist an der Zeit, aufzubrechen.«

Xinbal wandte sich wortlos um und stapfte zurück in die Hütte. Von dort hörte man kurze Zeit danach Geräusche, als ob jemand etwas suchen würde. Tiron grinste, als er Xinbal mal wieder vor sich hin fluchen hörte. Dann aber – nach einer Weile kam der Alte wieder ins Tageslicht – mit einer kleinen Schriftrolle in der Hand. »Komm, setzen wir uns.«

Sie nahmen unter einem großen Baum, nahe der Feuerstelle, Platz. Xinbal räusperte sich und setzte eine ernste Miene auf. »Also, mein Sohn, es ist an der Zeit, ein paar Dinge zu klären. Wie lange bist du jetzt schon bei mir?«

»Elf Sommer, Meister.«

»Elf Sommer – eine lange Zeit. Mir kommt es vor, als wäre es gestern gewesen, da ich einen kleinen Jungen fand – und doch stehe ich heute vor einem Mann.« Er schaute Tiron lange an – die sonnengebräunte Haut, die stählernen Muskeln, die sich unter dem Hemd abzeichneten, das halblange rabenschwarze Haar, die eisblauen Augen.

»Ja – die Prophezeiung«, sinnierte er dann leise. »Nun, Tiron, ich habe mein Bestes getan, dich vorzubereiten!«

Tiron schaute verwirrt zu Xinbal: »Wie – vorzubereiten? – Auf was?«

»Auf eine Weissagung aus dem Alten Zeitalter – die Prophezeiung der Norodim!«, bekam Tiron zur Antwort. Xinbal öffnete die Schriftrolle und las vor:

»Höret, Ihr Gelehrten von Chem!

In dunklen Zeiten, die über das Land hereinbrechen werden, wird ein Mann aus dem Norden kommen – er wird das Licht bringen. Doch vorher werden Blut und Tränen fließen. Das Böse von Schattenwelt wird wieder erwachen und sich erneut erheben – um das Land dem Dämon der Finsternis zu Füßen zu legen. Jedoch der Stern von Taurin wird Einhalt gebieten! Aber wisset auch, die Macht des Sterns verdunkelt sich, wenn die Hände, die ihn tragen, solchen mit falschen Absichten gehören. Der Träger des Sterns hält alle Macht in Händen – wenn er sie zu nutzen weiß. Seine Stärke und seine Klugheit werden sich mit der Macht des Sterns zu einer Einheit verbinden. Diese Einheit wird dem Bösen die Stirn bieten – es zurück in seine dunklen Abgründe drängen.

Die Norodim wissen, die Torwächter beschützen. Doch merket auf – kann etwas, das schon tot ist – noch sterben?

Xinbal endete mit ernstem Gesicht und schaute einen ratlosen Tiron an. »Nun, das Amulett, das da um deinen Hals hängt – ist der lange verschollene *Stern von Taurin*!«

Tiron fasste sich ruckartig an den Hals. »Das Amulett meiner Mutter?«

»Ja – sie hatte es von einem der mächtigsten Zauberer von Chem, sein Name war Mortran, erhalten. Ich glaube, Tiron, dass *du* derjenige bist, der in dieser Schriftrolle erwähnt wird.«

Fassungslos starrte Tiron Xinbal an, er versuchte zu antworten, doch es fehlten ihm die Worte.

»Jetzt verstehst du auch, weshalb ich vorhin meinte, ich tat mein Bestes, um dich vorzubereiten.«

»Das heißt also, Ihr habt gewusst – seit ich hier bin – dass ich derjenige bin, von dem die Schriftrolle spricht?«

»Ja!«

»Aber warum um alles in der Welt habt Ihr geschwiegen?«

»Hmm – würde das Reh über die Lichtung springen, wenn es bereits vorher wüsste, dass sich dort ein Wolf verbirgt? – Wohl nicht, oder?«

Tiron schüttelte den Kopf.

»Du warst zu jung und hättest es nicht verstanden.«

»Und jetzt bin ich viele Jahre älter und verstehe es trotzdem nicht!«, meinte Tiron ungläubig.

Xinbal räusperte sich und begann zu erzählen: »Vor langer Zeit – es war die Zeit der Norodim – war Chem ein geeintes Land. Schattenwelt existierte schon damals, doch die Wesen, die dort lebten, waren gut – seltsam zwar – aber gut. Chem war ein blühendes Land, die Heilkunst wie auch die Magie wurden ausschließlich zum Guten eingesetzt. Viele hochrangige Zauberer studierten Die vier Zweige der Magie – Wasser, Erde, Luft und Feuer. Sie versuchten, diese Elemente zu entschlüsseln, doch nicht wenige von ihnen meinten, es gäbe eine große – eine übergeordnete – Macht, welche Die vier magischen Zweige noch überträfe.

Doch ein Zauberer namens Thormod hantierte immer wieder mit der Schwarzen Magie – und die ist wie schwarzes Blut – sie vergiftet dich.«

Tiron schaute argwöhnisch drein, und Xinbal schüttelte traurig den Kopf. »Die böse Seite nahm Thormod immer mehr in Besitz, die Folge daraus – er wollte Macht – immer mehr und noch größere Macht. In einer dunklen Nacht beschwor er die Mächte der Finsternis, und in dieser unheilvollen Stunde schloss er einen Pakt mit Obsidian – dem Fürsten der Finsternis. Und – bei allen Göttern – er erhielt die Macht, die er wollte. Dieser Pakt stieß das Tor der Finsternis weit auf und gab somit Obsidian die Möglichkeit, hervorzutreten. Schattenwelt wurde das Land des Todes. Das Böse versuchte, sich nach allen Himmelsrichtungen auszubreiten – was für eine Weile auch gelang. Die wenigen Überlebenden der Alten Wesen von Schattenwelt – die Norodim, oder die Unsterblichen, wie sie auch genannt werden – zogen sich tief in unterirdische Höhlen zurück. Ja, Tiron…« Xinbal beugte sich vor und sah ihn eindringlich an, «…damit war das Gleichgewicht zwischen Gut und Böse endgültig gestört, denn nur die Norodim haben das Wissen um die Macht, wie man Obsidian Einhalt gebieten kann. Aber das Wissen ist nur ein Teil – der andere Teil ist der Schlüssel – der Stern von Taurin –, und der hängt da um deinen Hals.«

Tiron umfasste ehrfürchtig das Amulett, das auf seiner Brust baumelte.

»Den Eingang in die Höhlen, in die sich die Norodim zurückgezogen haben, nennt man heute die *Furt von Aburin…*,« fuhr Xinbal fort, »…und sie wird seit dieser Zeit beschützt – von den Wächtern von Aburin. Wer sie sind oder auch, was sie sind, ist nicht bekannt – jeder, der je versucht hat, zu den Unsterblichen, zu den Norodim, zu gelangen, musste das mit seinem Leben bezahlen. Die Höhlen der Norodim liegen irgendwo in der Nähe des Ankorgebirges.«

»Aber wie kam der Schlüssel überhaupt in die Hände der Menschen?!«, fragte Tiron und beugte sich gespannt vor.

»Als die Norodim erkannten«, erklärte Xinbal, »dass sie den Kampf mit dem Bösen alleine nicht aufnehmen konnten – sie waren ja nur sehr wenige an der Zahl – sannen sie darauf, wie sie es mit anderen Mitteln versuchen könnten. Sie entschieden – die Menschen sollten sich dem Kampf stellen. Denn diese, geeint zu einer großen Streitmacht, hätten eine Chance gegen die Dämonen und den Zauberer Thormod. Um aber die dunklen Mächte endgültig zu verdrängen, muss auch Obsidian zur Strecke gebracht werden. Die Norodim gaben das uralte Wissen und den Schlüssel an einen Menschen weiter – den sie erstens für fähig hielten und zweitens für würdig erachteten. Dieser Mensch ist überall in unseren Sagen und Legenden bekannt … «

»Leander, nicht wahr!?«, warf Tiron ein, der sich an die Geschichten aus Xinbals Büchern erinnerte.

Xinbal nickte. »Ja, Leander. Er war es, der die Völker von Chem vereinte. Er schlug Schlachten, von denen man heute noch nur mit Schaudern erzählt. Es gelang ihm, das Böse immer weiter nach Schattenwelt zurückzudrängen und ihm schwere Verluste zu zufügen – aber auch Leander und die Menschen mussten einen hohen Blutzoll zahlen. Leander bekam zwar seine Chance, doch es ereilte ihn sein Schicksal. Obsidian selbst schlug die letzte der Großen Schlachten und tötete Leander mit einer Lanze. Doch all die Schlachten hatten das Böse so geschwächt, dass es lange brauchte, um sich davon zu erholen.«

Der alte Meister seufzte. »Diese Zeit der Regeneration scheint nun aber vorüber zu sein, Tiron. Das Böse wird dieser Tage immer stärker, und glaube mir, es wird nicht lange dauern, so versuchen die Mächte der Finsternis erneut, Chem den Atem der Dunkelheit einzuhauchen. Das Amulett jedenfalls – also der Schlüssel zur Weisheit und Macht – verschwand damals auf unerklärliche Weise. In den Überliefungen wird berichtet, dass ein Getreuer von Leander den Stern von Taurin in Sicherheit brachte, bevor er Obsidian in die Hände fallen konnte. Obsidian muss somit in der Angst oder Gewissheit leben, dass ein Gegenstand existiert, der eine große Gefahr für ihn darstellt. Nun – auf jeden Fall, der Schlüssel verschwand und wurde nicht mehr gesehen – bis zu dem Tag, als Mortran an die Tür deiner Mutter klopfte und um Hilfe ersuchte.«

»Aber woher hatte er das Amulett?«, überlegte Tiron nachdenklich.

»Tja – das wird wohl für immer sein Geheimnis bleiben – das Wissen darum hat er mit ins Grab genommen«, gab Xinbal bissig zurück. »Wie dem auch sei, der Schlüssel hat anscheinend die Gabe, sich mit dem Wesen seines Trägers zu verbinden – dadurch würde sich auch deine Unruhe erklären. Der Stern hatte lange Zeit, dich zu prüfen, ob er dich als würdig erachtet, ihn zu tragen. Er gibt sich dir langsam zu erkennen – behutsam zwar und doch immer stärker. Ich glaube – die Zeit zu Aufbruch, wie du es nanntest, ist deshalb gekommen, weil der Schlüssel dir dies auf seine Weise mitteilt. Wie ich vorhin schon sagte, die Mächte werden wieder stärker, das spürt auch der Stern. Obsidian muss endlich in seine Schranken verwiesen werden, um das Böse endgültig wieder in die Tiefen zu verbannen – und du bist derjenige, der das tun wird!«

»ICH Meister?«, stotterte Tiron. »Aber wie soll ich das bitte tun?«

»Hmm«, Xinbal kratzte sich am Kopf. »Das weiß ich auch nicht, der Schlüssel wird dich führen. Er wird dir sein Wissen zu gegebener Zeit offenbaren.«

»Ihr treibt Scherze mit mir!«, rief Tiron aufgeregt. »Wie hätten die Schreiber der Prophezeiung mich aussuchen aussuchen können?«

»Tiron – niemand hat ausgesucht – es ist einzig und allein das Schicksal, das unseren Weg bestimmt. So hat das Schicksal hat dich auserkoren den Weg gegen das Böse zu gehen. Es wird ein schwieriger Weg, voller Gefahren – aber gelingt dir deine Mission – so wirst du in einem Atemzug mit Leander genannt werden. Die Menschen würden deine Geschichte an den Feuern ihrer Heimstatt erzählen, vom Vater zum Sohn, vom Sohn an dessen Söhne. Gehe mit Zuversicht und Gewissheit an diese schwere Aufgabe, mein Junge«, sagte Xinbal und klopfte Tiron aufmunternd auf den

Rücken. »Und du wirst sehen, dass Dinge ihr Gesicht ändern, man muss sie manchmal nur von einer anderen Seite betrachten. Denke an das, was ich dich gelehrt habe – niemals nur eine Seite des Sachverhaltes oder Ereignisses prüfen. Je größer deine Weitsicht, desto eher wirst du die Wahrheit erkennen. Die Dinge sind nicht immer das, was sie zu sein scheinen.«

Xinbal legte eine Pause ein, hob den Kopf und sah in den Himmel. Die Sterne funkelten schon am Firmament. »Es ist schon spät geworden, lege dich nun schlafen – damit du morgen ausgeruht bist. Bei Sonnenaufgang wirst du dich auf den Weg machen – hinein nach Schattenwelt.«

Tiron nickte wortlos, stand auf – den Kopf voller widersprüchlicher Gedanken, Zweifel und Verwirrung – und verließ das flackernde Feuer.

In seiner Hütte legte er sich auf das Bett und sah sich um in dem kleinen vertrauten Raum – viele Erinnerungen kamen hoch … Er dachte noch lange Zeit über das Gespräch mit Xinbal nach, bis ihn endlich der Schlaf übermannt.

Er erwachte, als die ersten Sonnenstrahlen wärmend durch das Fenster fielen – die Landschaft hatte einen goldenen Schimmer angelegt. Es war nicht zu überhören, dass Xinbal auch schon wach war. Tiron stand langsam auf und ging nach draußen. Ein Feuer brannte schon.

»Guten Morgen, mein Sohn«, grüßte sein alter Meister.

»Guten Morgen, Xinbal«, murmelte Tiron verschlafen zurück und schleppte sich zu Brunnen, um sich den Schlaf aus den Augen zu waschen. Nachdem er mit dem morgendlichen Bad fertig war, dachte er wieder an die bevorstehende Abreise. So viele Fragen spukten ihm seit gestern Abend im Kopf herum – welche Gefahren lauerten auf ihn? – würde er kämpfen müssen? – und sollte er wirklich so unverschämtes Glück haben, auf Obsidian zu treffen – was dann? Wie konnte man den Herrn der Finsternis bezwingen? Aber was nutzte es, sich Fragen über Fragen zu stellen, wenn man die Zukunft sowieso nicht kannte. Er schüttelte sich und machte sich zurück zu Xinbal.

Der Magier stand gebückt am Feuer und rührte in einem Topf

mit Kräutersuppe. »Oh, mein armer Rücken!«, klagte der Alte wieder über seine Kreuzschmerzen.

Typisch Meister, dachte Tiron, *ich muss eine gefahrvolle Reise antreten, von der ich nicht weiß, ob ich lebend zurückkomme – und er jammert über seinen Rücken.*

»Schon fertig – wieder die Schnellwäsche gemacht?«, feixte Xinbal. Tiron gab keine Antwort, sondern setzte sich ans Feuer.

»Heute nicht zu Späßen aufgelegt? Na, habe ja nur versucht, dich etwas aufzuheitern«, brummelte Xinbal entschuldigend. »Hast du deine Sachen schon gepackt?«

»Nein, da ich sowieso nicht viel besitze, wird das schnell getan sein.«

»Dann packe jetzt! Frühstücken kannst du später!«

Tiron stand also wieder auf und stapfte zurück zur Hütte. Er packte nur das Notwendigste ein – frische Wäsche, sein Buch der Magie, Reiseproviant. Er legte die Sachen auf sein Bett, kniete nieder und zog unter der Liege ein verschnürtes Bündel hervor – das Schwert seines Vaters. Er schnitt die Lederriemen des Bündels durch und öffnete es, sofort funkelte das Metall im hereinfallenden Sonnenlicht. Er nahm die Klinge, fuhr mit den Fingern sanft darüber – der kalte Stahl fühlte sich an wie Eis. Seine Hand schloss sich um den Griff, Tiron stand auf und zog das Schwert mit einem Pfeifen durch die Luft. Die Waffe übte etwas Beruhigendes auf ihn aus, er fühlte sich für die Reise – trotz aller wahrscheinlichen Gefahren – gewappnet, denn er hatte gute Lehrmeister für die Kampfkunst gehabt. Er legte das Schwert sowie seinen Bogen neben die anderen Sachen auf das Bett. Wäsche, Buch, einen Laib Brot und etwas Trockenfleisch verschnürte er zu einem handlichen Bündel.

Da er fertig war, wandte er sich wieder nach draußen – Xinbal schöpfte gerade eine wohlriechende Kräutersuppe in die Schüsseln. Er reichte Tiron wortlos die Brühe, dazu ein Stück Brot. Dann nahm der Alte gegenüber von Tiron Platz und begann schweigend zu essen.

Als Xinbal seine Schale geleert hatte, räusperte er sich ausdrucksvoll und wandte sich feierlich an Tiron: »Nun, Junge, die Zeit des Aufbruchs ist gekommen. Ich kann dir nicht sagen, was vor dir liegt oder was dich erwartet – doch egal, was kommen mag – glaube an dich selbst und urteile nie vorschnell. Ich möchte dir noch zwei Geschenke mit auf den Weg geben – eines ist ein Pulver, man nennt es den »Atem der Dunkelheit«. Wenn du nur ein bisschen davon einem Gegner ins Gesicht schleuderst, so verliert er augenblicklich das Bewusstsein. Er fällt in einen tiefen Schlaf, der über Stunden andauern wird, und wenn er erwacht – kann er sich an nichts von dem, was war, erinnern.«

Tiron staunte. Sein Meister kramte in einem Beutel und zog seine zweite Gabe hervor. »Hier – das zweite ist dieser Ring, er wird »Ring der Zeit« genannt. Benutze ihn nur in allerhöchster Gefahr – er besitzt die Macht, für die Dauer von drei Atemzügen die Zeit anzuhalten. Aber Vorsicht, jede Anwendung hat ihren Preis, denn wenn du ihn benutzt, zehrt er an deiner Lebensenergie. Je öfter du ihn verwendest, desto schwächer wirst du werden.«

»Und wie funktioniert er?«, fragte Tiron erwartungsvoll.

»Drehe den Ring – mit Daumen und Zeigefinger – einmal nach rechts und sprich dazu laut und deutlich »*Sactar*« und die Zeit steht still, nur du allein kannst dich dann innerhalb dieser Zeitspanne bewegen.«

Überwältigt nahm Tiron die wertvollen Geschenke an sich. »Vielen Dank, Meister.« Er verbeugte sich.

»Nun geh und hole deine Sachen – es wird Zeit.«

In der Hütte nahm Tiron sein Bündel, verstaute noch das Pulver und hängte sich alles an die Seite. Den Ring zog er über seinen Mittelfinger. Das Schwert band er, ebenso wie den Bogen, in einer Art Kreuz über den Rücken, so hatte er stets beide Waffen griffbereit, ohne dass sie ihn beim Gehen hinderten.

Xinbal wartete direkt vor dem Eingang der kleinen Hütte und empfing ihn mit den Worten: »Ich wünsche dir viel Glück, und gib gut auf dich Acht! Ich werde in Gedanken bei dir sein!«

»Ich werde mein Bestes tun, Meister.« Tiron trat an Xinbal vorbei, doch im Gehen wandte er sich nochmals um, umarmte den Alten herzlich – der so erschrocken war, dass er ganz vergaß, sich zu wehren – und flüsterte ihm leise zu, »Danke – für alles, was Ihr für mich getan habt, Xinbal!«

Dann machte er wieder kehrt und lief in Richtung Süden – tiefer hinein nach Schattenwelt.

Als er sich in einiger Entfernung noch einmal umdrehte und winkte, dachte er daran, was ihm vorhin gerade aufgefallen war – vielleicht täuschte er sich ja auch – aber bei der Umarmung Xinbals hatte er geglaubt, eine Träne in den Augen seines Meisters gesehen zu haben.

Kapitel 5

Ein neuer Begleiter

Tiron wanderte bereits seit zwei Tagen immer tiefer nach Schattenwelt hinein. Manchmal beschlich ihn ein Gefühl, Schattenwelt bestehe nur aus Wald. Den größten Teil der Strecke war er nur durch Gehölz – hauptsächlich Mischwald – gelaufen. Nur vereinzelt hatten sich kleine Lichtungen geöffnet, die er aber stets in einem großen Bogen umlaufen hatte, denn die Gefahr, entdeckt zu werden, war hier am größten. Bis jetzt war zwar alles gut verlaufen – es hatte keine erkennbaren Bewegungen des Bösen gegeben – aber das eigentlich Schlimme war, dass er keinen Schimmer hatte, in welche Richtung er sich begeben musste.

Weder die Prophezeiung gab einen Hinweis, noch wusste Xinbal, wo sich dieser Obsidian befinden sollte. Es war schon eine verflixte Sache, Tiron hatte keine Ahnung, wie er ihn finden sollte, geschweige denn, wie man ihn töten konnte und das – dessen war er sich sicher – war beim Fürsten der Dunkelheit gewiss nicht leicht.

Blieb also als erstes Ziel nur das Ankorgebirge, dort lagen die Höhlen der Norodim – dort würde er hoffentlich erste Antworten erhalten – aber dazu musste er zuvor an diesen Furtwächtern von Aburin vorbei.

Tiron hing seinen Gedanken nach, als der Schlüssel um seinen Hals plötzlich warm wurde – er spürte es sofort, da er ihn direkt auf der Haut trug. Fast gleichzeitig signalisierte ihm sein Instinkt: Gefahr!

Tiron sah sich hastig nach einem Versteck um und entdeckte in einiger Entfernung eine dichte Buschgruppe – sofort rannte er los. Er warf sich in das Unterholz und blickte suchend nach dem Grund für die Veränderung seines Amulettes, doch es war alles ruhig. Er konnte nichts entdecken, aber der Stern von Taurin reagierte mit Sicherheit nicht umsonst.

Da vernahm er ein Geräusch – es klang wie das Schlagen von Flügeln. Tiron hob den Kopf – dicht über den Baumkronen sah er sie – Harpyien! Er kannte sie nur von Erzählungen, doch er wusste sofort, dass es sich um solche handelte.

Xinbal hatte sie mehrmals beschrieben: Wesen mit einem behaarten Körper, ihr Gesicht war dem einer Frau – aber nur im weitesten Sinne – vergleichbar. Statt Arme besaßen sie Flügel, die in drei spitzen Klauen endeten. Diese waren immens gefährlich, denn Harpyien waren Jäger, wie Leichenfledderer – selbst ein kleiner Kratzer hatte oft böse Vergiftungen zur Folge. Das aufgerissene Maul offenbarte messerscharfe Fänge, die tödliche Wunden reißen konnten. Diese Monstren waren unter den Geschöpfen des Bösen wohl die unberechenbarsten – sie griffen alles an und machten keinen Unterschied zwischen Freund und Feind – Hauptsache, sie konnten töten. Genau deshalb besaßen sie eine Sonderstellung innerhalb der Dämonenbrut – selbst Trolle und Oger fürchteten diese Wesen.

Tiron zählte sieben, er wagte kaum zu atmen, doch sie flogen vorüber, ohne ihn zu bemerken. Er wartete noch eine Weile, um ganz sicher zu gehen, dass sie nicht zurückkamen und verließ er sein Versteck. Er holte tief Luft, um sich zu beruhigen und die Anspannung abzubauen. Merkwürdigerweise hatte der Stern seine Wärme beibehalten, also war die Gefahr noch nicht vorüber.

Tiron schaute nochmals zum Himmel, aber bis auf ein paar träge vorüberziehende Wolkenfetzen tat sich nichts in der Luft. Trotzdem holte er seinen Bogen vom Rücken und legte einen Pfeil an die Sehne. Vorsichtig, nach allen Seiten umschauend, lief er weiter. Immer wieder blieb er stehen und achtete auf ungewöhnliche Geräusche. Er hatte das Gefühl, beobachtet zu werden, deshalb hielt er sich mit dem Rücken zum dichten Unterholz – so hatte er wenigstens die Rückseite frei.

Der Stern von Taurin blieb warm …

Nach einigen Augenblicken hörten die wenigen Vögel plötzlich auf, zu singen. Tiron hielt inne – vor ihm tat sich eine große Lichtung auf. Er legte sich flach auf den weichen, moosigen Untergrund, robbte bis fast an die Waldwiese vor und sondierte das Terrain. Die Lichtung war von dichtem Mischwald – Buchen, Birken und vereinzelten Tannen – umgeben. Innerhalb der Rodung breiteten sich einige Strauchgruppen wie kleine Punkte auf einem Schmetterlingsflügel aus.

Langsam gewöhnten sich seine Augen an die Licht- und Schattenspiele, die durch die einfallende Sonne und den leichten Wind verursacht wurden. Falls jemand oder irgendetwas in einem Hinterhalt liegen sollte, war es besser, das Gelände zu kennen. Er blieb ganz ruhig liegen – denn wenn ein Gegner auf der Lauer lag, so würde er sich über kurz oder lang bewegen – fragte sich nur, wer die größere Geduld und Ausdauer hatte.

Keine Frage – etwas war hier anwesend, der Schlüssel wurde noch wärmer!

So lag Tiron eine lange Zeit unbeweglich am Rande der Lichtung, als ein kurzer Lichtreflex in einem Strauch innerhalb der Schneise aufleuchtete. Er konzentrierte sich nur auf diesen Busch – fast verdeckt und kaum wahrnehmbar kauerte dort eine Gestalt. Sie verstand etwas von Tarnung, denn Tirons Augen waren schon mehrfach über diese Staude gewandert, und er hatte nichts bemerkt. Dann sah er, dass dieser Jemand unmerklich seine linke Hand hob – er gab ein Zeichen – und tatsächlich – im Strauchwerk etwas weiter weg bewegte sich nun auch etwas. Er entdeckte dort ebenfalls einen Umriss – nun waren es also schon Zwei.

Plötzlich vernahm er vom gegenüberliegenden Waldrand Stimmen – Menschenstimmen. Tiron fluchte innerlich – wie konnte sich jemand in diesen Zeiten so sorglos durch Schattenwelt bewegen! Er spähte hinüber und erkannte zwei Menschen – einen Greis und einen jungen Mann, der ungefähr in seinem Alter sein mochte. Die Gestalten waren also nicht hinter ihm her, sondern hinter diesen Beiden. Jetzt kam Bewegung in die Sträucher, nun sah Tiron auch, mit wem er es zu tun hatte – Oger – fünf an der Zahl. Sie hatten sich gut postiert – der Alte und seine Begleitung mussten direkt an den Büschen vorbei – und schon wären sie in der Falle. Tiron überlegte fieberhaft, wie er die beiden Menschen warnen konnte – ohne frühzeitig selbst entdeckt zu werden. Er nahm seinen Bogen, spannte die Sehne – der Pfeil flog hoch in die Luft – so konnte niemand erkennen, aus welcher Richtung er abgeschossen worden war. Der Pfeil ging fast direkt vor dem Greis nieder, beide Menschen erstarrten und der Jüngere griff nach seinem Schwert.

Auch die Oger hatten nun bemerkt, dass etwas nicht stimmte und gaben ihre Deckung auf. Mit lautem Gebrüll stürmten sie auf die beiden Männer los.

Tiron verließ ebenfalls seinen Unterschlupf, legte den nächsten Pfeil an, schon fiel der erste Oger getroffen zu Boden. Zwei der Ungetüme blieben mitten im Lauf überrascht stehen und drehten sich um. Die anderen hatten in ihrem Blutdurst den Vorfall gar nicht wahrgenommen und rannten weiter. Die beiden, die ihre Jagd unterbrochen hatten, sahen Tiron aus ihren gelblichen, blutunterlaufenen Augen verwirrt an. Sie waren unschlüssig, denn es war eine neue Situation durch ihn, Tiron, eingetreten.

Er wusste, dass er sich auf keinen Nahkampf einlassen durfte, Oger waren aggressiv, aber nicht gerade mit viel Verstand gesegnet und deshalb unberechenbar. Sie gebrauchten zwar in der Regel außer Holzkeulen keine Waffen – waren ihm aber an Kraft haushoch überlegen. Die Ungetüme wurden über sieben Fuß groß, waren von untersetzter Statur, und im Verhältnis zu ihrem Körper hatten sie ellenlange Arme. Ihre Reichweite war dementsprechend, selbst mit dem Schwert hätte er nur eine geringe Chance. Und er wußte, dass Oger zäh und ausdauernd waren.

Beide stürmten nun auf ihn los, doch Tiron war noch weit weg und vor allem: schnell – ein Pfeil blieb zitternd zwischen Hals und Schulter der vorweg laufenden Kreatur stecken. Mitten im Lauf brach der Oger zusammen. Den zweiten fällte Tiron auf dieselbe Weise.

Dann sah er zu den Menschen hinüber – der Jüngere musste eine Schwertausbildung genossen haben – er führte eine ausgezeichnete Klinge.

Der alte Mann hatte sich hinter seinem Weggefährten verschanzt, während dieser mit weit ausholenden Schwertstreichen die Oger auf Distanz zu halten versuchte. Lange würde er die kraftraubenden Hiebe nicht durchhalten und Tiron beeilte sich, die beiden zu erreichen.

Eines der Ungeheuer erspähte ihn und sah nun auch, dass seine drei Mitstreiter tot am Boden lagen. Es erfolgte ein kurzer und heftiger Wortwechsel zwischen den beiden Angreifern, denn jetzt hatten sie die Gefahr, die von Tiron ausging, erkannt.

Sie drängten auf ein schnelles Ende der beiden Wanderer – ein Oger stürzte auf den Schwertkämpfer los, war aber zu ungestüm und unvorsichtig – dessen Klinge verwundete ihn an der Schulter. Und ehe der Oger weiter reagieren konnte, traf ihn ein Stilett – der Junge hielt es in der anderen Hand – tief in die Brust. Die Bestie verendete, ohne einen Laut von sich zu geben. Doch dadurch verlor der jugendliche Kämpfer kostbare Augenblicke, in denen der Alte ungeschützt blieb. Der zweite Oger nutzte seine Chance und fiel über den alten Mann her – es ertönte ein markerschütternder Schrei, gefolgt von dem durchdringenden Knirschen als die Knochen unter der Wucht des Zusammenpralls brachen.

Der junge Krieger erstarrte förmlich, und das Ungeheuer nutzte diese Schrecksekunde sofort zu einem erneuten Angriff, doch Tiron war schneller. Bevor der Oger zuschlagen konnte, ragte schon ein Pfeil aus seiner Brust. Mit einem dumpfen, röchelnden Ton knickten dem Oger die Knie weg, dann schlug er lautlos auf dem weichen Boden auf.

»Was für ein Leichtsinn, sich in diesen Zeiten so sorglos in Schattenwelt zu bewegen. Das ist kein Ausflugsziel – sondern das Gebiet des Bösen!«, schrie Tiron aufgebracht den Schwertträger an. Der Mann schenkte Tiron überhaupt keine Beachtung, sondern starrte nur auf den leblosen Körper des Alten. Er stammelte irgendetwas, es klang wie: »Er ist tot – bei allen Göttern – er ist tot.«

Tiron lief zu ihm, gab ihm eine schallende Ohrfeige und forderte eindringlich: »Beruhige dich – es ist vorbei.«

Der Schlag ins Gesicht tat offenbar seine Wirkung, die Augen des Mannes wurden wieder klarer. »Danke für die Hilfe«, sagte er leise, während er sich die Wange rieb.

Tiron nickte kurz und sah zu dem Leichnam. »Wer war er?«

»Mein Großvater – er zog mich auf, als meine Eltern starben!«

Tiron legte ihm die Hand auf die Schulter. »Es gibt viele, die das gleiche Schicksal teilen wie du und ohne Eltern zum Mann wurden. Ich will nicht unhöflich sein, aber lass ihn uns begraben, wir dürfen uns nicht zu lange an diesem Ort aufhalten. Die Zeit der Trauer wirst du auf später verschieben müssen. Wo fünf Oger sind, sind vielleicht noch mehr unterwegs.«

So trugen die Beiden den Toten zum Rande der Lichtung, hoben dort in aller Eile eine tiefe Grube aus und bestatteten den alten Mann zwischen zwei Buchen. Tiron bestand darauf, noch ein paar große Steine auf das Grab zu legen.

»Warum?«, wollte sein neuer Gefährte wissen.

»Als Schutz vor den Ghulen und Harpyien, beide sind Leichenfledderer. Besonders Ghule – sie ernähren sich fast ausschließlich von totem Fleisch. Je verwester, desto besser.«

Der Fremde schaute ihn mit großen Augen an. »Bei den Göttern – so etwas gibt es?«

Tiron lehnte sich an einen Baum und lachte zynisch. »Mein Freund, du bist hier in Schattenwelt. Ein kleiner Fehler, und du bist mehr los als dein Fleisch! Wie heißt du überhaupt?«

»Charim – und du?«

»Tiron. Charim? Das ist kein nordischer Name.«

»Nein – ich komme aus Nerun in Zimbara.«

»Nerun?«

»Ja, die Hauptstadt, etwas südwestlich der großen Handelsstraße von Chem, vorbei am Ankorgebirge.«

»Also ist deine Heimat in der Nähe der Großen Wasser?«

»Ja.«

»Und was – bei den Göttern – wolltet ihr so tief in Schattenwelt? Ihr müsst Wochen unterwegs gewesen sein?«

»Mein Großvater hörte von einer Pflanze, die, wenn sie gekocht und als Sud getrunken wird, schneller als alles andere den Wundbrand heilt.«

Tiron schaute Charim erstaunt an. »Und deswegen seid ihr nach Schattenwelt aufgebrochen? Ich kann es nicht glauben.«

Charim nickte. »Mein Großvater glaubte fest, er würde reich werden, wenn er diese Pflanze auf dem Markt von Nerun feilbieten würde. Du musst wissen, wir sind sehr arm.«

»Seid ihr euch der Gefahren von Schattenwelt nicht bewusst gewesen – insbesondere in diesen Zeiten!?!«

»Nun ja, wir hörten zwar so manches, aber niemals etwas Konkretes. Also dachten wir, so schlimm wird es nicht werden, zumal bei vielen Geschichten mit dem Erzähler die Fantasie durchgeht.«

Tiron schüttelte nur den Kopf. »Bei allen guten Geistern – welch sträflicher Leichtsinn. Es grenzt schon an ein Wunder, dass ihr unbehelligt so tief nach Schattenwelt vordringen konntet! Hattet ihr – außer dieser hier eben – sonst keinerlei Begegnungen mit dem Bösen?«

»Nein – keine!«

»Verdammt, aber warum?«, fragte Tiron, mehr sich selbst.

Charim antwortete trotzdem: »Wir trafen vor etwa einer Woche einen Tuchhändler, dieser warnte uns davor, in den Westen von Schattenwelt zu gehen. Dort zieht sich anscheinend das Böse zusammen. Der Händler meinte, die Finsternis wird sich wieder erheben und Chem erneut in die Dunkelheit stürzen. Er lachte nur über unser Vorhaben – hätten wir nur auf ihn gehört, denn wären mein Großvater jetzt noch am Leben.«

»Eine späte Einsicht, Charim, doch Selbstvorwürfe helfen dir jetzt auch nicht weiter – und sie ändern nichts an der Situation. Lass uns jetzt einen geeigneten Lagerplatz suchen – nur noch kurze Zeit, und es wird dunkel sein.«

Die beiden jungen Männer machten sich gemeinsam auf den Weg und fanden am Rande eines hohen Felsens einen guten Schlafplatz. Sie hatten Sichtschutz von drei Seiten, und so gingen sie das Risiko ein, ein kleines Feuer zu entfachen.

Bis tief in die Nacht saßen sie an der wärmenden Glut und erzählten sich gegenseitig ihre Erlebnisse.

Charim hörte mit großem Staunen die Geschichte von Tiron. Als er endete, fragte Charim: »Weißt du denn, wo du die Norodim oder diesen Obsidian finden kannst?«

»Ja und Nein, die Höhlen der Norodim liegen irgendwo im Ankorgebirge. Was Obsidian angeht, so habe ich keine Ahnung, wo er sich aufhält – aber ich glaube, durch dich habe ich heute den ersten Anhaltspunkt bekommen!«

»Durch mich?«, wunderte sich Charim.

»Ja – du erzähltest heute Nachmittag, dass der Tuchhändler

euch mitteilte, das Böse sammle sich im Westen. Wenn es dort also eine Armee gibt, so gibt es auch einen Befehlshaber, vielleicht ist es Obsidian selbst. Doch zuerst muss ich zu den Alten Weisen – sie wissen, wie er getötet werden kann.«

»Du hast also wirklich vor diesen Herrscher des Bösen zu töten?«, meinte der Zimbarer entsetzt.

»Ich muss – es ist mein Schicksal – vor langer Zeit mir auferlegt!«

Charim schwieg und dachte lange nach, dann schaute er Tiron an. »Gut, ich werde mit dir gehen!«

Lachend gab Tiron zurück: »Nein, mein Freund, das wäre zu gefährlich – aber danke für dein Angebot.«

»Was habe ich denn schon zu verlieren?«, antwortete Charim, »meine Familie bestand aus meinem Großvater – und der liegt nun in seinem Grab. Freunde habe ich wenige, also was soll ich in Nerun? Ich muss mich alleine zurück begeben, was wiederum Wochen voller Gefahr bedeutet und du ziehst ebenfalls alleine weiter – also warum nicht zu zweit der Gefahr trotzen?«

»Was du zu verlieren hast? Dein Leben – und das ist zurzeit alles, was du besitzt!«

»Das kannst du auch verlieren und trotzdem gehst du. Außerdem sind wir nun zu zweit, und sicherer ist das allemal!«

Eine Weile schaute Tiron nachdenklich in das niedergebrannte, leise knisternde Feuer und überlegte. »Also gut, Charim, komme mit mir – aber merke dir eines – ab jetzt keine Leichtfertigkeiten mehr!«

»Danke«, gab dieser nickend zurück.

»Du brauchst dich nicht zu bedanken – dafür, dass du vielleicht in den Tod gehst. Jetzt schlafe ein wenig, damit du morgen ausgeruht bist. Ich halte die erste Wache, wenn du mit der nächsten dran bist, wecke ich dich.«

Charim nickte stumm und wickelte sich in seine Decke.

Kurze Zeit darauf hörte Tiron tiefes und ruhiges Atmen, sein neuer Gefährte war eingeschlafen. Er dachte lange nach, ob diese Entscheidung richtig gewesen war. Einerseits war es sicherlich besser zu zweit, sie beide konnten mit Waffen umgehen und sich gegenseitig beistehen. Andererseits kannte er Charim nicht – und er schien nicht gerade erfahren – wer weiß, ob er nicht bei einem weiteren Zusammentreffen mit den Kreaturen des Bösen wieder die Nerven verlor? Man würde sehen.

Die Nacht war sternklar, keine Wolken trübten den Himmel, ein wahrhaft seltener Anblick für dieses düstere Land. Der Mond hüllte mit seinem diffusen Licht die Landschaft in einen silbernen Schleier.

Tiron weckte Charim, nachdem der Mond halb über den Himmel gewandert war. »Los, du bist dran, und schlafe bloß nicht ein – der Tod kennt kein Erbarmen«, warnte Tiron.

Charim rollte sich schlaftrunken aus seiner Wolldecke. »Ich pass´ schon auf.«

»Das will ich hoffen – unser beider Leben hängt davon ab!« Tiron legte sich müde auf seine Schlafstatt. Eine Weile lauschte er noch den Geräuschen des Waldes, dann fiel er in einen tiefen Schlaf.

Geweckt wurde er von einem heftigen Rütteln an seiner Schulter, er fuhr hoch und wollte etwas sagen – doch eine Hand legte sich auf seinen Mund – es war Charim.

Er flüsterte nur: »Oger!«

Tiron zog sich an ihm hoch und bemerkte gleichzeitig, dass das Amulett auf seiner Brust warm war.

»Wo?«, fragte er leise zurück.

»Nördlich, komm zu den Eichen dort vorne, dann kannst du sie sehen.«

Sie schlichen geduckt auf allen Vieren zu den erwähnten Bäumen – keine sechshundert Fuß von ihrem Lagerplatz entfernt hatte sich eine Schar dieser Biester niedergelassen. Tiron zählte fünfzehn. »Vermutlich suchen sie die fünf von gestern. Es waren also doch mehr, als wir geglaubt haben.«

Charim sah ihn an. »Und nun?«

»Wir werden warten, es brennen keine Feuer und es sind keine Schlafgelegenheiten hergerichtet – sie machen also nur eine kurze Rast.«

Tatsächlich dauerte es nur kurze Zeit, und sie bemerkten die ersten Anzeichen, dass die Oger ihren Weg fortsetzen wollten.

Behutsam krochen die beiden Männer ins Lager zurück, dort

befand Tiron: »Wir werden aufbrechen, sobald sie weg sind – es wird nicht lange dauern und sie werden die Toten finden … Besser, wenn wir dann möglichst weit entfernt sind. Charim, geh du wieder zu den Eichen, gib ein Zeichen, sobald sie aufgebrochen sind.«

Der Zimbarer gab einen Fingerzeig, dass er verstanden hatte. Tiron begann, die Spuren von ihrem Nachtlager zu verwischen. Er schnitt dafür von einem nahe gelegenen Strauch einen großen Zweig mit dichten Blättern ab und benutzte ihn als Besen – so konnte er ihre Fußabdrücke unkenntlich machen.

Endlich gab sein neuer Gefährte das verabredete Signal und kam zurück. »Sie sind gerade nach Westen losgezogen – ungefähr in die Richtung, aus der wir kamen.«

»Also los, wir haben keine Zeit zu verlieren.«

Sie packten die restlichen Sachen und machten sich auf, Richtung Osten.

Die Sonne stand schon fast im Zenit, als sich Tiron und Charim ihre erste Rast gönnten. Die Landschaft hatte sich verändert, der Wald wurde lichter und wich mehr und mehr niedrigem Strauchwerk. Tiron betrachtete den Wechsel mit wachsender Sorge. Die Bäume hatten sie bisher verborgen, sozusagen behütet – nun aber, da die Sicht immer freier wurde, waren sie ein leichtes Ziel für die geflügelten Wesen – und das waren nicht nur diese Harpyien, sondern auch die Drachen, wie er aus Xinbals Erzählungen wusste. Der Wald führte zwar nach Osten weiter, aber als sie vor einiger Zeit auf einer größeren Anhöhe Ausschau gehalten hatten, hatten sie ein riesiges Sumpfland in der Ferne ausgemacht. So blieb beinahe nur der Weg über die offene Steppenlandschaft.

»Was meinst du, Charim – Sumpf oder Steppe?«, fragte Tiron seinen Begleiter, der ihm gegenüber auf einem großen Stein saß.

»Ich weiß nicht so recht – wenn wir über die Ebene laufen, sind wir meilenweit zu sehen, wir haben keine Deckung und es ist ein Kinderspiel, uns aus der Luft auszumachen. Tja – und wenn wir angegriffen werden – wohin flüchten? Wir sitzen wie Hasen in der Falle. Aber wenn nichts passiert, kommen wir schnell voran!«

»Stimmt, im Sumpf dagegen«, setzte Tiron fort, »kommen wir

nur sehr langsam voran, es ist heiß, stickig und wer weiß, was dort für Gestalten ihr Unwesen treiben! Also was tun wir?«

»Ich bin für den Sumpf, die Aussichten, am Leben zu bleiben, sind – jedenfalls meiner Ansicht nach – um einiges größer!«

Tiron nickte und stand auf. »Dann ist es beschlossen – das Moorland!«

Kapitel 6

Eine Panthera namens Marla

Die Luft war schwer und feucht – es herrschte Treibhausatmosphäre. Über die Landschaft hatte sich ein Dunstschleier gelegt, der selbst die starke Sonne der Nachmittagszeit nicht durchdringen ließ.

Seit dem Morgen schon wateten Tiron und Charim knöcheltief im Morast, immer auf der Hut, dass sie nicht in einem der tückischen Sumpflöcher versanken. Sie hatten sich zum Schutz ein Seil um die Hüften geschlungen, falls der Eine einsinken würde, so konnte der Andere ihn wieder herausziehen.

»Eine so unwirkliche Gegend habe ich noch nie gesehen, Tiron.«

Der Angesprochene nickte. »Keine Sorge, Charim, da bist du nicht der Einzige, ich nämlich auch nicht.«

Beide schauten sich mit ihren verschwitzten Gesichtern besorgt an. Plötzlich schlug sich Charim auf den Oberarm. »Diese Biester rauben mir den letzten Nerv – sieh mich an – ich sehe langsam aus wie eine Hügellandschaft.«

Tiron lachte. »Warte, bis wir einen geeigneten Platz zum Rasten gefunden haben, dann kann ich dir helfen.«

Doch der Zimbarer haderte weiter mit sich selbst.

Tiron sah sich nochmals um – die Landschaft war wirklich fürchterlich, morsche oder tote Bäume, wohin man sah. Und ihre verkrüppelten Äste ragten zum Himmel, als riefen sie nach Hilfe – die niemals kam.

Alles war grau in grau und dazu dieser widerliche Modergeruch, der sie seit Betreten des Sumpfes begleitete. Er nahm den Gestank zwar kaum noch wahr, sie hatten sich längst an ihn gewöhnt – doch er war und blieb ihr ständiger Gefährte. Was ihm schon von

Anfang an aufgefallen war – es gab kaum Lebewesen, von den Stechmücken einmal abgesehen, hatte er hie und da nur ein paar Ratten bemerkt. Doch das musste nichts heißen – die Gestalten der Dunkelheit sind trügerisch – das war Tiron durchaus bewusst. Ein-, zweimal hörte er seltsame Geräusche, die er nicht einordnen konnte, aber gesehen hatte er nichts.

»Vielleicht besser so«, knurrte er sich selbst an, »wer weiß, was das für Kreaturen sind.«

»Was meinst du?«, fragte Charim.

Tiron schrak aus seinen Gedanken hoch. »Ach nichts, ich habe nur laut gedacht.«

Nach einer weiteren anstrengenden Wegstrecke und ungefähr hundert Mückenattacken später erreichten sie eine kleine Erhebung im Gelände, die einigermaßen trocken war. Erschöpft ließen sie sich zu Boden fallen.

»Wenn ich das gewusst hätte -«, schnaufte Charim, »- dann wäre ich lieber über die Ebene gelaufen.«

»Sicher – die Harpyien hätten bestimmt ihre Freude mit dir gehabt, es wäre garantiert ein Anblick gewesen, den man nicht alle Tage zu sehen bekommt!«, brummte Tiron.

»Ja, ja – ist ja schon gut – es sind diese Stechbiester, die treiben mich noch in den Wahnsinn!«, gab Charim entschuldigend zurück.

Tiron setzte sich auf. »Charim, siehst du dort auf dem abgestorbenen Baum den Moosbewuchs?«

Sein Gefährte nickte.

»Hole bitte davon etwas – ich werde inzwischen Holz sammeln.«

»Was willst du denn mit dem Holz, so nass und feucht, wie es ist, wirst du es nie zum Brennen bringen.«

Tiron lächelte. »Abwarten, mein Freund, das lass mal meine Sorge sein.«

Als Charim dann mit dem Moos eintraf, hatte Tiron bereits einen Stapel Holz aufgeschichtet.

»Da bin ich jetzt aber mal gespannt«, unkte Charim. Tiron schüttelte nur den Kopf und kramte aus seiner Jacke einen kleinen Beutel. Er öffnete ihn und ließ eine kleine Prise eines bläulichen Pulvers über das Holz rieseln, dann hielt er seine Handflächen über den Stapel und murmelte: »*Pyrot domus actem*«. Schlagartig brannte das Holz lichterloh.

Charim wich erschrocken zurück und schaute Tiron ungläubig an. Dieser zuckte nur mit den Schultern. »Ein einfacher Feuerzauber – sonst nichts!«

»So – ein Feuerzauber – und einfach ist er auch noch? Dann ist ja alles gut!«, schnarrte Charim zurück.

»Ich sagte dir doch, dass ich bei Xinbal einiges gelernt habe – und jetzt gib mir das Moos.«

»Jawohl, der Herr. Und was kommt jetzt? Ich wäre für einen saftigen Wildschweinbraten – und bitte mit Kartoffeln, wenn es geht!«, feixte der Zimbarer. Doch der Blick, der von Tiron kam, ließ ihn lieber schweigen.

Tiron steckte das Moos auf einen Zweig und begann, es über dem Feuer zu trocknen. Kurze Zeit später waren die Pflanzen ausgedörrt. Er zerrieb sie zu einem feinen Pulver, das er in eine kleine Schale rieseln ließ. Charim ließ ihn während der ganzen Prozedur keine Sekunde aus den Augen.

Als die Schale halbvoll war, meinte Tiron: »So, das dürfte genügen.« Er stand auf, träufelte etwas klares Wasser aus ihrer Trinkflasche in die Schale und begann zu rühren. Nach kurzer Zeit hatte sich eine Paste gebildet.

»Und nun?«, fragte Charim zum wiederholten Male dazwischen.

»Jetzt muss noch etwas zerriebene Fledermauskralle hinein – und dann ist er fertig – dein Schweinebraten!«, gab Tiron ironisch zurück.

»Schon gut, schon gut – was ist das denn jetzt für ein Zeug?«

»Wenn du dich damit einreibst, lassen dich die stechenden Plagegeister in Frieden!«

Charim griff nach der Schale und roch daran. »Riecht nach gar nichts.«

»Für die Mücken schon, die werden uns jedenfalls ab sofort in Ruhe lassen!«

»Na, hoffentlich.« Charim beäugte die Paste kritisch von allen Seiten. »Wenn ich mich damit einreibe, passiert also sonst nichts? Nicht, dass mir Warzen oder Beulen wachsen.«

»Das, mein lieber Charim, würde dich auch nicht schöner

machen«, konterte Tiron. »Außerdem kannst du es ja lassen, wenn du die heftigen Liebesbekundungen unserer kleinen Begleiter vorziehst!«

»Nein, nein – dann lieber Warzen im Gesicht«, murrte Charim.

»Dann stell dich nicht so an und schmier´ dir das Zeug endlich auf die Haut – wir müssen weiter.«

»Ja, ja – ich mach´ doch schon«, murmelte der Zimbarer und begann, sich mit der Paste einzureiben. Tiron tat das Selbe.

Danach löschten sie das Feuer und brachen wieder auf.

Kurze Zeit später vernahm Tiron hinter sich die Stimme seines Gefährten. »He, das hilft ja tatsächlich, keinen einzigen Stich, seit wir wieder aufgebrochen sind.«

»Hattest du etwas anderes erwartet?!«, lachte Tiron.

Eben wollte Charim ein Kontra geben, als ein greller Schrei durch die düstere Landschaft hallte.

Beide blieben wie erstarrt stehen.

»Was war denn das?«, flüsterte Charim, doch Tiron zuckte mit den Schultern.

»Keine Ahnung – aber es kam aus dieser Richtung.« Er zeigte geradeaus. »Das war direkt vor uns.«

»Vorsicht!«, mahnte Charim, »Es könnte eine Falle sein.«

»Ich weiß nicht so recht – mir klang es eher wie ein Schreckensschrei oder Hilferuf. Also los – du bleibst ein paar Fuß weit hinter mir und hältst uns den Rücken frei, wir werden uns das mal ansehen.«

Soweit es der Morast zuließ, liefen sie möglichst genau in die Richtung, aus welcher der Schrei ertönt war. Weniger als achthundert Fuß weit entfernt entdeckten sie – leicht verschwommen –, eine merkwürdige Gestalt zwischen den Bäumen. Tiron zog sein Schwert und vernahm hinter sich ebenfalls ein leises schleifendes Geräusch. Er sah sich um, auch Charim hielt seine Klinge in der Hand und nickte ihm zu. Langsam und vorsichtig bewegten sie sich auf die Gestalt zu. Tiron erkannte als Erster, was sich da gerade vor ihm abgespielt hatte – eine uralte Frau lag besinnungslos am Boden, ein morscher Baumstamm war, aus welchen Gründen auch immer, umgestürzt, und hatte die Greisin halb unter sich begraben.

Tiron lief ihr zu Hilfe und versuchte, das Holz von ihren Beinen wegzuheben, die unter dem Stamm eingekeilt waren.

»Los, Charim, hilf mir – es ist alles in Ordnung«, rief er seinem Freund zu.

Nun tauchte der Gefährte aus dem Dunstnebel auf und musterte skeptisch die Situation.

»Komm, pack mit an – ich bekomme den Stamm alleine nicht weg.«

Charim eilte nun an seine Seite, und mit vereinten Kräften gelang es ihnen, den Stamm etwas anzuheben und seitwärts wegzurollen. Die Alte lag jetzt frei, hatte aber immer noch das Bewusstsein verloren und gab keinen Laut von sich. Tiron kniete nieder und untersuchte die Beine der Verletzten. »Nun – gebrochen scheint nichts zu sein, sie kann von Glück sagen, dass der Untergrund so weich ist. Das hätte viel schlimmer ausgehen können.«

Er betastete ihren Kopf. »Eine Schramme hat sie, sie ist wohl von einem Ast getroffen worden – das sieht aber auch nicht so schlimm aus – hoffen wir, dass sie bald wieder zu sich kommt.«

»Tiron – sieh dir das mal an.« Charim stand an dem Fleck, an dem der Baum gestanden hatte, und betrachtete nachdenklich den Stumpf.

»Was ist los?«

»Hier, schau dir die Bruchstelle an!«

Tiron besah sich besagte Stelle und fragte dann: »Und? Ich weiß nicht, was du meinst!«

»Das war kein Zufall!«, meinte Charim. »Da, sieh es dir genau an – ich glaube, es war Absicht, dass der Baum fiel.«

»Woran meinst du das zu erkennen, Charim?«

Der lächelte wissend und zeigte auf einen kleinen schwarzen Fleck in der verbliebenen Rinde – es sah auf den ersten Blick wie eine dunkle Baumflechte aus. »Siehst du die verbrannte Stelle?«

»Ja … «

»Ich habe so etwas zu Hause im Süden schon öfter gesehen – es entsteht, wenn ein Blitz in den Baum fährt.«

Tiron schaute nochmals genauer hin. »Ja, das könnte durchaus sein.« Er kniete sich nieder und roch an der Rinde. »Du hast Recht, Charim. Es riecht nach frisch verbranntem Holz, aber wo, bei allen Göttern, sollte hier bitte ein Blitz herkommen – einfach so, aus heiterem Himmel?«

Charim verzog das Gesicht zu einer Grimasse und hob die Achseln. »Was macht denn die Alte hier in dieser Gegend, Tiron? Merkwürdig – sehr merkwürdig.«

»Ich weiß, Charim, der Gedanke kam mir auch schon – und ich kann mir keinen Reim darauf machen. Wir werden die Alte fragen, wenn sie wieder zu sich kommt. Zumindest droht uns von ihr momentan keine Gefahr – sonst hätte sich der Schlüssel bemerkbar gemacht. Trotzdem – Vorsicht ist ein guter Ratgeber!«, entschied Tiron.

Während sie sich unterhielten, stieß die Greisin einen Klagelaut aus. Die beiden wandten sich um und liefen zu ihr.

»Was ist passiert?«

»Das wollten wir eigentlich Euch fragen«, gab Charim zurück. »Könnt Ihr aufstehen? Wir haben Euch vorhin untersucht – keine Brüche oder schlimmen Verletzungen. Glück gehabt, alte Frau!«

»Mein Name ist Marla – nicht alte Frau! Helft ihr mir bitte?!«

Tiron reichte ihr die Hände und zog sie auf die Beine.

»Langsam – ich bin noch ein bisschen benommen.« stöhnte die Alte leise.

»Soll ich Euch stützen, Marla?«, fragte Tiron.

»Danke, nein, ich glaube, jetzt geht es.« Sie sah sich suchend um.

»Habt Ihr etwas verloren?«

»Ja, ich finde meinen Stab nicht.«

»Was für einen Stab?«

»Er stützt mich beim Gehen – wie Ihr sicher zweifelsfrei bemerkt habt, bin ich nicht mehr die Jüngste«, grinste die Alte.

»Moment, ich glaube, das hier ist er.« Charim hatte sich inzwischen umgesehen und zog eine glatte, etwa fünf Fuß lange Stange aus dem Morast.

»Ja – das ist meine Stütze!«

Charim hob den Stab prüfend hoch. »Was ist das für ein Holz? Sehr schwer – nicht ein bisschen zu schwer für Euch? Den könnt Ihr doch sicher nicht lange halten!«

»Nein, nein, er ist schon recht so«, winkte die Greisin verlegen ab.

Charim sah Tiron an – er hatte die Reaktion der Alten auch bemerkt.

»Was verschlägt Euch überhaupt in diese unwirtliche und menschenfeindliche Gegend?«

»Zufällig wohne ich hier – in dieser – wie sagtet Ihr gerade …?«

»Ihr … Ihr … lebt hier?«, stotterte Charim ungläubig.

»Habt Ihr etwas dagegen?«

»Nein – nein.« Der Zimbarer bemühte sich sichtlich, seine Fassung wieder zu gewinnen.

Dafür antwortete Tiron: »Nun, Marla, Ihr müsst doch zugeben, dass dies ein sehr ungewöhnlicher Ort für ein Zuhause ist, oder? Zumindest wirkt es auf uns beide sehr befremdlich, einen solchen Ort als Heimstatt zu bezeichnen.«

»Junger Mann – Heimat ist immer da, wo man sich mit dem Herzen wohlfühlt. Also ich fühle mich hier wohl. Sicher – es kommt auf die Betrachtungsweise an, aber man kann dieser Landschaft sehr wohl so manche gute Seiten abgewinnen.«

»Die möchte ich mal sehen – diese Seiten«, stichelte Charim provozierend. Marla beachtete ihn gar nicht.

Tiron sprach sie erneut an: »Wie dem auch sei, Ihr habt uns immer noch nicht erzählt, was sich hier zugetragen hat.«

»Was haltet Ihr davon, wenn Ihr mich zu meinem Heim begleitet, junge Herren? Ihr könnt Euch dort erfrischen – ich habe eine Quelle mit sauberem Wasser, und dann werde ich Euch berichten. Einverstanden?«

Tiron und Charim sahen sich gegenseitig fragend an, der Gedanke an frisches Wasser war verlockend.

»Wie weit ist es bis zu Eurem Haus?«, wollte Tiron wissen.

»Ein Fußmarsch von nur ganz kurzer Zeit in diese Richtung.« Marla zeigte südwärts.

»Ihr geht vor.«, entschied Tiron.

Die Greisin setzte sich in Bewegung und lief los, da rief Charim: »Marla?«

Die Angesprochene wandte sich um.

»Habt Ihr nicht etwas vergessen?« Charim hob den Stab hoch.

»Mein Stab – natürlich.«

Charim lief zu der Alten und überreichte mit übertrieben hilfreicher Geste den Stock. »Bitte sehr! Den braucht Ihr doch – wie Ihr uns sagtet – beim Gehen.«

»Danke.« Marla nahm den schweren Stab entgegen, als wäre es ein kleiner Ast.

Tiron wandte den Kopf zu seinem Freund – dieser sah ihn warnend an. Irgendetwas verheimlichte die alte Frau. Sie schien nicht das zu sein, was sie vorgab – sie mussten auf der Hut bleiben.

Marla ging voraus, sie kannte den Sumpf in- und auswendig, wie es schien, denn sie führte ihre Gäste auf Wegen, ohne ein einziges Mal im Morast zu versinken.

Tiron sah sich um, aber er fand keine Hinweise, dass die Pfade markiert wären.

Marla hatte seine Blicke bemerkt und sagte: »Spart Euch die Mühe – es gibt keine Zeichen oder Hinweise.«

»Gibt es viele solcher Wege durch das Moor?«, wollte Tiron wissen.

»Unzählige, nicht einmal ich kenne sie alle. Ah – wir sind da!«

Sie kamen in Sichtweite von Marlas Wohnort – eine weitläufige Erhebung aus Fels. Darauf stand ein kleines windschiefes Holzhäuschen.

»Da ist meine Hütte«, rief Marla freudig.

»Bretterverschlag trifft wohl eher zu«, murmelte Charim von hinten.

»Still!«, zischte Tiron leise zurück.

Die Greisin blieb plötzlich stehen und rezitierte seltsame Beschwörungsformeln.

Tiron hörte genau hin, aber die Sprache war ihm unbekannt. Dann meinte Marla: »Wir können weiter.«

Sie sah die fragenden Gesichter der zwei Freunde. »Ein Abwehr- und Schutzzauber. Er verhindert, dass mir während meiner Abwesenheit ungebetene Gäste einen Besuch abstatten.«

»Habt Ihr etwas Wichtiges dort versteckt, dass Ihr es auf diese Weise schützen müsst?«, sprach Charim und sah dabei fragend die sogenannte Hütte an.

»Ich erkläre es Euch später, Ihr bekommt Eure Antworten – versprochen«, wich die Alte aus.

Marla gab immer neue Rätsel auf. Bei der Hütte angekommen, erklärte sie: »Hinter dem Haus ist die Quelle, dort könnt Ihr Euch waschen, ich bereite derweil etwas zu essen – ich nehme an, Ihr seid hungrig?«

»Danke, Marla.« Tiron deutete eine höfliche Verbeugung an.

»Ich muss mich bei Euch bedanken. Wer weiß, was sonst noch alles passiert wäre.«

»Warum, was hätte denn passieren können?«, fragte Tiron, hellhörig geworden, nach.

Doch Marla wandte sich um und lief ins Haus. »Später! Aber zuerst – wascht Euch!« Es klang mehr wie ein Befehl als eine Bitte.

Tiron und Charim umrundeten die Hütte und trafen dahinter auf die besagte Quelle. Als sie sich vom vielen und teilweise bereits angetrockneten Schlamm befreit hatten, meinte Charim skeptisch: »Und Tiron, was hältst du von dieser Marla? Mir ist sie nicht geheuer … «

»Ich weiß es noch nicht. Klar ist, dass sie etwas zu verbergen hat. Dieses schwächliche Aussehen ist meiner Meinung nach nur Fassade. Für eine alte Frau, die angeblich Hilfe beim Gehen benötigt, hat sie eine erstaunlich gute Konstitution. Hast du bemerkt, in wie kurzer Zeit sie sich wieder erholt hat – ziemlich schnell für eine altersschwache Greisin. Und warum lebt sie ausgerechnet hier? Diese Umgebung ist wahrlich nichts für alte Menschen. Und zuletzt – warum muss sie ihre Habe mit einem Zauber schützen?«

Charim nickte nachdenklich. »Vielleicht ist sie eine Hexe? Es gibt doch auch gute! Ich meine, wegen deines Amuletts – das wäre doch sonst warm geworden, oder?«

»Vielleicht ist sie das, Charim – aber in Schattenwelt beherrschen auch Nichtmagier kleinere Bann- und Schutzzauber. Es ist einfach unerlässlich, wenn man mit den Kreaturen des Bösen Tür an Tür wohnt. Sollte sie aber wahrhaftig eine Hexe sein, stellt sich tatsächlich die Frage: benutzt sie Weiße oder Schwarze Magie? Ich weiß nicht, ob der Schlüssel reagieren würde – bei den Ogern, ja. Aber wie verhält es sich mit bösen Menschen – Schwarzmagiern und dergleichen? Meine Antwort also, Charim – ich weiß es nicht – ich habe noch keine große Erfahrung mit dem Stern von Taurin. Es gibt viele Widersprüche bei dieser Frau, hören wir uns also an, was sie zu sagen hat.«

Charim schaute sorgenvoll in das klare Quellwasser. »Ich habe irgendwie ein ungutes Gefühl bei der Sache.«

»Lass uns gehen, je eher wir mehr erfahren, desto besser. Da – hörst du? Sie ruft schon.« Tatsächlich rief Marla, dass das Essen fertig sei.

Als die beiden jungen Männer um die Ecke bogen, wurden sie von der Alten mit scharfen Augen gemustert. »Jetzt seht Ihr wieder richtig menschlich aus. Kommt herein und setzt Euch – es gibt Kräutereintopf.«

Als sie in der kleinen Hütte gemeinsam bei der Mahlzeit saßen, räusperte sich Marla und sah Tiron an. »Ihr habt Euch noch gar nicht vorgestellt!«

Die beiden Gefährten sahen sich betroffen an – daran hatten sie noch gar nicht gedacht. Tiron antwortete: »Verzeiht – wie unhöflich von uns. Mein Name ist Tiron, und das ist mein Gefährte Charim.« Der Zimbarer nickte Marla zu.

Die Alte sprach weiter: «Also, Herr Tiron – um Euren Hals hängt der verschwundene Stern von Taurin!«

Tiron sprang wie vom Blitz getroffen auf und Charim wurde leichenblass.

»Bei allen Göttern – woher …?«, rief Tiron, und Marla lachte, als sie in die fassungslosen Gesichter der Beiden blickte.

»Das hattet Ihr nicht erwartet, wie?« kicherte die Alte.

»Nein!«, stammelte Tiron.

»Und … «, sprach Marla in geheimnisvollem Ton weiter, » … Ihr seid unterwegs, dem Herrn der Finsternis einen kleinen Besuch abzustatten!«

Jetzt fiel Charim vor Schreck die Suppenschale aus der Hand und auch er sprang auf. »Aber woher wisst Ihr das?!?«, schrie er sie unbeherrscht an.

Marla hob beschwichtigend die Hand und sagte scharf: »Beruhigt Euch bitte. Ihr habt nichts von mir zu befürchten – bitte setzt Euch wieder!«

»Wir haben also nichts zu befürchten? Ihr wisst Dinge, die ich vor ein paar Tagen selbst noch nicht wusste! Das, Marla, bezeichne ich sehr wohl als Umstände, die großen – sehr großen – Anlass zur Sorge geben!«, zischte Tiron gefährlich. »Und wie kommt Ihr überhaupt auf so etwas?«

»Reine Kombinationsgabe, mein Freund. Erstens – was machen zwei Menschen, von denen einer der Träger des Schlüssels ist, hier in Schattenwelt? Zweitens – das Böse versucht sich dieser Tage wieder zu erheben, ebenfalls kein großes Geheimnis! Drittens – die Prophezeiung der Norodim! Passt alles oder nicht?«

»Woher wisst Ihr von der Weissagung?«

Marla zuckte nur mit den Schultern. »Wer weiß davon nicht.«

»Das ist keine Antwort, Weib. Wer seid Ihr? Bestimmt nicht das, was Ihr uns glauben machen wollt – eine alte Frau!«

Die Greisin lachte wieder. »Gut erkannt – ich bin eine Panthera!«

Tiron erstarrte wie vom Donner gerührt. »Bei allen Toren der Finsternis – eine Panthera? Marla, wenn dem so ist, verzeiht – doch ich glaube, Ihr scherzt mit uns … die Panthera kenne ich aus den alten Schriften des Dunklen Zeitalters. Dort steht geschrieben, dass sie vor langer Zeit aus Chem verschwunden sind.«

»Ich bin weit davon entfernt, zu scherzen, Tiron«, erwiderte Marla – plötzlich todernst.

»Aber wie kann das sein?«, fragte Tiron, immer noch fassungslos.

»Entschuldigung …?!« Charim machte ein Gesicht, als ob er nicht bis Drei zählen könne, » … ich bitte um Verzeihung, dass ich Eure Unterhaltung störe – aber könnte mir vielleicht mal jemand sagen – was bitte IST eine Panthera?«

Marla und Tiron schauten sich und dann Charim an – und begannen zu lachen.

»Armer Charim – jetzt hätten wir dich doch fast vergessen.« Tiron musste trotz der merkwürdigen Situation grinsen. »Eine Panthera ist eine Amazone, eine Kriegerin, mit unglaublichen magischen Fähigkeiten. Sie kann durch Magie ihr Aussehen verändern, sich in jede beliebige Gestalt verwandeln.«

»Mit zwei Ausnahmen … «, führte Marla Tirons Ausführungen fort, » … wir können uns nicht in die Form einer Pflanze oder eines toten Gegenstandes, etwa Stein oder Holz wandeln.«

»Aber warum Amazone?«, fragte Charim nach.

Diesmal sprach wieder Tiron: »Eine Panthera ist meisterhaft in der Kunst des Kampfes ausgebildet. Das heißt, sie beherrscht alle

Waffen – vom Bogen bis zur Lanze. Diese Fähigkeiten werden von klein auf erworben und das – gepaart mit der Kunst des Wandelns, also der Täuschung – macht sie zu einer äußerst effektiven und gefährlichen Kriegerin. Sie wendet aber ausschließlich Weiße Magie an, was bedeutet, dass sie die Kunst nur zur Verteidigung und niemals zum Angriff oder ihrem eigenen Vorteil anwenden wird.«

»Du sagtest aber gerade, du dachtest, es gäbe sie nicht mehr.«

»Ja, Charim, so steht es in den Schriften.« Tiron schaute Marla an. »Wie kann das sein – Panthera?«

Marla setzte sich ein wenig aufrechter hin und begann zu erzählen: «Die Panthera waren ein kleines Volk, eine kleine verschworene Gemeinschaft. Ich und die meinen lebten südöstlich des großen Gebirges in einer Art Kloster, weit weg von den Menschen. Wir lehrten und übten die Kampfkunst, brachten sie zur Perfektion. Das war zur Zeit der Großen Kriege … «

»Bei allen Göttern, Ihr müsst uralt sein, denn die Alten Schlachten fanden zu Zeiten Leanders statt – es war die Zeit der Dunkelheit!«, rief Tiron erstaunt.

»Ja – das stimmt! Doch weiter … als wir in der Abgeschiedenheit lebten, gelang es uns, durch intensive magische Forschungen das Geheimnis des Alterns zu beeinflussen. Dieses Wissen wurde von Generation zu Generation innerhalb der Panthera weitergegeben. So ist es uns im Laufe der Zeit möglich geworden, den Prozess aufzuhalten – was uns aber nicht davor schützt, getötet zu werden. Ihr versteht? Nur wer sorgsam mit Körper und Geist umzugehen vermag, kann dieses Geschenk bewahren und erhalten.«

»So seid Ihr unsterblich?«, fragte der Zimbarer skeptisch.

»Nein, wir können den Vorgang des Alterns nur verlangsamen – nicht aufhalten.«

»Wie lange?«

»Sehr viel länger als eine Menschengeneration – aber kurz im Vergleich zum Dasein eines Steines, der am Ufer eines Sees liegt«, lächelte die Panthera. »Aber weiter – zur Zeit der Dunklen Kriege wurden wir von den Menschen um Hilfe gebeten, sie beim Kampf gegen das Böse zu unterstützen. Wir wussten, dass Leander von den Norodim den Schlüssel erhalten hatte. So meinten unsere

Ältesten, wenn das unsterbliche Geschlecht Leander für würdig erachtete, den Stern zu tragen und außerdem für fähig genug hielt, Obsidian gegenüberzutreten – ja – dann hätten wir die Aufgabe, den Menschen zu helfen, und so geschah es. Wir kämpften, Seite an Seite mit den Menschen, für das Gute. Aber leider … « – Marlas Stimme kippte, und sie klang unendlich traurig, als sie fortfuhr – » … wurden einige von uns abtrünnig. Sie ließen sich mit der Dunkelheit ein und schlossen einen Pakt mit Thormod, dem Großen Schwarzen Hexenmeister. Viele meiner Schwestern wurden danach in den Kriegen getötet. Doch auch nach der Niederlage Leanders – in der Großen Letzten Schlacht – hatte sich das Böse zum Ziel gesetzt, uns restlos zu vernichten. Die Legionen der Finsternis hatten die Macht dazu, denn die abtrünnigen Schwestern konnten uns – auch wenn wir in andere Gestalten gewechselt hatten – erkennen und mit Hilfe der Schwarzen Magie töten. Nur mir und einigen ganz wenigen anderen gelang es, sich dem Zugriff zu entziehen, um damit der endgültigen Vernichtung zu entgehen.« Sie seufzte und hielt einen Moment inne. »Nach einer jahrelangen Flucht quer durch Chem – wir hatten uns getrennt, um so die Überlebenschancen unseres Volkes zu vergrößern – landete ich schließlich wieder in Schattenwelt. Seitdem lebe ich hier – als alte Frau – mitten in Moorland.«

»Warum ausgerechnet in Schattenwelt – direkt unter den Augen des Bösen?«, fragte Charim gebannt.

»Weil mich die Mächte der Finsternis hier am wenigsten vermuten, wenn sie mich nach dieser unendlich langen Zeit überhaupt noch suchen. Und eine wirre alte Frau, die durch den Sumpf geistert, wird vom Bösen kaum beachtet – das war zumindest so – bis heute Nachmittag.«

»Also war es kein Unfall – wir dachten uns das schon, denn als Ihr Eure Sinne verloren hattet, entdeckte Charim Brandspuren an dem Baumstumpf, ganz ähnlich einem Blitzeinschlag. Habt Ihr vorher etwas Ungewöhnliches bemerkt, Marla?«

»Nein, nichts. Ich hatte den Baum im Rücken, und als es krachte, drehte ich mich um – den Rest kennt ihr. Ich glaube, das Böse hat mich heute entdeckt, denn nur mächtige Wesen sind in der Lage, Blitze auszusenden, und die verirren sich nicht zufällig nach

Moorland – soviel ist sicher. Ich vermute, nachdem die Finsternis sich wieder erhebt, erinnern sich die dunklen Mächte wieder an die Panthera und wie gefährlich wir für sie waren!«

»Marla – die Gestalt, in der wir Euch sehen … «

» … ist Illusion!«, beantwortete Marla die Frage von Tiron.

»Und wie seht Ihr wirklich aus?« Neugierde blitzte aus Charims Augen.

Marla lachte leise. »Das würdet ihr wohl zu gerne wissen – nicht wahr?«

Tiron und Charim nickten fast gleichzeitig heftig mit dem Kopf.

»Gut – dann gebt jetzt Acht.« Die Panthera schloss die Augen, und nach einem kleinen Moment begannen ihre Umrisse zu verschwimmen – so, als wenn sich ein Mensch im Nebel verliert. Eine Form in die Andere über – Konturen verschwammen miteinander und bildeten sich neu. Die Schemen wurden klarer und klarer, und als die letzten Dunstschleier sich verloren hatten – gaben sie den Blick auf einen makellosen jugendlichen Körper frei.

Noch nie hatten Tiron und Charim eine so schöne Frau gesehen – und Marla wirkte dabei kaum älter als sie beide selbst …

Langes kastanienbraunes Haar umspielte ihr ebenmäßiges Gesicht. Das Antlitz war schmal, und die Augen leuchteten warm und herzlich. Unter der bronzefarbenen Haut zeichneten sich starke Muskeln ab – ohne dabei muskulös zu wirken. Ein Bild, einer formvollendeten Statue gleich – doch strahlte diese junge Frau keinerlei Kälte aus.

Marla grinste und ging auf die beiden Gefährten zu – dabei bewegte sie sich anmutig und leicht wie eine Gazelle.

»Mund zu!« grinste sie.

Charim fuhr erschrocken hoch und fühlte sich ertappt. »Tut mir leid, aber ich finde keine Worte für das, was ich sehe!«

Die Panthera stemmte die Arme in die Hüften, ihre langen, glatten Haare wirbelten durch die Luft, dann lachte sie und schüttelte mit gespieltem Tadel den Kopf. »Männer!«

Jetzt ergriff Tiron, der sich mittlerweile wieder gesammelt hatte, das Wort. »Marla, Ihr wisst, was wir suchen, was wir vorhaben – könnt Ihr uns einen Anhaltspunkt geben, wo wir die Norodim finden? Sie wissen vermutlich, wo dieser Obsidian zu finden ist.«

Die Amazone wurde sofort wieder ernst. »Man hört vieles und doch nichts. Ich weiß, dass die Norodim im Ankorgebirge ihre Zuflucht fanden, jedoch nicht, wo. Aber ich erinnere mich an einen jungen Gnom, der einmal von einer alten Burg sprach – diese soll das Wissen der Alten Götter beherbergen.«

»Und wo liegt diese Burg?«

»Er wusste es nicht genau – nannte nur die Richtung, im Süden soll die Feste liegen.«

»Süden? Das ist auch die Richtung, in welcher das Gebirge liegt. Wir müssen diese Burg finden, vielleicht erfahren wir dort etwas über die Norodim«, überlegte Tiron.

»Der Gnom sprach auch von verschiedenen Prüfungen.«

»Prüfungen?«, echote Charim.

Marla hob die Schultern. »Keine Ahnung, was er meinte. Er berichtete nur soweit, alsdass die alten Götter nur demjenigen Auskunft geben, der diese Aufgaben bewältigt.«

»Das sind ja schöne Aussichten!« Tiron kratzte sich am Kopf.

Marla wurde plötzlich nervös. »Tiron, ich möchte mit Euch kommen! Hier bleiben kann ich ohnehin nicht mehr – jetzt, nachdem sie mich allem Anschein nach gefunden haben. Gefährlich ist es überall, wo ich nun hingehe – also warum nicht mit Euch?«

Begeistert sprang Tiron auf und reichte der Panthera erfreut die Hand. »Ich hatte es nicht zu hoffen gewagt, Amazone – natürlich seid Ihr herzlich willkommen. Jemanden mit Euren Fähigkeiten bekommt man nicht alle Tage als Gefährten! Natürlich nur, wenn auch Charim nichts einzuwenden hat. Charim? – Charim!«

Der Zimbarer starrte Marla noch immer an – Tiron stieß seinen Freund lachend in die Seite. »Soll Marla mit uns kommen?«

«Bitte? Wie meinst du? Oh ja, natürlich!«, stotterte Charim mit rotem Kopf.

»Dann sollten wir uns alle ein wenig ausruhen. Wenn Ihr nichts dagegen habt, Marla, übernehme ich die erste Wache.«

Marla und auch der immer noch verwirrte Charim nickten zustimmend.

»Ich wünsche Euch einen angenehmen Schlaf. Charim – ich werde dich wecken, wenn es Zeit ist. Marla übernimmt dann die letzte Wache.«

Die Amazone nickte, dann hob sie kurz die Hand. «Eines noch! Da wir künftig zusammen reisen werden, wollen wir die förmliche Anrede beiseitelassen.«

Tiron verbeugte sich leicht. »Das ist uns eine Ehre, Marla.«

Die Amazone lächelte, dann zog sie sich in ihre Schlafecke zurück.

Charim wickelte sich, noch immer aufgewühlt, in seine Decke, und Tiron trat vor der Hütte die Wache an.

Es wurde eine ruhige Nacht ohne besondere Vorkommnisse.

Kapitel 7

Drachen und Trolle

Als der Morgen anbrach, wurden die beiden Freunde von ihrer neuen Begleiterin geweckt. Nach einem kurzen, aber sehr ausgiebigen Frühstück brachen die Drei gemeinsam in Richtung Süden auf.

Marla führte sie mit traumwandlerischer Sicherheit durch den tiefen Morast. Tiron staunte immer wieder – Marla besaß die Geschmeidigkeit einer Katze, stets darauf bedacht, möglichst kein Geräusch zu verursachen. Sie waren bereits seit langer Zeit unterwegs, und der Sumpf schien kein Ende zu nehmen. Doch die Panthera huschte unbeirrbar voraus, manchmal verschwand sie, einen Weg zu erkunden, um dann urplötzlich an anderer Stelle wieder aufzutauchen. Tiron war froh, sie an ihrer Seite zu wissen, denn ohne sie wären er und Charim nur halb so schnell vorangekommen. Eben tauchten Marlas Umrisse aus dem tief hängenden Nebel wieder auf – als das Amulett an seinem Hals sich erwärmte, eine Bedrohung anzeigte.

»Gefahr!«, flüsterte Trion Charim zu. Instinktiv ging der Zimbarer in die Hocke und sah sich um.

Marla hatte sie nun erreicht. »Da vorne ist das Ende des Sumpfes, aber es gibt ein Problem – das Moor geht in eine große Lichtung über, beide Seiten bestehen aus Fels. Der Fels läuft zum Ende der Lichtung breit aus und geht über in ein riesiges Tal. Tja, und auf der Lichtung liegt das Problem: ein Schwarm Harpyien hat eine kleine Gruppe von Trollen in die Enge getrieben.

»Das ist es also«, meinte Tiron leise.

Die Panthera sah ihn fragend an. »Was ist was?«

»Der Schlüssel zeigte bereits eine Bedrohung an. Was schlägst du vor? Du hast das Gelände schon gesehen.«

»Wir müssen über die Lichtung, soviel ist sicher. Doch jetzt ist es viel zu gefährlich, denn wenn diese geflügelten Biester uns entdecken – ist Schluss mit der Trolljagd – dann haben wir nämlich beide, die Trolle und die Harpyien, am Hals.«

»Du meinst also, wir sollten warten?«

»Ich weiß nicht so recht, die Harpyien werden die Trolle nicht sofort töten, sondern erst mit ihnen spielen, um sich an deren Todesangst zu ergötzen. Das kann mitunter Ewigkeiten dauern, aber ich bin nicht gerade scharf darauf, das mitanzusehen.«

Charim lief bei ihren Worten ein kalter Schauer über den Rücken, er schüttelte sich, als wolle er die Kälte abstreifen. »Besteht eine Möglichkeit, sich vorbeizuschleichen?«, fragte er nach.

»Einen Versuch wäre es wert, denn zu beiden Seiten am Fels wächst ein schmaler, aber immerhin einigermaßen dichter Waldgürtel. Dort könnten wir es probieren.«

»Und wenn wir entdeckt werden?«

»Dann beginnt ein Spiel, indem wir die Hauptfiguren sind!«, gab Marla sarkastisch zurück.

»Konntest du erkennen, wie viele Harpyien auf der Lichtung sind?«, hakte Tiron nach.

»Ich habe zwölf gezählt! Es können aber auch mehr sein. Sie sind im Schwarm geflogen, da kann man sie nur schwerlich auseinanderhalten.«

Charim schluckte. »Hoffentlich haben wir Glück, denn sollten sie uns bemerken – dann gute Nacht.«

Marla wandte sich um. »Folgt mir vorsichtig. Achtet, worauf ihr tretet – jedes Geräusch kann von jetzt an unser aller Tod bedeuten.«

Die beiden Männer folgten der Panthera und erreichten nach kurzer Zeit die Lichtung. Tiron sog die kühle und frische Luft tief ein, es war trotz allem herrlich nach den vielen Tagen im stickigen Dunst und Gestank. Marla zeigte an, dass sie sich flach auf den Boden legen sollten; geduckt krochen sie langsam zum Rand der Schneise vor. Eine schreckliche Szenerie spielte sich vor ihren Augen ab. Der Schwarm der Harpyien hatte die Trolle eingekreist und jagte sie nun hin und her, quer über den hinteren Teil der Lichtung. Tiron fing beinahe an, die Trolle zu bedauern, obwohl er genau wusste, dass diese Wesen gefährliche kleine Teufel waren. Ihr untersetzter Körperbau ließ sie bucklig und klein erscheinen – ihre krummen Beine verstärkten diesen Eindruck noch. Doch dieses auf den ersten Blick harmlose Äußere trug dazu bei, dass man sie oftmals unterschätzte, denn gerade ihre Kleinwüchsigkeit machte sie immens flink und beweglich. Sie besaßen ein übergroßes Gebiss, es stand in keinem Verhältnis zum restlichen Körperbau und war zudem gespickt mit rasiermesserscharfen Zähnen. Ein Zusammentreffen mit diesen Wesen hatte in der Regel immer böse Wunden zur Folge, die außerdem auch noch schlecht heilten. Ohrenbetäubendes Gekreische hallte zu ihnen herüber – einmal die Trolle, die ihre Todesangst herausschrien – andererseits die Harpyien, die sich in ihrem Blutdurst gegeneinander aufstachelten. Immer wieder attackierten sie die kleine Trollgruppe, schlugen ihre spitzen Fänge in Arme und Beine; dann ließen sie wieder ab, um kurz darauf von neuem zu beginnen. Zwei der Trolle lagen bereits am Boden, vermutlich tot, denn Tiron nahm keine Regung wahr. Die übrigen versuchten, einen Kreis zu bilden, um wenigstens den Rücken frei zu haben, aber sie trugen keine Waffen, und so war es nur noch eine Frage der Zeit, bis auch sie fallen würden. Eben wollten die Harpyien erneut herabstoßen, als sich ein dunkler und mächtiger Schatten über die Lichtung legte. Tiron sah nach oben und erstarrte. »Verflucht! Das hat uns gerade noch gefehlt – ein Drache! Ist vermutlich von dem Lärm angelockt worden«, knurrte er leise.

Marla, die neben ihm lag, fing an zu grinsen.

»Warum findest du das witzig, Panthera?«, knurrte er sie an.

»Der Drache – verstehst du nicht – er ist unser Ausweg.«

»Unser Ausweg?«, fragte nun Charim verdutzt.

»Ja, Charim, pass jetzt genau auf, was passiert!«

Sie wandten die Köpfe wieder der Waldwiese zu.

»Drachen und Harpyien haben einen abgrundtiefen Hass aufeinander und dass schon seit Urzeiten, denn jeder von ihnen möchte den Himmel beherrschen«, erklärte die Panthera.

Der Drache jedenfalls schien die Harpyien jetzt entdeckt zu haben, er machte eine Kehrtwendung. Tiron konnte nicht anders – er musste dieses mächtige Wesen bewundern. Trotz der felsgrauen Haut schimmerten seine Schuppen in allen Regenbogenfarben, als er die Lichtung durchflog. Die Flügel ausgebreitet und seine spitzen

Krallen weit nach vorn gestreckt, schoss der Drache direkt in den Schwarm hinein. Die kämpfenden Kreaturen stoben auseinander, wie wenn ein Wolf in eine Herde Schafe einfällt. Die Harpyien hatten keine Chance, sie waren dem Drachen zwar an Wendigkeit überlegen, doch dieser war wesentlich schneller und hatte die größeren Kräfte. Er vollführte einen Schlag mit seinen riesigen Flügeln, und vier von ihnen fielen wie Steine vom Himmel. Der Drachenschwanz fuhr wie eine Peitsche durch die Luft – wen er traf – der wurde auf der Stelle zerschmettert.

Gerade hatte der Drache eine Harpyie mitten im Flug gepackt. Tiron sah noch, wie sich die langen, kräftigen Krallen um den Körper schlossen, da hörte er schon das Brechen der Knochen – dieses Ungetüm hatte sie einfach zermalmt. Die Trolle indessen nahmen ihre Chance wahr und flüchteten; wie es der Zufall wollte, vier davon genau in ihre Richtung. Die drei Menschen sahen sich an …

»Legt euch flach auf den Boden – sollten sie uns entdecken – dann macht kurzen Prozess mit ihnen!«, zischte Tiron. »Und macht es möglichst lautlos und schnell!«

Die Gefährten drückten ihre Körper noch tiefer ins Unterholz, schon hörten sie die ersten Schritte und es huschten zwei Trolle an ihnen vorbei und verschwanden in Richtung Sumpf. Ein Dritter kam an ihnen vorüber, gleich danach der letzte der Flüchtenden und ausgerechnet dieser stolperte – über Charim. Der Troll überschlug sich und landete unsanft in einem Strauch, verwundert schaute er sich um, aber da war Charim schon über ihm. Der Troll sah noch, wie das Messer aufblitzte, dann wurde es dunkel für ihn.

Der dritte Troll hatte jedoch bemerkt, dass etwas nicht stimmte, wandte sich um, sah Charim und rannte auf ihn los. Tiron sah seine Chance, hechtete seitlich auf den Troll zu und rammte ihm die Schulter in die Seite. Die Kreatur wurde mitten im Lauf von den Beinen gerissen. Tiron wollte nachsetzen, doch der Troll war unglaublich schnell, noch im Fallen krümmte er seinen Körper, vollführte eine elegante Rolle und stand wieder. Er entblößte seine kräftigen Kiefer und ging sofort auf Tiron los. Wie von Sinnen versuchte er, seine Zähne in das Fleisch von

Tiron zu schlagen. Nur mit Mühe und unter Aufbietung sämtlichen Geschicks konnte Tiron die Furie auf Distanz halten. Eben startete der Troll einen erneuten Angriff, als er wie vom Blitz getroffen besinnungslos zusammenbrach.

Hinter dem Troll tauchte Marla auf und grinste Tiron an. »Ich dachte mir, bevor ihr noch gemeinsam zu tanzen beginnt …!«

»Danke, Marla«, keuchte Tiron völlig außer Atem.

Die Panthera nickte. »Keine Ursache!«

Charim gesellte sich zu den beiden. »Warum hast du ihn nicht getötet?«, fragte er Marla verwundert.

Nachdenklich schaute die Amazone den reglos vor ihr liegenden kleinen Kerl an und meinte: »Mir ist vorhin ein Gedanke gekommen – vielleicht weiß der Troll, wo sich diese Burg befindet. Schließlich hatte ja damals einer von ihnen davon gesprochen.«

»Ich dachte, es sei ein Gnom gewesen – sagtest du jedenfalls«, schaltete sich Tiron ein.

»Ja, es war auch ein Gnom – aber das ist doch egal. Es war einer von dieser Brut – Trolle – Gnomen – sind doch sowieso alle gleich!«

Charim fing an, zu lachen. »Stimmt, da hast du Recht, Panthera.«

»Also gut, ihr Zwei – wir werden sehen, was er weiß. Marla, du gehst am besten zurück zur Lichtung und siehst nach, was sich da getan hat.«

Marla nickte und verschwand. Die Beiden schleiften den bewusstlosen Troll an einen Baum und fesselten ihn.

Als er sich ein zweites Mal vergewissert hatte, das die Seile des Trolls auch fest genug saßen, schlich Tiron zurück zur Lichtung – Marla lag auf ihrem alten Platz und beobachtete die Vorgänge auf der Schneise.

»Und?«, flüsterte er fragend.

»Der Kampf ist vorbei – die meisten Harpyien sind tot, ein paar suchten ihr Heil in der Flucht und der Drache nahm die Verfolgung auf!«, erklärte Marla kurz.

»Was meinst du? Wird er zurückkommen?«

»Schwer zu sagen, normalerweise ja, wenn er Beute gerissen

hätte, aber hier hat er nicht aus Hunger zugeschlagen! Wir sollten trotzdem sehr vorsichtig sein, außerdem sind die restlichen Trolle vermutlich noch in der Nähe.«

»Gut, dann lass uns zurück zu Charim gehen, er wird mit Sicherheit schon ungeduldig warten.«

Sie zogen sich vom Rande Lichtung zurück und schlugen den Weg zu Charim ein.

Dort lehnte der Zimbarer, dem Troll, der ihm hasserfüllte Blicke zuwarf, gegenüber, an einem Baum und rieb sich seinen linken Arm.

»Bist du verletzt?« fragte Tiron kurz.

»Nein, wahrscheinlich nur eine Prellung«, erwiderte Charim.

Marla ging vor dem Troll in die Hocke und fixierte ihn mit festem Blick. »Ich stelle dir jetzt ein paar Fragen und hoffe für dich, dass du sie wahrheitsgetreu beantworten wirst. Zuerst –was wolltest du und deine Gruppe in dieser Gegend?«

Der Troll blickte zur Seite und blieb stumm.

»Gut. Du hast mich zumindest verstanden, das ist ja schon mal etwas. Also noch mal, was wolltet ihr hier?«

Der Troll blieb still.

Da meinte Tiron hinter ihr: »Marla, mir fällt gerade etwas ein.«

Die Amazone erhob sich und drehte sich zu Tiron – gefolgt von den neugierigen Blicken des Gefangenen. »Ja?«

Tiron winkte sie zu sich, sodass sie außer Hörweite der Kreatur waren.

»Was ist dir eingefallen?«, flüsterte Marla.

»Mein Meister lehrte mich viele Dinge, so lernte ich auch Wissenswertes über das Böse. Wir sprachen unter anderem auch über Trolle. Xinbal erzählte damals, dass die Trolle in einer Art von Familienverbänden leben. Bereits bei der Geburt erhält die Brut ein Merkmal, das sie als Mitglied dieser Gruppe ausweist.«

»Und weiter?«, drängte Charim, der ihnen neugierig gefolgt war.

»Wenn ein Troll dieses Symbol verliert oder dessen beraubt wird, betrachtet man ihn als ehrlos. Soweit es das bei diesen Kreaturen überhaupt gibt – Ehre! Jedenfalls, er wird ausgestoßen und ist somit vogelfrei. Das ist so ziemlich das Schlimmste, was ihm passieren kann. Jeder Troll hütet sein Symbol wie einen Schatz. Wenn wir also dieses Zeichen finden – dann denke ich – wird er sehr schnell gefügig werden!«

Der Gefangene hatte während ihrer Unterhaltung angestrengt herüber geschaut, aber als Tiron auf ihn zu ging, wurde sein Blick wieder teilnahmslos. Er kniete sich vor den Troll und begann, ihn zu untersuchen. In den Augen der Kreatur bemerkte er Erstaunen, gefolgt von aufkeimender Besorgnis. Er war also auf der richtigen Fährte. Als Tiron die Brust abtastete, registrierte er einen kleinen Anhänger – er war nicht zu sehen, da er vollkommen von der dichten Behaarung des Körpers verdeckt wurde. Er griff nach dem vermeintlichen Schmuckstück und riss es dem Gefangenen mit einem starken Ruck vom Hals – in diesem Moment brach der Troll in lautes Gebrüll aus. Marla, die neben Tiron stand, reagierte sofort, ein Zischen ging durch die Luft und das Wesen sackte erneut besinnungslos in sich zusammen. Sie hatte mit der stumpfen Seite ihres Schwertes genau die Schläfe getroffen. »Ich glaube, du hast gefunden, was wir gesucht haben. Hoffen wir nur, dass niemand sein Geschrei gehört hat!«, meinte sie besorgt.

Tiron zuckte nur die Schultern, gab dem Troll ein paar Ohrfeigen und schüttelte ihn kräftig bis dieser langsam seine Augen öffnete. Trotz aller Benommenheit schaute der Troll sie mit tiefer Verachtung an.

»Unsere Gefährtin wollte dir vorhin einige Fragen stellen – wenn du sie jetzt beantwortest … «, – Tiron ließ den Anhänger vor den Augen des Trolls wie ein Pendel baumeln -, « … bekommst du das hier wieder zurück!«

Die Augen des Gefangenen wanderten zwischen der Kette und Tiron hin und her. Er schien zu überlegen, seine Gesichtszüge spiegelten eine Mischung aus Wut und Angst wieder, dann besann er sich und nickte zaghaft.

»Ich werde Euch erzählen, was ich weiß – dann werde ich mein Pharu wieder bekommen?« Seine Stimme war mehr ein Krächzen, Tiron musste genau hinhören, um die Worte zu verstehen.

»Ja, das wirst du! Da wir uns nun verstanden haben – was wolltet ihr in dieser Gegend?«

»Wir waren auf Kundschaft.«

»Was und für wen solltet ihr denn erkunden?«

»Es heißt, eine Gruppe von Menschen durchstreift Schattenwelt – einer von ihnen soll sehr große Macht besitzen. Wir bekamen den Auftrag durch einen Abgesandten des Hexenmeisters Thormod. Denn … « – und bei diesen Worten straffte sich seine Gestalt –, » … Ihr müsst wissen, dass Trolle die besten Kundschafter in Schattenwelt sind, keiner kann besser die Spuren lesen als wir.«

»Warum habt ihr den Auftrag bekommen, diese Menschengruppe zu suchen?«

»Das weiß ich nicht, es wurde uns nichts gesagt!«

Tiron war, wie seine Gefährten, bei der Mitteilung des Trolls zusammengezuckt. Also hatte das Böse von ihrem Unterfangen bereits Wind bekommen. Obsidian und dieser Hexenmeister mussten Augen und Ohren überall in Schattenwelt besitzen.

Tiron fragte vorsichtig und bemühte sich, dabei möglichst unverfänglich, aber zugleich hart zu klingen: »Habt ihr sie bereits gefunden, diese Menschen?«

Der Troll zuckte mit den Schultern. »Nein, keine Spuren! Wir waren seit zwei Tagen unterwegs und wollten gerade die Lichtung überqueren, um ins Moorland zu gelangen, als uns diese verfluchten Flügelwesen auflauerten. Aber sie erhielten ihre gerechte Strafe – der Fürst der Finsternis schickte einen Drachen, um uns zu retten!«

Tiron sah Charim und Marla an. Entweder war der Troll wirklich so einfältig zu glauben, der Drache wäre von Obsidian höchstselbst gesandt worden – oder aber, er verstellte sich geschickt.

Außerdem *hatte* er Menschen gefunden – nämlich sie.

»Troll, wir sind auch Menschen, falls du es noch nicht bemerkt haben solltest.«

»Natürlich sehe ich das, aber Ihr könnt es nicht sein. Ihr seid nur zu dritt, es muss sich um sehr viele Menschen handeln. Eine Legion, ein Heer – viele auf jeden Fall.«

Tiron zog die Stirn kraus und tat sehr erstaunt: »Ein ganzes Heer soll unterwegs sein? Ja, davon haben wir auch schon gehört!«

Charim und Marla sahen sich verblüfft an. Der Zimbarer flüsterte Marla zu: »Was bezweckt Tiron damit? Es gibt doch gar kein Heer?«

Die Panthera antwortete nur mit einem Achselzucken.

Der Troll aber wurde schlagartig wachsam und neugierig: »Was – Ihr wisst … «

Doch bevor er die Frage vollenden konnte, unterbrach ihn Tiron. »Nein, wir wissen es nicht, ich sagte lediglich, dass wir davon gehört haben. Das Heer soll sich irgendwo im Norden befinden.«

Jetzt ging Marla und Charim ein Licht auf – indem Tiron dem Troll gegenüber eine falsche Richtung angab, konnten sie vielleicht unbehelligt weiter nach Süden vordringen.

Der Troll blickte Tiron erstaunt an. »Im Norden? Uns wurde mitgeteilt … «

»Was wurde euch mitgeteilt?«, fuhr Tiron den Gefangenen scharf an.

»Uns wurde gesagt, es ziehe nach Süden.«

»Na gut, wie dem auch sei, ich habe noch andere Fragen an dich.«

»Fragt nur, mein Herr, fragt nur.« Der Troll war eine Spur zu unterwürfig. Tiron mahnte sich selbst zur Vorsicht – wenn er die Norodim erwähnte, würde die Kreatur den Braten sofort riechen.

»Siehst du diesen Mann?« Tiron zeigte auf Charim. »Sein Vater ist Kräutersammler, er war – oder ist vielleicht noch – in Schattenwelt unterwegs, aber er kam nicht mehr nach Hause. Wir gingen los, ihn zu suchen, aber nach einiger Zeit verlor sich seine Spur in südlicher Richtung des großen Gebirges. Doch wir bekamen einen Hinweis, dass er zuletzt in der Nähe einer Festung gesehen worden ist. Kannst du uns darüber etwas sagen, etwas zu einer Festung oder Burg?«

»Nein, davon habe ich nichts gehört – es sei denn, Ihr meint die uralte Ruine am Fuße der großen Felsen.«

»Eine Ruine?«

»Ja, sie steht seit Urzeiten, keiner weiß, wer das Bauwerk errichtet hat. Es wird vermutet, dass es die Alten Wesen waren, die es erbaut haben!«

»Wie weit ist es bis zu dieser Ruine?«

Der Troll überlegte und meinte dann: »Etwa einen Tagesmarsch – Richtung Südwesten. Ihr müsst über die Lichtung, auf der wir angegriffen wurden, und danach durch das angrenzende Tal. Aber ich glaube nicht, dass Ihr den Vater dieses Mannes lebend finden werdet.«

»Warum?«

»Es wäre sehr vermessen von Euch, zu glauben, dass ein einsamer Mann ungehindert so tief in Schattenwelt wandeln kann, ohne dass wir ihn bemerken würden. Und auch wenn Ihr nicht die seid, die wir suchen, so wird es Euch niemals gelingen, dorthin zu gelangen, dafür wird Thormod sorgen!« Die Stimme des Trolls überschlug sich jetzt fast.

Tiron stand wortlos auf und ging zu den anderen. »Irgendwas gefällt mir nicht, der Troll sprach hastig und zu selbstbewusst. Er ist sich seiner Sache anscheinend sehr sicher, dass wir die Burg nicht erreichen werden.«

»Eine Falle?«, mutmaßte Charim.

»Glaube ich nicht. Bis jetzt hatten sie nicht geahnt, wo wir uns befinden, geschweige denn, in welche Richtung wir ziehen. Ich bin vielmehr der Ansicht, dass sich genau in Richtung Süden irgendein Stützpunkt oder eine große Ansammlung des Bösen befindet und wir ihnen unweigerlich in die Arme laufen werden. Jedenfalls scheint unser Gefangener dieser Meinung zu sein.«

»Was machen wir mit ihm?« Charim sah zu dem Troll – der wiederum warf ihm wütende Blicke zurück. »Sollen wir ihn töten?«

»Nein, Charim. Wir töten keine Wehrlosen, egal ob gut oder böse!«, gab Tiron unwirsch zurück.

»Also lassen wir ihn laufen?«

Ohne eine Antwort zu geben, wandte sich Tiron zu Marla und schaute sie fragend an. »Was meinst du?«

»Es ist ein großes Risiko, ihn freizulassen, aber wenn er wirklich die Nachricht überbringt, dass sich eine Legion von Menschen im Norden befindet, würde uns das sehr entgegenkommen. Wir hätten auf jeden Fall etwas Zeit gewonnen. Die Frage stellt sich nun, wo wird er seine Gesellen treffen?«

Tiron zog nachdenklich die Brauen zusammen. »Wenn sich,

wie wir vermuten, in der Nähe ein größeres Lager befindet, wird er die Botschaft dorthin überbringen. Sollte es tatsächlich so sein, schlagen wir zwei Fliegen mit einer Klappe – wir wissen, wo sie sich befinden und sparen uns gleichzeitig die Suche nach einem geeigneten Weg. Sollte er aber einen anderen Weg einschlagen, nicht Süden, gewinnen wir immerhin einen ausreichenden Vorsprung.«

Zweifelnd äußerte sich Charim: »Und wie willst du das anstellen? Ihn einfach losbinden und sagen: Lieber Troll, jetzt aber los – wir folgen dir?«

»Nein, Charim…«, lachte Tiron, »…selbstverständlich nicht. Wir werden bei Gelegenheit seine Fesseln unbemerkt etwas lockern und zwar so, dass er sich selber befreien kann. Er wird mit Sicherheit in der Nacht das Weite suchen und den Eindruck gewinnen, er sei uns entkommen. Wir werden ihm dann, natürlich in gebührenden Abstand, folgen. Wendet er sich nach Süden, folgen wir ihm weiter, schlägt er eine andere Richtung ein, lassen wir ihn ziehen. Einverstanden?« Die Beiden bejahten die Frage durch ein kurzes Nicken.

Tiron ging zurück zu ihrem Gefangenen – der Troll hatte einen bettelnden Blick aufgesetzt. »Gebt mir mein Pharu zurück! Ich habe Eure Fragen bereitwillig beantwortet.«

»Ja, natürlich, das hast du und ich werde auf mein Wort halten!« Er warf den Anhänger in den Schoß des Gefangenen.

»Was habt Ihr mit mir vor?« Man hörte den angstvollen Unterton.

»Das wissen wir noch nicht – wir werden morgen über dein Schicksal entscheiden.«

Der Troll wollte noch etwas erwidern, doch Tiron wandte sich wortlos ab und lief zu Marla und Charim.

»Charim, du wirst ihm nachher Wasser geben und dabei seine Fesseln lockern. Aber achte darauf, dass er sich selbst befreien kann. Wir werden so tun, als legten wir uns schlafen. Packt nichts aus, damit wir ihm sofort folgen können.«

Da bereits die Dämmerung hereingebrochen war, entfachten die drei Gefährten ein kleines Feuer. Im Halbdunkel saßen sie wortlos im weichen Untergrund des Waldes und starrten gedankenverloren in die züngelnden Flammen. Etwas später gab Tiron Charim ein Zeichen – der Zimbarer erhob sich und schlenderte zu dem Gefangenen.

»Troll, bevor wir uns schlafen legen – willst du noch etwas Wasser?«

»Ja – Herr!«, kam es demütig zurück.

Charim ging um den Baumstamm und löste dort die Schnüre. »Trinken kannst du ja hoffentlich selbst – aber merke dir – einen Fluchtversuch, und du stirbst! Jetzt halte die Hände zusammen.«

Der Troll tat, wie ihm geheißen, und Charim gab ihm aus seinem Trinkbeutel Wasser. Gierig schlürfte der Troll das kühle Nass aus seinen Handtellern.

»So, nun die Arme wieder nach hinten um den Baumstamm.«

Der Gefangene legte die Arme um den Stamm, Charim achtete peinlich genau darauf, dass beim Binden der Strick locker, aber nicht auffällig lose saß. Als er mit seinem Werk zufrieden war, setzte er sich wieder zu seinen Gefährten und nickte Tiron kurz zu.

Tiron beobachtete den Troll aus den Augenwinkeln, der hatte ein höhnisches Grinsen aufgesetzt – also hatte er bemerkt, dass seine Fesseln lockerer als vorher waren. Tiron war zufrieden und lachte in sich hinein. Was mochte die Kreatur von ihnen denken – sicherlich verlachte er sie für ihre Leichtsinnigkeit.

Er flüsterte Marla zu: »Übernimm du die erste Wache, tu irgendwann so, als würdest du einschlafen.«

Die Panthera stand auf und sprach – so laut, dass auch der Troll es verstehen musste, »Legt euch schlafen, ich übernehme die erste Wache.«

Laut gab Charim zurück, »Ich übernehme die Zweite. Angenehme Träume.«

Die beiden jungen Männer wickelten sich in ihre Decken und Marla lehnte sich in einiger Entfernung entspannt an einem Baumstumpf, sodass sie den Troll gut im Blickfeld hatte. Nach einer Weile war das Feuer heruntergebrannt, Marla hatte bewusst nichts nachgelegt. Sie rutschte am Baumstamm etwas tiefer und stellte sich schlafend, auch von Charim und Tiron waren tiefe Atemzüge zu hören, der Troll musste nun annehmen, sie seien alle eingeschlafen. Und in diesem Glauben ließen sie ihn natürlich.

Kapitel 8

Im Lager der Trolle

Es verging eine geraume Zeit, ehe der Gefangene Anstalten machte, zu entfliehen. Marla vernahm ein angestrengtes Atmen der Kreatur. Er versuchte anscheinend gerade, die Fesseln zu lösen, doch immer wieder hielt er inne und lauschte, ob sie nicht wach wurden.

Eins muss man ihm lassen, vorsichtig ist er, dachte Marla bei sich. Sie bemühte sich, den Troll im Auge zu behalten, denn nachdem die Glut des Feuers kaum noch Licht spendete, nahm sie die Umrisse nur schemenhaft war.

Da – plötzlich – es war nur eine schnelle Bewegung und der Troll war verschwunden. Marla flüsterte zu ihren Gefährten: »Er ist weg!«

»Lass ihm noch etwas Zeit«, kam die Antwort – ebenso leise – zurück.

Ein paar Augenblicke später schälte sich Tiron aus seinen Decken und meinte: »Also dann los.«

Charim erhob sich und setzte sich schon in Bewegung, aber die Panthera hielt inne.

»Charim, Tiron, wartet noch einen Augenblick!«

Die beiden blieben stehen. »Was ist?«

»Folgt mir einfach!«, schmunzelte Marla geheimnisvoll und ihre Augen fingen von innen her zu glühen, die Augenlider schlossen sich langsam.

Charim stand da, mit offenem Mund – Marla verwandelte sich. Ihre Konturen wurden immer unklarer und schon … – saß eine kleine Waldeule am Boden. Sie flog sofort los in die Richtung, in welche der Troll geflohen war.

»Ja, natürlich, Eulen sehen sehr viel besser als Menschen in der Dunkelheit!«, rief Charim begeistert.

»Psst!«, machte Tiron. »Leise!«

Die Eule flog nun immer ein Stück voraus, wartete dann auf einem Ast, nachdem sie sich durch ein leises Krächzen bemerkbar gemacht hatte. So konnten die Freunde ihr ohne größere Probleme folgen. Sie umliefen die Lichtung und gelangten nach einiger Zeit an eine Felswand.

Die Eule, besser gesagt Marla, flog zielstrebig an den Felsen entlang und ließ nach kurzer Zeit einen lauten Ruf erschallen. Die Beiden folgten dem Signal durch die Dunkelheit und fanden die Eule am Boden sitzend vor einem klaffenden Spalt in der Felswand.

Marla verwandelte sich zurück. »Hier ist er durch.«

Tiron suchte den Boden ab.

»Was suchst du?«, fragte Charim, doch Tiron achtete nicht auf ihn, hob einen starken Ast vom Boden auf und begutachtete ihn. »Also los!«, meinte er dann leise. Nacheinander drangen sie in den Spalt ein, absolute Finsternis empfing sie.

»*Pyrot domus actem*« – der Ast begann, zu brennen, Tiron hielt ihn in die Höhe, und sah sich um. Der Spalt führte tief in den Fels.

»Bleibt dicht zusammen!«, flüsterte Tiron.

Der Spalt wand sich immer tiefer und tiefer. Charim fluchte leise, als er zum dritten Mal an einem der Felsvorsprünge aneckte. Sie waren noch nicht lange gelaufen, als Tiron plötzlich stehenblieb und warnend die Hand hob.

»Was ist?«, fragte Marla alarmiert.

»Unter uns ist etwas«, entgegnete ihr Tiron und löschte die Fackel – Dunkelheit umgab sie – aber: »Da, seht ihr das Licht?«, fragte er leise.

«Was ist das? Es leuchtet ganz blau.«

»Keine Ahnung – aber wir werden es vermutlich gleich feststellen, Charim.«

Sie folgten dem seltsamen Lichtschein, als ein Spalt sich nach oben öffnete und eine riesige Höhle frei gab.

»Unglaublich – seht euch das an!«, murmelte Charim fassungslos.

Die Grotte schien aus tausenden funkelnden Kristallen zu

bestehen. Sie leuchteten in einem unirdischen hellen Blau. Staunend betrachteten sie dieses Wunder der Natur, da zeigte Marla plötzlich nach unten: »Dort – der Troll!«

Hastig sah sich Tiron um und entdeckte, dass ein schmaler Steig in die Tiefe führte. »Los, versteckt euch, er darf uns nicht sehen«, zischte er.

Die beiden anderen gingen sofort hinter einem Felsvorsprung in Deckung. Der Troll kletterte gerade über einen Felsgrat und drehte sich um. *Er prüft nach, ob ihm auch niemand folgt*, dachte Tiron. Dann verschwand der Troll über dem Grat.

»Los!« Tiron lief in Richtung des Klettersteiges, die anderen folgten dicht hinterher. Sie kletterten in die Tiefe und hatten alsbald den Kamm erreicht, wo sie den Troll zuletzt gesehen hatten. Als sie den Grat erreicht hatten schien es, als wäre der Nachthimmel zu Boden gefallen – überall blinkte und blitzte es wie von funkelnden Sternen.

Charim machte sich an einem der Kristalle zu schaffen und versuchte, ihn aus dem Fels herauszubrechen.

«Charim, los jetzt – wir haben keine Zeit!«, mahnte Tiron ungeduldig.

»Ich will mir nur einen mitnehmen. Hast du so etwas schon mal gesehen, Tiron?«

»Nein, habe ich nicht!«, kam die barsche Antwort zurück.

Plötzlich knackte es zweimal, und Charim hatte einen großen Kristall in der Hand. Er hob in die Höhe und besah ihn sich von allen Seiten.

»CHARIM!!«

»Ich komme ja schon«, murmelte dieser gedankenverloren. Er steckte den Stein sorgfältig in seine Tasche und folgte Marla und Tiron, die bereits weit vor ihm waren. Wenige Augenblicke und drei große Beulen später schloss er wieder zu den beiden auf. Tiron sah, wie Charim eine große Schwellung am seinem Kopf betastete und musste grinsen.

»Sag nichts!«, befahl Charim drohend mit erhobenem Zeigefinger, und drehte sich zu Marla. »Und du auch nicht, Zauberweib!«

Tiron hatte bereits die Fackel wieder entzündet – ein breiter Weg führte weiter in den Fels.

Sie liefen eine kleine Weile, als die Flammen des brennenden Astes heftig zu lodern begannen.

Leise flüsterte Tiron: »Wir müssen uns nahe am Ausgang befinden!«

Er löschte die Fackel, und schon sahen sie vor sich den Sternenhimmel durch die Öffnung des Felsens blinken.

»Bei allen Dämonen der Finsternis – was ist denn das?«, rief Charim unterdrückt, als er aus dem Felsspalt schlüpfte.

Sie standen auf einem kleinen Felsplateau – unter ihnen breitete sich ein riesiges Lager aus, beleuchtet von hunderten kleineren Lagerfeuern.

»Nie im Traum hätte ich gedacht, dass es so viele sind.« Charim stand das blanke Entsetzen im Gesicht.

Marla sah ihn an und schürzte die Lippen: »Was hast du erwartet, Zimbarer – dass sie mit fünfzig Trollen losziehen, um Chem zu unterjochen?« Es klang mehr belustigt als sorgenvoll.

»Nein, natürlich nicht, aber das sind tausende Kreaturen des Bösen dort unten. Was wollen wir gegen diese Übermacht ausrichten – wir drei?«

»Gar nichts«, meinte Tiron trocken »Wir wollen doch nicht gegen sie kämpfen. Wichtig ist jetzt nur eines – ungesehen an ihnen vorbei zu kommen. Wir haben jetzt einen entscheidenden Vorteil, wir wissen, wo sie sich befinden. Hoffen wir, dass die List mit dem Troll funktioniert. Denn dann wenden sie sich nach Norden und wir haben freie Bahn.«

Charim atmete tief durch: »Hoffentlich! Was jetzt?«

»Wir werden vom Plateau hinabsteigen und das Lager umgehen, dann weiter Richtung Südwesten, um zu dieser Burg zu gelangen. Marla – kannst du einen gefahrlosen Abstieg für uns suchen?«

Marla nickte und schloss die Augen. Kurze Zeit später saß wieder die Waldeule am Boden. Lautlos erhob sich die Panthera auf ihren Eulenflügeln und verschwand in der Dunkelheit.

»Wir werden hier warten«, entschied Tiron. Nachdenklich umschloss er mit der rechten Hand sein Amulett – es war warm – kein Wunder angesichts dieser Ansammlung des Bösen dort unten.

Sie verhielten sich still, bis Marla zurückkam.

Nach ihrer Rückwandlung erklärte sie nüchtern: »Etwa hundert Fuß von hier können wir absteigen – der Troll ist vermutlich auch dort runter. Dann aber haben wir ein Problem, wir müssen direkt an drei Wachposten vorbei, zumindest sind das die, die ich bisher bemerkt habe. Es werden sicherlich noch mehr sein. Keine andere Möglichkeit – leider. Wenn wir diese Wachposten hinter uns haben, ist der Weg nach Süden frei. Die Mistkerle stehen gut postiert im Abstand von etwa zweihundert Fuß. Es wird also nicht leicht sein, und wenn sie uns entdecken – dann gute Nacht.«

Charim verdrehte die Augen und meinte dann zynisch: »Na prima – wie tief geht es denn nach unten?«

»Es werden gut dreißig Fuß sein!«, mutmaßte Marla.

Tiron mischte sich ein: »Haben wir eine Wahl? Nein. Marla, du fliegst am Besten als Eule nach unten, von dort kannst du uns warnen, falls sich etwas tut. Wir klettern! Charim, du als Erster.«

Es war eine steile Felsrinne, die nach unten führte, keine drei Fuß breit.

Tiron flüsterte leise: »Achte auf loses Geröll. Ein Stein, der fällt – und wir haben unser Leben verwirkt!«

Marla flog unterdessen in Richtung Boden und postierte sich auf einem Baum in unmittelbarer Nähe der Spalte.

Tiron und Charim kamen nur langsam voran, es war unendlich schwierig, in dem trüben Mondlicht die richtigen Felsvorsprünge zu finden und außerdem darauf zu achten, dass nichts Loses nach unten fiel. Nach scheinbar endloser Zeit erreichten sie völlig nass geschwitzt den Grund.

Charim beugte sich nach vorne, stemmte die Arme auf die Oberschenkel und schnaufte: »Jetzt weiß ich, wie einer Bergziege zumute sein muss.«

»Sei froh, dass du keine bist, sonst müsstest du das den ganzen Tag tun«, presste Tiron ironisch hervor. Er ließ sich an einem Felsen nieder, um ebenfalls wieder zu Atem zu kommen. Als er sich langsam wieder erholte, sah er sich um – die Felswand verlief sich rechts und links im Dunkeln. Direkt vor ihnen begann dichter Wald, wobei es nur ein schmaler Gürtel zu sein schien, denn die Feuer des Lagers schimmerten leicht hindurch.

Marla flog von ihrem Beobachtungsposten herunter, umkreiste sie zweimal und verschwand zwischen den Bäumen.

»Los – Charim, zum Ausruhen haben wir später noch Zeit. Hinterher, aber leise.«

Sie folgten der kleinen Eule in das Unterholz. Marla machte sich in kurzen Abständen durch ein leises Krächzen bemerkbar, damit wussten sie, welche Richtung sie einschlagen sollten.

Plötzlich – das Knacken eines Zweiges – direkt vor ihnen. Tiron und Charim lagen fast gleichzeitig flach auf dem Boden und hielten den Atem an. In unmittelbarer Nähe kroch einer der Wachposten durch das Gehölz. Man konnte ihn nur schemenhaft wahrnehmen, aber die Silhouette zeichnete sich im diffusen Mondlicht ab. Der Troll sog mehrmals tief die Luft ein, als ob er etwas wittern würde. Dann sah er genau in die Richtung, in der sie lagen.

Da kam Marla wie aus dem Nichts im Dunkeln herangeflogen und flatterte aufgeregt um den Kopf der Kreatur. Der Troll stieß ein zorniges Knurren aus und versuchte die Eule zu verscheuchen, indem er mit seiner Keule in der Luft herumschlug. Marla indessen verschwand so schnell, wie sie gekommen war. Der Troll war abgelenkt und hatte wohl das Interesse an dem Geruch verloren oder auch vergessen – er verschwand jedenfalls im Dickicht der Bäume. Tiron und Charim verharrten noch eine Weile am Boden liegend, als sie erneut das Krächzen von Marla hörten – also war die Gefahr, zumindest für diesen Augenblick, vorüber. Sie erhoben sich leise.

»Das war knapp«, zischte Tiron und drehte sich zu Charim. Selbst im trüben Licht war nicht zu übersehen, dass der Zimbarer aschfahl im Gesicht war.

Ein weiterer Laut der Eule folgte. Marla drängte sie zur Eile. Sie schlichen weiter und nach kurzer Zeit tauchte Marla vor ihnen auf – in ihrer menschlichen Gestalt. »Wir sind jetzt an den Wachposten vorbei. Ihr hattet vorhin großes Glück!«

»Ja – Glück, dass wir dich hatten, Marla. Du kamst genau zur rechten Zeit.«, bedankte sich Charim.

»Nicht der Rede wert, dafür sind wir gemeinsam unterwegs – jeder hilft dem anderen!«

»Wo sind wir jetzt?«, fragte Tiron.

»Wir sind zwar an den Wachposten vorbei, befinden uns aber noch ganz in der Nähe des Lagers ... und da ist mir eine Idee gekommen«, meinte Marla.

Tiron und Charim warfen ihr fragende Blicke zu. »Was für eine Idee?«, wollten sie neugierig wissen.

»Wie wäre es ... wenn ich die Gestalt eines Trolls annehme und mich einmal im Lager umsehe? Vielleicht bringen wir etwas Wichtiges in Erfahrung!«

Tiron kratzte sich am Kopf. »Was, wenn sie dich erwischen? Nicht auf Grund deiner Gestalt, sondern weil du vielleicht durch dein Verhalten, deine Neugier auffällst?«

»Ja, das könnte passieren, aber das Risiko sehe ich eher als gering an. Versprochen, ich werde sehr wachsam sein.«

»Und was machen wir in der Zwischenzeit?«, brummte Charim.

»Am besten ihr lauft weiter, um das Lager hinter euch zu lassen. Der Troll sprach davon, dass wir durch ein Tal müssen. Wir haben uns aber durch seine Verfolgung davon entfernt, deshalb geht jetzt weiter nach Süden, dann wartet, bis ich wieder bei euch eintreffe. Ich denke, es sollte nicht lange dauern. Später müssen wir uns westlich halten, somit umgehen wir das Plateau – bestimmt werden wir nach einer Weile auf das Tal treffen.«

»Also gut, Marla. Aber versprich mir, dass du vorsichtig sein wirst!«

»Versprochen, Tiron – ich werde aufpassen.«

»Wir werden so weit nach Süden gehen, bis der Mond seinen Scheitelpunkt erreicht hat und rasten, bis du zurückkommst.«

Die Panthera nickte und verschwand wortlos zwischen den Bäumen.

Charim schaute ihr beunruhigt nach. »Wenn das mal gut geht!«

»Ja, Charim«, seufzte Tiron, » – hoffen wir das Beste.«

Mit einem unguten Gefühl machten sie sich auf in Richtung Süden.

Kapitel 9

Eine Maus auf Abwegen

Marla hatte bereits die Gestalt einer der Kreaturen angenommen und tastete sich mit Bedacht durch das Unterholz.

Es fühlte sich seltsam an – im Körper eines Trolls. Durch die ungewohnte und schwerfällige Anatomie musste sie doppelt aufpassen, keine Geräusche zu verursachen. Es würde, selbst in der Gestalt des Trolls, schwer sein, den Wachposten zu erklären, was sie hier draußen in der Dunkelheit und zu dieser Zeit zu suchen hatte. Endlich erreichte sie die ersten Ausläufer des Lagers. Es handelte sich um kleine Zelte, soweit man so etwas Zelt nennen konnte. Es waren nur Äste, die ineinander gesteckt und dann rundherum mit Fellen belegt waren.

Zu allem Überfluss rochen die Pelze auch noch erbärmlich, weshalb über dem Lager ein leichter Geruch von Verwesung lag. Marla schlich an den ersten Bauten vorbei und blickte sich um, ob sie irgendetwas Auffälliges bemerken konnte. Die meisten Feuer waren erfreulicherweise heruntergebrannt, denn Trolle konnten bei Nacht anscheinend sehr gut sehen. Das half ihr jetzt, aber was für ein unverschämtes Glück sie vorhin mit dem Wachposten gehabt hatten, das wurde ihr nun mehr denn je bewusst.

In einiger Entfernung nahm die Panthera ein Zelt, ähnlich einer Jurte, wahr, das sich von den anderen abhob. Es war größer und überragte den Rest des Lagers. An der Spitze wehte eine Standarte mit dem Wappen eines Wolfsschädels, aber das eigentlich Interessante – es standen zwei Wachen davor. Entweder es handelte sich um die Behausung des Heerführers oder aber, jemand wurde dort gefangen gehalten. Vermutlich traf das erstere zu. Aus den Nachtlagern, denen sie am nächsten war, hörte man nur lautes Schnarchen oder tiefes Atmen. Die Sinne zum Zerreißen angespannt, schlich Marla sich langsam vorbei, um näher an das markante große Zelt heranzukommen. Immer wieder blieb sie stehen, vergewisserte sich, dass auch niemand wach war oder vielleicht im Halbdunkel noch bei der Glut saß. Doch es herrschte eine fast gespenstische Stille. Als Marla am letzten Zelt vor ihrem anvisierten Ziel vorbei war, blieb sie einen Moment stehen und schaute sich um. Die große Jurte schien der Mittelpunkt des Feldlagers zu sein, jedenfalls waren alle kleineren Behausungen rings darum aufgestellt worden. Allerdings nicht direkt, sondern in einem gewissen Abstand, so war ein freier Ring um das Zelt entstanden – was die Sache nicht gerade einfacher machte. Die Wachen hatten freie Sicht, zumindest in den vorderen Bereich.

Marla blieb eine Zeitlang in ihrer Position, um zu sehen, ob die Wächter einen Rundgang machten, doch diese rührten sich nicht vom Fleck. Kurzerhand nahm sie die Rückseite der Jurte in Augenschein und stellte fest: den hinteren Teil des Zeltes erreichte das Mondlicht nicht. Es war stockdunkel dort und – welch Glück – hatte man direkt vor der Zeltwand Holz aufgestapelt. Wenn sie ungesehen zu diesem Stoß kam, standen ihre Chancen nicht schlecht, vielleicht etwas zu hören.

Sie begann, sich zu konzentrieren, um erneut ihre Gestalt zu verändern und wechselte ihr Aussehen in das einer Feldmaus. Sie bemerkte bereits, nachdem sie jetzt geraume Zeit in verschiedene Gestalten gewandelt hatte, dass sie schwächer wurde. Eine Panthera konnte nicht unbegrenzt ein anderes Abbild aufrechterhalten. Es war also Eile geboten – so huschte jetzt ein kleiner flinker Nager über den freien Platz und verschwand hinter dem Holzstapel.

Marla lief auf vier winzigen Pfoten am Rande der Jurte entlang und suchte nach einem Spalt, um ins Innere zu gelangen. Sie entdeckte einen kleinen Riss in der Zelthaut, schlüpfte hindurch, kam direkt hinter einer Truhe in den Raum und nahm sofort Stimmen wahr.

»Nun, Morga, berichte mir, was diesem einen deiner Handlanger widerfahren ist – drei Menschen sagtest du?« Marla war genau zum richtigen Zeitpunkt eingetroffen und hörte, wie die Person, welche Morga genannt wurde, nun berichtete, was dem Gefangenen passiert war – scheinbar funktionierte die List.

Marla schlich sich etwas weiter nach vorne, um nicht nur zu hören, sondern auch die Personen in Augenschein zu nehmen. Das große Zelt wurde in der Mitte durch einen Vorhang abgetrennt, sicher war dahinter eine Schlafstatt. Der Teil, in den der Riss geführt hatte, wurde ausgefüllt von einer mächtigen Tafel. An der Stirnseite des Tisches hing eine große Fahne mit dem Wappen des Wolfskopfes, das sie bereits draußen auf der Standarte gesehen hatte. Vor dem Banner waren zwei gekreuzte Lanzen in den Boden gerammt worden.

Morga, wie sie jetzt sah, war ein großer grobschlächtiger Oger, vermutlich ein Unterführer, zu dem ihr geflohener Troll gelaufen war. Der Oger trug einen Brustharnisch aus Leder, der vor Fett nur so glänzte. *Allem Anschein nach hat ihn der Troll von seinem Mahl weggeholt, was ihm bestimmt nicht gefallen hat*, stellte Marla für sich belustigt fest.

Der andere Namenlose, erschrak Marla – war ein Mensch, zumindest auf den ersten Blick. Er war älter, kein Zweifel – aber seine Augen straften dieses scheinbare Alter Lügen. Sie waren hellwach und kohlenschwarz. Ein kurzer grauer Bart wuchs von seinem Kinn, verdeckte es fast ganz. Die Gesichtszüge waren ebenso aristokratisch wie böse. Er trug ein schwarzes Wams und einen schwarz-silbernen Umhang, der mit feinen seidenen Fäden durchzogen war. Unverkennbar – dieser Mann hatte Macht und er wusste sie offensichtlich zu gebrauchen. Der Oger hatte Angst vor seinem Herrn, die Augen gingen unstet hin und her; währenddessen er erzählte, hatte er eine unterwürfige Haltung eingenommen. Morga berichtete alles haarklein, vom Angriff der Harpyien, der Rettung durch den Drachen, der Gefangennahme seines Kundschafters, den drei seltsamen Menschen, die den Vater des einen suchten und – so freute sich Marla – von dem angeblichen Heer der Menschen im Norden.

Morga endete mit den Worten: »Das ist alles, Herr.«

»Gut, du kannst gehen«, kam die barsche Antwort. »Und sage Syrta, ich will ihn sehen – sofort!«

»Ja, Herr.« Der Oger verließ hastig das Zelt, während sich der Namenlose am Kinn kratzte und zu überlegen schien, wie er mit den neuen Informationen umgehen sollte.

Kurze Zeit später hörte man Schritte, der Fellvorhang wurde beiseite geschoben und Syrta trat ein. Klein gewachsen, hager, die Blässe eines Toten und einen verschlagenen Gesichtsausdruck – einer vom Volk der Waldzwerge, erkannte Marla sofort – schon immer machten sie mit dem Bösen gemeinsame Sache.

»Ihr habt nach mir rufen lassen?«

»Setz dich. Wir haben zu reden!«, befahl der Namenlose und zeigte auf einen Stuhl, der am anderen Ende eines langen Tisches stand. Er nahm ebenfalls Platz – gegenüber – allerdings war es mehr ein Thron als ein Stuhl, worauf er es sich bequem machte. Der Heerführer fasste das soeben Erfahrene kurz zusammen und blickte Sytra fragend an: »Was hältst du von dieser Geschichte?«

»Ein Heer im Norden? Ist es wirklich sicher, dass der Troll die Wahrheit spricht? Ihr wisst, Herr – als Kundschafter und in der Schlacht sind sie zu gebrauchen, aber ansonsten haben sie nicht viel in ihrem Schädel.«

»Der Troll hat Morga geschworen, dass sich alles so zugetragen hat. Und wenn er Recht hat … «

» … dann haben wir ein Problem. Es würde beinahe einen vollen Mondumlauf dauern, bis wir den Norden erreichen und Obsidian um Hilfe bitten könnten, uns Verstärkung zu senden. Zeit genug für die Menschen, sich zu formieren und eine noch größere Streitmacht aufzustellen«, setzte der Waldzwerg Sytra nachdenklich die Ausführungen seines Herrn fort. »Außerdem … «, sprach er weiter, » … wie konnten die Menschen sich so schnell aufstellen? Wie konnten sie das vor uns geheim halten? Wir haben unsere Spione überall!«

»Anscheinend nicht, Zwerg – denn sonst hätten wir ja Kenntnis davon!«, donnerte der Unbekannte und schlug mit seiner Faust so stark auf den Tisch, dass der darauf stehende Kerzenleuchter in die Höhe geschleudert wurde und laut polternd zu Boden fiel. Sytra sprang hastig auf, um zu verhindern, dass etwas Feuer fing.

Wenn Marla in ihrer eigentlichen Gestalt gewesen wäre, hätte sie, angesichts der Tatsache, dass es gar keine Streitmacht gab, laut los gelacht, aber als Maus war das etwas kompliziert. Die Finte von Tiron klappte tatsächlich, die Feinde glaubten es!

Sytra sah in Folge des Wutausbruchs seines Gegenübers noch blasser aus, als er es ohnehin schon war. Er setzte sich wieder und war sichtlich bemüht, seine Fassung wieder zu finden. »Was gedenkt Ihr zu unternehmen, Herr?«, fragte er vorsichtig.

»Wir werden uns nach Norden wenden – was sonst! Wir können es uns nicht leisten, das zu ignorieren. Aber wenn es sich als falsch erweisen sollte, dann werde ich diesen Troll eigenhändig an einem Pfahl aufspießen und ihn den Krähen überlassen«, schnarrte der Heerführer ungehalten. »Darüber hinaus wirst du veranlassen, dass zehn unserer besten Kundschafter diesen drei Menschen folgen – ich will sehen, was sie bei der Ruine wollen. Ich kenne die Burg, dort wohnt ein Seher – einer der alten Hexenmeister. Harmlos zwar, doch er ist uns schon längeer ein Dorn im Auge; er verwahrt, gut geschützt, angeblich altes Wissen. Also werden wir dem Ganzen noch etwas Gutes abgewinnen – tötet den Seher, aber vorher befragt ihn nach diesem Wissen – quetscht ihn aus wie eine Zitrone – und bringt mir diese Schriften, die er scheinbar hütet.«

»Und die Menschen?«, hakte Sytra zaghaft nach.

»Seht, was sie dort beabsichtigen, dann tötet sie ebenfalls. Sie haben von uns erfahren und wissen nun etwas um unser Vorhaben. Das Risiko ist zu groß, dass sie es Anderen mitteilen.«

»Herr, es soll geschehen, wie Ihr es wünscht«, kam die sklavische Antwort.

»Das will ich hoffen, Sytra, denn du bürgst mir mit deinem Kopf dafür!«

Marla hatte genug gehört und zog sich langsam zurück. Sie spürte, dass sie immer labiler wurde, und es ihr immer schwerer fiel, die Formwandlung aufrecht zu erhalten. Es wurde Zeit, dass sie zu den beiden Gefährten zurückkehrte und sich ausruhen konnte. Eben wollte sie durch den Riss nach draußen schlüpfen, als eine weibliche Stimme ertönte. Wie vom Donner gerührt verharrte sie, wandte sich dann zu dieser Person um und blieb mitten in ihrer Bewegung wie versteinert stehen – eine Panthera hatte den Raum betreten.

Marla hatte kaum Zeit, zu reagieren, denn die zweite Amazone wandte sich bereits in ihre Richtung – sie wusste sofort, dass etwas nicht stimmte. Pantheras konnten, wenn sie Blickkontakt hatten, sprich die Eine die Andere sehen konnte, sich gegenseitig geistig wahrnehmen, egal in welcher Gestalt sie gerade wandelten. Wie ein Blitz schoss Marla durch den Zeltspalt nach draußen und jagte über die freie Fläche zu den kleinen Zelten. Innerhalb der großen Jurte konnte man jetzt laute und aufgeregte Stimmen wahrnehmen, jedoch zu weit entfernt, um sie zu verstehen. Marla hoffte inständig, dass sie rechtzeitig reagiert hatte und die andere Panthera zwar eine Anwesenheit wahrgenommen hatte – aber nicht wusste, dass diese zu einer Angehörigen ihres Volkes gehörte. Doch das Böse war jetzt gewarnt, seine Gefolgsleute wussten, dass sie belauscht worden waren … aber hoffentlich nicht, von wem …

Marla sprintete in Richtung Wald, mit letzter Kraft erreichte sie die ersten Bäume und verwandelte sich wieder in die Waldeule. Sie konnte keine Rücksicht auf ihren geschwächten Körper nehmen, sie musste Tiron und Charim erreichen. Das geschah am besten als Vogel, denn so kam sie schnell voran und hatte keine Probleme mit den Wachposten. Sie breitete ihre Flügel aus und erhob sich in den klaren Nachthimmel gen Süden.

Während sie durch die Luft flog und der Wald wie ein dunkler, unendlich tiefer See unter ihr vorbei glitt, schossen ihr viele Gedanken durch den Kopf. Es gab sie also noch – die abtrünnigen Schwestern –, und wieder machten sie gemeinsame Sache mit dem Bösen. Es stimmte sie einerseits traurig, zu wissen, dass es nach so langer Zeit immer noch Verräter in ihren Reihen gab. Andererseits keimte Hoffnung auf – Hoffnung, dass es noch andere ihrer Art geschafft hatten, zu überleben, andere wie sie, die nicht dem Bösen verfallen waren.

Marla versuchte, möglichst wenig mit den Schwingen zu schlagen, um Kraft zu sparen, während sie angespannt Ausschau nach ihren Gefährten hielt. Lange würde sie sich nicht mehr in der Luft halten können, geschweige denn, die Verwandlung aufrecht erhalten.

Zu allem Überfluss schob sich jetzt noch eine große Wolke vor den Mond, sodass sich die Suche nicht gerade einfacher gestaltete.

Doch nach einiger Zeit nahm sie mehrere Bewegungen auf dem Waldboden wahr, hier standen die Bäume nicht ganz so dicht, und Marla flog etwas tiefer. Sie erkannte zwei Gestalten unter sich, die durch den Wald hasteten, das mussten Tiron und Charim sein. Marla machte sich durch ein Krächzen bemerkbar. Beide Gestalten hielten mitten im Lauf inne. Spätestens jetzt war Marla sich sicher, sie gefunden zu haben und setzte zur Landung an. Sie hatte kaum noch Kraft, geriet dadurch leicht ins Schlingern und ging direkt vor Tiron auf dem weichen Waldboden nieder. Benommen blieb sie liegen, mobilisierte ihre letzte Reserven und verwandelte sich zurück. Als sie ihre eigene Gestalt angenommen hatte – brach sie besinnungslos zusammen.

Tiron und Charim sprangen erschrocken zu Marla, als die Panthera vor ihnen ohnmächtig zu Boden sackte.

Tiron reagierte sofort. »Los, Charim, sieh dich um, ob du einen Platz findest, an dem wir uns ausruhen können – und das schnell!«

»Mach´ ich!«, und schon war der Zimbarer verschwunden. Tiron beugte sich über Marla, ihre Hautfarbe war leichenblass, aber sie trug keine augenscheinlichen Verletzungen am Körper – zumindest dies war ein gutes Zeichen. Er fühlte ihren Puls und stellte fest, dass ihr Herz unregelmäßig schlug. Wahrscheinlich hatte sie sich überanstrengt, sie brauchte Ruhe – viel Ruhe. Wenn nur Charim schnell einen geeigneten Ort fand – dann könnte er einen Trank zur Stärkung herstellen. Er bettete sanft ihren Kopf auf das weiche Laub, und breitete eine Decke über ihren Leib, damit sie vor der Kühle der Nacht geschützt war.

Tiron wurde bald immer unruhiger und spähte angestrengt in die Dunkelheit ob Charim endlich zurückkam. Die Augenblicke dehnten sich zu Ewigkeiten, als endlich ein Schatten zwischen den Bäumen auftauchte. Tiron hatte bereits sein Schwert gezogen und stand kampfbereit vor Marla.

Ein leises Wispern drang zu ihm herüber. »Tiron? Ich bin es!«

Erleichtert steckte Tiron seine Klinge weg und lief dem Zimbarer entgegen. »Und? Hast du etwas gefunden?«

»Ja, etwas weiter südlich bin ich auf eine flache Mulde gestoßen, sie ist ringsherum von Sträuchern bewachsen und somit von außen nur schwer einzusehen – zwar nicht das ideale Versteck, aber aufgrund der Kürze der Zeit werden wir wohl damit vorlieb nehmen müssen.«

»Besser als hier ist es allemal. Marla ist noch immer nicht bei Bewusstsein, aber sie hat anscheinend keine Verletzungen davongetragen. Können wir dort ein Feuer entzünden?«

»Wenn wir eine kleine Vertiefung graben und das Feuer klein halten – ja!«

»Gut, Charim, nimm du unsere Sachen, ich werde Marla tragen. Geh voraus, aber mach langsam, mit dem zusätzlichen Gewicht werde ich nicht so schnell vorankommen.« Tiron hob Marla vorsichtig an und legte den schlaffen Körper über seine Schulter. »Schnell, zeig mir den Weg!«

»Bleibe dicht hinter mir!« Zielsicher führte Charim Tiron zu dem besagten Platz – zwischendurch musste Tiron immer wieder kurz anhalten, denn Marlas Körper wurde mit der Zeit immer schwerer. Endlich konnte er die Panthera im weichen Moos niederlegen, ausgepumpt brauchte er einige Augenblicke, um sich wieder zu erholen.

Charim hatte unterdessen begonnen, eine tiefe Feuerstelle auszuheben. Tiron erhob sich und sog die kühle Nachtluft ein, durch die umstehenden Nadelbäume lag ein angenehm harziger Duft in der Luft. Er umhüllte Marla wieder mit der Decke und fing an, herumliegendes Reisig einzusammeln, achtete aber darauf, dass es trocken war, damit es beim Verbrennen keinen verräterischen Rauch geben würde. Er schichtete es in der Grube zu einem kleinen Stoß auf – gerade soviel, dass der Schein des Feuers nicht über den Rand hinaus scheinen würde. »*Pyrot domus actem*« – die Zweige standen augenblicklich in Flammen.

»Weißt du, Tiron … «, Charim hatte die Handlung von Tiron wortlos beobachtet, » … auch wenn ich mich wiederhole – manchmal bist du mir wirklich unheimlich.«

Tiron grinste. »Und du weißt noch nicht mal ansatzweise alles, Charim. Kennst du die Crataeguspflanze?«

»Ja, mein Großvater hat mir viel über Pflanzen beigebracht – es ist der Weißdorn!«

»Gut, dann laufe ein Stück zurück auf dem Weg, den wir

gekommen sind, dort habe ich einen Strauch gesehen. Bringe mir ein paar Blätter davon. Zusammen mit ein paar weiteren Essenzen kann etwas herstellen, dass Marla helfen wird.«

Charim lief los. Tiron stellte inzwischen einen kleinen Topf auf das Feuer, schüttete etwas Wasser hinein und holte seinen Beutel, um die notwendigen Substanzen griffbereit zu haben. Er zerrieb ein Stück Hirschhorn und vermischte das entstandene Pulver mit etwas Wasser, so ergab es eine stark bitter und stechend riechende Paste, die Marla wieder zurückholen sollte.

Tiron hörte ein sich näherndes Geräusch und griff zu seinem Schwert, doch es war Charim, der sich langsam aus der Finsternis schälte. Tiron legte die Klinge mit einem leisen Ton der Erleichterung beiseite und fragte sofort: »Hast du sie gefunden?«.

»Ja, hier sind die Blätter.« Charim reichte seinem Gefährten die Pflanzen und setzte sich erwartungsvoll neben ihn. »Und jetzt?«, meinte er stirnrunzelnd.

»Jetzt hältst du deinen Mund und lässt mich machen!«, kam die Antwort.

Charim zuckte mit den Schultern und murrte leicht eingeschnappt: »Schon gut, ich habe verstanden.«

Tiron machte sich daran, die Weißdornblätter zu zerreiben. Das Wasser kochte mittlerweile, er gab die ersten Zutaten hinein und erst zum Schluss mischte er den Weißdorn unter. Während er rührte, hielt Charim seine Nase über den brodelnden Topf und zog angewidert das Gesicht zusammen. »Das soll Marla trinken – willst du sie umbringen?«

»Es soll nicht schmecken, es soll heilen und du musst es ja nicht zu dir nehmen!« Tiron ergriff den Topf, zog ihn vom Feuer und stellte ihn neben sich auf die Erde zum Auskühlen. Der Sud musste lauwarm sein, bevor er ihn Marla verabreichen konnte, also wurde es Zeit, dass sie wieder das Bewusstsein erlangte. Er griff nach der eben hergestellten Paste, stand auf und ging zu der Panthera. Ihr Atem ging langsam und gleichmäßig. Tiron fasste ihr mit der flachen Hand an die Stirn – sie war kühl. Er nahm etwas von der Salbe und zerrieb diese zwischen zwei Fingern, sofort breitete sich ein stechender Geruch aus. Beide Finger hielt er Marla unter die Nase – zuerst keine Reaktion, dann ein krampfartiges Zucken, ein tiefer Atemzug, ein Hustenanfall und Marla schlug die Augen auf.

Mit glasigem Blick schaute sie Tiron an. »Wo bin ich?«

»Alles in Ordnung, Marla, du bist in Sicherheit, du warst nur für einige Zeit bewusstlos. Charim, gib mir bitte den Trank.«

Der Zimbarer nahm den Topf, schüttete etwas von dem Sud in eine kleine Schale und eilte zu Tiron.

»Hier, trink das, es wird dir gut tun. Aber langsam und in kleinen Schlucken.« Er setzte die Panthera etwas auf und führte den Becher an den Mund, sofort verzog sie das Gesicht zu einer Grimasse. »Ich weiß, es schmeckt fürchterlich, aber es wird dir helfen.«

Angewidert trank Marla auch den Rest und ließ sich kraftlos nach hinten fallen. »Ich bin so müde.«

» Ruh dich aus! Morgen bist du wieder auf den Beinen. Gute Nacht.« Er deckte sie zu, doch Marla merkte es nicht mehr. Sie schlief bereits – einen tiefen und erholsamen Schlaf.

Kapitel 10

Die Bergwächter

Tiron erwachte von leisen Stimmen, die in unmittelbarer Nähe zu sein schienen. Verschlafen rieb er sich die Augen und erblickte Marla, die bereits aufgestanden war und sich mit Charim unterhielt.

Sie grinste Tiron zu: »Guten Morgen.«

Tiron grinste zurück. »Ich sehe, es geht dir wieder besser.«

»Ja, und dafür danke ich dir von Herzen. Charim hat mir schon alles erzählt.«

Verschlafen wälzte Tiron sich aus seiner Decke, nahm seinen Wasserbeutel und ging, um sich zu waschen.

Erfrischt gesellte er sich dann zu seinen Reisegefährten, dort meinte Marla aufatmend: »Endlich – Charim fragt mir schon ein Loch in den Bauch.«

»Ja – und sie bestand darauf, dass sie erst anfangen zu erzählen würde, wenn du wach bist.« Ungeduld lag in Charims Stimme.

»Da hat sie ganz Recht, dann muss sie es nicht zweimal erzählen!«, kam prompt Tirons Antwort. Er setzte sich zu den beiden. »Also, Marla, was ist passiert?«

Marla schilderte ausführlich ihre Erlebnisse in der Jurte des Anführers. Abschließend stellte sie fest: »Wir haben also keine Zeit zu verlieren. Diese zehn Troll-Kundschafter wurden bestimmt schon losgeschickt, wir haben durch meine Erschöpfung viel Zeit verloren. Wir müssen diese Burg und den Hexenmeister vor ihnen finden, denn sonst haben wir keine Chance, die Norodim zu finden. Dieser Seher verwahrt das Alte Wissen!«

Tiron hatte den Kopf in beide Hände gelegt und sah gedankenverloren in die Ferne.

»Was ist los, Tiron?«, fragte Charim. »Warum so nachdenklich?«

Auf die Frage hin schreckte er hoch, so als sei er bei irgendetwas ertappt worden. Er sah von Charim zu Marla. »Unsere List hat funktioniert – vorerst. Das Böse weiß jetzt, dass wir um sein Vorhaben wissen. Unser Problem – wir stehen zur Zeit völlig alleine da! Wir kennen zwar nun ihre Absichten, haben aber keine Möglichkeit irgendjemand zu warnen – geschweige denn, Verbündete, die sich dem Bösen entgegenstellen könnten. Uns läuft die Zeit weg. Marla, du sagtest, dieser Anführer trägt als Wappen einen Wolfsschädel?«

»Ja, warum?«

»Wurde ein Name genannt?«

»Nein, er sprach seine Untergebenen mit Namen an – sie wiederum nannten ihn nur *Herr* oder *Meister.*«

Tiron schüttelte mehrmals den Kopf und sagte mehr zu sich selbst als zu seinen Gefährten: »Könnte es wirklich sein?«

Charim schaute Tiron verwundert an, »Könnte *was* sein, Tiron?«

»Ihr erinnert euch an meine Geschichte? Wie mein Vater umgebracht und meine Mutter verschleppt wurde?«

Beide bejahten erstaunt. Tiron sprach nun mit aufwallendem Zorn: »Nun, dieser Glagan – er war damals der Anführer besagter Horden, trug einen Helm in der Form eines Wolfschädels und war schwarz gekleidet – mit einem Umhang, der mit Silberfäden durchsponnen war. Könnten der Anführer dieser Trolle und Glagan ein und dieselbe Person sein?«

Marla sah Tiron lange an. »Ich weiß nicht, was damals vorgefallen ist, aber bei einem bin ich mir ganz sicher: gleichgültig, ob er es ist oder nicht – jetzt an Rache zu denken, wäre falsch, denn damit setzen wir unser ganzes Vorhaben aufs Spiel. Ich denke, wir werden diesen Mann nicht zum letzten Mal gesehen haben. Du wirst also deine Chance, es zu erfahren, bekommen. Doch nicht jetzt und auch nicht morgen. Wir haben uns um wichtigere Dinge zu kümmern!«

»Ja, Marla – ich weiß das!«, erwiderte Tiron ungehalten. »Doch es ist schwer, nicht daran zu denken, denn die Wunden sind noch lange nicht verheilt. Sollte er es sein, wird ihn das Schicksal ereilen – und sein Schicksal wird *Tiron* heißen!«

Marla nickte. »Ich kann dich gut verstehen. Was glaubst du, wie es mir erging, als eine von meinen Schwestern das Zelt betreten hat. Diese Verräterinnen haben beinahe mein ganzes Volk auf dem Gewissen! Doch hier geht es um mehr – um viel mehr! Erinnert euch an die Alten Schlachten – wenn wir das Böse nicht aufhalten, beginnt ein neues dunkles Zeitalter. Was meinst du, wie viele *dann* ihr Leben lassen werden? Manchmal muss der Einzelne seine persönlichen Belange zu Gunsten einer größeren Aufgabe zurückstellen. Und lass dir gesagt sein, Tiron – auch ich werde meine Vergeltung bekommen!«

Tiron schaute betreten zu Boden und murmelte leise: »Du hast natürlich Recht, Marla.«

»Gut, dann lasst uns jetzt von hier verschwinden, wir haben sowieso schon viel zu viel Zeit verloren.« Die Panthera erhob sich energisch und fing an, ihre Sachen zu packen.

Charim, der die ganze Zeit nichts gesagt hatte, sah Marla nach, bis sie außer Hörweite war – fing an zu grinsen und meinte leise zu Tiron: »Manchmal haben Frauen wirklich gute Argumente!«

Tiron schaute ihn an. »Gut? Zielsicher und treffend wäre wohl die bessere Wortwahl – aber wo sie Recht hat, hat sie Recht. Also los jetzt, packen wir auch!«

Nachdem die drei Gefährten ihren Lagerplatz von den Spuren der vergangenen Nacht gesäubert hatten, wandten sie sich Richtung Süden, um die Ausläufer des Tals zu finden, welche sie bereits beim Kampf der Trolle gegen die Harpyien gesehen hatten. Zumindest hatte es so der gefangene Troll beschrieben. Sie liefen – ohne Zwischenfälle – beinahe einen halben Tag lang und ließen den Wald hinter sich. Die Landschaft wurde karger, viel Gras, wenig Sträucher; und so wurde das unangenehme Gefühl, entdeckt werden zu können, immer größer.

Die Drei hielten sich nach wie vor rechter Hand, in Sichtweite des Hügelzuges, in der Hoffnung, endlich eine westliche Route einschlagen zu können, um auf das besagte Tal zu stoßen. Erst gegen Nachmittag zeichnete sich am Horizont ein Abflachen der Hügel ab. Tiron hob seine Hand über die Augen, denn die Sonne blendete stark, und wandte sich an Charim und Marla: »Seht ihr das auslaufende Gelände? Dort werden wir es versuchen, nach Westen zu kommen.«

»Hoffen wir, dass das Terrain wieder etwas uneinsehbarer wird, ich komme mir vor wie auf dem Präsentierteller. Ein Wunder, dass uns noch niemand entdeckt hat«, brummte der Zimbarer.

»Das wissen wir nicht, Charim. Selbst wenn wir niemanden gesehen haben, heißt das noch lange nicht, dass uns keiner bemerkt hat«, gab Marla ihm zu bedenken.

Nach einiger Zeit erreichten sie den Durchlass, folgten nun westlicher Richtung und passierten die Hügel. Die Umgebung veränderte sich kaum, die Steppenlandschaft setzte sich fort.

Marla zeigte mit dem Arm nach Norden. »Was meint ihr? Da, man sieht es nur noch schemenhaft. Erkennt ihr den Waldgürtel, der zwischen den Hügeln und Felsen liegt? Ich denke, das ist das Tal, aus dem wir gekommen wären – also sind wir jetzt richtig.«

Tiron nickte, »Ich du hast Recht.« Er sah zum Himmel. »Nicht mehr lange und die Dämmerung bricht herein. Wir sollten uns schleunigst ein Nachtlager suchen. Am besten unterhalb der Hügel – wenn wir jetzt noch weitergingen, müssten wir auf offenem Gelände übernachten.«

Charim verzog das Gesicht. »Sehe ich genauso. Ich wäre auch für die Anhöhen, dort haben wir wenigstens von einer Seite Deckung und ein paar Sträucher gibt's auch. Feuer können wir uns ohnehin schenken – das würde man meilenweit sehen.«

Marla nickte nur, zum Zeichen dass sie damit einverstanden war.

Sie suchten noch eine Zeitlang, um einen geeigneten Rastplatz auszumachen. Bei einem großen Felsbrocken – einem der wenigen, die auf der sonst ebenen Anhöhe überhaupt zu entdecken waren – fanden sie ihn. Erschöpft ließen sich die Gefährten nieder, um eine Kleinigkeit zu essen und zu trinken. Langsam senkte sich die Sonne und tauchte das Gelände in eine rubinrote Farbe – bis sie endgültig hinter dem Höhenrücken verschwand. Es wurde eine sternklare und kalte Nacht. Tiron lag eingewickelt in seiner Decke, sah in den wolkenlosen Himmel und beobachtete die funkelnden Sterne, die wie tausend kleine Laternen ihr Licht zu Boden schickten. Der Gedanke an diesen Mann, den Marla gesehen und gehört hatte, ließ ihn nicht mehr los. Vor seinem geistigen Auge erschienen die Silhouetten seines Vaters und seiner Mutter – Bilder aus den glücklichen Tagen seiner Kindheit. Eine Mischung aus Trauer und tiefem Hass überkam ihn. Der schreckliche Tod des Vaters und das ungewisse Schicksal seiner Mutter ließen ihn innerlich nie zur Ruhe kommen. Er würde seine Rache bekommen und diese menschliche Bestie würde ihre gerechte Strafe erhalten. Über diesen düsteren Gedanken schlief er ein.

Tiron erwachte, als der Morgen langsam graute. Es würde ein schöner Tag werden – keine Wolke am Himmel und die Luft war klar und frisch. Er stand auf, dehnte seine kalten Glieder und weckte Marla sowie Charim – die sich träge von ihrer Liegestatt erhoben.

»Wir müssen uns im Laufe des Tages nach Wasser umsehen; unser Vorrat geht langsam zur Neige«, stellte Charim, beim Anheben seines Trinkbeutels, müde fest. »Und außerdem würde ich gerne mal wieder in ein Stück gebratenes saftiges Fleisch beißen – immer nur Brot, Beeren und Kräutersuppe – das hält doch auf Dauer kein Mensch aus«, murrte er weiter.

Marla zwinkerte Tiron zu. »Da scheint heute einer mit dem falschen Fuß aufgestanden zu sein!«

»Jetzt mal ehrlich, ihr beiden – geht es euch nicht genauso?«, versuchte sich der Zimbarer zu rechtfertigen, doch er erntete nur feixende Blicke.

»Los, Charim, hör´ auf mit der Nörgelei, wir können das jetzt nicht ändern. Pack´ deine Sachen, wir müssen weiter«, grinste ihn Tiron aufmunternd an.

Charim schnitt eine Grimasse, machte auf dem Absatz kehrt und begann damit, sein Gepäck zu verstauen.

Die Sonne stand bereits knapp über dem Horizont, als sie sich auf den Weg machten. In weiter Ferne – man konnte es mehr erahnen als sehen – zeichnete sich schemenhaft das Ankorgebirge ab. Es würde also noch mehrere Tagesreisen dauern, um überhaupt in die Nähe des Felsmassivs zu kommen, und so legten sie ein rasches Tempo vor. Wichtig war, die ausgedehnte und flache Ebene jetzt möglichst rasch hinter sich lassen.

Während ihres Marsches fragte Tiron Marla: »Wie fühlst du dich?«

»In Bezug auf was?«

»Deine Begegnung mit der anderen Panthera … «

»Nun, ja … «, Marla zuckte die Achseln. »Es verheißt nichts Gutes, wenn meine Schwestern mitmischen. Die Gegenseite kann die gleiche Waffe einsetzen wie wir. Aufgrund unserer Wandlungsfähigkeit ist es uns, wie du ja gesehen hast, ein Leichtes, den Feind auszuspionieren. Es stimmt mich natürlich auch traurig und gleichzeitig zornig, dass sie, selbst nach so langer Zeit, immer noch nicht erkannt haben, wie die böse Seite ihre Seele vergiftet.«

Tiron fasste kurz Marlas Arm und drückte ihn verständnisvoll. »Wir müssen künftig doppelt wachsam sein, vor allem dann, wenn wir in Anwesenheit von Fremden über unser Vorhaben sprechen. Hoffen wir nur, dass wir diese Ruine erreichen, bevor die ausgesandten Troll-Krieger dort sind.«

Charim, der unterdessen voraus gelaufen war, rief plötzlich ganz aufgeregt: »He, ihr beiden – schaut dort – seht ihr es? Reiter!« Er zeigte mit dem Arm in die bewusste Richtung.

Tatsächlich sah man in einiger Entfernung, wie eine große Staubwolke aufgewirbelt wurde, und davor konnte man einige schwarze Punkte erkennen, die schnell vorwärts kamen.

Tiron schaute sich sorgenvoll um. »Verdammt, und keine einzige Deckung.«

Marla hatte bereits ihr Schwert gezogen, und auch Charim griff zu seiner Waffe. »Kannst du was erkennen? Du hast die besten Augen, Panthera!«

»Es sind keine Trolle oder Oger, Charim – soviel ist sicher – denn die besitzen keine Pferde und können auf Grund ihrer Statur auch nicht reiten«, gab sie zurück.

»Wollen wir hoffen, dass sie uns nicht feindlich gesonnen sind, denn sonst haben wir schlechte Karten!« Tiron ergriff seinen Bogen und legte den ersten Pfeil an die Sehne. So standen dann alle drei nebeneinander, in Erwartung eines Kampfes.

»Wie viele, Marla?«

»Ich zähle fünfzehn – es können aber auch mehr sein.«

Die Reiter hatten sie wohl auch bemerkt, denn sie änderten ihre Richtung und kamen jetzt direkt auf sie zu. Die Punkte verwandelten sich langsam in feste Konturen, man konnte erkennen, dass es Menschen waren. Stolz und hoch aufgerichtet saßen sie auf dem Rücken ihrer Pferde. Die Helme der Reiter glänzten metallisch in der gleißenden Sonne. Für Marla und Charim überraschend, legte Tiron plötzlich seinen Bogen auf die Erde und lief gemächlich den Berittenen entgegen. Diese hatten gesehen, dass er seine Waffe abgelegt hatte und verlangsamten ihr Tempo. In ein paar hundert Fuß Entfernung gab einer der Männer ein Zeichen, und die Gruppe hielt ihre Pferde an.

Ein Einzelner – wie es schien, der Befehlshaber –, ritt langsam auf Tiron zu. Er war groß gewachsen, trug einen Lederharnisch, der mit einem eingelassenen Wappen versehen war – ein Pferd, das sich über einem Fluss aufbäumte. Die Kopfbedeckung des Fremden bestand aus einem dunklen Metall, verziert mit edlen goldenen Ornamenten; und zwischen den Augen lief nochmals ein goldener Metalldorn nach unten, um das Gesicht zu schützen.

Tiron verbeugte sich. »Seid gegrüßt, Herr. Ich hoffe, es hat Euch keine feindliche Absicht zu uns geführt, denn auch wir hegen keine solche gegen Euch!«

Der Fremde zügelte sein Pferd, nahm seinen Helm ab und klemmte ihn unter den Arm. Zum Vorschein kamen leuchtend grüne Augen, die dem Gesicht einen fast sanften Ausdruck verliehen, die schmale Kinnpartie wurde von einem sauber gestutzten Bart umrahmt.

Misstrauisch musterte der Mann Tiron von oben bis unten. »Nun, Fremder, eine feindliche Absicht muss nicht unbedingt offen zur Schau gestellt sein, weswegen dieser Tage immer Vorsicht geboten ist. Was treibt Eure Gruppe in diesem Winkel von Schattenwelt?«

»Man nennt mich Tiron – aus dem Nordland von Chem. Meine Gefährten und ich suchen eine Burgruine, die am Rande des Ankorgebirges liegen soll. So zumindest hat man es uns geschildert.«

»Diese Burg ist uns bekannt – sie liegt in südlicher Richtung am Fuße des Gebirges.«

»Dann wurde uns der Weg richtig beschrieben. Gestattet ebenfalls die Frage: Was führt *Euch* durch diese Lande?«

»Ein Erkundungsritt an die Grenzen unseres Reiches. Wir nennen uns die *Narsim*, wörtlich übersetzt bedeutet dies *Bergwächter*. Unsere Heimat liegt an den Ufern des Fyndyr – ein großer Fluss, der dem Ankorgebirge entspringt. Man ruft mich Adrian – erster Heermeister der Narsim.« Während der Mann antwortete, stieg er von seinem Pferd ab und ging auf Tiron zu. »Warum sucht Ihr diesen Ort, von dem Ihr spracht?«

»Das, Heermeister Adrian – ist eine lange Geschichte, doch seht es mir nach, dass ich darüber zumindest jetzt noch nicht sprechen möchte. Wir kennen einander nicht – doch es sei nochmals versichert, dass uns keine unlauteren Vorhaben durch Euer Land geleitet haben. Das Gegenteil ist der Fall«, antwortete Tiron höflich, aber bestimmt.

Adrian nickte und streckte Tiron seine Hand entgegen. »Ich verstehe und respektiere Eure Antwort. Vielleicht können wir diesen Missstand bei einem gemeinsamen Mahl beheben? Unser Lager befindet sich keinen halben Tagesritt von hier. Ihr seid herzlich willkommen.«

»Vielen Dank, Heermeister – gerne kommen wir Eurer Einladung nach. Obwohl es ein wenig länger als einen halben Tag dauern wird, da wir, wie Ihr sicherlich bemerkt habt, zu Fuß unterwegs sind.«

Adrian lächelte verschmitzt. »Unsere Pferde sind stark, Nordmann – sie tragen für diese Dauer auch die doppelte Last.«

Tiron nickte erfreut. »Das soll uns gerne recht sein, es wäre eine große Erleichterung.«

»Sehr schön – nun, da wir beide uns jetzt einig sind und auch namentlich bekannt gemacht haben – wollt Ihr mir nun Eure Gefährten vorstellen?«

»Ja – selbstverständlich!« Tiron winkte Marla und Charim heran und machte sie mit dem Heermeister der Narsim bekannt.

Als Charim hörte, dass sie eingeladen waren, lachte er erleichtert auf. »Seht ihr, so sind meine Gebete doch erhört worden!«, und zu Adrian gewandt, sagte er: »Habt Ihr auch einen guten Braten an Eurem Feuer?«

Adrian lachte nun ebenfalls. »Ihr habt großes Glück, junger Freund – Erogard – den Ihr dort hinten seht -, hat gestern einen großen Eber erlegt. Das Fleisch dürfte mittlerweile gut abgehangen sein, sodass es heute Abend, saftig gebraten, auf den Tisch kommt. Es ist genug für alle da.«

Charim verzog genussvoll sein Gesicht und spitzte die Lippen, als spüre er jetzt schon den Braten im Mund. Jetzt lachten auch Marla und Tiron.

»Ich muss mich für meinen Gefährten entschuldigen, nehmt es ihm nicht übel, der Gedanke an ein gutes Stück Fleisch brachte ihn heute Morgen schon nahezu um den Verstand«, erklärte Tiron mit vorgespielt ernster Miene.

Adrian lächelte amüsiert und nickte verständnisvoll, drehte sich um und winkte seinen Soldaten, die immer noch abseits warteten. Die Männer setzten sich in Bewegung und ritten langsam auf sie zu. Adrian ging ihnen entgegen und erklärte seinen Gefolgsleuten die Situation. Kurz darauf erschallte Gelächter, vermutlich hatte der Heerführer Charims Bedürfnis nach Fleisch geschildert.

Er rief Tiron entgegen: »Meine Männer heißen Euch willkommen – und Ihr, Charim, sollt das größte Stück des Bratens bekommen, damit Ihr wieder zu Kräften kommt. Wir wollen doch nicht, dass Ihr Euren Verstand einbüßt!«

Wieder ertönte Gelächter. Charim lachte gequält und machte gute Miene zum bösen Spiel. Adrian bestieg in der Zwischenzeit sein Pferd und wählte drei seiner Leute aus, die Marla, Tiron und Charim mitnehmen sollten. Diese reichten den Dreien die Hände und zogen sie auf den Rücken ihrer Pferde. Adrian gab das Zeichen zum Aufbruch und die neue Gemeinschaft setzte sich in Bewegung.

In gemäßigtem Tempo ritt der kleine Trupp über die Ebene. Adrian war ein sehr umsichtiger Mann. Er sicherte seine Reiter und seine drei Gäste nach allen Seiten ab und behielt die Umgebung stets im Auge. Zwei seiner Gefolgsleute waren der Gruppe immer weit voraus, um mögliche Gefahren schon frühzeitig zu erkennen. Tiron hatte bald den Eindruck, dass jeder dieser Männer ihrem Anführer bedingungslos vertraute, ja wahrscheinlich sogar sein Leben für ihn lassen würde, wie Tiron überlegte. Er gewann allmählich große Hochachtung für diesen Heermeister.

Nach nicht allzu langer Zeit hatten sie den Rand der Ebene erreicht, das Gelände wurde hügelig und war mit dichtem Strauchwerk sowie üppigen Bäumen bewachsen. Auch die Umrisse der Gebirgskette zeichneten sich immer deutlicher ab, man konnte schon die schneebedeckten Gipfel erkennen. Immer tiefer ritten sie in die Hügellandschaft und erreichten schließlich unbehelligt die Lagerstatt der Narsim. Sie lag am Ufer eines kleinen Baches, der, wie ihnen Adrian erklärte, ein unbedeutender Nebenarm des Fyndyr war. Der Platz wurde eingegrenzt von zwei kleinen Hügeln, die mit Bäumen von geringer Größe bewachsen waren.

Adrian hatte drei seiner Leute am Morgen als Wachposten zurückgelassen und so zog bereits ein köstlicher Duft von gebratenem Fleisch durch das Lager. Die Zurückgelassenen hatten ein Feuer entzündet, den erlegten Eber aufgespießt und über die Kochstelle gehängt.

Charim rief begeistert aus: »Ihr Götter – ich danke Euch – ich bin im Paradies gelandet.«

Alles lachte und einer der Männer rief ihm zu: »Danke nicht den Göttern, Bursche, sondern Erogard, der gestern dem Borstentier mit seiner Lanze einen guten Morgengruß entboten hat.«

Bevor Charim etwas erwidern konnte, schallte Adrian´ Stimme durch das Lager, er gab Befehl, abzusatteln und die Pferde zu versorgen. Die Männer taten, wie ihnen befohlen, und es kam hektische Betriebsamkeit auf.

Der Heerführer gab sein Pferd in die Hände einer seiner Männer und streichelte zuvor noch liebevoll über den Kopf des Tieres. »Gehe sanft mit ihm um, Aron, er hat heute gute Dienste geleistet!« Aron nickte zustimmend und führte das Pferd fort.

Adrian wandte sich zu Tiron: »Folgt mir bitte, ich zeige Euch Eure Lagerstatt. Waschen könnt Ihr Euch unten am Bach. Wenn Ihr fertig seid, so findet Euch am Feuer ein, damit wir gemeinsam speisen können.«

Tiron trat auf Adrian zu und deutete eine Verbeugung an.

»Nochmals meinen Dank für die Gastfreundschaft, die Ihr uns gewährt, Adrian. Wir stehen in Eurer Schuld.«

Der Heerführer winkte ab. »Gastfreundschaft ist nichts, was beglichen werden müsste. Wir Narsim sind zwar rau, aber bestimmt nicht unkultiviert.« Er ging voraus und zeigte den Gefährten ein geräumiges Zelt. »Nennt es für diese Nacht Euer Eigen.«

Tiron nickte, somit war wohl auch für den Narsim die Sache erledigt, denn er drehte sich um und ging zu seinen Leuten.

Marla schaute ihm grübelnd hinterher. »Können wir ihm trauen?«

»Ja…«, erklärte Tiron bestimmt, »…mein Gefühl sagt mir, wir können ihm trauen. Allerdings sollten wir trotzdem vorsichtig sein – das wird er auch sein. Die Narsim könnten sich vielleicht als gute Verbündete gegen das Böse erweisen, also wird nur die Wahrheit und gegenseitige Zuversicht helfen, diese Leute für unser Vorhaben zu gewinnen. Wir werden ihnen mitteilen, was uns hierher geführt hat. Aber über den Stern von Taurin und dass du eine Panthera bist – darüber kein Wort!«

Marla nickte und Tiron wandte sich an Charim. »Du hast auch verstanden?«

»Ja, natürlich – ich bin ja nicht taub!«, gab Charim missmutig zurück.

»Schon gut, ich wollte es nur noch mal deutlich erwähnen, nicht, dass du nachher am Feuer vor lauter Fleisch und Wein die Vorsicht vergisst. Lasst uns jetzt zum Bach gehen, damit wir uns etwas frisch machen können.«

Die Gefährten räumten ihr Hab und Gut sowie die Waffen in das Zelt und liefen zu dem kleinen Wasserlauf.

Um die Grillstelle waren bereits einige Männer versammelt. Die meisten von ihnen saßen auf Baumstämmen, die um das Feuer gelegt worden waren, und unterhielten sich angeregt. Als die drei Gefährten in den Kreis traten, verstummten die Gespräche, höflich begrüßte Tiron die Sitzenden. Die Männer nickten zurück.

Tiron konnte ihre fragenden und erwartungsvollen Blicke förmlich auf der Haut spüren. *Kein Wunder*, dachte er, *sie wissen nicht, wer wir sind, warum wir hier sind und warum ihr Heermeister uns eingeladen hat.*

Einer der Narsim stand auf und wies den Gefährten höflich einen Platz zu. Sie ließen sich nieder, und Tiron blickte in die Runde – manche der Männer schauten weg, anderen hielten seinem Blick stand und lächelten unsicher.

Da trat Adrian ans Feuer und setzte sich zwischen Tiron und Charim. »Wie ihr seht, Männer, haben wir Fremde in unserer Mitte, und ihr fragt euch zu Recht, weshalb sie hier sind. Das sollt ihr später auch erfahren. Vorher jedoch wollen wir unseren Gästen zeigen, was für die Narsim das Wort Gastfreundschaft bedeutet.« Zustimmendes Raunen kam von seinen Leuten. Adrian sprach weiter: «Erogard, du hast den Eber erlegt, deswegen gebührt dir unser aller Dank und das beste Stück. Charim, der hier neben mir sitzt, wird mir das verzeihen – er bekommt das zweitbeste, da er mit seinem Verstand ringt!« Alles lachte.

Charim stand auf und Tiron wurde bleich – wenn der Zimbarer jetzt nur nichts Falsches auf diese ironische Spitze erwiderte, das könnte alles verderben …

Doch Charim antwortete ruhig und gelassen: »Vielen Dank, Herr Adrian – für die tröstenden Worte an meinen Verstand. Ich werde das Fleisch von ganzem Herzen genießen, und die Gastlichkeit an den Feuern der Narsim wird sich unauslöschlich in meinen, dann hoffentlich gesundeten, Geist einbrennen.«

Tiron atmete innerlich auf, alle rings um das Feuer klatschten und johlten lauthals – das Eis war gebrochen – dank Charim.

Der Zimbarer setzte sich wieder und Adrian schlug ihm lachend auf die Schulter. »Gut gesprochen, Charim. Euer Verstand hat keineswegs gelitten. Danke, dass Ihr mir diesen kleinen Scherz nicht übel genommen habt – und jetzt wollen wir gemeinsam speisen.« Er erhob sich und richtete noch ein paar allgemeine Worte zum Tagesgeschäft an seine Männer.

Die drei Gefährten rückten ein wenig zusammen, Marla lächelte Charim an und hob anerkennend den Daumen, Tiron flüsterte ihm augenzwinkernd zu: »Gut gemacht, Zimbarer.«

Inzwischen hatten sich zwei der Gefolgsleute über den Braten hergemacht, einer schnitt große Stücke aus dem Fleisch und der andere verteilte diese auf Holzteller. Erogard und Charim bekamen aus der oberen Schulter die besten Stücke. Ein Weinschlauch sowie knusprig gebackenes braunes Fladenbrot wurden in die Runde gereicht, und so konnte sich jeder nach Belieben bedienen.

Es wurde viel erzählt und gelacht – so manche Begebenheit und manches spaßige Missgeschick aus dem Leben des einen oder anderen Narsims wurde ausgelassen zum Besten gegeben. Tiron, Charim und Marla mussten sich immer wieder neue Geschichten anhören. Die Zeit verging wie im Fluge.

Der Mond stand schon einige Zeit am Himmel, als ein Narsim das Wort an Marla richtete: »Nun, Marla, erzählt uns, wieso seid Ihr zu Fuß in Schattenwelt unterwegs? Seid Ihr auf der Flucht, habt Ihr gar unrechte Taten begangen?«

Schlagartig wurde es still im Kreis und jeder von Adrians Männern schaute Marla gespannt an, um endlich zu erfahren, was es mit den drei Fremden auf sich hatte.

Doch stattdessen ergriff Adrian das Wort. »Zügle deine Zunge, Angar. Unsere Gäste stehen unter meinem persönlichen Schutz und ich dulde nicht, dass sie böser Absicht bezichtigt werden. Es das Vorrecht des Gastes, zu entscheiden, ob es ihm beliebt, über die Beweggründe seiner Reise zu sprechen.«

Tiron hob beschwichtigend seine Hand. »Danke, Adrian, aber Angar hat Recht – natürlich nicht damit, dass wir Unrecht begangen haben, sondern indem er gefragt hat. Ihr alle sollt erfahren, warum uns der Weg durch Schattenwelt und zu den Narsim geführt hat.«

Man konnte eine Stecknadel fallen hören, so still wurde es nach Tirons Worten – erwartungsvolle Spannung lag in der Luft. Jeder der Männer rückte ein Stückchen nach vorne, um jetzt ja nichts zu verpassen.

Tiron sah in die Runde. »Narsim, Ihr wisst, dass das Böse dieser Tage in Schattenwelt lebhafter ist denn je?« Allgemeine Zustimmung wurde gemurmelt.

Adrian nickte bestätigend. »Ja, Tiron, wir wissen es. Das ist einer der Gründe, warum wir vermehrt Erkundungsritte an den Grenzen unternehmen.«

Tiron sprach weiter. »Wir haben nicht nur erfahren, sondern

auch gesehen, dass sich eine große Streitmacht des Bösen nicht weit von hier versammelt hat. Durch eine List gelang es uns – *vorerst* wohlgemerkt – diese nach Norden zu leiten – weg von den Narsim.«

Wie ein Blitz schlug diese Nachricht in die Reihen der Narsim, alle redeten ob dieser Neuigkeit aufgeregt durcheinander.

Adrian sprang auf. »Was erzählt Ihr da? Eine Streitmacht?«

»Ja, Adrian. Es sind Hunderte, vorwiegend Trolle und Oger. Sie lagerten nur etwa einen halben Tagesmarsch hinter den Hügeln der großen Ebene, in der ihr uns getroffen habt.«

»Wie habt Ihr davon erfahren?«, wollte Adrian wissen, jetzt sichtlich beunruhigt.

»Wir erfuhren es durch einen Troll, den wir gefangen nahmen. Er konnte mit ein bisschen Hilfe unsererseits … « Tiron zwinkerte leicht mit einem Auge, und Charim und Marla grinsten – » … entkommen. Wir folgten ihm und er führte uns zu dieser Streitmacht. Aber lasst mich die Geschehnisse davor kurz zusammenfassen.«

Tiron erzählte nun von seinem Zusammentreffen mit Charim und Marla, von der Prophezeiung der Norodim, und wie sie von der Burg und dem Seher erfahren hatten. Er verschwieg allerdings den Stern von Taurin und die Tatsache, dass Marla eine Panthera war. Als er geendet hatte, breitete sich eine betroffene Stille aus.

Adrian erhob sich langsam, wandte sich zu den drei Gefährten. »Wir sind Euch zu Dank verpflichtet. Wir hatten keine Ahnung über die Absichten des Dunklen Herrschers, geschweige denn, dass die Gefahr schon so nah an die Grenzen unseres Reiches gekommen ist.«

»Adrian, diese Gefahr bedroht nicht nur die Narsim! Sie bedroht alle Völker rund um Schattenwelt. Es muss etwas geschehen. Wir werden den Seher suchen, um mehr über die Norodim zu erfahren. Ihr, die Narsim, müsst die Völker warnen. Es muss ein Heer aufgestellt werden, damit wir gemeinsam dem Bösen die Stirn bieten können. Durch unsere List haben wir uns allen etwas Zeit verschafft, doch es ist nur eine Frage von kurzer Dauer, bis das Böse dies durchschaut. Wenn wir dann nicht vorbereitet sind – ist das unser aller Untergang.« Tiron beugte sich vor und sprach diese letzten Worte besonders eindringlich.

Es wurde nach diesen Sätzen aufgeregt diskutiert. Adrian nahm Tiron beiseite, und bat ihn, ein paar Schritte gemeinsam zu laufen. Die beiden Männer gingen ein kleines Stück am Bachlauf entlang.

Als sie außer Hörweite waren, sprach Adrian bedachtsam: »Ihr werdet verstehen, dass wir jetzt keine Lösung finden werden, Tiron. Ich reite morgen mit meinen Männern zurück nach Norgrond. Die Stadt liegt am Fyndyr und ist Sitz von Thalen – meinem Herrn. Ich werde ihm mitteilen, was Ihr uns berichtet habt. Er wird den Ältesten Rat einberufen und dort entscheiden, was zu tun ist.«

»Ich verstehe, aber bitte schildert Eurem König die Dringlichkeit dieser Entscheidung. Es liegt nun in der Hand der Narsim, dass die Völker von Chem gewarnt werden.«

Der Heerführer schaute Tiron ernst an. »Ihr legt eine große Last auf unsere Schultern, Tiron!«

»Ja, Heermeister, das ist mir durchaus bewusst, doch ich sehe unser Zusammentreffen als einen Glücksfall, denn so können wir nun unsere Anstrengungen verdoppeln und schneller reagieren. *Ihr* könnt die Menschen warnen – *wir* suchen nach den Antworten, die dem Bösen Einhalt gebieten können.«

»Die Ihr bei diesem Seher zu finden erhofft?«, erkundigte sich der Heerführer skeptisch.

»Ja, zumindest glauben wir das. Ihr sagtet, Ihr wüsstet, wo diese Burg oder Ruine liegt – könnt Ihr uns den Weg dorthin beschreiben?«

»Selbstverständlich.«

»Wart Ihr denn schon einmal dort?«

»Ja, zumindest habe ich sie schon gesehen – wir kamen einige Male daran vorbei. Aber ob dort noch jemand wohnt, entzieht sich meiner Kenntnis. Es gibt die einen oder anderen Gerüchte, aber nichts, was ich selbst bestätigen könnte. Ich werde ein paar Männer auswählen, die Euch begleiten, diese werden Euch sicher führen.«

»Nein, Adrian – je mehr wir sind, desto eher fallen wir den Spähern des Bösen auf. Beschreibt uns besser den Weg, dann werden wir die Burg sicher finden. Trotzdem danke ich Euch für das Angebot.«

»Tiron, Ihr seid Euch darüber im Klaren, dass zehn dieser Kreaturen – diese Troll-Kundschafter – ebenfalls dorthin unterwegs sind? Ihr seid nur zu dritt! Eine schlechte Ausgangssituation für ein Zusammentreffen, meint Ihr nicht? Ich mache Euch einen Vorschlag: um zu dieser Burg zu gelangen, müsst Ihr zurück in die Ebene und weiter Richtung Süden. Vier meiner Leute werden Euch begleiten, bis Ihr die Ebene durchquert habt, denn dort ist es gleich, ob Ihr viele oder wenige seid, aber sicherer ist es allemal. Am Ende des Tieflandes erreicht Ihr die Passstraße von Ankor, von da an seid Ihr wieder auf Euch alleine gestellt.«

»Wie weit ist es denn bis zu diesem Pass?«, fragte Tiron überlegend.

»Ich gebe Euch Pferde, so kommt Ihr schneller voran. Die Straße erreicht Ihr in einem halben Tagesritt – wenn Ihr scharf reitet. Bis zur Burg ist noch ein weiterer Tag. Eure Eskorte wird Euch dann die restliche Wegstrecke dorthin genau beschreiben.«

»Wo liegt eigentlich Eure Stadt Norgrond?«

»Wir müssen von hier Richtung Westen. Annähernd einen Tagesritt, zu Pferd.«

Tiron streckte dem Narsim seine Hand entgegen. »Adrian, wir stehen tief in Eurer Schuld, und gerne nehme ich Euren Vorschlag an – das Geleit und die Pferde.«

Adrian ergriff Tirons Hand und schüttelte sie. »So sind wir uns einig. Dann lasst uns jetzt zurück zum Lager gehen und meinen Männern wie auch Euren Gefährten unsere Entscheidung mitteilen.«

Die beiden Männer traten kurz darauf wieder in den Schein des Lagerfeuers. Es wurde immer noch heftig diskutiert, doch als die Soldaten Adrian und Tiron bemerkten, wurde es schlagartig still. Adrian ergriff das Wort und schilderte das eben geführte Gespräch mit Tiron. Die Entscheidung fand allgemeine Zustimmung. Zum Schluss fügte er noch hinzu: »Erogard, Aron, Begnar und Lucien – ihr vier geleitet unsere Freunde sicher zur Passstraße von Ankor.«

»Ja, Herr!«, kam es von den Vieren zurück.

»Lasst das Feuer niederbrennen und begebt euch zur Ruhe.« befahl der Heermeister.

Die meisten von Adrians Männern standen auf und folgten der Anweisung, einige wenige blieben sitzen und starrten nachdenklich in die knisternde Glut. Tiron beobachtete sie einen Moment und konnte gut nachvollziehen, wie den Männern gerade zumute sein musste, der Gedanke an eine bevorstehende Schlacht mit dem Bösen war sicherlich keine gute Neuigkeit.

Marla, die hinter Tiron stand, fragte: »Kommst du mit oder willst du noch hier draußen bleiben?«

Tiron schrak aus seinen Gedanken. »Nein, ich gehe mit euch. Wir müssen morgen ausgeschlafen sein, denn wir haben einen weiten Weg vor uns.«

Kapitel 11

Die Am´Dyr-Brücke

Der nächste Morgen war kalt. Dichter Nebel hüllte das Lager ein, es war, als hätte jemand ein weißes Leinentuch über die Hügellandschaft ausgebreitet.

Tiron trat ins Freie – überall herrschte bereits ein geschäftiges Treiben. Pferde wurden gesattelt, Zelte abgebaut und die Ausrüstung verstaut. Ein Mann kam auf ihn zu und begrüßte ihn mit einer knappen Verbeugung: »Guten Morgen Herr – ich bin Lucien. Eure Pferde stehen gesattelt bereit, wenn Ihr noch etwas essen möchtet, kommt nach vorne – wir können dann jederzeit aufbrechen.«

»Danke, Lucien, wir werden uns frisch machen, dann sehen wir uns am Feuer.« Tiron duckte sich zurück durch den Zelteingang – Marla war bereits wach und angekleidet, Charim schnarchte noch tief und fest – Tiron weckte ihn kurzerhand, indem er dem Zimbarer einfach die Bettdecke wegzog und dafür grimmige Blicke und einen leisen Fluch erntete.

»Wenn du noch etwas essen möchtest, dann hoch mit dir. In Kürze brechen wir auf«, erklärte Tiron grinsend. Charim murmelte etwas Unverständliches und kroch aus seinem Lager.

Tiron und Marla saßen bereits an der Feuerstelle, als Adrian sich zu ihnen gesellte. »Guten Morgen, ich hoffe, Ihr habt gut geschlafen?«

»Das haben wir, Adrian, und das lange nicht mehr so gut. Vielleicht lag es aber auch an dem ausgiebigen Essen und dem guten Wein«, schmunzelte Marla.

»Das freut mich – und Lucien war bereits bei Euch?«

»Ja, ich habe mit ihm gesprochen. Er hat schon alles für unsere Abreise vorbereitet«, antwortete Tiron.

»Lucien ist einer meiner verlässlichsten Leute und ein ausgezeichneter Fährtenleser. Ihr könnt ihm unbedingt vertrauen. Für die Dauer Eurer gemeinsamen Reise weiß er Bescheid, dass Ihr, Tiron, Kopf der Gemeinschaft seid. Er wird Euch Folge leisten.«

»Danke Euch, Adrian, eine Frage – sollten wir etwas Wichtiges erfahren, wie können wir Euch am schnellsten erreichen?«

»Ich werde Lucien zwei Tauben mitgeben. Sie finden von jedem Ort aus den Weg in ihren Heimatstall nach Norgrond. Befestigt eine Nachricht an ihrem Fuß oder auf ihrem Rücken, und sie wird mich erreichen.«

Tiron nickte zufrieden. Inzwischen war auch Charim eingetroffen, er nuschelte einen Morgengruß, setzte sich ans Feuer und begann, lustlos auf einem Stück Brot herumzukauen. Am Abend zuvor hatte er dem Wein reichlich zugesprochen und spürte nun die Folgen.

Adrian stellte seinen leeren Teller zur Seite und erhob sich wieder. »Wenn Ihr noch etwas benötigt, Ihr findet mich in meinem Zelt, ansonsten sehen wir uns bei Eurer Abreise.«

»Ich werde Lucien zu Euch schicken, wenn wir soweit sind«, gab Tiron zur Antwort. Der Heermeister nickte kurz und verließ die Feuerstelle. »Lasst uns unsere Sachen packen, damit wir aufbrechen können. Vergesst nicht, die Vorräte aufzufrischen.«

Marla stand auf und streckte sich noch einmal. »Die Trinkschläuche sind im Zelt, ich werde sie auffüllen und etwas Nahrungsvorrat bei den Narsim erbitten.«

»Gut, dann kannst du, Charim, schon packen, in Ordnung?! Ich werde zu Lucien gehen und die Pferde holen.«

Charim gähnte, nickte dann und stand ebenfalls auf. »Ich warte dann vor dem Zelt auf euch.«

Einige Zeit später kam Tiron mit den drei Pferden und Lucien im Schlepptau zum Zelt. Charim und Marla hatten das Gepäck sowie Wasser und Vorräte auf den Rücken der Tiere verstaut und warteten schon.

Tiron sprach Lucien an: »Sind die anderen bereit?«

»Ja, Herr, sie warten bereits am Lagerausgang.«

»Sehr gut, dann gib bitte Adrian Bescheid, dass wir jetzt aufbrechen wollen. Wir treffen uns alle gleich bei Erogard und den anderen.«

»Ja, Herr.«

»Lucien?«

»Ja – Herr?«

»Nenn mich bitte nicht *Herr*. Ich bin Tiron, und dabei soll es auch bleiben. Sage das bitte auch Erogard, Aron und Begnar.«

Lucien lächelte unbeholfen. »Ich werde es mir merken – Tiron.«

Er wendete sein Pferd, um Adrian über ihren Aufbruch zu informieren. Die drei Gefährten bestiegen ihre Pferde und ritten langsam durch das Lager. Am Ausgang angekommen, begrüßten sie die Wartenden und bekamen einen höflichen Gruß zurück.

Lucien traf mit Adrian ebenfalls gerade ein. Adrian zügelte sein Pferd und blieb vor dem kleinen Trupp stehen.

»Ich hoffe sehr, dass Ihr die Antworten findet, die Ihr sucht – unser aller Wohl hängt davon ab. Lucien, du wirst Tiron und seine Gefährten sicher durch die Ebene geleiten. Wenn ihr die Passstraße erreicht habt, kehrt ihr unverzüglich nach Norgrond zurück – ich brauche euch dort, denn es gibt viel zu tun.« Er beugte sich zu Tiron hinüber. »Am frühen Morgen sind bereits drei meiner Leute aufgebrochen. Sie werden das Feldlager des Bösen finden und die Vorgänge, die sich dort tun, beobachten. Ich werde es erfahren, sobald sie ihr Ziel erreicht haben. Tiron – ich werde mein Möglichstes tun, auf König Thalen einzuwirken, um ihm die Dringlichkeit klar zu machen. Wie allerdings dann der Ältesten Rat entscheiden wird, liegt nicht mehr in meiner Macht.« Adrian nahm wieder die kleine Gruppe ins Visier. »Ich wünsche uns allen eine gute und sichere Reise – auf dass wir uns wohlbehalten und unter günstigeren Umständen wieder sehen. Viel Glück!«

Tiron räusperte sich. »Danke, Adrian – wir stehen tief in Eurer Schuld. Ihr habt uns gezeigt, wie edel und aufrichtig die Narsim sind. Wir sind dankbar, Euch Freunde nennen zu dürfen und stolz darauf, dass Ihr uns auch als solche bezeichnet. Gemeinsam werden wir dem Herrn der Finsternis das Fürchten lehren – und doch hoffen wir, dass es nie dazu kommen wird, dass wir so viele Leben aufs Spiel setzen müssen … Ich werde Euch Nachricht geben, sobald wir etwas in Erfahrung bringen. Versucht bitte alles, um Thalen, Euren Herrn, zu überzeugen. Ich wünsche den

Narsim ebenfalls einen sicheren Ritt, auf dass Ihr wohlbehalten in Norgrond ankommen mögt.«

Bei den letzten Worten verneigten sich Tiron, Marla und Charim tief, Adrian erwiderte die ehrerbietige Geste und verbeugte sich ebenfalls.

Dann wendeten die drei Gefährten und ihre Wegbegleiter ihre Tiere und machten sich auf, Richtung der großen Ebene. Sie durchquerten im scharfen Galopp die Hügel und einige Zeit später trafen sie wieder auf die Ausläufer der Steppe. Während der Trupp durch die Ebene ritt, wurde wenig gesprochen, jeder hing seinen Gedanken nach und war trotzdem aufmerksam. Tirons Augen gingen immer wieder gen Himmel, um zu sehen, ob nicht etwa Harpyien oder Drachen sich dort zeigten. Doch alles blieb ruhig.

Um die Mittagszeit, die Sonne hatte ihren Zenit bereits leicht überschritten, erhoben sich vor den Reitern die ersten Höhenzüge des Ankorgebirges. Die Aussicht war atemberaubend. Majestätisch ragten die schneebedeckten Gipfel aus den Wolken, die das Gebirge wie einen Schleier sanft umschlossen. Durch die Sonne glitzerten die Bergspitzen wie pures Silber, man musste die Augen zusammenkneifen, wenn man dort hinauf sah.

Lucien zügelte sein Pferd und gab das Handzeichen zum Anhalten.

»Was ist los?«, fragte Tiron überrascht.

»Wir werden in Kürze den Pass erreichen. Die Burg liegt in einer der Talsohlen. Wir haben zwar die Ebene glücklich durchquert, in den Tälern ist aber ebenfalls Vorsicht geboten. Wir hatten in diesen Ausläufern immer wieder kleinere Scharmützel mit Bergtrollen. Ich schlage deshalb vor, die Hufe unserer Pferde mit Tuch zu umwickeln, denn sonst würde man die Tritte der Tiere weithin hören. Ich habe bereits heute Morgen im Lager vorsorglich Stoff eingepackt.«

»Sehr umsichtig von dir, Lucien. Lasst uns also kurz rasten, damit wir die Tücher anbringen können«, bestimmte Tiron.

Die Reiter stiegen ab, und Lucien riss das Gewebe in längliche kleine Stücke, die er an alle austeilte. Kurze Zeit später standen die Pferde fertig in Reih und Glied. Erogard stand davor und lachte belustigt: »Man könnte meinen, sie wären alle fußkrank.«

Lucien aber drängte zur Eile. »Wir sollten weiter, denn sobald wir die Passstraße erreicht haben, steht uns noch einen langer Rückweg nach Norgrond bevor, und ich habe keine Lust, im Dunkeln über die Ebene zu reiten oder dort zu campieren.«

»Verständlich, dann also weiter!«, sagte Marla und bestieg schon ihr Pferd. Die anderen folgten ihrem Beispiel und Mensch und Tier setzten ihren Weg fort. Das Tempo war nun langsamer, da die Tiere mit ihren Bandagen nur schleppend vorankamen. Sie passierten eine lange Schlucht, die rechts und links von hohen Felskämmen gesäumt war. Ein bedrückendes Gefühl machte sich bei allen breit, denn die Gefahr, hier in einen Hinterhalt zu geraten, war allgegenwärtig. Trotz des Schutzes an den Hufen hallten die Tritte der Pferde als Echo von den Wänden wider, und nachdem sonst kein Laut zu hören war, kam es Tiron vor, als würde eine ganze Streitmacht durch diese Klamm reiten.

Lucien, der an seiner Seite ritt, sprach ihn leise an. »Wir werden jetzt gleich aus dieser Mausefalle herauskommen und auf den Fyndyr treffen, dann geht es ein Stück flussaufwärts, bis wir zur Am´Dyr-Brücke gelangen. Dort können wir ans andere Ufer. Der Pass von Ankor beginnt nach der Flussüberquerung.«

»Am´Dyr-Brücke?«, fragte Tiron neugierig zurück. »Was bedeutet das?!«

»Fyndyr heißt *Starker Fluss*, wobei das Wort Dyr für *Stark* oder *Kraft* steht. Wörtlich übersetzt heißt Am´Dyr »Die Kraftvolle«. Du wirst verstehen, wenn du sie siehst und … « – plötzlich brach Lucien den begonnenen Satz ab, zügelte sein Pferd und gab ein Zeichen, dass alle stehen bleiben sollten.

Mit einem Satz sprang er vom Pferd und kniete sich auf den Boden, um etwas zu untersuchen.

»Was ist denn los, Lucien?«, fragte Charim erstaunt. Er war direkt hinter dem Narsim zum Stehen gekommen.

»Trollspuren – noch keine davon alt! Sie müssen erst vor Kurzem hier gewesen sein!«

»Kannst du erkennen, wie viele es waren? Könnten es die zehn vom Heerlager sein?«, erkundigte sich Tiron mit sorgenvoller Miene.

»Es waren mehrere, soviel ist sicher und es waren auch keine

Bergtrolle, dafür sind die Spuren zu klein! Mein Gefühl sagt mir, sie sind es!«

»Dann wollen wir hoffen, dass wir die Burg noch rechtzeitig erreichen, wenn nicht, haben wir unsere Chance vertan!«

Einer der anderen Narsim mischte sich von hinten ein: »Tiron, es gibt noch eine andere Möglichkeit!«

Tiron drehte sich im Sattel um – es war Erogard. »Wie meinst du das?«

»Wir verfolgen die Troll-Kundschafter und bringen sie zur Strecke. Dann können sie die Burg nicht mehr erreichen und stellen keine Gefahr mehr dar. Sie sind uns nur wenig voraus, und das zu Fuß. Mit unseren Pferden holen wir sie schnell ein.«

Lucien schaltete sich ein: »Wir werden jetzt weiter bis zur Am´Dyr Brücke reiten – sollten wir unterwegs auf die Trolle treffen, wird ein Kampf ohnehin unvermeidlich sein. Aber zuerst werden wir den Fyndyr überqueren und dann weiter überlegen, was zu tun ist. Vor allem müssen wir raus aus dieser Schlucht, haltet also Augen und Ohren offen. Außerdem – wer sagt, dass sie nicht am Klammausgang auf uns warten?« Ohne weitere Worte abzuwarten, bestieg Lucien wieder sein Pferd und gab das Zeichen zum Aufbruch.

»Weise gesprochen und gehandelt, Lucien«, raunte Tiron anerkennend. Lucien nickte nur und trabte weiter.

Nicht lange danach erreichten sie das Ende der Klamm, vor ihnen öffnete sich ein großes Tal. Sie erblickten zu ersten Mal den Fyndyr – einen großen, breiten Fluss mit reißender Strömung und jeder Menge Stromschnellen. Das gegenüberliegende Ufer besaß einen breiten und dichten Grüngürtel aus verschiedensten Pflanzen. Hinter dem Ufer erstrecken sich weitere Täler, bevor das Ankormassiv steil empor stieg.

»Kommt, schaut euch das an!«, rief Erogard und ritt ein kurzes Stück flussabwärts, sodass er um die sich dort befindende Biegung sehen konnte. Die Reiter folgten ihm, und was sie dann sahen, ließ den drei Gefährten den Atem stocken. Keine sechshundert Fuß vor ihnen befand sich ein riesiger Katarakt – der ohrenbetäubende Lärm ließ erahnen, wie tief die Fluten in den Abgrund stürzen mussten. Durch die Wucht, mit der das Wasser unten auftraf, wurden kleine Wassertröpfchen in die Luft geschleudert. Das Licht der Sonne brach sich in ihnen, und so stand über dem Wasserfall ein großer Regenbogen.

»Jetzt wisst ihr auch, weshalb er der *Starke Fluss* genannt wird – seine Kraft ist gewaltig!«, schrie Erogard laut, doch seine Stimme drang zu ihnen wie durch Watte – sie ging im Getöse der Wassermassen fast unter.

Lucien machte eine Handbewegung, dass sie wieder flussaufwärts reiten sollten. Darauf hin wendeten alle ihre Pferde und verließen staunend diesen Ehrfurcht gebietenden Ort.

Als der Geräuschpegel des Wasserfalls langsam abnahm, wandte sich Marla an Tiron: »Unglaublich, an solchen Orten wird einem wirklich bewusst, was für kleine Kreaturen wir gegenüber den Naturgewalten sind.«

»Ja, Mutter Natur ist diejenige, die über Chem herrscht – leider vergessen wir das nur allzu oft. Xinbal lehrte mich, Achtung und Respekt vor der Natur haben. Sie spendet dir Leben, Wärme und Nahrung, aber kann dir jederzeit alles wieder nehmen.«

Marla betrachtete Tiron nachdenklich. »Ein weiser Mann, dein Xinbal.«

»Ja, das ist er – aber störrisch wie ein Esel«, lachte Tiron.

Lucien hatte gerade mit Aron gesprochen, dieser gab seinem Pferd die Sporen und sprengte nun an der Gruppe vorbei. Lucien lenkte sein Pferd zu Tiron und informierte ihn: »Aron wird vorausreiten, um den Weg bis zur Brücke zu erkunden; vielleicht findet er auch weitere Hinweise auf die Trolle.«

Die Gruppe setzte sich langsam wieder in Bewegung und folgte dem Fluss weiter aufwärts an seinen Ufern. Die Route führte an steilen Felsformationen vorüber, die der Landschaft ihr eigentümliches Gesicht gaben – zerfurcht und zernarbt. Charim unterhielt sich munter mit Erogard, der seine Jagd nach dem Eber zum Besten gab, Marla sprach mit Lucien über die Schönheit der Landschaft.

Plötzlich bemerkte Tiron, dass der Schlüssel um seinen Hals schlagartig warm wurde. Er blieb stehen und konzentrierte sich auf die Umgebung – irgendetwas ging vor sich, denn sonst hätte der Stern ihn nicht gewarnt.

»Ruhe und Mund halten!«, rief er in scharfem Tonfall.

Abrupt brachen die Gespräche ab und alle starrten Tiron überrascht an. »Hört ihr es?«

»Was denn?!« fragte Charim. »Ich höre nichts! Gar nichts.«

»Dann mach den Mund zu und höre genauer hin!«, fauchte ihn Tiron an.

Tatsächlich nahmen sie jetzt außer den Geräuschen des fließenden Wassers ein leises metallisches Schlagen wahr.

Lucien reckte sich im Sattel auf und rief entsetzt: »Bei den Göttern! Das ist Waffengeklirr. Aron muss ist auf die Trolle getroffen sein. Schnell!«

Tiron packte den Narsim am Arm und hielt ihn zurück. »Ruhig, Lucien, wir werden ihm helfen, aber nicht ungestüm. Marla und Charim, ihr reitet in einem kurzen Abstand hinter uns. Nehmt eure Bogen und gebt uns Deckung. Achtet vor allem darauf, dass keine Trolle oben auf den Felsen stehen. Schießt auf alles, was sich bewegt und nicht nach einem Mensch aussieht. Ihr schaltet euch nur mit euren Pfeilen in den Kampf ein. Lucien, Erogard, Begnar und ich reiten voraus, und zwar hintereinander, so bieten wir ihnen die geringste Angriffsfläche. Hat jeder verstanden?«

Von allen kam ein *Ja* oder Nicken zurück.

»Gut, zieht eure Waffen – und jetzt schnell!«

Und schon preschten sie in besagter Formation am Fluss entlang.

Hinter der nächsten Biegung trafen sie tatsächlich auf die Troll-Krieger – die Kreaturen hatten Aron überrascht. Sein Pferd lag, mit einem Speer im Hals, tot im Wasser, und ein roter Faden zog sich bereits langsam am Ufer entlang.

Aron war umzingelt. Tiron zählte acht der bösartigen Geschöpfe, die Aron eingekreist hatten. Der Narsim blutete am Kopf und am rechten Arm klaffte eine große Wunde – doch er stand. Zwei der Kreaturen – damit waren alle zehn komplett, wie Tiron schnell feststellte – lagen am Boden und rührten sich nicht. Aron bemerkte seine Gefährten, das gab ihm neue Kraft. Lauthals brüllend ging er auf die Trolle los, diese wiederum hatten nun ebenfalls die Reiter bemerkt.

Und schon brachen zwei von ihnen zusammen – je ein Pfeil ragte aus ihrer Brust.
Tiron drehte sich kurz im Sattel um – sah, dass Marla und Charim bereits einen neuen Pfeil an die Sehnen legten – dann erreichte er die Kämpfenden. Die vier Männer schossen mit ihren Pferden unter die Trolle wie Wölfe in eine Schafsherde. Ein Troll wurde von Begnars Pferde umgerissen und zu Tode getrampelt. Erogard hatte seinen Speer in der Hand und warf ihn nach dem nächsten Troll, dieser wurde mitten im Lauf von der Wucht der Lanze von den Beinen geholt. Blieben noch vier der Bestien, und diese stellten sich nun mit dem Rücken zu einer Felswand. Doch gleich wieder sackte einer lautlos, von einem Pfeil getroffen, in sich zusammen. In die Enge gedrängt, fauchten und knurrten die übrigen wie tollwütige Tiere. Geifer tropfte aus ihren Mäulern, dann versuchten sie einen Ausfall. Ein Troll-Krieger ging mit seinem Schwert auf Tiron los. Ein kurzes Handgemenge entstand, und der Troll sank getroffen in die Knie – Tirons Waffe hatte sich tief in seinen Hals gebohrt. Lucien, Begnar und Erogard lieferten sich einen heftigen Kampf mit den zwei verbliebenen Bestien. Diese hielten gegen die erfahrenen Narsim nicht lange Stand und wurden schnell niedergemacht.

Schwer atmend ließen sich die Kämpfer danach zu Boden fallen.

»Sagtest du nicht, Tiron, sie schicken ihre besten Krieger? Wenn das ihre Besten waren, dann ist mir um die Schlacht nicht bange«, keuchte Lucien und verzog spöttisch das Gesicht.

»Mag sein, Lucien, aber wenn du einen niedergemacht hast, stehen zwei andere an seiner Stelle. Sie sind an der Zahl haushoch überlegen.« Tiron wischte sich die verschwitzten Haare aus der Stirn. »Wo ist eigentlich Aron?«

Suchend sahen sich die Männer um und entdeckten zu ihrem Schrecken den Kameraden am Flussufer, wo er in seinem eigenen Blut am Boden lag. Charim kniete ein paar Fuß weit entfernt, und Marla stand gebeugt über dem Narsim. Hastig sprangen Tiron, Lucien, Begnar und Erogard auf und eilten zu der Panthera.

Ihr Gesicht sprach Bände – Aron war tot.

»Einer der Trolle stieß ihm sein Messer in die Brust. Selbst meine zwei Pfeile konnten ihn nicht aufhalten. Es ist schrecklich, zu sehen, wie unbändig groß ihr Hass auf die Menschen ist«, flüsterte sie traurig.

Tiron sah in die fassungslosen Gesichter der Narsim – so hatte die beginnende Schlacht zwischen der Finsternis und den Menschen ihre ersten Opfer gefordert, und viele, dessen war sich Tiron sicher, würden noch folgen.

Bedrückt wandte er sich ab, um nach seinem Pferd zu sehen und die Narsim bei ihrem Abschied von dem Freund nicht zu stören.

Lucien folgte ihm kurz darauf niedergeschlagen. »Aron hat noch nicht einmal die Mitte seines Lebens erreicht, und nun steht er schon an der Tafel seiner Ahnen.«

Tiron legte Lucien die Hand auf die Schulter. »Es ist kein guter Trost – aber er hatte einen ehrenvollen Tod. Seine Ahnen werden stolz auf ihn sein und ihn mit Würde in ihren Reihen empfangen.«

Die drei Gefährten und ihre Begleiter errichteten einen kleinen Holzturm, darauf betteten sie Arons Körper und entzündeten ihn. Alsbald zog eine schwarze Rauchfahne über den Fyndyr, ein Totenschleier für den Narsim.

In weiterer Entfernung am Ufer brannte ein zweites Feuer, dort hatten sie die Trolle hingeschleppt und Holz über ihre seelenlosen Körper geschichtet.

Bedrückt standen jetzt alle rings um den Holzstoß mit Arons Leichnam und lauschten Lucien, der das Totengebet der Narsim in einem melancholischen Singsang rezitierte:

»Die Zeit verrinnt zwischen den Händen – wie Sand.
Wir versuchten, ihn festzuhalten, doch er entschwand.
Und als das letzte Sandkorn war verschwunden,
das Leben des Kriegers sein Ende gefunden.
Nun stehen wir hier – an des Kriegers Gruft
und atmen voll Trauer die Totenluft.

An die Tafel seiner Ahnen will er nun gelangen,
doch sein Herz und sein Geist – sie sind noch gefangen.
Wir entzünden ein Feuer, um sie freizugeben,
damit nun beginnt sein zweites Leben.
Er reicht seinen Ahnen Waffen und Hand,
für ihn gibt es keine Zeit mehr und keinen Sand.«

Lucien endete mit den Worten: »Lebewohl, alter Freund, und grüße die Ahnen von mir.«

Mit gesenkten Köpfen verließen die Kampfgefährten die Totenstätte.

Lucien sprach Tiron an: »Wir werden euch jetzt zur Am'-Dyr-Brücke bringen. Erograd, Begnar und ich reiten anschließend sofort weiter nach Norgrond, um die Nachricht von Arons Tod zu überbringen – und das wird beileibe nicht leicht, er hatte Frau und Kind. Es mag gefühllos klingen – aber sein Tod birgt auch etwas Gutes – die Gefahr für euch und den Seher ist vorerst gebannt.«

Tiron nickte Luciens zu. »Er war guter Mann, auch wenn ich ihn nur kurz gekannt habe – er wird mir als tapferer und aufrichtiger Mensch in Erinnerung bleiben.« Er seufzte kurz, dann hob er den Kopf: »Lasst uns aufbrechen, damit ihr baldmöglichst euren Rückweg antreten könnt.«

Lucien gab ein Zeichen und der Trupp machte sich auf den Weg weiter flussaufwärts.

Als sie an den brennenden Leichen der Trolle vorbeizogen, spuckte Begnar davor aus: »Ich hoffe, wo immer ihr verfluchten Kreaturen jetzt auch seid, es möge dort genauso heiß sein wie in diesem Feuer!«

Er gab seinem Pferd die Sporen und jagte der Gruppe voraus. Lucien wollte ihm nachrufen, doch Erogard hielt ihn zurück. »Lass ihn ziehen! Sie kannten sich von klein auf, es ist seine Art, mit dem Tod seines Freundes umzugehen.«

Lucien nickte und fasste die Zügel wieder kürzer.

So zogen sie weiter den Fluss entlang, und obwohl der Untergrund steinig und voller Felsstücke war, kamen sie gut voran.

Dann, sie umrundeten gerade eine vorstehende Felsspitze, wo

der Strom erneut eine Biegung machte – erblickten sie zum ersten Mal die Am´Dyr-Brücke.

Tiron meinte beeindruckt zu Lucien: »Und jetzt weiß ich, warum die Brücke die *Kraftvolle* genannt wird!«

Die Brücke hatte zwei mächtige Pfeiler, welche aus vier riesigen Baumstämmen bestanden, die tief in den Grund des Flusses gerammt worden waren. Über diese Stützen spannten sich gewaltige Bohlen mit mehr als einem Fuß Durchmesser, quer darüber gelegt die Bretter, die als Weg dienten. Rechts und links waren armdicke Taue über die Brücke gezogen worden. Sie gaben der Brücke zusätzlichen Halt und dienten über dessen noch als Geländer.

»Wer hat diesen Übergang errichtet? Es müssen große Baumeister am Werk gewesen sein«, wandte sich Marla interessiert an Lucien.

»Die Brücke wurde zu Zeiten der Norodim gebaut. Wer sie errichtet hat, ist uns nicht bekannt. Wir bessern sie nur hier und da aus, wenn Bretter brechen oder Taue ausgewechselt werden müssen. Sie steht schon Jahrhunderte und trotzte so mancher Flutwelle, die durch die Schlucht brach, wenn Tauwetter oder starker Regen einsetzte.«

Je näher die Reiter kamen, umso deutlicher wurde ihnen, wie groß und imposant diese Brücke war. Damit man den Steg gefahrlos betreten konnte, war zu beiden Seiten eine Rampe aufgeschüttet worden. Die Menschen nahmen die Zügel kurz, ritten den Aufgang hoch und lenkten die Pferde auf die Brücke. Trotz der Last der großen Tiere und der sechs Gefährten gab der Steg kein einziges Knarren oder Ächzen von sind.

Als sie die Mitte erreicht hatten und flussabwärts schauten, eröffnete sich ihnen ein beeindruckendes Panorama. Sie sahen, wie der Fluss sich durch das Tal schlängelte, und erkannten in weiter Ferne den Regenbogen über dem Katarakt. Auf der Flussseite, von der sie gekommen waren – nur Fels. Auf der anderen Seite das sattgrüne Ufer – größer konnten die Gegensätze wohl nicht sein. Die Menschen blieben einen Moment stehen und ließen das Naturschauspiel auf sich wirken.

Tiron trabte langsam weiter, erreichte das gegenüberliegende

Ufer und wartete auf die Anderen. Die drei Narsim kamen zuerst, sie hatten anscheinend nicht viel übrig für die Schönheit dieser Landschaft. *Nur zu verständlich*, dachte Tiron bei sich, *sie sind in dieser Umgebung nicht zum ersten Mal und außerdem lastet der Tod von Aron auf ihren Seelen.*

Lucien sprach ihn an: »Hier trennen sich unsere Wege, Nordmann. Siehst du diesen breiten Pfad?«

»Natürlich – er ist nicht zu übersehen!«

»Das ist die Passstraße von Ankor. Ihr könnt noch eine gute Weile reiten, bevor die Sonne hinter die Berge fällt. Sucht euch ein Nachtlager etwas abseits der Straße. Morgen folgt ihr dem Pass einen halben Tag, dann erreicht ihr eine Gabelung. Sie ist leicht zu erkennen, denn eine große abgestorbene Eiche steht genau in ihrer Mitte. Nehmt den Weg links davon, er führt durch einen Wald. Eine kleine Strecke weiter, und ihr seht das Mauerwerk der Burg.«

Tiron reichte dem Narsim seine Hand. »Vielen Dank, Lucien. Ich weiß, dass du trauerst über Arons Tod – es geht uns ebenso. Sprich seiner Familie unser aller Mitgefühl aus – und eines verspreche ich dir – sein Tod soll nicht umsonst gewesen sein!«

»Das hoffe ich, Tiron. Ich werde Adrian über unseren Kampf berichten und auch, dass ihr wohlbehalten an der Passstraße angekommen seid. Gebt Nachricht, wenn ihr die Burg erreicht habt. Hier sind die beiden Tauben, welche Adrian mir für euch mitgab.«

Er drehte sich um, band einen kleinen Käfig mit den Vögeln von seinem Sattel los und reichte ihn Tiron, der ihn nun an seinem Sattel festband.

Kurze Zeit später verabschiedeten sich die Narsim, wendeten ihre Tiere und traten ihren Weg nach Norgrond an.

Tiron, Charim und Marla sahen ihnen nach – kurz bevor sie die drei Narsim aus den Augen verloren, wandten diese sich nochmals um und winkten ihnen ein letztes Mal zu. Dann waren sie verschwunden.

Marla sah sorgenvoll zu Charim und Tiron. »Ich hoffe wirklich, sie kommen gut nach Norgrond – *ein* Verlust reicht.«

»Ja, ich hoffe es ebenfalls, doch auch wir haben einen gefahrvollen Weg vor uns, also lasst uns aufbrechen. Ich möchte soviel

Wegstrecke wie möglich hinter uns bringen, bevor die Sonne untergeht.«

Sie verließen die Am'Dyr-Brücke und ritten in scharfem Tempo die Passstraße entlang.

Die Sonne färbte die Berge blutrot und schickte sich an, hinter den Felsen zu verschwinden. Die Pferde trieften bereits vor Schweiß und ihr Fell glänzte im Abendlicht. Marla, Charim und Tiron suchten nach einem Nachtlager, weswegen sie ein Stück weit, wie Lucien es empfohlen hatte, vom Pass abgewichen waren. Bald fanden sie einen ausgezeichneten Lagerplatz – eine Höhle in den Felsen, die von Sträuchern und Bäumen umgeben war – so würde es auch möglich sein, gefahrlos ein kleines Feuer zu entfachen. Außerdem war ein leichter Gras- und Moosbewuchs vorhanden, sodass ihre Tiere grasen konnten.

Müde sattelten die Drei ab, rieben die Pferde trocken, versorgten sie mit Wasser und banden sie schließlich am Strauchwerk fest. Den Zügeln ließen sie genug Spielraum, damit die Tiere ausreichend Bewegungsfreiheit besaßen.

Die Freunde entzündeten ein kleines Feuer, aßen ein wenig von ihren Vorräten und legten sich erschöpft in der Höhle zum Schlafen nieder. Tiron dachte noch eine Weile über die vergangenen Stunden nach. Viel war passiert, und auf Grund dieser schlimmen Geschehnisse hoffte er mehr denn je, dass sich die Strapazen dieser Reise lohnen würden. Er vertraute darauf, dass der Seher ihnen brauchbare Hinweise zu den Norodim liefern würde. Denn wenn nicht – wäre der Weg umsonst gewesen und sie stünden wieder am Anfang. Das wollte er sich lieber erst gar nicht vorstellen …

Geweckt wurde Tiron durch ein eigenartiges, aber bekanntes Geräusch – Flügelschlagen.

Dann kam blitzartig die Erkenntnis – Drachen.

Er sprang auf und sah, dass Marla und Charim schon geduckt am Eingang der Höhle kauerten und den Himmel beobachteten.

Charim raunte ihm zu: »Zwei Drachen, sie überfliegen seit ein paar Augenblicken das Gebiet. Entweder sie sind auf der Jagd – oder sie suchen etwas.«

Tiron überlegte mit gerunzelter Stirn, der Zimbarer schaute ihn an: »Denkst du das Gleiche wie ich?«

Tiron blickte fragend in das Gesicht von Charim. »Sie halten Ausschau nach den Trollen?!«

Charim nickte. »Könnte doch sein, oder? Glücklicherweise haben sie die Pferde nicht entdeckt.«

»Ich weiß nicht, was diese verfluchten Biester vorhaben. Doch eines zeigt es mir – es ist doppelte Vorsicht geboten. Wir warten, bis sie weg sind und brechen dann auf. Je eher wir zu dieser Burg kommen, desto besser.«

Die Freunde verharrten noch eine Weile in der Höhle, bis sie ganz sicher waren, dass beide Drachen die Gegend verlassen hatten, und machten sich wieder auf den Weg. Früher als gedacht trafen sie auf die von Lucien beschriebene Gabelung, also hatte sich der gestrige scharfe Ritt bezahlt gemacht.

Die Straße teilte sich, und genau in der Mitte stand die von Lucien erwähnte alte, knorrige Eiche. Unheimlich sah sie aus – abgestorben, keine Blätter und keine Knospen zierten sie und ihre vertrockneten Äste reckten sich hilfesuchend in den Himmel. Die Gefährten nahmen den beschriebenen linken Weg und ritten an der toten Eiche vorbei. Der Pfad führte sie durch einen lichten Wald, von da an hatten sie das große Ankormassiv immer im Blickfeld. Die majestätischen Felsen betrachteten die vorbeiziehenden Reisenden und wirkten dabei so stolz und erhaben wie Adler, die hoch oben am Himmel flogen. Tiron fühlte sich im Schatten dieser mächtigen Steine klein und unbedeutend.

Die Gefährten kamen nur langsam voran, denn im Gegensatz zu dem bisherigen Zustand des Passes war dieser Teil ihres Weges ausgesprochen steinig, obgleich er im Wald lag. Immer wieder mussten sie absitzen und die Pferde zu Fuß um gestürzte Bäume oder große Felsbrocken führen. Doch wie Lucien es vorausgesagt hatte, sahen sie nach einer Weile die ersten Mauern durch das Grün schimmern.

Sie hatten ihr Ziel erreicht.

Und so traf ich, Faranon, Hüter und Bewahrer der Schriften, auf das Menschenkind Tiron – den zweiten Schlüsselträger nach Leander ...

Nun ist es eines der seltenen Ereignisse im Leben eines Chronisten, in der von ihm niedergeschriebenen Geschichte selbst eine Rolle zu spielen.

Um der Chronik willen, und um meine Person nicht in den Vordergrund zu stellen (was auch völlig unangemessen wäre), werde ich also den Regeln einer Chronik weiterhin Folge leisten, und die Geschichte aus Sicht des Außenstehenden weitererzählen.

Lauscht nun weiter Tirons Geschichte ...

Kapitel 12

Die Lindwurmfestung

Als Tiron, Marla und Charim am Waldrand ankamen, erhob sich vor ihnen die gesuchte Ruine. Sie hatten damit gerechnet, nur noch verfallene Mauerreste anzutreffen und allenfalls vielleicht noch ein oder zwei kleine Gebäude. Die Burg machte zwar einen uralten und verfallenen Eindruck, war aber noch besser erhalten, als sie es nach der Beschreibung des Trolls erwartet hatten. Sie besaß vier hohen Zinnen, zwei am Burgtor, die anderen beiden etwas versetzt im Hintergrund der Festungsanlage. Das große Eingangstor aus morschem Holz war aus den Angeln gebrochen und hing windschief an der Seite.

»Das muss es sein«, meinte Tiron und blickte mit zusammengekniffenen Augen hinüber. »Hier sollen wir den Seher finden.«

»Also – ich kann mir nicht vorstellen, dass hier noch jemand wohnt. Schaut ja ungemein gemütlich und einladend aus!«, gab Charim ironisch seinen Kommentar dazu ab.

Tiron stieg aus dem Sattel. »Wir werden die Pferde im Unterholz zurücklassen und zu Fuß in die Burg gehen.«

Marla und Charim saßen ebenfalls ab. Sie führten die Pferde ein Stück weit zurück in den Wald und banden sie an einen Baum fest. Charim suchte eine Handvoll Farne und Moose, damit ihre Reittiere etwas zu fressen hatten, dann machten sie sich auf zur Ruine. Vom Waldrand aus waren es etwa fünfhundert Fuß.

Als die drei Gefährten das verwitterte Eingangstor erreicht hatten, blieb alles ruhig und still.

Die Panthera ging näher an die Tür heran und fuhr sanft mit ihren Fingern über das morsche Holz. Sie stutze und winkte Tiron mit einer kurzen Handbewegung zu sich. »Sieh mal, Tiron, die Schriftzeichen auf dem Holz!«, raunte Marla leise.

»Kannst du das lesen?«, fragte Tiron und beugte sich vor, um die Inschrift zu betrachten.

»Ja, es ist zwar eine sehr alte Schrift, aber ich kenne sie – hier steht geschrieben:

Von Menschenhand erbaut, um jenen Schutz zu gewähren, die ihn benötigen. Willkommen in der Lindwurmfestung!«

»Lindwurmfestung, was für ein seltsamer Name«, meinte Charim, der ebenfalls neugierig die Schriftzeichen betrachtete.

Tiron nickte zustimmend. »In der Tat ein merkwürdiger Name. Gehen wir hinein, vielleicht entdecken wir etwas, das uns weiterhelfen kann. Passt auf und vor allem seid leise, wir wissen nicht, was sich im Inneren verbirgt!«

Als sie vorsichtig durch das Tor traten, öffnete sich vor ihnen ein großer Platz. In dessen Mitte stand eine riesige steinerne Statue – ein Drache in halbaufrechter Haltung und mit weit gespreizten Flügeln. Rechter Hand gab es eine Reihe von kleineren verfallenen Holzbauten, vermutlich die ehemaligen Ställe. Links befanden sich mehrere Gebäude aus Stein und direkt hinter dem Drachen erhob sich das Hauptgebäude mit seinen beiden großen Zinnen, die sie bereits vom Waldrand aus gesehen hatten.

Charim sagte leise: »Soviel zum Namen der Burg. Offensichtlicher geht es ja wohl nicht!«

»Wir werden uns ein bisschen umsehen. Charim, du gehst nach rechts. Siehst du die Stallungen dort hinten?« Charim nickte. »Schau dich dort um. Marla, du nimmst dir am Besten den Drachen vor, vielleicht gibt es ja einen Hinweis; ich gehe links zu den Gebäuden da drüben, und bitte seid … «

»Ja, wir wissen es – leise!«, kam von den beiden Anderen im Chor zurück.

Sie teilten sich auf. Marla schlich geduckt über den Platz in Richtung der Steinskulptur. Dort angelangt hob sie den Kopf und schaute noch oben – der Drache war wirklich riesig. Wenn man bedachte, dass Drachen wirklich so groß waren … Marla schüttelte sich – nicht auszudenken, wenn sie hier auf so eine Kreatur treffen würden.

Sie umrundete den Sockel und entdeckte am hinteren Teil eine kleine Tafel aus Sandstein, die wie achtlos weggeworfen im Staub lag. Sie war schon fast zugedeckt vom sandigen Boden. Marla hob das Stück Stein auf und sah, dass Schriftzeichen eingraviert waren – nur noch ein paar davon waren lesbar. Sie steckte die Steinplatte in ihren Rucksack und lief zu dem Gebäude, in dem Tiron sich befinden musste. Er trat soeben aus der Tür.

»Was gefunden, Marla?«

»Ja, eine kleine Tafel mit Schriftzeichen. Ich habe sie mitgebracht. Und bei dir, etwas herausgefunden?«

»Das hier war vermutlich das Gesindehaus. Überall zerbrochene Stühle, Tische und jede Menge kaputtes Geschirr – alles ist schon vor einer langen Zeit verlassen worden. Es sieht nicht danach aus, als ob hier noch jemand wohnen würde.«

»Dann lass uns sehen, ob Charim etwas entdeckt hat!«, meinte Marla.

Die beiden liefen an der Mauer entlang zu den Stallungen. Sie fanden beim Eintreten Charim kniend am Boden vor.

»Was gefunden, Charim?«

»Frische Spuren! Jemand ist vor Kurzem hier gewesen! Den Abdrücken nach zu urteilen ein Mensch!«

»Vielleicht wohnt unser Seher doch hier«, überlegte Tiron. »Vielleicht hat er sich versteckt. Also, Marla, jetzt zeig aber erst mal die Tafel, die du gefunden hast!«

»Du hast etwas gefunden?«, fragte Charim und richtete sich gespannt auf.

»Eine Tafel mit Schriftzeichen!«

»Was steht da geschrieben?«, wollte Tiron wissen.

»Ich kann nur einen Teil davon entziffern«, erklärte Marla »Der Rest ist verwittert und unleserlich. Hier steht:

… Zeichen des Drachen.
Achte auf Deine Schritte, denn wenn Du Dich als unwürdig erweist,
kann Dir mehr genommen werden als nur das Leben.
Die Wächter von Aburin sind wachsam, sie …

… das ist alles.«

»Klingt nach einer Warnung.«, meinte Tiron nachdenklich. »Doch was kann damit gemeint sein?«

»Tiron, das ist doch sonnenklar! Hier sind bestimmt Fallen oder so was aufgebaut, und deshalb sollen wir auf unsere Schritte achten!«, tat Charim überzeugt seine Meinung kund.

»Ich weiß nicht, Charim, es könnte sein – die Burg heißt, wie wir wissen, Lindwurmfestung, und ein Drache steht in der Mitte, es könnte also durchaus als Hinweis auf Fallen oder etwas ähnliches gelten … aber vielleicht ist diese Warnung auch als Anspielung auf etwas ganz Anderes gedacht? Haben wir nicht dieser Tage auch das Jahr des Drachens? Das würde doch dazu passen – Zeichen des Drachen –, oder? Vielleicht geschieht etwas, das nur in diesem Jahr möglich ist.«

»Zeichen des Drachen kann alles bedeuten: ein Banner, ein Schild, eine Markierung irgendwo in der Burg oder vielleicht auch an einem ganz anderen Ort!«, sagte Marla kopfschüttelnd. »Das sind alles nur Mutmaßungen, Tiron.«

»Ja, vermutlich hast du Recht. War ja nur so ein Gedanke!«, meinte dieser achselzuckend.

»Kommt, Leute, hier steht es auf der Steintafel, und wir befinden uns vor einer großen Drachenstatue, in einer Burg, die diesen Namen trägt. Was für Anzeichen braucht ihr denn noch?«

»Abwarten, Charim, urteile nicht zu vorschnell«, gab Tiron zurück. »Wie Marla sagte, es könnte alles Mögliche sein, und das mit den Fallen wäre – glaube ich – ein bisschen zu einfach! Vor allem der Hinweis auf die Wächter von Aburin ist rätselhaft. Doch lasst uns später darüber nachdenken. Wir nehmen uns jetzt das Haupthaus vor. Jemand ist anscheinend noch hier. Hoffen wir, dass es derjenige ist, den wir suchen und nicht irgendeine böse Überraschung.«

Die Gefährten setzten sich in Bewegung und schlichen an den Stallung vorbei, direkt auf den Haupttrakt der Burg zu. Eine riesige Steintreppe führte zum Eingangsportal hinauf, mit jeder Stufe nach oben hin wurde sie immer schmaler. Am Fuße dieser Treppe blieben die Drei erst einmal stehen. Dort gab es rechts und links jeweils einen großen Steinquader, darauf – wieder – Standbilder von Drachen. Der Rechte in sitzender Haltung, ähnlich einem Hund, der auf seinen Hinterbeinen hockt, die Flügel angelegt und mit einem eher freundlich fragenden Antlitz versehen. Der Linke hingegen war hoch aufgerichtet und hatte seine Schwingen weit ausgebreitet. Sein Maul war aufgerissen, sodass man die spitzen Zähne gut sehen konnte, und er wirkte wild und angriffslustig. Charim stand direkt vor einer der Skulpturen und glitt mit seinen Fingern zaghaft über den kühlen Stein. »Diese Burg trägt ihren Namen wirklich zu Recht, auf Schritt und Tritt begegnen wir Drachen. Da steckt doch bestimmt noch was Anderes dahinter«, grübelte er sorgenvoll.

»Dann pass bloß auf, dass der Drache hier nicht zum Leben erwacht, von seinem Fundament herunter steigt und dich beißt!«, grinste Tiron im Vorbeigehen den Zimbarer an.

»Sehr witzig…«, gab Charim ungehalten zurück und hastete ebenfalls die Treppe hinauf, den anderen hinterher.

Oben angekommen, standen sie vor dem großen Eingang. Die Pforte besaß zwei über dreizehn Fuß hohe Flügeltüren aus massiver Eiche. Sie standen einen Spalt breit offen – Tiron, Marla und Charim konnten ohne Probleme in das Innere des Gebäudes gelangen. Vorsichtig drückten die Drei sich nacheinander durch das Portal. Innen öffnete sich vor ihnen ein riesiger Raum. Staunend blickten sie sich um, die Halle war wie ein Atrium ausgerichtet. Eine große Empore lief in etwa zehn Fuß Höhe rings um den Innenhof, gestützt wurde sie durch wuchtige Rundbögen. Diese Rundbögen waren reich verziert mit Ornamenten und Runen, immer wieder durchbrochen von Drachendarstellungen.

Gegenüber des Halleneingangs nahm eine mächtige Treppe ihren Anfang, diese teilte sich in halber Höhe nach rechts und links, sodass man beide Seiten der oberen Korridore erreichen konnte. In der Decke der Halle befand sich eine Öffnung, ähnlich einem Fenster. Die Sonne schien durch dieses Oberlicht, warf ihre Strahlen genau in die Mitte des Raumes und verlieh ihm dadurch etwas Mystisches. Doch man erkannte auch, dass hier schon lange niemand mehr Hand angelegt hatte. Von den Wänden bröckelte Gestein ab, Teile der Verzierungen an den Bögen waren herab gebrochen – alles war verstaubt und hinterließ einen heruntergekommenen Eindruck.

Ehrfurchtsvoll staunte Charim: »Was für ein Herrscher hier wohl gelebt hat? Er war bestimmt sehr mächtig.«

»Vielleicht war er das, Charim, aber man sollte von großen Bauten nicht unbedingt auf die Macht eines Regenten schließen. Es mag vielleicht ein Indiz dafür sein – ja … aber Macht sollte sich nicht durch Gebäude ausdrücken, sondern durch den Charakter, die Klugheit und die Weisheit der Person, die darin lebt!«, antwortete Tiron leise.

Der Zimbarer wollte gerade zu einer Antwort ansetzen, als eine tönende Stimme durch die Halle donnerte: »Ihr habt Recht, so und nicht anders sollte es sein. Wohl gesprochen, junger Herr!«

Die Drei fuhren zusammen – und blitzartig hatte jeder von ihnen seine Waffe gezogen. Ein alter Mann trat aus dem Schatten der Rundbögen heraus und sprach mit leiser, trauriger Stimme weiter: »Aber leider sehen das nicht alle so wie Ihr! Gewalt, Tyrannei und Willkür sind in diesen Zeiten die probaten Mittel. Zu Zeiten der Norodim war das anders. Befrage die Menschen zu ihrem Herrn – und du weißt, was für ein Herrscher er ist. Steckt bitte Eure Schwerter weg, dies hier ist ein Ort des Wortes und nicht des Blutvergießens!«

Tiron trat einige Schritte vor. »Worte, alter Mann, können ebenfalls den Tod bringen, besonders dann, wenn sie von einem Hexenmeister gesprochen werden, und der scheint Ihr mir zu sein. Keine Stimme ist von Natur aus so laut, als dass sie donnernd durch diese Hallen schallen könnte. Ihr werdet uns also nachsehen, dass wir unsere Klingen solange offen tragen – bis wir erkennen, dass Ihr uns wohl gesonnen seid!«

»Wieder weise gesprochen, junger Mann. So folgt mir und erlaubt mir, Euch einzuladen, an meiner Tafel Platz zu nehmen. Bei einem Mahl und etwas Wein redet es sich leichter, und es ist vor allem nicht so zugig wie in dieser Halle«, schmunzelte der Alte, keineswegs aus der Ruhe gebracht, und verneigte sich dabei.

Tiron warf seinen Gefährten einen fragenden Blick zu. Marla nickte, Charim ebenfalls. Er wandte sich dem Alten zu und deutete eine leichte Verbeugung an. »Danke, wir nehmen Euer Angebot an. Ihr werdet aber verstehen, dass wir trotzdem wachsam sein werden.«

»Natürlich. Vorsicht geht heutzutage Hand in Hand mit dem eigenen Leben! Gehen wir also.«

Der Alte gab ihnen durch ein Zeichen zu verstehen, dass sie ihm folgen sollten und lief in Richtung des Rundbogens, unter dem er aufgetaucht war. Gemeinsam durchquerten sie jetzt das Atrium.

»Was für ein seltsamer Kauz«, raunte Marla leise zu Tiron. »Was meinst du? Ist er unser Seher?«

»Ich weiß es nicht, Marla, aber wir werden es hoffentlich bald erfahren. Bis dahin – seien wir auf der Hut!«, flüsterte Tiron zurück.

Der Alte lief unter dem Rundbogen durch, bog nach rechts und führte sie einen langen Korridor entlang. Tiron besah sich währenddessen die Wandreliefs. Immer wieder tauchten dort die zwei seltsamen Drachen auf, welche sie bereits als Statuen vor dem Portal gesehen hatten. Der eine friedfertig, der andere angriffslustig. Er nahm sich vor, den alten Mann danach zu fragen, was es damit auf sich hatte.

Der Greis hatte nun das Ende des Ganges erreicht und blieb stehen. Verwundert sahen sich die Drei an – hier war nichts – kein weiterer Raum, keine Tür, kein Durchgang. Der Alte schien ihre Gedanken zu erraten und setzte ein schelmisches Grinsen auf. »In diesen Zeiten muss man sich vorsehen – deshalb bedenkt: Nicht alles ist so, wie es scheint!«

Tiron kam dieser Ausspruch sofort bekannt vor. Xinbal hatte ihn immer wieder benutzt.

Ihr Führer hob eine Hand, malte ein unbekanntes Zeichen in die Luft und sprach mit leiser Stimme: *»Arnen eochin!«*

Die Wand wurde plötzlich durchsichtig und verschwand dann ganz. »Willkommen in meinem Heim.« Er sah ihre ungläubigen Gesichter und lachte. »Wie gesagt, werte Gäste – man muss vorsichtig sein in diesen Zeiten. Tretet näher.«

Sie folgten dem Alten in den Raum, der auf den ersten Blick sehr gemütlich eingerichtet war, denn der Boden war mit schweren Teppichen ausgelegt. An der Stirnseite brannte ein Feuer in einem großen Kamin – davor stand ein langer Tisch mit acht Stühlen. Linker Hand hing ein Gemälde an der Wand. Es zeigte wieder zwei Drachen, doch dieses Mal stand eine Gruppe von Menschen zwischen ihnen, die, so schien es zumindest, mit den beiden Ungeheuern sprachen. Rechter Hand befand sich eine Tür, sie stand offen und man konnte in den benachbarten Raum sehen. Eine Bibliothek, denn von der Decke bis zum Boden gab es Regale mit Büchern und Schriftrollen. Was für ein gewaltiges Wissen musste dort gehortet sein …

»Bitte nehmt Platz. Ich werde uns inzwischen Wein und eine Kleinigkeit zu Essen besorgen«, wies der Alte die drei Gefährten an und verschwand in dem Raum mit den Büchern.

Kaum waren sie alleine, ergriff Charim aufgeregt das Wort: »Er ist bestimmt der, den wir suchen! Erinnert ihr euch, was Marla in dem Zelt gehört hatte? Er verwahre das Alte Wissen! Seht euch diese vielen Schriften an – er muss es sein!«

»Ja, nachdem ich das hier gesehen habe, bin ich mir sicher, dass er derjenige ist«, stimmte Marla zu.

»Wir werden es gleich wissen. Aber still jetzt – er kommt gerade!«, flüsterte Tiron den beiden zu.

Der Greis kam mit einem riesigen Tablett zurück, darauf befanden sich ein Krug mit Wein, ein Laib Käse und Brot, sowie allerlei Früchte. Man konnte sehen, wie schwer das Tablett war, denn er hatte schon ein gerötetes Gesicht vor Anstrengung.

»Kommt, alter Mann, ich helfe Euch bei dieser schweren Last.« Charim eilte zu ihm, nahm das Brett und stellte es auf der Tafel ab.

»Danke, mein Junge. Mir scheint, ich bin es nicht mehr gewöhnt, Gäste zu empfangen. Ihr steht immer noch? Bitte setzt Euch!« Er selbst nahm an der Stirnseite des Tisches Platz und saß so mit dem Rücken zum Kamin. Kaum dass er sich gesetzt hatte, stellte er seufzend fest, »Die Wärme des Feuers ist gut für die alten Knochen.«

Tiron, Charim und Marla hatten nun ebenfalls zu beiden Seiten des Tisches Platz genommen.

»Bedient Euch – es ist genug für alle da.«, forderte der Alte sie auf.

Charim wollte gerade nach dem Brot greifen, als Tiron seinen Arm festhielt und sagte: »Danke, alter Mann, aber die erste Stärkung gebührt, aus Gründen der Höflichkeit und aus Respekt vor seinem Alter, dem Gastgeber.«

Der Greis lachte. »Ihr seid sehr besonnen und achtsam, aber habt keine Angst, die Mahlzeit ist nicht vergiftet!« Er nahm von Brot, Käse und Obst jeweils ein kleines Stück, legte sich die Speisen auf den Teller und begann essen. Während er genussvoll kaute, schaute er die Drei lächelnd an. »Nun greift schon zu, ich sehe Euch an, dass Ihr hungrig seid. Der Käse schmeckt wirklich ausgezeichnet!«

Tiron, der beruhigt schien, griff nun ebenfalls zu und die anderen beiden taten es ihm nach. Der Käse schmeckte wirklich außerordentlich gut. Nachdem sie eine Weile schweigend gemeinsam gegessen hatten, fuhr der Greis sich mit einer Hand über den Bauch und ergriff wieder das Wort. »Ich darf mich Euch nun vorstellen: Mein Name ist Faranon, Hüter der alten Schriften. Und es sind viele Schriften, wie Ihr unzweifelhaft bemerkt haben dürftet.« Sein verschmitzter Blick wanderte in Richtung der Bibliothek.

»Nun, Herr Faranon, wir haben es bemerkt«, sagte Tiron und tauschte mit seinen Gefährten einige Blicke. Marla nickte ihm auffordernd zu und er fuhr fort: »So gestattet, dass ich uns vorstelle. Zu Eurer Rechten sitzt Charim aus Nerun in Zimbara. Zu Eurer Linken, Marla vom Volke der Panthera und ich bin Tiron Cendor aus Asgard.«

Faranon nickte allen dreien zu. »Es ist mir eine Ehre, Euch kennenzulernen.« Er wandte sich Marla zu. »Eine Panthera also? Es erfüllt mich mit Stolz, eine vom Volk der Amazonen persönlich an meinem Tisch begrüßen zu dürfen.«

»Danke, Herr Faranon, ich fühle mich durch Eure Worte ebenfalls geehrt. Doch wir sind nicht hier, um Höflichkeiten auszutauschen, sondern aus schwerwiegenden Gründen … Dunkle Wolken liegen dieser Tage über Chem. Das Böse ist dabei, sich zu erheben, um das Land erneut zu unterjochen. Wir sind gekommen, um Eure Hilfe zu erbitten und Euch zu warnen, doch zuvor lasst Tiron seine und unsere Geschichte erzählen, damit Ihr versteht, was uns zu dieser Burg geführt hat.«

Der Hüter der Schriften verneigte sich leicht. »Wohl gesprochen, Panthera. So sei es. Nun, Tiron Cendor, berichtet mir von Eurer Reise.«

Tiron griff zu der Karaffe mit Wein und füllte seinen Becher. Er schaute Faranon aufmerksam an, dann sprach er. «Lange haben wir nach Euch gesucht, in der Hoffnung, wichtige Dinge zu erfahren. Doch vorher müssen wir endgültige Gewissheit haben, dass Ihr auch wirklich derjenige seid, von dem man uns erzählt hat.«

»Dann werde ich versuchen, soweit es in meiner Macht liegt, Eure Zweifel zu zerstreuen«, antwortete der Alte.

»Danke, Herr Faranon … also – wir hörten von einem Seher und Hexenmeister, der das Wissen um die Norodim verwahrt. Ein Seher, der in einer Burg lebt wie dieser. Wir erfuhren es durch einen gefangenen Troll, auch durch die Worte eines Heerführers des Bösen und durch die Narsim. Alle Hinweise führten uns hierher – zu Euch.«

Faranon lachte. »Das Volk der Narsim habt Ihr auch schon kennengelernt? So habt Ihr bestimmt auch mit Adrian, dem ersten Heermeister, Bekanntschaft gemacht? Dem Mann mit den grünen Augen?«

Tiron sah erstaunt auf. »Wie? Ihr kennt ihn?«

»Natürlich, er ist ein alter Freund. Ich kenne ihn und seine Gefolgsleute gut – Lucien, Erogard und all die anderen tapferen Narsim.«

»Aber weshalb hat er uns das nicht gesagt, oder Euren Namen genannt, als wir nach dem Seher fragten? Er erging sich in dieser Beziehung nur in vagen Andeutungen und das, obwohl wir uns in Freundschaft getrennt haben«, zweifelte Tiron, noch immer ein wenig misstrauisch.

»Nun, Tiron, wie vorhin Marla so treffend bemerkt hat – dunkle Wolken ziehen derzeit über Schattenwelt. Es ist schwer zu unterscheiden, wer Freund und wer Feind ist. Selbst wenn Euch Adrian die Freundschaft angeboten hat, so würde er doch nie meinen Namen preisgeben. Das hat seine Gründe, die ich Euch später nennen werde. Aber eines noch – er hatte mir bereits eine Botschaft zukommen lassen, dass Ihr nach mir sucht. Auch die Gründe dafür hat er mir genannt. Dass Ihr mich warnen wolltet, dass das Böse bereits Kreaturen – Troll-Kundschafter, zehn an der Zahl –, ausgesandt hat, mich zu finden.«

Charim rief dazwischen: »Die Trolle gibt es nicht mehr. Wir haben sie an der Am´Dyr-Brücke niedergemacht.«

»Und mussten dafür einen hohen Preis zahlen – das Leben von Aron«, sprach Tiron bitter.

Faranon hob eine Augenbraue an, ein wenig ungehalten über die Unterbrechung, und sprach, ohne auf die Zwischenrufe einzugehen, unbeirrt weiter. »So war ich gewarnt und konnte Vorkehrungen treffen, Euch selbst in Augenschein zu nehmen. Ansonsten hättet Ihr niemals das Haupthaus betreten können, dessen seid versichert. Aber als ich sah, dass Ihr, Tiron, der Träger des Sterns von Taurin seid, erkannte ich, dass Ihr für würdig befunden wurdet. Der Stern sucht sich seinen Träger aus, nicht umgekehrt. Dafür haben die Norodim gesorgt. Das widerum habt Ihr Adrian verschwiegen, genauso wie den Umstand, dass Marla eine Panthera ist. Ihr seht – jeder hatte seine kleinen Geheimnisse.«

Tiron sah Marla und Charim an – beiden warfen ihm bejahende Blicke zu. Er wandte sich wieder an Faranon. »Wir haben nun Gewissheit. Ihr seid der, den wir schon so lange suchen. Ich möchte nun berichten, was uns zu Euch geführt hat. Es begann mit der Ermordung meines Vaters Roga Cendor … «

Und Tiron erzählte, was sie erlebt hatten, er ließ nur die unwichtigen Begebenheiten aus und konzentrierte sich auf die bedeutsamen Erlebnisse. Hie und da unterbrachen ihn Marla oder Charim, wenn er etwas Wichtiges vergessen hatte. Schweigend hörte sich Faranon Tirons Schilderungen an und stellte nur ab und zu eine Verständnisfrage.

Als Tiron nach langer Erzählung endete, nahm der Seher wortlos seinen Becher mit Wein, trank einen tiefen Schluck, stellte das Gefäß wieder hin und stand auf. Er lief um seinen Stuhl und stellte sich vor den Kamin, verschränkte seine Arme hinter den Rücken und schaute nachdenklich ins Feuer.

Die Drei sahen sich an. Marla hob fragend die Augenbrauen, Charim zuckte nur mit den Schultern.

Faranon räusperte sich. »Das Erste, was wir tun werden, ist, König Thalen eine Nachricht zukommen zu lassen. Er muss wissen, dass die Lage sehr ernst ist. Er hat zwar Vertrauen zu Adrian, wird sich aber nicht auf die Meinung eines Einzelnen verlassen. König Thalen fragt mich zeitweilig um Rat, ich werde ihm die Ereignisse schildern, auch, dass Ihr, Tiron, – der Träger des Schlüssels seid! Das wird ihm als Bestätigung genügen, um den Ältesten Rat zu überzeugen. Wie Ihr schon selbst sagtet – die Völker von Chem müssen gewarnt werden.«

»Hoffen wir nur, dass die Beziehungen von Thalen zu den anderen Herrschern so gut sind, dass diese die Warnung auch ernst nehmen und sie nicht in den Wind schlagen. Ihr wisst so gut wie ich, dass, wenn es um Macht geht, es zu erheblichen Spannungen zwischen den großen Häusern kommen kann. Es bleibt abzuwarten, ob sie reagieren werden, oder sich erst einmal darum zanken, wer diese Streitmacht der Menschen führen soll oder darf!«, meinte Tiron nachdenklich und skeptisch.

Faranon, der immer noch mit dem Rücken zu ihnen stand, drehte sich nach diesen Worten von Tiron um. Ein kleiner Seufzer entglitt ihm.

»Da habt Ihr wohl Recht, mein Junge. In diesen Dingen sind selbst die größten Regenten manchmal wie Kinder, die sich um ein Spielzeug streiten. Wir müssen Thalen etwas an die Hand geben, das die restlichen Häuser erstens sicher überzeugt und zweitens dafür sorgt, dass es zu keinen Unstimmigkeiten kommen kann.«

»Aber was könnte das sein, Herr?«, fragte Charim verwundert.

»Diese Frage kann ich Euch im Moment leider auch nicht beantworten. Aber uns wird etwas einfallen. Ich werde zumindest die besagte Bestätigung Eurer Worte an König Thalen schicken. Morgen sehen wir weiter. Ich schlage vor, Ihr geht nun zu Bett, und ruht erst einmal nach Eurem langen Weg.« Faranon sah in die Gesichter der drei Gefährten. Unzufriedenheit und Unmut spiegelten sich darin, und er lachte. »Keine Angst, ihr bekommt Eure Antworten, doch seht es einem alten Mann nach, dass er seinen Schlaf benötigt. Außerdem möchte ich noch über einige der gesagten Worte nachdenken. Nach dem Morgenmahl werden wir reden und überlegen, was weiter zu tun ist. Kommt, ich führe Euch in die Schlafgemächer.«

Der Tonfall Faranons zeigte Tiron, dass der Seher die Unterhaltung als beendet ansah – es hatte also keinen Sinn, weiterzubohren.

Er stand vom Tisch auf. »Vielen Dank, Herr.«

Charim und Marla erhoben sich ebenfalls. Mit Blick auf den Tisch fragte Marla höflich: »Können wir Euch helfen, die Tafel zu säubern?«

»Nein, das ist nicht nötig. Ein dienstbarer Geist wird mir zur

Hand gehen. Er hat übrigens in der Zwischenzeit Eure Pferde vom Waldrand geholt, in den Stallungen untergebracht und mit Futter versorgt. Es geht ihnen gut.«, antwortete der Greis und lächelte dabei geheimnisvoll.

Verdutzt schauten sich Tiron, Charim und Marla an, doch der Alte stand schon an der Tür und rief ihnen immer noch lächelnd zu: »Morgen dürft Ihr fragen.«

Was blieb ihnen auch anderes übrig, achselzuckend beeilten sie sich, ihm zu folgen, denn er war schon in die Gängen entschwunden. Sie traten auf den Korridor hinaus. Faranon stand bereits an der großen Treppe und winkte sie herbei. Gemeinsam stiegen sie die Stufen hinauf und erreichen die Galerie. Sie führte um den ganzen Innenraum herum, und aus dieser Perspektive sah man erst, wie groß die Eingangshalle wirklich war.

Der alte Mann führte sie auf die rechte Seite und machte an der ersten Türe halt. »Dieses Zimmer ist für Euch, Panthera.«

Er öffnete die Türe, es prasselte bereits ein Feuer im Kamin, und Marla stellte überrascht fest, dass ihr Gepäck schon auf einem riesigen Bett lag, welches fast in der Mitte des Raumes stand. Sie schüttelte lachend den Kopf. »Nein, Zauberer! Ich werde jetzt nicht fragen, wie meine Sachen in dieses Zimmer gekommen sind!«

Faranon feixte nur, und zu Tiron und Charim gewandt meinte er: »Kommt bitte weiter. Euch wünsche ich eine gute Nacht, Marla.«

»Danke, Herr Faranon.« Lachend schloss sie ihre Türe.

Die beiden anderen Schlafgemächer erwiesen sich als ebenso groß, und natürlich lagen die restlichen Habseligkeiten der beiden jungen Männer gleichfalls in den Räumen.

Der Alte verabschiedete sie mit den Worten: »Schlaft Euch aus. Ihr könnt beruhigt ruhen, es sind Vorkehrungen getroffen worden. Die Burg ist sicher.«

Charim ließ sich in seinem Zimmer rückwärts aufs Bett plumpsen. »Das glauben wir gerne, Herr Faranon. Wo hier doch so viele Zauberkräfte am Werk sind.«

»Ja«, lächelte Tiron, »das scheint uns wirklich so. Euch ebenfalls eine gute Nacht, Faranon – bis morgen!«

Der Magier nickte ihnen zu und machte sich auf den Weg zurück zur Treppe.

Kapitel 13

Seltsame Geschichten und andere Geheimnisse

Tiron erwachte, stand gähnend vom Bett auf und blieb erstaunt vor dem Kamin stehen. Über einem Stuhl, der dort stand, lag sauber sortiert und anscheinend frisch gewaschen seine Kleidung. Er grinste und schüttelte nur den Kopf. Wer dieser sogenannte *dienstbare Geist* wohl war? Trotzdem war ihm etwas unbehaglich zumute, dass dieser Jemand so ungehindert in sein Zimmer kommen konnte, ohne dass er die geringste Kleinigkeit bemerkt hatte – das stimmte ihn dann doch nachdenklich.

In einer plötzlichen Schrecksekunde fasste er schnell an seinen Hals – nein – alles in Ordnung – das Amulett seiner Mutter war noch da. Er atmete erleichtert auf und sah sich weiter um. Eine Schüssel mit frischem Wasser stand ebenfalls bereit. Tiron wusch sich, legte seine Kleider an und verließ das Zimmer.

Als er die Galerie entlang lief, vernahm er Stimmen unten in der Halle. Er trat an die Brüstung und sah, dass Marla mit Faranon eine rege Unterhaltung führte. Er beugte sich vor und rief nach unten: »Guten Morgen.«

Die beiden sahen zu ihm hoch, Marla winkte und begrüßte ihn lautstark. Tiron erreichte die Treppe und staunte erneut über die enormen Ausmaße des Raumes. Die Panthera und der alte Mann waren in der Zwischenzeit zum Fuße der Steinstufen gelaufen und erwarteten ihn dort. Marla sah großartig aus, sie trug eine weiße Hose, darüber eine halblange dunkelgrüne Tunika, und ihr Haar war ausnahmsweise nicht zu einem Zopf gebunden, sodass es ungebändigt über ihre Schultern fiel.

Faranon war mit einer langen grauen Robe bekleidet. Tiron musste innerlich grinsen, denn der wallende weiße Bart und die schneeweißen Haare des Alten, im Zusammenspiel mit dem grauen Tuch, erinnerten ihn an einen der schneebedeckten Berge des Ankormassives.

»Ich hoffe, Ihr habt gut geschlafen?«, sprach der Greis ihn an.

»Danke, sehr gut und so tief, dass ich nicht bemerkte, dass sich jemand in meinem Zimmer zu schaffen gemacht hat«, gab Tiron etwas spitz zur Antwort.

»Es war hoffentlich nicht zu Eurem Schaden? Jedenfalls sehen Eure Kleider sehr viel sauberer als gestern aus!«, stellte Faranon freundlich fest.

»Ja, dafür danke ich dem unsichtbaren Helfer. Obwohl mir wohler zumute wäre, wenn ich ihn zu Gesicht bekommen würde und wüsste, wer er ist.«

»Ihr werdet ihn kennenlernen, doch vorher lasst uns frühstücken. Wo ist der Dritte im Bunde? Ihn habe ich noch nicht gesehen?«

Marla und Tiron grinsten sich an.

»Nun, Faranon, er liebt sein Bett ebenso wie ein gutes Stück Fleisch. Aber vielleicht kann ja Euer Helfer etwas dafür tun, dass er sanft aus seinen Träumen erwacht?«, meinte Marla mit einem spitzbübischen Lächeln im Gesicht.

Der Alte begann zu lachen. »Ich will sehen, was ich tun kann. Kommt nun, gehen wir, ich habe großen Hunger.«

Er führte sie wieder in den Raum, in dem sie bereits zu Abend gespeist hatten. Der Tisch war schon eingedeckt mit allerlei Köstlichkeiten. Obst, Honig, Käse, Butter und frischgebackenes Brot verbreiteten einen herrlichen Duft. »Setzt Euch bitte. Ihr entschuldigt mich für einen Moment?«

Die beiden nahmen an der Tafel Platz, während Faranon durch die Tür, hinter der die Bibliothek lag, verschwand. Sie hatten gerade den ersten Bissen zu sich genommen, als er schon wieder auftauchte und sich mit einem schelmischen Grinsen zu ihnen setzte.

Tiron fragte neugierig: »Was belustigt Euch, Faranon?«

Den Blick auf Marla gerichtet, meinte dieser: »Ich habe gerade den Auftrag erteilt, Charim zu wecken. So wie es Euer Anliegen war.«

Im selben Augenblick hörte man einen lauten Schrei durch die Halle gellen.

Faranon hob seinen Finger. »Ah – mir scheint, mein Auftrag wurde soeben ausgeführt.«

Dem Schrei folgte nun ein unüberhörbares Fluchen.

Marla lachte lauthals los. »Allem Anschein nach war es aber nicht gerade sehr sanft – das Wecken!«

»Verflixt, dann habe ich mich wohl meinem Gehilfen gegenüber ein wenig undeutlich ausgedrückt!«, feixte der Alte und alle lachten von Neuem los.

»Ich denke, Charim wird nicht unbedingt bester Laune sein, wenn er gleich zu uns herunter kommt.«, keuchte Marla schließlich, nach Luft schnappend.

Und tatsächlich – es verging nur kurze Zeit, bis Charim den Raum betrat. Seine Augen blitzten förmlich. »Alter Mann, was war das in meinem Zimmer?«

Faranon gab völlig ernst und mit unschuldiger Miene zurück: »Was war was? Wir machten uns schon Sorgen, dass Ihr Euch gestoßen hättet? Ein lauter Schrei erfüllte die Halle … «

Durch diese ernste Antwort etwas verunsichert, blickte ihn der Zimbarer an. »Nun ja … es schwebte ein Eimer Wasser durch mein Zimmer.«

In gespielter Bestürztheit sprang Faranon von seinem Platz auf. »Ein schwebender Eimer? Was geht hier vor?«

Erschrocken wich Charim zurück. »Ich weiß es nicht, Herr. Böse Mächte scheinen hier am Werk zu sein, denn der Kübel entleerte sich über meinem Bett.«

Nun hielt es Marla nicht mehr aus – sie warf alle Selbstbeherrschung über Bord und kreischte vor Lachen laut los. Tiron lag mit dem Gesicht beinahe auf der Tischplatte und hatte mit Atemnot zu kämpfen, nur mühsam gelang es ihm, sich unter Kontrolle zu halten.

Charim dämmerte es, und er brüllte los: »So ist das also! Ein Scherz. Hätte ich mir ja denken können! Wecken wolltet ihr mich, oder?«

Doch diese Antwort machte es nur noch schlimmer. Selbst Faranon musste sich jetzt den Bauch halten vor Lachen. Marla konnte nicht mehr, sich die Lachtränen aus den Augen wischend, bat sie Charim flehentlich um Verzeihung. »Bitte sei uns nicht böse, Charim. Wir waren es doch gar nicht.«

Der Zimbarer stemmte die Arme in die Hüften. »Dass ihr das nicht gewesen sein könnt, weiß ich.« Er zeigte wutentbrannt mit dem Finger auf Faranon. »Es war bestimmt dieser geheimnisvolle Helfer des Hexers hier.«

Lachend sagte der Alte. »Ihr habt Recht, junger Freund, die Panthera bat mich, Euch sanft zu wecken.«

»Das nennt Ihr sanft, alter Mann? Ich wäre beinahe in meinem eigenen Bett ertrunken!«

Etwas verlegen meinte der Seher: »Ich bitte um Verzeihung. Wie es scheint, wurde meine Anweisung wohl fälschlicherweise etwas anders gedeutet.«

»Dann holt diesen Wicht von Diener hierher, damit ich ihm die Ohren lang ziehen kann – falls er welche hat – denn Euch hört er ja anscheinend nicht zu!«

Tiron schaltete sich ein. »Komm, Charim, lass es gut sein. Es war ein Spaß auf deine Kosten, das geben wir ja zu, aber jetzt beruhige dich. Es nichts passiert, außer dass du etwas nass geworden bist. Setz dich und iss erst einmal etwas.«

Murrend und mit verärgerter Miene setzte sich der Zimbarer an den Tisch, die anderen gesellten sich ebenfalls wieder dazu.

Tiron sprach den Seher an: »Wir hatten nun alle etwas Spaß …«

»Außer einem!«, brummte Charim dazwischen.

Tiron überging ihn und redete weiter: » … doch, Faranon – wir sind gekommen, um von Euch Antworten auf unsere Fragen zu erhalten. Vorher jedoch, stellt uns bitte Euren Diener vor, denn ich empfinde es als ein unangenehmes Gefühl, dass jemand in den Räumlichkeiten der Burg herumschleicht und wir nicht wissen, wer oder was er ist.«

Faranon nickte. »Das verstehe ich natürlich. Ihr sollt ihn kennenlernen. Aber erschreckt ihn bitte nicht.«

»*Wir* sollen *ihn* nicht erschrecken? Was sagt Euch denn, dass es nicht umgekehrt ist? Er kommt und geht, wie es ihm beliebt und keiner merkt etwas!«, knurrte Charim.

Der Alte stand vom Tisch auf, ging zur Bibliothekstür und rief: »Darn!«

Auf den Ruf hin vernahm man ein undeutliches Geräusch. Die Drei schauten gespannt zur Tür.

»Ja – Meister?«, kam es leise aus der Bibliothek zurück. Es war eine helle, aber heisere Stimme, sie klang ein wenig so, wie wenn man eine Erkältung in sich trägt.

»Komm und stelle dich unseren Gästen vor!«

Zögernd trat eine kleine Gestalt durch den Türrahmen. Ein kleiner Kobold stand im Raum. Er war kaum größer als ein Kind, hatte leuchtend grüne Augen, keine Haare und trug ein altes abgetragenes Lederwams. Aber etwas fiel sofort auf: der rechte Arm war seltsam verdreht und er zog ein Bein nach. Hilfesuchend blickte er zu Faranon, dieser trat zu ihm und streichelte ihm sanft die übergroßen Ohren. »Du brauchst keine Angst zu haben. Sieh her, dies sind unsere Gäste – Marla, Tiron und Charim.«

Das Wesen verneigte sich tief. »Darn kennt die Gäste schon. Er war heute Nacht in ihren Zimmern und hat, wie der Meister es befohlen, die Kleidung gereinigt.«

Alle Drei verneigten sich ebenfalls. Marla ging langsam auf den Kobold zu und reichte ihm freundlich die Hand. »Und dafür danken wir dir von ganzen Herzen, Darn. Das war sehr nett von dir.«

Das kleine Wesen hüpfte, vor Freude strahlend, von einem Bein auf das andere und rief: »Darn tut das gerne, wenn noch etwas getan werden muss – einfach nach Darn rufen!«

Mit diesen Worten war er auch schon wieder zur Tür hinaus. Faranon lächelte. »Ich glaube, Ihr habt jetzt einen Freund auf ewig gefunden, Marla. Kobolde werden von Menschen, wie auch vom Bösen, als die geringste aller Kreaturen angesehen und verrichten in der Regel die niedersten Dienste. Dank und Freundlichkeit erhalten sie nur in den seltensten Fällen, umso mehr genießen sie es, wenn sie ihn denn bekommen.«

»Wie kommt es, dass Darn in Euren Diensten steht? Außerdem kann ich mir nicht vorstellen, dass ein niederes Wesen die Magie beherrscht und das tut er ja zweifellos – wie wir heute früh an Charim gesehen haben«, fragte Tiron nach.

»Ich rettete Darn einst das Leben. Ich war zum Kräutersammeln im Ankorgebirge unterwegs, als ich ihn völlig ausgehungert, mit gebrochenen Armen und Beinen, in einer Felsspalte gefunden habe. Es grenzt schon an ein Wunder, dass er überlebt hat. Er hatte jahrelang einer Sippe von Bergtrollen gedient. Er muss dort Schreckliches erlitten haben, jedenfalls spricht er mit keiner Silbe darüber. Ich konnte ihm damals lediglich entlocken, dass er geflohen war, die Trolle ihn einholten, halb tot prügelten und ihn dann einfach liegen ließen. Nach seiner Gesundung blieb er freiwillig hier und fing an, mir zur Hand zu gehen – wohl aus Dankbarkeit. Ich lehrte ihn ein paar kleine magische Kniffe, damit er es bei einigen seiner Tätigkeiten leichter hat, denn Ihr habt sicherlich bemerkt, dass er in seiner Bewegungsfreiheit ein wenig eingeschränkt ist. Unter anderem auch einen einfachen Schwebezauber, der … « – Faranon richtete einen lächelnden Blick auf Charim –, » … heute, wie Ihr bemerkt habt, zum Einsatz kam. Kobolde sind sehr einfältig und nur begrenzt aufnahmefähig. Doch Darn ist da eine rühmliche Ausnahme, er lernt ziemlich schnell. Wohlgemerkt, für Koboldverhältnisse.«

»Traut Ihr ihm denn, Faranon? Er könnte doch immerhin ein Spion sein?«, erkundigte sich Charim kritisch, der das unfreiwillige Bad noch immer etwas übel nahm.

»Nach dem, was Darn mit den Kreaturen des Bösen erlebt hat, halte ich das für sehr unwahrscheinlich, Charim. Doch habt Ihr natürlich Recht. Man sollte es nicht grundsätzlich ausschließen. Das Böse ist hinterrücks und tückisch, weswegen ich auch einige Vorkehrungen getroffen habe. Darn kann sich ungehindert in der Burg bewegen, mit Ausnahme einiger Räumlichkeiten, in denen sich wichtige Schriften befinden. Aber seid versichert, dass es nicht so ist, er befindet sich nun schon seit über zwanzig Sommern hier.«

»Schriften, sagtet Ihr? Über die Norodim?«, fragte Tiron neugierig, er war bei Faranons Erwähnung hellhörig geworden.

»Ja, Tiron, Schriften über die Norodim. Bitte folgt mir jetzt in die Bibliothek, wir müssen über wichtigere Dinge sprechen als über einfältige Kobolde.«

Die Gefährten folgten Faranon, und schon beim ersten Schritt durch die Tür der Bibliothek bestaunten sie die enorme Vielzahl der Schriften. Die Wände bestanden nur aus Regalen, vom Boden bis hoch zur Decke, vollgestellt mit unzähligen Büchern. Ein Regal beherbergte gar ausschließlich übereinander geschichtete Schriftrollen. Es standen vier große Tische im Raum, darauf jeweils zwei sechsarmige Kerzenleuchter. Die Tische waren überladen mit Schriftstücken, so, als hätten viele Schreiber gleichzeitig daran gearbeitet. Das Kerzenlicht hüllte alles in ein warmes Licht, aber da der Raum keine Fenster besaß, waren die Decken im Laufe der Jahre durch den Ruß bereits schwarz eingefärbt. Es lag ein eigentümlicher Geruch in der Luft, eine Mischung von Tinte, Papier und so etwas wie gegerbtem Fell. Das lag vermutlich daran, dass in früherer Zeit auf hartem Leder geschrieben wurde.

Faranon ging auf einen der Tische zu und räumte Bücher, Schriftrollen und Textblätter beiseite. »Setzt Euch bitte!« Sie nahmen erwartungsvoll Platz. Der Alte stellte sich in die Mitte des Raumes, malte mit der Hand ein Zeichen in die Luft und murmelte einen unverständlichen Satz.

Tiron meinte, kurz einen leichten blauen Schimmer wahrgenommen zu haben, der sich von einem Ende des Raumes zum anderen bewegte.

Mit einem zufriedenen Ausdruck im Gesicht trat Faranon wieder zu ihnen. »Wir sind nun vor unerwünschten Zuhörern und Besuchen geschützt.« Der Magier setzte sich. »Kommen wir jetzt auf unser gestriges Gespräch zurück, meine Freunde. Und erlaubt, dass ich als der Älteste von uns…« – er zwinkerte ihnen zu – »… euch junge Menschen nicht mehr so förmlich anspreche, auch wenn ich große Hochachtung für euch hege.«

Die Drei wechselten kurze Blicke, dann nickte Tiron, »Selbstverständlich, Faranon. Wir haben nichts dagegen einzuwenden.«

Der alte Mann nickte zufrieden. »Gut. Und nun – viele Gedanken gehen mir durch den Kopf. Noch gestern habe ich König Thalen eine Mitteilung gesandt, damit er den Ältesten Rat in Kenntnis setzen kann und eure Geschichte bestätigt weiß. Wollen wir also hoffen, dass ihm dieses Vorhaben auch gelingt. Ihr habt einen weiten Weg auf euch genommen, um mehr über die Norodim zu erfahren. Du lagst mit deiner Vermutung richtig, Tiron! Ich hüte seit den Alten Schlachten das Wissen um das Hohe Geschlecht der Norodim.«

Tiron schaute Charim und Marla an, diese blickte zu Faranon und ergriff das Wort: »So seid Ihr, wie ich …?

»Nein, Marla. Was ich bin, dazu später. Es sei nur soviel gesagt: die Panthera waren nie in der Lage, das Geheimnis des Lebens zu entschlüsseln. Es gelang ihnen lediglich, durch *Magie* – wenn gleich auch einer sehr hohen Kunst der Magie, das gebe ich anerkennend zu –, auf das Älterwerden einzuwirken. Es schützt sie aber nicht vor Verletzung und Krankheit.«

Marla nickte zustimmend.

»Das Geheimnis liegt im Blut.«

»Ihr sprecht in Rätseln, Faranon«, schüttelte Tiron den Kopf.

Der Magier meinte lakonisch: »Habt Geduld, ihr werdet es verstehen. Doch fangen wir von vorne an. Lasst mich einfach erzählen, denn ich denke, die meisten eurer Fragen werden sich dann vermutlich von ganz alleine beantworten. Seid ihr damit einverstanden?«

»Natürlich, Faranon, wir sind gespannt«, sagte Tiron knapp.

Der Alte nickte, für einen kurzen Moment bekam er einen abwesenden, nach innen gekehrten Blick, ganz so als wolle er sich, wie vor einer wichtigen Aufgabe, nochmals sammeln. Dann begann er: »Wisst ihr, vor langer Zeit, vor sehr langer Zeit, noch weit vor den Alten Schlachten, entstand das Geschlecht der Norodim. Es gab zu dieser Zeit noch keine einzelnen Länder und auch kein Schattenwelt. Die Alten Wesen – also die Norodim – hatten in ihrer Blutlinie die Unsterblichkeit erlangt. Wie das passiert ist, ist jetzt von geringer Bedeutung, vielleicht werde ich diese Geschichte später einmal erzählen. Die Norodim jedenfalls bildeten das Gleichgewicht zwischen Gut und Böse, sozusagen das Zünglein an der Waage. Ihr könnt euch sicherlich vorstellen, was für ein Wissen diese Wesen im Laufe der Jahrtausende erworben haben, aber auch, was für eine Macht sie dadurch erhielten. Macht heißt auch Verantwortung – große Verantwortung. Die Norodim waren sich diesem Umstand stets bewusst, deswegen bezogen sie weder für die eine, noch für andere Seite Stellung. Sie waren, wie gesagt, das Gleichgewicht.«

Faranon beugte sich zu Tiron. »Das änderte sich, als, wie dir Xinbal bereits erzählt hat, der Hexenmeister Thormod einen Pakt mit Obsidian schloss und dadurch die Gleichgewichtsverhältnisse entscheidend veränderte. Die Norodim wurden durch diesen Pakt gezwungen, eine Position einzunehmen und entschieden sich für das Gute. Aber diese Entscheidung hatte auch Folgen. Da die Alten Wesen nur wenige an der Zahl waren, war es ihnen unmöglich, in den Kampf direkt einzugreifen, denn sie hätten vermutlich damit die Auslöschung ihres Geschlechtes heraufbeschworen. Sie sind zwar unsterblich im herkömmlichen Sinne, doch es gibt zwischen Himmel und Erde noch stärkere Waffen als Schwert und Axt. Zum Beispiel hohe Schwarze Magie – und die kann selbst den Norodim gefährlich werden.«

Marla nickte verständig zu Faranons Worten und Charim betrachtete die Panthera interessiert – sie barg ebenfalls noch viele Geheimnisse für ihn.

Faranon erzählte weiter: »Die Norodim mussten also einen anderen Weg finden, wie sie helfen konnten, die Balance wieder herzustellen. Dieser Weg war ihr Wissen, aber sie mussten es teilen. Die Frage war nur, mit wem, denn wie gesagt, Wissen bedeutet Macht, und wenn diese Macht in die falschen Hände gelangte, wären die Folgen schwerwiegend gewesen. Lange überlegten sie, was zu tun sei, und entschieden dann, all ihr Wissen, all ihre Macht in einen edlen Stein zu geben. Dieser Stein hatte von nun an die Gabe, in das Herz eines Jeden zu sehen und zu entscheiden, ob er Demjenigen sein Wissen und seine Kraft zugänglich machen würde. Reine Absichten, Stärke und Weisheit sind nur einige der Voraussetzungen, die dieser Eine mitbringen musste, bevor der Stein sich ihm preisgeben würde. Diesen Stein nennt man heute den »Stern von Taurin«. Er ist der Schlüssel zu allem. Er verleiht seinem Träger die Macht und das Wissen der Norodim. Er hat auch die Stärke Obsidian wieder in die Finsternis zu treiben aus der er kam.«

Marla und Charim warfen Tiron nachdenkliche Blicke zu, Tiron schluckte und fasste unbewusst nach dem Amulett an seinem Hals.

Faranon hatte ihn beobachtet und sagte: »Ja, Tiron! Der Stern, oder auch Schlüssel genannt, hatte genug Zeit, dich zu prüfen. Und als die Zeit gekommen war, gab er sich zu erkennen. Und wie Xinbal schon vermutet hatte – das auch nur sehr allmählich. Wisse: für den Träger ist das von entscheidender Bedeutung – denn sollte der Stein seine Macht auf einmal freigeben, würde er dem Träger ernsthaften Schaden zufügen.« Faranon trommelte nachdenklich mit den Fingerspitzen auf die Tischplatte und fuhr dann fort: »Aber zurück zu den Norodim. Der Stein erachtete zuerst Leander als würdig. Den Rest der Geschichte kennt ihr – Leander erlitt ein tragisches Schicksal und wurde von Obsidian höchstselbst getötet. Der Stern verschwand danach auf unerklärliche Weise. Die einen berichteten von einem Getreuen Leanders, der den Stein nach dessen Tod an sich nahm. Andere wiederum behaupteten, der Stein wäre Leanders Händen entglitten, denn sonst hätte ihn Obsidian niemals töten können, und nun ruhe er seitdem auf den alten Schlachtfeldern.« Faranon kratze sich am Schädel, »Es wird wohl auf ewig ein Geheimnis bleiben, wie er in die Hände des Zauberers Mortran kam, der ihn dann, als Dank, deiner Mutter überreichte. Ich weiß nicht, ob Mortran wusste, was er da die ganzen Jahre über in Händen hielt. Es ist wohl eher unwahrscheinlich – außer er wusste um dein zukünftiges Schicksal, Tiron, aus welchen Quellen auch immer. Die Norodim zogen sich jedenfalls tief in die Höhlen des Ankorgebirges zurück. Den Eingang nennt man, wie ihr ebenfalls schon in Erfahrung bringen konntet, die Furt von Aburin. Dieser Eingang wird seither beschützt – von den Wächtern.«

Jetzt schaltete sich Marla ein. »Und sie beschützen ihn gut, denn alle, die es versuchten, erlebten den nächsten Sonnenaufgang nicht mehr. Hat eigentlich der Stern von Taurin etwas mit diesen Wächtern zu tun?«

Faranon warf ihr einen amüsierten Blick zu. »Schlaue Frage, liebe Marla. Ja, er hat etwas damit zu tun. Doch eins nach dem anderen. Kommen wir nun zu den Wächtern. Ihnen kommt in der Geschichte um Schattenwelt besondere Bedeutung zu, wie ihr später noch sehen werdet. Die Wächter der Furt von Aburin sind – Drachen!«

Nach dieser Offenbarung blieb allen Dreien der Mund offen stehen.

Unversehens schlug sich Tiron mit der flachen Hand auf die Stirn. »Natürlich, die Drachen! Ich hätte schon viel eher darauf kommen können.«

Charim und Marla sahen Tiron etwas verwirrt an.

»Versteht ihr denn nicht?! Die Lindwurmfestung, überall die

Abbildungen von Drachen. Mich hatte vor allem die von Marla gefundene Steintafel mit dem Hinweis auf die Wächter und das Bild in Eurem Wohngemach stutzig gemacht, Faranon. Es zeigt eine Gruppe von Menschen zwischen zwei Drachen. Es stellt die Norodim dar, und die abgebildeten Drachen sind die Wächter, nicht wahr?«

Faranon verbeugte sich leicht und meinte: »Gut beobachtet. Ich sehe, der Stern hat dich nicht umsonst als Träger erwählt. Ja, du hast Recht! Das Bild stellt genau dieses dar – eine Zusammenkunft zwischen den Wächtern und den Norodim.«

»Wie viele Wächter gibt es eigentlich?«, wollte Charim wissen.

Der Magier runzelte die Stirn. »Es gibt nur zwei und das hat seinen Grund. Die Drachen waren schon lange vor den Norodim da – sie sind es, die die wirklich *uralten* Wesen in diesem Lande sind. Seit wann sie auf diesem Boden wandeln, ist selbst den Norodim nicht bekannt, und nur wenige Auserwählte kennen ihre genaue Geschichte. Sie geriet im Laufe der Jahrtausende, zumindest bei den Menschen, in Vergessenheit. Die Blutlinie der Norodim jedenfalls ist eng verknüpft mit diesen Geschöpfen. Folgendes müsst ihr über die Drachen wissen: sie schlüpfen aus einem Ei und es sind immer zwei – männlich und weiblich. Sie bilden Gegensätze ab – Friedfertigkeit und Angriffslust, wobei man nie voraussagen kann, wer wer ist. Zum Beispiel kann der weibliche Drache wild und unbeherrscht, aber genauso der Sanftmütige sein.«

Tiron überlegte. »Ich verstehe, deswegen die Abbildungen überall in der Burg. Es werden immer zwei Drachen dargestellt, wobei der Eine sanft, der Andere hingegen wild in Erscheinung tritt. Sind es deswegen nur zwei Wächter? Es sind gewissermaßen, …wie soll ich sagen … Geschwister?«

»Das ist richtig. Sie sind demselben Ei entsprungen. Und mittlerweile uralt … Seit die Norodim sich in die Höhlen zurückgezogen haben, bewachen diese zwei Drachen den Eingang. Der, um es mit deinen Worten zu sagen, Tiron, Sanfte, stellt den Suchenden auf die Probe. Sollte dieser die Prüfung nicht bestehen, dann wird der zweite Drachen dieses Versagen bestrafen und zwar, wie Marla schon so treffend bemerkte, mit dem Tod.«

Bei diesen Worten lief es Tiron eiskalt den Rücken herunter, er schüttelte sich unwillkürlich und fragte angespannt: »Und wie sieht so eine Prüfung aus, Faranon?«

»Das kann ich dir nicht sagen, denn erstens weiß ich es nicht. Und zweitens, wäre es dann noch eine Prüfung, wenn du die Lösung schon vorher wüsstest?«

»Nein, natürlich nicht. Aber sagt mir, was bedeutet die Inschrift der Tafel, die wir gefunden haben: – *Achte auf Deine Schritte, denn wenn Du Dich als unwürdig erweist, kann Dir mehr genommen werden als nur das Leben* -. Was hat das denn zu bedeuten?«

Faranon lehnte sich etwas zurück. »Das bezieht sich auf die landschaftliche Gegebenheit der Furt von Aburin. Bevor man zu den Höhlen gelangt, muss man über den sogenannten Abgrund der Seelen.«

Charim stöhnte auf und bedeckte mit beiden Händen sein Gesicht. »Was ist das denn schon wieder? Reichten die Drachen den Norodim nicht aus?«

Der Alte lächelte ihn an. »Der Abgrund der Seelen ist eine unendlich tiefe Erdspalte, so tief und schwarz, dass man nicht erkennen kann, wo sich der Boden befindet. Die Menschen erzählen sich, wenn man hineinfällt, entschwindet während des Falles die Seele – deshalb auch der Name. Ob Aberglaube oder Wahrheit, sei dahingestellt. Es konnte natürlich noch niemand berichten, was einem widerfährt, wenn man gefallen ist. Diesen Abgrund müsst ihr überqueren, um zu den Wächtern zu gelangen.«

Charim schüttelte den Kopf. »Prüfungen, Drachen, Abgründe – schöne Aussichten!«

Faranon schaute ihn lange und ernst an. »Charim, solltet ihr drei eines Tages dem Fürsten der Finsternis gegenübertreten, werden diese gerade geschilderten Herausforderungen eure geringsten sein. Natürlich wird es nicht leicht, zu den Norodim zu gelangen. Aber wenn ihr das geschafft habt, werden die Alten Wesen den Weg weisen und euch mitteilen, wie ihr das zu Ende bringen könnt, was Leander in den Alten Schlachten nicht geschafft hat – Obsidian zu vernichten. Keiner von euch hat sich dieser Aufgabe freiwillig gestellt, doch das Schicksal hat euch zusammengeführt!«

Die Augen auf Tiron gerichtet fuhr Faranon fort: »Die Prophezeiung wird sich erfüllen. Durch dich, Tiron – doch es ist ein harter und entbehrungsreicher Weg, der vor dir und deinen Gefährten liegt.«

»Ich mache mir jetzt noch keine Gedanken darüber, was passiert, wenn ich diesem Fürsten gegenüber stehe. Das Vordringlichste ist jetzt, zu den Norodim zu gelangen. Ein Schritt nach dem anderen, Ihr versteht, Faranon?« Tiron sah ihn ernst an und Faranon nickte. »Trotzdem sind noch längst nicht alle Fragen, die ich habe, beantwortet.«

Faranon sah ihn erstaunt an. »Was meinst du damit, Tiron?«

»Ich überlege immer noch, was es mit dieser Burg auf sich hat. Auch, dass Ihr so lange unentdeckt bleiben konntet, und vor allem – wie kommt Ihr zu all diesem Wissen über die Norodim? Ihr sagtet, Ihr hütet das Wissen und die Schriften seit den Alten Schlachten, es stellt sich also für mich das Rätsel – wer seid Ihr? Diese Fragen habt Ihr uns bisher nicht beantwortet.«

Kapitel 14

Faranons Geschichte

Faranon kratzte sich am Kopf. »Einige deiner Fragen sind einfach zu beantworten, andere hingegen sind, wie soll ich sagen – kompliziert. Aber ich will versuchen, Licht ins Dunkel zu bringen. Also hört … Die Burg wurde vor der Zeit der Schlachten erbaut, einige der Norodim bewohnten sie, deshalb auch die Abbildungen und Bildnisse der Drachen. Ich sagte bereits, dass die Norodim mit diesen in enger Verbindung stehen. Nachdem die Norodim sich in die Höhlen zurückgezogen hatten, übernahmen die Menschen die Festung, zumindest für eine Weile. Die Burg diente als Schutz und war gleichzeitig der letzte Posten auf dem Weg zu den Norodim. Die Menschen, die hier wohnten, gaben die Burg aber irgendwann auf und zogen an die Ufer des Fyndyr. Ihre Nachkommen habt ihr bereits kennengelernt – es sind die Narsim. Daher auch der Name Bergwächter. Er stammt noch aus den Zeiten, als sie hier in der Festung lebten, denn sie bewachten den Zugang zu den Bergen und somit zu den Norodim.«

Wehmut schwang jetzt in Faranons Stimme mit, als er weiter erzählte. »Zu dieser Zeit lebte ich bereits hier. Ich bin und war der Ratgeber, Hohe Priester oder Hofmagier, nennt es wie ihr wollt – der Narsim. Als die Narsim die Entscheidung trafen, an den Fyndyr überzusiedeln, schmerzte mich das sehr, denn ich wusste, dass ich bleiben musste. Ich war der Hüter der Schriften, die Norodim hatten sie einstmals mir und nur mir anvertraut, damit das Alte Wissen nicht in Vergessenheit gerät. Aber sie hatten auch Vorkehrungen getroffen, damit es nicht in falsche Hände geraten konnte: sie legten einen starken Zauber über die Festung. Sollten die Schriften diesen Ort verlassen, so würden sie augenblicklich zu Staub zerfallen. Somit ist das Wissen und damit auch ich an diese Burg gebunden. Nun versteht ihr auch, warum Adrian zu keiner

Zeit meine Person preisgegeben hätte, denn es stünde nicht wenig auf dem Spiel – nämlich das Alte Wissen.«

»Und trotzdem, Faranon, wusste dieser Heerführer des Bösen über Euch Bescheid!«, meinte Tiron ernst.

»Nicht ganz, Tiron, ich gebe dir nur zum Teil Recht. Das Böse vermutet nur und weiß nicht, das ist ein großer Unterschied. Doch jetzt ist eine Wendung eingetreten. Zehn Trolle wurden ausgeschickt, mit dem Auftrag, zu kundschaften und euch, ebenso wie mich, zu töten. Da sie nun nicht mehr zurückkommen werden, weiß das Böse, dass hier etwas nicht stimmt. Unser Glück ist nur, dass diese Armee aus Ogern und Trollen jetzt nach Norden unterwegs ist. Es wird also geraume Zeit vergehen, bis ihr Heerführer davon Kenntnis erlangt und etwas unternehmen kann. Ich hoffe, damit ist deine Frage zur Burg ausreichend beantwortet?«

Tiron nickte.

Faranon sprach weiter und begann dabei zu lächeln: »Dann also zu deiner nächsten Frage – wie konnte ich so lange unentdeckt bleiben? Viele haben mich gefunden, aber sie trafen nur einen harmlosen und offensichtlich verwirrten alten Greis an, der in einer halbverfallenen Ruine haust. Deshalb wurde an der Burg, zumindest auf dem ersten Anschein hin, nichts repariert oder ausgebessert. Sie soll genau diesen Eindruck vermitteln. Aber, wie ihr selbst gesehen habt, eben nur auf den ersten Blick.«, schmunzelte Faranon schelmisch. »Meine Aufenthaltsräume und auch die Bibliothek sind magisch geschützt. Ich habe gewissermaßen eine Illusion aufgebaut. Sollte je ein Unbefugter diese Räume betreten – was noch nicht vorgekommen ist, so würde er nur Verfall und Fäulnis vorfinden, oder aber, wie bei euch, einfach eine Mauer anstatt einer Tür.«

Marla lachte leise. »Einleuchtend, kein Wunder, dass man Euch noch nicht entdeckt hat.«

Der Alte wurde wieder ernst. »Und doch, Marla, gibt es Möglichkeiten, wie das Böse an Informationen kommen kann, was, zum Teil wenigstens schon geschehen ist. Denkt an die Narsim. Sie wissen, was hier vor sich geht. Stellt euch einen Überläufer oder Verräter vor. Er könnte den bösen Kreaturen viel erzählen, meint ihr nicht?«

Die Drei nickten bedrückt, und Faranon hob warnend den Finger: »Eine Person hat dies getan – ich weiß nicht wer, wann oder wo, doch es ist geschehen – dieser Heerführer des Bösen hatte Kenntnis von den Schriften. Er weiß zwar nicht um den Inhalt, aber allein das Wissen darum zeigt mir, dass jemand gesprochen haben muss.«

Die Gefährten schwiegen nachdenklich, bis Charim, in seiner unnachahmlichen Art, seine Arme in die Höhe streckte, sich dehnte und zu Faranon sprach: »Von all dem Denken habe ich jetzt Hunger, wann gibt es denn etwas zu essen?«

Marla ließ sich geräuschvoll in ihren Stuhl zurückfallen und schnaubte: »Charim, Charim. Das nimmt noch ein schlimmes Ende mit dir!«

»Warum denn? Wir sitzen hier doch schon seit Stunden. Habt ihr denn keinen Appetit?«

»Charim hat Recht, lasst uns eine Pause machen und etwas die Füße vertreten. Ich werden inzwischen Darn Bescheid sagen, dass er uns eine Kleinigkeit herrichtet. Wollen wir hier oder an der großen Tafel speisen?«

»Nein, Faranon, lass uns hier essen, ich finde es gemütlicher«, befand Tiron.

Faranon stand auf und begab sich wieder in die Mitte des Raumes, um den Zauber aufzuheben. Erneut lief ein blaues Leuchten durch das Zimmer, und über das Gesicht des Magiers huschte ein zufriedenes Lächeln.

Schon ging die Tür auf und Darn trat ein. »Ja, Meister?«

»Darn, wärest du bitte so nett und richtest uns etwas zu essen? Stelle es bitte hier auf den Tisch!«

Der Kobold verneigte sich so tief, dass Marla schon befürchtete, er würde mit seiner Nase gleich den Fußboden berühren. »Natürlich. Darn macht gutes Essen für den Meister und für seine Gäste.« Immer wieder verneigte er sich und lief dabei rückwärts zur Tür hinaus.

Alle lachten leise und als der Kobold den Raum verlassen hatte, witzelte Charim: »Ja, Meister. Natürlich, Meister. Aber gerne, Meister. Faranon – wie haltet Ihr das nur aus? Ist er immer so, wenn Ihr ihn um etwas bittet?«

Faranon lachte auch. »Meistens, doch ich habe mich inzwischen daran gewöhnt. Kommt, lasst uns etwas laufen, was haltet ihr von einem kleinen Spaziergang über den Burghof?«

»Gerne, Faranon.«, erwiderte Marla und packte ihren Umhang.

Sie folgten dem Alten in das Wohngemach und traten wieder in den Gang mit den großen Rundbögen.

Während des Gehens betrachtete Tiron nochmals die Reliefs mit den Drachen. Sie erschienen ihm nun in einem ganz anderen Licht, seitdem er die Geschichte dazu kannte.

Die kleine Gruppe schlenderte weiter in Richtung des großen Hauptportals, dort angekommen, öffnete Faranon die Türen. Auf der Steintreppe empfing sie wärmendes Sonnenlicht.

Der Alte sagte: »Kommt, ich möchte euch etwas zeigen.« Er lief die Treppe hinunter und schlug den Weg zum Haupttor ein.

Charim stieß Tiron leicht mit dem Ellenbogen an und flüsterte: »Was wohl jetzt wieder kommt?«

Tiron zuckte mit den Schultern. »Keine Ahnung, Charim. Aber besser, wir beeilen uns, er scheint es eilig zu haben.«

Tatsächlich hatte der Magier den Eingang zur Burg schon fast erreicht. Sie eilten die Stufen hinunter, vorbei an den beiden Drachenstatuen, und überquerten den Burghof. Faranon erwartete sie bereits am Tor. »Seht ihr die kleine Türe? Da müssen wir hinein, um nach oben zu gelangen.«

Sie hoben ihre Köpfe. Faranon wollte anscheinend auf eine der Burgzinnen. Er kramte in seinen Taschen und förderte, mit freudigem Lächeln, einen kleinen Schlüssel zu Tage. »Ah, da ist er ja!« Er sperrte die Türe auf und winkte ihnen, ihm zu folgen.

Die drei Gefährten drückten sich nacheinander durch die enge Tür und befanden sich in einer winzigen Stube, von der eine schmale Wendeltreppe aus Holz steil nach oben führte.

Charim betrachtete die Treppe mit kritischen Augen. »Ob die uns alle aushält? Sie macht den Eindruck, als wäre sie schon seit langem nicht mehr benutzt worden.«

Da schallte die Stimme Faranons von oben herunter: »Nein, ich benutze sie häufig. Sie ist stark und kraftvoll gebaut!«

Marla betrat die ersten Stufen, sie knarrten bedenklich. Zögernd stieg sie hinauf; Charim und Tiron folgten ihr in gebührendem Abstand, um die Last gleichmäßig zu verteilen. Oben angekommen, standen sie wieder in einen winzigen Raum. In der Mitte war eine weitere kleine Leiter, die zu einer Luke in der Decke führte. Sie kletterten weiter nach oben und standen nun auf einer der Zinnen, die sie bei ihrer Ankunft an der Burg bereits gesehen hatten. Der Ausblick war atemberaubend, sie sahen über den Wald hinweg – direkt auf das Ankorgebirge mit seinen gewaltigen Ausläufern. Die drei großen schneebedeckten Spitzen erstrahlten im Sonnenglanz.

Begeistert meinte Faranon: »Wunderschön, nicht wahr? Ich bin oft hier oben und genieße die herrliche Aussicht. Wenn die Sonne hinter den Gipfeln untergeht, beginnt die schönste Stunde. Die Berge werden blutrot, gerade so, als würden sie in Flammen stehen.«

Marla zeigte auf einen der kleineren Gipfel. »Faranon, diese gleichmäßige feine Linie, die sich am Berg dort rechts entlang zieht? Ist das eine Passstraße?«

»Du hast gute Augen, Panthera. Ich kann sie zwar nicht erkennen, denn meine Augen sind nicht die besten, aber es stimmt. Es ist der Pass von Ankor, der an der Am´Dyr-Brücke seinen Anfang nimmt. Er zieht sich über das ganze Massiv und endet auf der anderen Seite.«

»Was ist auf der anderen Seite, Faranon?«, fragte Charim, die Augen zusammenkneifend und zu der Passlinie spähend.

»Dort sind die westlichen Ausläufer von Schattenwelt. Verfolgt man am Ende des Passes weiter die Himmelsrichtung Westen, trifft man auf die Gestade des Großen Wassers. Würdet ihr euch nach Süden wenden, so erreichtet ihr nach vielleicht vier bis fünf Tagesritten das Land Taurin.«

Tiron fragte: »Und wo ungefähr liegt die Furt von Aburin – unser nächstes Ziel?«

Faranon zeigte auf die ganz linke Bergspitze. »Am Fuße der Krähenspitze, so heißt der linke Gipfel, beginnt eine breite Felskluft, die sich fast bis nach ganz oben zieht. Dieser müsst ihr eine Zeitlang folgen. Von dieser Kluft aus zweigt ein langer Weg ab, der auch bergauf führt und am Abgrund der Seelen endet. Direkt danach, so ungefähr in halber Höhe des Berges, beginnt die Furt von Aburin. Sie ist nicht lang und endet genau bei den Höhlen der Norodim. Irgendwo dort befinden sich auch die Wächter.«

»Wie weit ist dann der ganze Weg zu den Höhlen?«, erkundigte sich Marla.

»Bis zur Kluft einen halben Tagesritt in scharfem Tempo. Den Pfad erreicht ihr schon nach kurzer Zeit. Dort müsst ihr die Pferde zurücklassen und zu Fuß weiter, denn der Weg ist für die Tiere unpassierbar. Wenn ihr zügig voran geht, ist es kein langer Weg bis zum Abgrund der Seelen. Gegen Abend müsstet ihr da sein. Dort solltet ihr am besten übernachten; es ist nicht ratsam, den Abgrund bei Dämmerung oder Nacht zu überqueren.«

Tiron nickte. »Da stimme ich Euch zu, außerdem würde es keinen Sinn machen … selbst wenn wir den Abgrund noch vor Nachtanbruch schaffen sollten, möchte ich den Wächtern nicht müde und ausgelaugt gegenübertreten.«

»Ja, das wäre nicht zu eurem Besten. Lasst uns zurückgehen. Darn hat bestimmt schon die Speisen hergerichtet.«

Sie kletterten einer nach dem anderen wieder die kleine Leiter hinunter. Die Wendeltreppe gab bedenkliche Töne von sich, als sie zu viert die Stufen herabstiegen. Unbewusst atmeten alle auf, als sie aus der unteren Kammer wieder in den Burghof traten.

Tiron sah nachdenklich auf die große Skulptur des Drachen in der Mitte des Platzes. »Faranon?«

»Ja?«

»Warum ist eigentlich nur ein großer Drache im Burghof dargestellt? Überall werden beide abgebildet, warum also nicht auch hier?«

»Es gibt einen zweiten, Tiron und ebenfalls in dieser Größe. Du kannst ihn nur nicht sehen!«

Marla und Charim, die die Frage von Tiron und auch Faranons Antwort gehört hatten, blieben verwundert stehen.

»Wir können ihn nicht sehen? Ist er unsichtbar?«, fragte Charim stirnrunzelnd.

Faranon lachte. »Nein, nein. Ganz so ist es nicht.«

Tiron schüttelte den Kopf, »Alter Mann, Ihr sprecht schon wieder in Rätseln!«

»Erinnert ihr euch an die Steintafel, die Marla hier am Fuße des Drachen gefunden hat?«

»Ja, natürlich«, antwortete Tiron verwundert.

Sie erreichten gerade die große Treppe, als Faranon sich umdrehte und die Drei ansah. »Ich erkläre es euch gleich. Lasst uns erst hinein gehen – beim Essen redet es sich leichter, wie Charim mir sicher beistimmen wird.« Er zwinkerte dem Zimbarer zu, der daraufhin mit den Augen rollte.

Sie stiegen die Stufen empor und gelangten kurze Zeit später wieder in die Bibliothek. Darn hatte bereits Brot, Käse und Obst auf den Tisch gestellt. Dort stand auch ein Topf mit einer dampfenden Brühe – die herrlich nach Huhn und Kräutern roch. Sie ließen sich wieder bei Tisch nieder und begannen zu essen.

»Darn scheint wirklich ein sehr guter Koch zu sein, die Suppe schmeckt wunderbar. Wie hat er das nur so schnell herbei gezaubert?«, fragte Charim und schleckte genüsslich seinen Löffel ab.

»Keine Zauberei diesmal – früher oder später mussten wir doch etwas zu uns nehmen, Charim. Darn hat alles vorbereitet, und als ich darum bat – hat er die Brühe nur noch aufkochen lassen. Ja, er kocht wirklich gut, würde man einem Kobold gar nicht zutrauen, oder? Ihr müsstet erstmal seinen Rehrücken mit Pilzen probieren – ein Gedicht!«, meinte Faranon und schob genießerisch einen weiteren Löffel der Hühnerbrühe in den Mund.

Ungeduldig schaltete Marla sich ein. »Es schmeckt gut. Aber erzählt weiter! Was hat es mit dem unsichtbaren Drachen auf sich?«

Faranon seufzte leicht gereizt und erhob sich, um den Raum wieder mit dem Schutzzauber zu belegen. Als er den Bannspruch vollzogen hatte, setzte er sich an seinen Platz. »Die andere Statue ist natürlich nicht unsichtbar, sondern sie steht lediglich an einem anderen Ort, nämlich an der Furt von Aburin, direkt beim Eingang der Höhlen.«

»Deswegen auch der Hinweis auf der Tafel – im Zeichen des Drachen!?«, folgerte Tiron. »Aber warum wurden nicht beide im Burghof oder vor dem Höhlengang errichtet?!«

»Es sollte die Verbindung zwischen der Burg und den Höhlen der Norodim symbolisiert werden. Wie ich eingangs gesagt habe, ist das hier gehortete Wissen von den Norodim mit einem Bann belegt worden. Die Burg, die Schriften, die Drachen und die Norodim sind untrennbar miteinander verbunden.«

»Ist das alles?«, fragte Tiron.

»Wie meinst du das – alles? Was sollte noch sein?!«, wunderte sich der Magier.

»Ich meine, ob es noch einen weiteren Grund gibt – oder ist es tatsächlich nur ein Symbol der Verbindung? Könnte es sein, dass die Statuen noch eine tiefere Bedeutung haben!«

»Wie kommst du darauf?«

»Ich weiß nicht. Es ist einfach ein Gefühl, dass da noch mehr dahinter steckt!«, versuchte Tiron unsicher zu erklären.

Faranon lehnte sich zurück und schlug die Beine übereinander. »Es gibt da etwas, einen rätselhaften Hinweis in den Schriften, dass der Träger des Schlüssels in der Lage ist, mit den Wächtern zu sprechen. Der Stern von Taurin hat anscheinend die Macht, diese Gabe dem Träger zu übertragen!«

Marla und Charim sahen Tiron an, der wiederum verblüfft Faranon anschaute.

»Soll das heißen, Tiron kann sich mit diesen Biestern unterhalten? Etwa so wie – Hallo, ich bin Tiron und will zu den Norodim, lasst mich mal durch?«, witzelte Charim.

Der Alte lachte. »Ja, Charim. Ungefähr so oder ähnlich! Wobei ich nicht glaube, dass das reichen wird, um in die Höhlen zu gelangen.«

»Dessen bin ich mir durchaus bewusst, alter Mann«, gab der Zimbarer, plötzlich ernst geworden, zurück. »Doch ich finde es mehr als merkwürdig, dass Ihr uns all diese wichtigen Informationen immer nur auf Nachfrage unsererseits mitteilt. Tiron ist der Träger des Sterns und somit, wie Ihr uns selbst gesagt habt, geprüft und für würdig erachtet worden, ihn zu tragen. Also warum seid Ihr nicht offen zu uns?«

Tiron und Marla schauten den Zimbarer verwundert an – diesen direkten Angriff auf Faranon hätten sie von Charim nicht erwartet. Doch er hatte Gedanken ausgesprochen, die ihnen auch schon vage durch den Kopf gegangen waren, und Marla meinte ebenfalls zu Faranon: »Ich gebe Charim Recht, Faranon. Wir müssen Euch alles aus der Nase ziehen, warum? Traut Ihr uns nicht?«

»Das hat nichts mit Vertrauen zu tun. Um die Zusammenhänge zu verstehen, müsst ihr die Geschichten dazu hören. Eure Fragen zeigen mir, dass ihr zuhört, über das Gesagte nachdenkt und dann eure Schlüsse daraus zieht. Das ist wichtig, denn nur so seid ihr euch der Aufgaben, die noch kommen werden, bewusst.« Faranon machte ein mürrisches Gesicht, so als würde es ihm missfallen, auf diesen Sachverhalt besonders hinweisen zu müssen.

Tiron sah ihn abwägend an. »Ich verstehe, was Ihr uns damit sagen wollt, doch ich bitte Euch, versteht Ihr auch uns. Es ist nicht leicht, dies alles zu verdauen. Es ist sehr schwer, das alles zu begreifen. Vor allem, da wir wissen, dass wir zum jetzigen Zeitpunkt auf keine Hilfe zurückgreifen können. Außer der Euren, und darüber sind wir sehr dankbar. Doch bisweilen wäre es leichter für uns, wenn Ihr manche Dinge nicht in Rätseln äußert, sondern einfach offen aussprecht. Wir haben Euch großes Vertrauen entgegengebracht und so bitte ich Euch – vertraut Ihr uns ebenso!«

Der Alte schien zu überlegen, denn er neigte seinen Kopf leicht auf die Seite und sah mit einem abwesenden Blick in den Raum. Sie warteten gespannt, was nun kommen würde, doch Faranon begann zu lächeln und meinte einfach: »Gut, keine Rätsel oder Anspielungen mehr.«

Tiron nickte dem Magier zu. »Danke. Also nochmals die Frage: Wie kann ich mit den Wächtern sprechen?«

»Ich weiß es nicht. Die Norodim sind jedenfalls in der Lage, sich mit ihnen zu verständigen, sprachlich wie gedanklich. Doch wie es bei einem Menschen aussieht, darüber ist mir nichts bekannt. Ich kann es nur vermuten, dass es sich wohl ebenso verhält wie bei den Norodim, da die Kraft des Stern bekanntermaßen von ihnen kommt.«

Charim angelte nach einem weiteren Stück Brot und murrte in die Runde: »Tiron, das werden wir, nein, *du*, vermutlich selbst herausfinden müssen.«

»Ja, wir werden es feststellen. Ich vertraue auf den Schlüssel. Ich denke, er wird mir einen Weg zeigen, wie ich mit den Wächtern in Verbindung treten kann.«

Faranon griff nach seinem Weinbecher, trank einen Schluck und sagte: »Bestimmt wird er das, Tiron!«

Charim kaute und winkte mit dem Brotstück in Faranons Richtung. »Das wollen wir hoffen, alter Mann, aber … «

»Es ist gut, Charim«, fiel ihm Tiron ins Wort. »Es wird sich früh genug herausstellen. Lasst uns jetzt über die restlichen Dinge sprechen.«

»Die da wären?«, fragte der Zimbarer mürrisch.

Tiron wandte sich an Faranon. »Zum Beispiel die noch offene Frage – wer Ihr seid, Faranon?«

Der Alte grinste ihn hintersinnig an. »Ich sagte schon, das ist etwas kompliziert, wobei kompliziert genau genommen der falsche Ausdruck ist. Verzwickt trifft die Sache wohl eher.« Der Magier winkte mit der Hand zugleich beschwichtigend ab. »Keine Angst, ich drücke mich nicht schon wieder in Rätseln aus. Ich erkläre es euch. Wie ihr gehört habt, bin ich seit der Alten Schlachten der Hüter des Wissens. Nun, wie kommt es, dass ich so alt an Jahren geworden bin?«

»Ja – *das* ist wirklich eine gute Frage!«, rief Charim und Marla knuffte ihn in die Seite.

Faranon bedachte ihn mit einem tadelnden Blick und fuhr fort: »Einst war ich ebenfalls ein junger Mann – wie du, Tiron, oder du, Charim. Ich kam in diese Burg mit dem festen Vorsatz, zu lernen, denn mein Vater schickte mich früh von zu Hause fort und meinte, ich solle Schreiben und Lesen lernen, damit es mir besser erginge als ihm. Doch wo konnte ich diese Fähigkeiten erlernen? Ich überlegte und kam zu dem Entschluss, dass es ein Ort sein musste, der viele Bücher und Schriften beherbergte. Ich kannte nur einen – nämlich diese Burg. So klopfte ich an die Tore und bat um Einlass – der mir gewährt wurde. Man fragte mich nach meinem Begehren und auf meine Antwort hin, ich wäre hier, um zu studieren, führte man mich zum Obersten der Norodim. Sein Name lautete Belarion, er lächelte mich sanft an und fragte freundlich, warum ich denn lernen wolle. Mir fiel keine passende Antwort ein, und so teilte ich ihm wahrheitsgetreu die Worte meines Vaters mit – dass es mir besser ergehen sollte als ihm. Belarion fing an zu lachen und meinte, dass es für mich spräche, die Eltern zu ehren, doch ich wäre derjenige, der lernen müsse und nicht mein Vater. Ich solle mir Zeit nehmen, darüber nachzudenken, in zwei Tagen wieder vor ihn treten und ihm meine Entscheidung mitteilen. So geschah es. Ich dachte nach und legte meine Gedanken vor ihm offen. Ich überzeugte ihn, und die Norodim fingen an, mich zu unterrichten. Ich will es jetzt nicht in allen Einzelheiten berichten, doch wichtig ist, was dann viele Jahre später geschah.«

Faranon schaute blinzelnd in die Ferne, die nur er vor seinem inneren Auge sah. Dann holte er tief Luft und sprach weiter. »Es war jene Zeit, als der Hexenmeister Thormod den Pakt mit Obsidian schloss und so eine Entscheidung seitens der Norodim gefällt werden musste. Das Urteil, das sie trafen, ist euch bekannt, und es hatte eine direkte Auswirkung auf mich. Ich war mittlerweile alt an Jahren, und die Norodim hatten mich viel gelehrt; ich kannte ihre Schriften, wurde in viele Geheimnisse der Magie, Natur und Heilkunde eingeweiht. Ich war sozusagen ihr Bibliothekar – der Verwalter ihres Wissens geworden. Als ihre Entscheidung, sich in die Höhlen zurück zu ziehen, getroffen war, traten sie an mich heran. Sie baten mich, ihr Wissen und ihre Schriften zu verwahren. Ich war tief bewegt über das Vertrauen, das sie damit aussprachen. Gleichwohl gab ich zu bedenken, dass ich nur eine begrenzte Zeit dieses Vertrauen rechtfertigen könne, da mein Leben auf dieser Welt, anders als das ihre, begrenzt sei. Natürlich wüssten sie das, teilten sie mir mit, aber es gäbe eine Möglichkeit, diesen Umstand zu ändern, doch müsste ich bereit dazu sein.«

Marla lauschte gespannt – nun kam Faranons Erzählung an einen Punkt, der sie als Panthera besonders fesselte und sogar Charim vergaß vor Spannung, weiter zu kauen.

Faranon schürzte die Lippen. »Ihr könnt euch sicherlich vorstellen, was das bedeutete: sie boten mir an, einer der ihren zu werden. Nun ja – nicht ganz – aber eben fast. Ich war sprachlos angesichts dieses Vorschlages, doch gleichzeitig gaben sie zu bedenken, dass dies mit einigen Bedingungen und Aufgaben verknüpft sei. Ich solle mir erst ihren Vorschlag anhören und dann entscheiden. Ich lauschte also gespannt, was sie mir zu sagen hatten. Ich sollte eine Einweihung erfahren, eine Einführung in die tiefsten Geheimnisse der Norodim – und damit einhergehend, würde die Vergänglichkeit meines Lebens für eine sehr, sehr lange Zeit aufgehoben. Gewiss kann jeder von euch meine Gedanken nachvollziehen, man bekommt nicht alle Tage ein Angebot für ein fast unbegrenztes Leben. Aber jede Medaille hat zwei Seiten, und hier war es nicht anders.«

Tiron nickte und sagte: »Ich denke, das können wir, Faranon. Aber wie schaute die andere Seite der Münze aus?«

Der Alte ließ ein bitteres Lachen erklingen. »Ja, die Kehrseite. Es verhielt sich so ähnlich wie mit der Burg. Ich war, oder besser gesagt bin an das Wissen der Norodim gebunden. Sollten die Schriften die Burg verlassen, würden sie zu Staub zerfallen, das teilte ich euch schon mit. Bei mir ist es ein wenig komplizierter … Dass ich die Burg verlassen kann, habt ihr schon festgestellt. Wie sonst hätte ich Darn finden, Kräuter sammeln oder für meinen Lebensunterhalt sorgen können … Es ist so: die Norodim sorgten dafür, dass meine Lebenskraft an das Wissen gebunden wurde. Das heißt: ich kann mich frei bewegen – egal wohin – aber nicht für eine unbegrenzte Dauer. Je länger ich der Burg fernbleibe, desto schwächer werde ich, bis – nun ja – ich denke, ihr wisst, was ich meine … Jetzt versteht ihr gewiss, was die Norodim damit meinten, dass ich bereit sein müsse dazu.«

»Mit dieser Kehrseite hattet Ihr bestimmt nicht gerechnet, oder?«, murmelte Charim.

»Pssst!«, machte Marla ungeduldig.

Faranon warf ihnen einen ernsten Blick zu, bevor er weiter sprach. »Lange Tage des Überlegens folgten nun dem Angebot der Alten Wesen. Es war ein Auf und Ab der Gefühle für mich. Einerseits das Wissen, in die tiefsten Kenntnisse eingeweiht zu werden. Andererseits beinahe ewige Abhängigkeit und Bindung des eigenen Lebens eben an diese Erkenntnisse. Nun – letztendlich wisst ihr, wie ich mich entschieden habe, denn sonst säße ich heute nicht mit euch an diesem Ort.« Faranon sank zurück in seinen gepolsterten Stuhl.

»Wie erfolgte denn die Einweihung in diese Kenntnisse?«, erkundigte sich Charim neugierig.

»Darüber, mein junger Freund, darf, will und kann ich nicht sprechen. Denn ihr würdet es nicht verstehen. Das hat jetzt nichts mit Rätseln zu tun. Um das zu begreifen, müsstet ihr euch, wie ich, eine sehr lange Zeit dem Studium dieses Wissens gewidmet haben. Eines kann ich euch mitteilen: die Verlängerung des Lebens erfolgt, anders als bei den Panthera, nicht durch Magie. Die Norodim gaben ihr Blut, genauso wie ich meines gegeben habe, dadurch kam die Besiegelung des Bundes zustande. Ihr Blut fließt jetzt in meinen Adern, und im Zusammenspiel mit dem Wissen um das Blut, preisgegeben in der Konsekration, beginnt die Wirkung.«

»Habt Ihr es jemals bereut, diesen Bund mit den Norodim eingegangen zu sein?«, fragte Marla ehrfürchtig.

»Es wäre gelogen, Marla, wenn ich Nein sagen würde. Natürlich gab und gibt es solche Zeiten. Vor allem, wenn man lange alleine ist, dann wünscht man sich dieser Bund wäre nie zustande gekommen. Die schlimmste Prüfung war allerdings, als langsam, aber sicher alle Freunde starben und die Narsim die Burg verließen. Ich sah im Laufe der Zeit so viele Menschen kommen und gehen. Ein ums andere Mal habe ich mir gewünscht, ich legte mich abends nieder und wache nicht mehr auf.«

Marla nickte. »Ich kenne dieses Gefühl, Faranon. Sehr gut sogar.«

»Das glaube ich dir aufs Wort, Panthera. Wenn mich jemand in dieser Hinsicht versteht, dann du. Diese Frage konnte auch nur von dir gestellt werden.«

Faranon lehnte sich erschöpft zurück, seine Geschichte zu erzählen, hatte ihn sichtlich mitgenommen und bewegt.

Tiron betrachtete ihn mitfühlend. »Danke, Faranon, dass Ihr so offen gewesen seid. Ich denke, es sind damit alle Fragen beantwortet worden. Es ist nun an uns, die Geschichte weiter fortzuschreiben. Wir werden morgen in aller Frühe zur Furt von Aburin aufbrechen.«

Er richtet das Wort an Charim und Marla. »Schlaft euch gut aus. Wer weiß, wann wir wieder in den Genuss richtiger Betten kommen werden. Überprüft eure Waffen und seht zu, dass alles in Ordnung ist.« Beide nickten wortlos. »Faranon, könnte Darn uns etwas Reiseproviant für die nächsten Tage zurechtmachen? Außerdem sollten die Pferde bei Sonnenaufgang bereit stehen.«

»Natürlich, Tiron, ich werde dem Kobold Bescheid sagen.«

Faranon klatschte in die Hände. »Genug der ernsten Worte! Lasst uns in die Wohnkammer gehen, zum Abschluss einen guten Wein trinken und noch ein wenig über erfreulichere Dinge sprechen. Charim, du musst mir unbedingt erzählen, was es für Neuigkeiten in Nerun gibt, und Marla kann bestimmt einiges über ihr Volk berichten.« Er erhob sich demonstrativ von seinem Stuhl, als wolle er keine Widerworte gelten lassen und ging abermals in die Mitte des Raumes, um den Bann aufzulösen.

»Darn!«

Wie aus dem Nichts erschien der Gerufene. »Ja, Meister?«

»Sei so gut und hole Wein. Wir möchten am Kamin einen Becher trinken!«

Wieder sah es so aus, als wolle der Kobold mit seiner Nasenspitze eine Furche in den Boden ziehen, so tief war die Verbeugung. »Natürlich, Herr. Wie Ihr wünscht.« Darn schickte sich an zu gehen und befand sich bereits an der Tür.

»Darn?«

»Ja, Meister?«

»Den guten Wein, bitte!«

»Ja Meister.«

»Und, Darn …!« Die Stimme wurde eine Spur schärfer und man merkte, wie der Kobold zusammenzuckte.

»Herr?«

Faranon sah ihn streng an. »Der Wein ist für uns! Du verstehst? Ich erinnere dich daran, was das letzte Mal geschehen ist?«

Darn nickte heftig.

»Gut, dann geh jetzt.«

Charim sah dem Kobold nach. »Was ist denn das letzte Mal geschehen?«

»Adrian war zu Besuch. Ich bat Darn damals, wie eben heute auch, einen guten Wein aus dem Keller zu holen. Wir warteten und warteten, bis er schließlich auftauchte. Volltrunken bis in die letzte Haarspitze wankte er mit dem letzten verbliebenen Wein auf uns zu. Er lallte noch ein paar unverständliche Worte, sah uns noch einmal an und fiel wortlos und ohne eine weitere Reaktion um. Natürlich lachten Adrian und ich erst einmal herzlich – Darn hörte es ja nicht. Am nächsten Tag hatte unser kleiner Helfer gehörige Kopfschmerzen und musste zu allem Überfluss diverse Sonderaufgaben für seinen an diesem Tage sehr übelgelaunten Meister erledigen.«

Faranon grinste die Drei an, und alle fingen an zu lachen.

Kapitel 15

Aufbruch ins Ankorgebirge

Trotz des etwas länger gewordenen Abends und einigen Gläsern des wirklichen ausgezeichneten Weines erwachte Tiron am anderen Tag noch vor Sonnenaufgang. Er blieb noch eine Weile in seinem Bett liegen und lauschte dem lauter werdenden Vogelgezwitscher – die Natur erwachte ebenfalls.

Er dachte an die nun vor ihnen liegenden Tage. Was sie wohl bringen würden? Viel hatte er in den letzten Tagen erfahren, so manches Dunkel war dem Licht gewichen, doch die bevorstehenden Aufgaben konnte nur er alleine lösen. Natürlich waren Marla und Charim an seiner Seite, dafür dankte er den Göttern – aber er und nur er trug den Schlüssel …

Tiron umfasste ihn mit der Hand, er vertraute auf den Stern von Taurin, dass er ihm den richtigen Weg weisen würde. Spätestens an der Furt würde sich zeigen, ob Faranon Recht behalten sollte, denn wenn er den Wächtern gegenüber trat, musste der Stern sich offenbaren. Er stemmte die Beine aus dem Bett, stand auf und ging zum Fenster, streckte sich dort an der frischen Luft. Der Himmel war klar, und die ersten Strahlen der Sonne krochen langsam hinter dem Ankorgebirge hervor und tauchten es in ein dunkeloranges Licht; die Luft roch ein wenig nach nasser Erde. Es würde also ein guter Tag werden, zumindest was das Wetter betraf. Tiron kleidete sich an und lächelte dabei vor sich hin – Darn hatte wieder mal ganze Arbeit geleistet, seine Kleider waren frisch gewaschen. Ob dieser Kobold wohl jemals schlief?

Nach der Morgentoilette trat er hinaus auf die Galerie und lief nach unten. Die Halle war noch in düsteres Licht getaucht, doch in der Mitte, dort, wo sich das Oberlicht in der Decke befand, zeichnete sich auf dem Boden bereits der herannahende Tag ab. Tiron lief unter die Rundbögen und stellte fest, dass jemand schon wach war, denn aus dem Kaminzimmer hörte er leise Geräusche, vermutlich war es Darn, der das Frühstück vorbereitete. Als er in den Wohnraum eintrat, sah er nicht Darn, sondern Faranon, er stand gebeugt über ein schweres Buch.

»Guten Morgen, Faranon.«

Der Magier zuckte erschrocken zusammen, er war anscheinend tief in seine Lektüre versunken gewesen. »Entschuldige, ich habe dich nicht kommen hören. Ebenfalls einen guten Morgen, Tiron.«

»Was lest Ihr da?«

»Ein Buch der Norodim. Ich sehe gerade nach, ob es noch irgendwelche Hinweise gibt, die euch bei eurem Vorhaben weiterhelfen könnten.«

»Und? Habt Ihr etwas gefunden?«

»Leider nein. Hier steht zwar Einiges, aber nichts, was ich euch nicht bereits mitgeteilt hätte. Sind Marla und Charim schon wach?«

Tiron zuckte die Schultern. »Keine Ahnung, ich habe nicht nachgesehen.«

Faranon sah Tiron nun fast väterlich sanft an. »Bitte gebt auf euch Acht, es liegen gefahrvolle Tage vor euch. Die Entscheidungen, die ihr unter Umständen treffen müsst, haben nicht nur Auswirkungen für euch, sondern für ganz Chem.«

Tiron seufzte unwillkürlich, »Darüber will ich lieber nicht nachdenken, wir werden sehen, was kommt. Ich hoffe, dass die Narsim in der Lage sind, die anderen von der heraufziehenden Gefahr zu überzeugen, denn wenn nicht, stehen wir alleine da.«

Der Magier kam auf ihn zu und legte seine Hand auf Tirons Schulter. »Ich werde alles tun, was in meiner Macht steht, um sie zu überzeugen. Darauf hast du mein Wort!«

»Danke, Faranon«, nickte Tiron ernst. «Wie gesagt, jede auch noch so kleine Hilfe ist willkommen.«

Es hallte ein Guten-Morgen-Ruf durch den Raum, und beide wandten sich zur Tür. Marla und Charim standen da und schauten amüsiert auf Faranon und Tiron. »Stören wir gerade bei einer Verbrüderung?«, scherzte Charim.

Faranon nahm den Arm von Tirons Schulter. Tiron warf Charim einen ärgerlichen Blick zu und fragte barsch: »Seid ihr fertig?«

»Natürlich – allerdings nur, wenn ich jetzt noch etwas zu essen bekommen, mit leerem Magen trete ich ungern zwei Drachen gegenüber!«, erklärte Charim und klopfte sich den leeren Bauch.

Jetzt mussten alle schmunzeln, und Faranon unkte: »Das, lieber Charim, wollen wir beileibe nicht. Nicht, dass die Drachen noch als Frühstück herhalten müssen, nur weil ich das versäumt habe. Darn hat bereits alles hergerichtet, euer Reiseproviant ist ebenfalls fertig!«

Es wurde ein kurzes Frühstück, und als sie später an der großen Steintreppe am Eingangsportal standen, bemerkten sie, dass Darn die Pferde fertig gesattelt hatte. Die Tiere standen angebunden am Eingang des Stalles. Gemeinsam stiegen die Gefährten und Faranon die Stufen hinab und gingen zu den Holzgebäuden.

Bei den Pferden angekommen, drehte sich Marla um und musterte still die große Drachenstatue. Tiron, der es bemerkte, fragte neugierg: »Was ist los, Marla?«

»Es verursacht mir ein eisiges Frösteln, wenn ich bedenke, dass wir in kurzer Zeit nicht einer Statue gegenüberstehen, sondern einem lebenden Drachen. Und nein – es ist nicht nur einer, es müssen gleich *zwei* sein. Ihr erinnert euch, was der eine, den wir sahen, mit den Harpyien gemacht hat?« Sie schüttelte sich, als wolle sie den unangenehmen Gedanken einfach abstreifen.

»Ja, Marla, ich weiß, was du meinst! Geht mir genauso«, meinte Charim schaudernd.

»Los, Freunde, wir werden sehen, was passiert. Lasst uns jetzt aufbrechen!«, mahnte Tiron.

Faranon, der die Zügel von Tirons Pferd hielt, fragte: »Ihr wisst noch, wie ihr zur Furt kommt?«

»Ich habe es nicht vergessen!«, bestätigte Tiron.

Der Hüter der Schriften trat auf ihn zu und schüttelte ihm kräftig die Hand, bevor er ihn umarmte. »Ich wünsche euch viel Glück und ein gutes Gelingen für die Aufgaben, die nun kommen. Entscheidet weise und klug. Vertraut auf den Stern, er wird euch sicher leiten. Ich habe das Gefühl, dass wir uns bald wiedersehen.«

»Faranon, das hoffe ich sehr, und nochmals herzlichen Dank für Eure Gastfreundschaft und Hilfe.«

Der Alte winkte mit der Hand ab und ging zu Charim und Marla – die jetzt ebenfalls kraftvoll gedrückt wurden.

Sie saßen auf, wendeten ihre Tiere und ritten langsam auf das Tor zu.

Tiron drehte sich nochmals im Sattel um und rief dem Magier zu: »Grüße auch Darn von uns, und sage ihm ebenfalls unseren Dank.«

»Ich werde es ihm ausrichten, meine Freunde. Gute Reise!«, rief Faranon zurück, dann machte er kehrt und lief zurück ins Haupthaus der Lindwurmfestung.

Am Tor wandten sich alle drei Gefährten nochmals um und winkten ihm ein letztes Mal zu, bevor er im Eingangsportal verschwand.

Tiron blickte Marla und Charim ernst an. »Ab jetzt sind wir wieder auf uns alleine gestellt. Wollen wir hoffen, dass wir die Furt rechtzeitig vor dem Abend erreichen.«

Sie hielten sich entlang der Passstraße, die Krähenspitze immer im Auge, die langsam, aber sicher näher rückte.

War der Pass am Anfang noch relativ breit und eben, so wurde er jetzt allmählich steiniger und verengte sich zusehends, sodass sie gezwungen waren, hintereinander zu reiten. Rechts und links zog sich ein dichter Waldgürtel des Wegs entlang, die Bäume dort waren zwar nicht sehr hoch, boten aber möglichen Feinden eine gute Deckung für einen Hinterhalt. Dementsprechend wach und geschärft waren die Sinne der drei Reiter. Es wurde kein Wort gesprochen, um nicht unnötig auf sich aufmerksam zu machen. Ihre Anspannung war nun regelrecht greifbar. Wie Faranon beschrieben hatte, erreichten sie nach knapp einem halben Tag die besagte Weggabelung. Der Pass zog sich weiter in Richtung Osten, aber rechts befand sich eine Schneise im Waldgürtel, die an einer großen Spalte im Fels endete. Diese Spalte war etwa fünfzig Fuß breit und führte steil nach oben.

»Das ist die Kluft, von der Faranon sprach. Lasst uns hier rasten, bevor wir weiter reiten«, schlug Tiron vor.

Die Gefährten stiegen von ihren Tieren und führten sie in die Schneise – in dieser wuchs spärliche Grün, an dem die Pferde auch gleich zu grasen begannen. Am Rande der Lichtung lagen große Felsbrocken, dort setzten sie sich nieder, und holten den Proviant aus ihren Satteltaschen.

»Hungrig bin ich eigentlich nicht«, behauptete Charim, während er das Brot auspackte.

Marla schaute ihn grinsend an. »Bist du krank, oder ist dir nicht gut? Ungewöhnlich, dass du keinen Appetit hast.«

»Sehr witzig! Es ist ganz einfach so – wenn ich an das denke, was jetzt kommt, vergeht mir der Hunger.« Charim schaute Marla und Tiron wehleidig an. »Geht es euch nicht so? Bei den Gedanken an diese Biester wird mir ganz anders zumute.«

»Angst?«, fragte Tiron.

Charim neigte zögerlich den Kopf hin und her. »So würde ich es nicht nennen, eher eine böse Vorahnung.«

»Es geht uns allen so. Wir haben viel die letzten Tage erfahren, und dieses Gehörte trägt nicht gerade dazu bei, sich gut zu fühlen. Es ist die Angst nicht zu wissen was auf einen zukommt – aber mit der Kenntnis, mit wem wir es zu tun haben werden. Doch sieh es mal so: wir kennen unseren Gegner. Er hingegen hat keine Ahnung, dass wir auf dem Weg zu ihm sind, noch kennt er uns. Ich glaube, das könnte man durchaus als einen Vorteil gelten lassen.«

Charim verzog das Gesicht und winkte ab. »Als ob das bei den Wächtern eine Rolle spielen würde. Bei jedem anderen hätte ich gesagt – Ja! Aber hier?«

»Da hast du allerdings Recht, aber ich habe auch nicht von den Drachen gesprochen. Ich meinte Obsidian und seine Handlanger.«

»Ach so!«, meinte Charim, und fuhr düster fort: »Aber das hilft uns im Moment nicht weiter, denn wenn uns die Wächter umbringen, oder wir in den Abgrund der Seelen stürzen, dann wird Obsidian auch nie erfahren, mit wem er es tun bekommen hätte.«

»Charim, du bist ein alter Schwarzmaler. Hör jetzt endlich auf mit diesem griesgrämigen Gejammer«, herrschte Marla den Zimbarer ungehalten an. »Wir sind hier, wir haben schon Einiges hinter uns und wir sind immer noch am Leben. Und so wird es auch an der Furt sein.«

»Ist ja schon gut, aber … «

Marla schaute ihn ärgerlich an. »Kein *aber*, Charim!«

Tiron grinste die Panthera unwillkürlich an, während Charim wortlos und kleinlaut aufstand, um nach den Pferden zu sehen. Dann sagte raunte er leise: »Er hat Angst, Marla. Wer kann es ihm verdenken.«

Marla schüttelte den Kopf. »Die habe ich auch, Tiron, trotzdem bin ich zuversichtlich.«

»Du vergisst, Panthera, wie viele Sommer du bereits erlebt hast. Du bist reich an Erfahrung, hast viele Schlachten geschlagen. Gutes wie Böses erlebt. Charim muss viele Eindrücke verarbeiten, die er seit unserer ersten Begegnung erlebt hat. Erinnere dich – er war nur zum Kräutersammeln in Schattenwelt – und schau, wo er jetzt ist … Kein Wunder also, dass er nervös und angespannt ist – habe etwas Nachsicht mit ihm.«

Marla nickte nachdenklich. »Wahrscheinlich hast du Recht. Ich werde mich bei ihm entschuldigen.«

»Nein, lass ihn einfach ein bisschen in Ruhe. Er muss sich seiner Angst stellen, sonst wird sie ihn übermannen. Mir geht es ähnlich«, gestand Tiron unter Marlas etwas erstauntem Blick ein.

Als Charim sich nach kurzer Zeit zu ihnen gesellte, war er schweigsam und in sich gekehrt.

Sie aßen noch eine Kleinigkeit und brachen alsbald wieder auf.

Die Kluft wirkte durch ihre hohen Seitenwände beengend und drückte auf das Gemüt. Die Pferde hatten Mühe, sicheren Tritt zu finden, denn der Weg bestand ausschließlich aus losem Geröll, und immer wieder erschwerten größere Felsblöcke das Durchkommen. Mehrfach mussten sie absitzen und die Tiere um die Hindernisse herumführen. Nach nicht allzu langer Zeit erreichten sie endlich den Pfad, der zum Abgrund der Seelen führen sollte. Die Kluft zog sich weiter nach oben, und der von Faranon beschriebene Steig führte rechts weg.

»Hier sollen wir die Pferde stehen lassen und zu Fuß weitergehen«, erinnerte sich Tiron. »Sie stehen zwar einigermaßen geschützt, können allerdings nicht grasen. Aber sie stehen gut im Futter, es wird ihnen sicherlich nicht schaden ein paar Stunden ohne Futter auszukommen.«

Die Gefährten stiegen ab und banden den Tieren Lederriemen locker um die Vorderhufe, sodass sie zwar genug Bewegungsfreiheit hatten, sich aber nicht allzu weit entfernen konnten. Nachdem Tiron, Marla und Charim nochmals ihr Gepäck sowie ihre Waffen überprüft hatten, brachen sie zu Fuß in Richtung des Abgrundes der Seelen auf. Tiron merkte nun die aufkeimende Nervosität bei sich selbst, er wandte sich um und sah in den Gesichtern seiner Gefährten die gleiche Anspannung. Der Pfad zog sich steil nach oben, mehrfach mussten sie kleinere, aber tiefe Spalten überwinden. Faranon hatte Recht behalten, mit den Pferden wäre hier ein Durchkommen unmöglich gewesen, denn es wurde immer steiler und unwegsamer. Tiron lächelte trotz der Anspannung vor sich hin, als er Charim hinter sich leise fluchen hörte. Kurze Zeit später flachte der Pfad etwas ab, sie gönnten sich einen Moment der Ruhe, um zu Atem zu kommen. Tiron sah, dass der Weg in einiger Entfernung eine Biegung machte – und aus dieser Richtung drangen sehr seltsame Geräusche zu ihnen vor.

»Hört ihr das auch?«, fragte er und legte lauschend den Kopf schief.

»Ja, hört sich wie ein leises Stöhnen an«, meinte Charim unbehaglich.

»Also für mich klingt es eher wie ein monotoner Singsang«, gab Marla mit gerunzelter Stirn zurück.

Tiron zog sein Schwert. »Gehen wir, und seid vorsichtig! Wer weiß, was uns jetzt erwartet.«

Vorsichtig und in geduckter Haltung schlichen sie auf die Biegung zu. Der Ton wurde nun immer lauter – es klang unheimlich, wie verzerrte, menschliche Stimmen. Die Drei umrundeten den letzten Felsvorsprung und sahen schließlich die Ursache für die merkwürdigen Laute. Vor ihnen klaffte ein unendlich tiefer Abgrund, die ersten dreihundert Fuß sah man noch hinab, doch weiter unten wurde jegliches Sonnenlicht verschluckt, sodass nur noch ein bodenloses Schwarz zu erkennen war. Oberhalb dieser Verwerfung standen zwei große behauene Felsblöcke. Sie waren wohl irgendwann einmal aufrecht gestellt worden, doch hatten Wind und Wetter sie zum Einsturz gebracht. Die Felsstücke waren so gefallen, dass eine kleine Passage entstanden war, und durch eben diesen Durchlass pfiff nun der Wind – so entstand der eigenartige Klang.

Über den Abgrund selbst spannte sich eine alte verwitterte Hängebrücke. Sie bestand aus vier Seilen, zwei davon dienten als Halteleinen; über die beiden anderen waren Holzlatten gelegt worden, die dem Anschein nach einfach an diesen Seilen festgebunden waren. An vielen Stellen waren die Tritthölzer teilweise heraus gebrochen, oder gar nicht mehr vorhanden. Alles in allem vermittelte die Brücke einen verwahrlosten und heruntergekommenen Eindruck.

Marla meinte nur: »Wenn ich mir die Brücke ansehe, weiß ich auch, warum es *Abgrund der Seelen* genannt wird. Wenn ein Schiff in diesem Zustand wäre, nennt man es *Seelenverkäufer*.«

Charim hob wortlos einen faustgroßen Stein vom Boden auf und warf ihn in den Abgrund. Sie traten instinktiv näher an die Erdkante und lauschten, wann das Geräusch des Aufprallens am Boden erfolgen würde, doch nicht der kleinste Laut drang aus der Felsspalte zu ihnen herauf.

Charim sah zur der Hängekonstruktion, die gerade heftig vom Wind geschüttelt wurde. »Das wird ein Spaß – ein Freiflug in die Ewigkeit«, meinte er sarkastisch.

Tiron betrachtete den Himmel. »Morgen werden wir sie überqueren. Die Dämmerung bricht bald herein, wir sollten sehen, dass wir einen geeigneten Platz zum Übernachten finden. Wenn wir einen gefunden haben, werden wir, solange es noch hell ist, die Seile und Holzlatten genauer in Augenschein nehmen. Vielleicht ist es nicht ganz so schlimm, wie es den Anschein hat.«

»Ich hoffe wirklich, dass du Recht hast«, sagte Marla, die ebenfalls misstrauisch die Brücke betrachtete.

»Ja, und *du* musst dir natürlich nicht soviel Kopfzerbrechen machen, Panthera, du musst sie ja nicht betreten. Du verwandelst dich wieder in die Eule, oder einen Vogel, und fliegst einfach drüber«, stellte Charim scheinbar lakonisch fest.

Marla zwinkerte ihm zu. »Das hat aber auch einen unschätzbaren Vorteil, lieber Charim. Ich kann zu unserer Sicherheit jeden Fußbreit der Brücke genau in Augenschein nehmen – und diesen Vorteil hatten wohl nicht viele, die die Brücke vor uns betraten, oder?«

Charim stutzte und sah sie dann mit erstauntem Gesicht an. »Daran habe ich noch gar nicht gedacht. Stimmt!«

Tiron lachte. »Siehst du, Charim, und gleich sieht es nur halb so schlimm aus. Kommt, lasst uns jetzt nach einem Lagerplatz suchen!«

Sie liefen zurück bis zu dem Platz, an dem sie die Windgeräusche das erste Mal wahrgenommen hatten, und fanden nach geraumer Zeit, etwas oberhalb des Pfades, eine kleine Höhle. Dort richteten sie sich, soweit es ging, einigermaßen gemütlich ein. Die Aussicht war atemberaubend, denn die Höhle lag so, dass sie bis ins Tal hinab sehen konnten. Man konnte Faranons Burg verschwommen erkennen, und der Fyndyr schlängelte sich unter ihnen majestätisch dahin. In der Ferne glänzte etwas in der bereits langsam untergehenden Sonne.

Charim zeigte auf das glitzernde Licht. »Was denkt ihr, könnte das die Heimat der Narsim sein – die Stadt Norgrond?«

Tiron kniff die Augen zusammen und schaute genauer dort hin. »Könnte sein, Charim, zumindest scheint es, dass der Fyndyr daran vorbei fließt.«

»Lasst uns jetzt die Brücke ansehen, die Sonne wird bald untergehen, und bevor das geschieht, sollten wir uns vergewissert haben, in welchem Zustand die Seile und Hölzer sind«, mahnte Marla unruhig zur Eile.

Tiron sah zum Himmel – die Sonne stand tatsächlich schon knapp über dem Horizont, viel Zeit würden sie nicht haben. »Du hast Recht! Gehen wir.«

Die Drei kletterten von der Höhle wieder zum Pfad hinunter und liefen in Richtung des Abgrundes. Von dem Platz aus, von dem sie die Brücke das erste Mal gesehen hatten, waren es nur wenige Augenblicke bis dorthin.

»Wir werden es folgendermaßen machen: Marla, tut mir leid, aber du wirst die Hauptarbeit leisten müssen.«

Die Panthera zuckte nur mit den Schultern und grinste. »Das dachte ich mir schon.«

»Charim und ich werden als erstes die Halterungen auf dieser Seite prüfen«, fuhr Tiron fort. »Du, Marla, fliegst auf die andere Seite und kontrollierst die Halterungen dort. Wir werden anschließend die einzelnen Verbindungen der Holzlatten mit den Hauptseilen begutachten. Auf unserer Seite zumindest so weit, wie es ohne größeres Risiko geht.«

Marla pflichtete ihm bei. »Einverstanden. Ich werde drüben die Gestalt einer Maus annehmen, so kann ich die ganze Brücke in Augenschein nehmen, ohne Angst zu haben, dass die Latten brechen könnten.« Marla wandelte sich zuerst schnell in die Gestalt einer Krähe, und flog über den Abgrund hinweg auf die andere Seite.

Charim sah ihr nach und schüttelte sich. »Gleichgültig, wie oft sie das macht – es ist einfach gruselig.«

Tiron hatte sich schon den Seilen zugewandt und untersuchte sie. Die Seile waren an zwei großen Steinquadern festgemacht. Eine Nut war oberhalb und unterhalb rings um den Stein ausgemeißelt worden. Dadurch war eine Führungsschiene entstanden, in der die Seile lagen, und somit nicht verrutschen konnten. Die Taue selbst bestanden aus fest verdrehten Sisalfasern, und waren zusätzlich mit Pech überzogen worden, damit sie gegen die Witterung beständig wurden. Sie wurden über zwei Pfähle weitergeführt, die kurz vor dem Abgrund tief in den Boden gerammt worden waren. Tiron und Charim prüften die Taue sehr sorgfältig. Alle vier Seile wiesen kleinere Beschädigungen auf, doch es war nur die Pechschicht, die sich etwas abgelöst hatte; die Fasern darunter waren unversehrt.

Tiron winkte Charim zu sich. »Wir werden uns jetzt gemeinsam an die oberen Seile hängen. Ich will sehen, ob sie unser Gewicht aushalten.«

»Gut, dass ich heute wenig gegessen habe.«, meinte Charim trocken.

Sie ergriffen das rechte obere Seil zwischen Pfahl und Steinblock und zogen die Beine an, sodass sie nicht mehr den Boden berührten – das Tau knarrte, aber es gab keinen Fußbreit nach. Sie ließen los.

»Es scheint stabil und fest zu sein. Probieren wir es auf der anderen Seite«, meinte Tiron erleichtert, während Charim sich nochmals an das Seil hängte. Auch dort hielt das Tau, sodass sie jetzt die unteren Seile und die ersten Holzlatten in Augenschein nahmen. Tiron spähte auf die andere Seite des Abgrunds. Marla hatte in der Zwischenzeit längst wieder ihre natürliche Gestalt angenommen und überprüfte dort ebenfalls die Stricke.

Tiron rief zu ihr hinüber: »Und? Bei uns sind die Seile in Ordnung.«

Etwas gedämpft kam Marlas Stimme zu ihnen zurück: »Hier scheint alles unbeschädigt zu sein. Ich werde mir jetzt die Brücke vornehmen.«

Tiron winkte ihr, zum Zeichen dass er verstanden hatte. Marla wurde klein und kleiner, und nahm schließlich die Gestalt einer Maus an. Charim und Tiron sahen besorgt zu ihr hinüber. Ein kräftiger Windstoß konnte die Panthera, wenn sie nicht aufpasste, von der Brücke wehen und das Tageslicht nahm mittlerweile immer mehr ab.

Charim sah Tiron besorgt an. »Nicht mehr lange, und es wird dunkel.«

»Ich weiß, aber mach dir keine Sorgen. Mäuse haben auch in der Nacht gute Augen.«

Sie beobachteten gebannt den kleinen Nager, der behände von Holz zu Holz huschte, dann wieder die Seile empor kletterte, herunter lief und von vorne begann. Es dauerte eine ganze Weile, ehe Marla auf ihrer Seite ankam. Sie nahm ihre menschliche Gestalt wieder an, und musste sich erst einmal setzen, um sich auszuruhen.

»Ein paar Latten sind komplett lose und bei vieren würde ich nicht drauftreten. Aber die Brücke ist begehbar, denn die kaputten und losen Hölzer liegen nicht hintereinander. Die Seile sind ebenfalls in Ordnung, es ist nur an einigen Stellen die Schutzschicht runter. Ich denke, wir können sie morgen, natürlich mit der notwendigen Vorsicht, gefahrlos passieren.«

»Gut, dann lasst uns zurück zur Höhle gehen. Ich habe keine Lust, im Dunkeln über die Felsen zu klettern. Ich weiß nicht, wie es um euch steht, aber ich habe Hunger. Geht es wieder, Marla, oder willst du noch etwas ausruhen?«

»Nein, es ist alles gut!« Sie stand auf, streckte sich kurz und grinste Charim zu. »Und, Charim, auch Hunger?«

Charim winkte ungehalten ab. »Hör auf, mich dauernd zu necken, Amazone. Sonst lasse ich das nächste Mal, wenn du dich in eine Maus verwandelst, eine Katze auf dich los. Und *ja* – ich habe Hunger, gehen wir!«

Die Drei kehrten auf den Pfad zurück, liefen um den Felsvorsprung und kletterten das letzte kurze Stück hinauf in die Höhle. Da ihre Unterkunft vor Blicken gut geschützt lag, entzündeten sie ein spärliches Feuer, und nachdem die Höhle nicht gerade groß war, wurde es schnell warm. Das rötliche Licht der Glut verbreitete zudem einen kleinen Hauch von Gemütlichkeit. Tiron sah durch die Felsöffnung nach draußen – die Nacht war hereingebrochen und es war bereits stockdunkel. Die Gefährten rückten enger um das Feuer und unterhielten sich noch eine Weile über die Ereignisse der letzten Tage, bevor sie endgültig der Schlaf übermannte.

Kapitel 16

Der Hüter der Schlucht

Tiron, Marla und Charim erwachten, als die Sonne ihre ersten Strahlen in den Höhleneingang warf. Tiron streckte sich, seine Knochen schmerzten, was wohl von dem harten und vor allem kalten Felsboden herrührte. Er blickte in die verschlafenen Gesichter der beiden anderen und bemerkte ihre düsteren Mienen. Sie rührten sicher nicht von schlechter Laune her, sondern eher von dem Gedanken, dass es nun soweit war … Heute würden sie vor die Wächter treten, und falls die Götter ihnen gnädig gestimmt waren, endlich zu den Norodim gelangen. Tiron stand auf und schaute durch die Felsöffnung nach draußen. Die Umgebung war in ein fast überirdisches Leuchten getaucht. Die Strahlen der aufsteigenden Sonne durchzogen das Tal wie kleine Lichterstraßen. Tief unten im Talkessel lag die Landschaft noch unter einer dicken Nebelschicht, so entstand der Eindruck, hier oben über den Wolken zu sein. Seine Gedanken wanderten zu den Norodim. Was musste das für Gefühl sein, so lange zurückgezogen in Höhlen zu leben? Hatten die Alten Wesen ebenfalls die Möglichkeit, dieses Wunder der Natur zu beobachten, oder lebten sie nur im Dunkel ihrer selbsterwählten Einsamkeit? Vielleicht würde er es heute erfahren.

Er wandte sich um und ging zu seinen Gefährten – Charim legte gerade ein paar kleine Hölzer in die Restglut und blies kräftig, damit diese Feuer fingen.

Tiron schmunzelte, denn Marla hatte sich eine Decke umgelegt und versuchte inzwischen, zugegebenermaßen etwas umständlich, sich darunter anzuziehen. »Guten Morgen, ihr beiden. Heute ist also unser großer Tag.«

»Ob es ein großer Tag ist, Tiron – wird sich noch zeigen«, gab Marla gelassen und ein wenig gedämpft unter ihrer Decke zurück.

Charim wollte etwas sagen, doch beim Anblasen des Feuers hatte er eine kräftige Rauchwolke abbekommen und musste stattdessen heftig husten. Er sprang auf und lief japsend und keuchend zum Eingang, um frische Luft zu schnappen.

Marla und Tiron lachten ihm hinterher. Marla stieß Tiron mit ihrem Ellenbogen leicht in die Seite und meinte spöttelnd: »Charim sorgt doch immer wieder für eine kleine Erheiterung.«

»Lass ihn, Marla – ich bin wirklich froh, dass er dabei ist. Er mag zwar manchmal etwas unbeholfen sein, doch er ist ein guter Kämpfer und zudem ein treuer Freund.«

»Das weiß ich doch selbst. Nimm doch nicht gleich alles so ernst!«, entgegnete Marla mit einem leicht beleidigten Unterton.

Charim hatte sich inzwischen von seinem Hustenanfall erholt und kehrte in die Unterkunft zurück. »Nachdem ihr beide so schmunzelt, gehe ich davon aus, dass ich mal wieder zu eurer Belustigung beigetragen habe.«

Marla zuckte nur grinsend mit den Schultern.

Tiron sah die beiden vorwurfsvoll an, als Charim deswegen zu einer Erwiderung ansetzen wollte. »Haltet Frieden und lasst uns etwas essen, bevor wir losgehen. Ich denke, es wird ein langer Tag werden … «

»Oder auch ein ganz kurzer!«, gab Charim mit bedrückter Miene zurück.

Tiron winkte ab und griff sich sein Bündel zu, um etwas Essbares herauszufischen.

So saßen sie gedankenverloren in der Höhle und kauten lustlos auf trockenem Brot herum, bis Tiron sich plötzlich mit einem Ruck erhob.

Er atmete tief durch und sah seine beiden Gefährten kämpferisch an. »Gehen wir!«

»Bringen wir es hinter uns«, meinte Charim, der nun ebenfalls aufgestanden war. »Und lasst alles hier, was uns irgendwie im Weg sein könnte.«

Kurze Zeit später standen sie erneut vor dem Abgrund der Seelen. Es war zum Glück beinahe windstill, sodass die Brücke nur leicht schaukelte.

Charim trat an den Erdspalt vor, sah hinunter und schüttelte den Kopf. »Nicht auszudenken wenn man dort hinunterfällt.«

»Das wird aber nicht passieren. Los, komm jetzt.« Tiron wandte sich an Marla. »Du fliegst auf die andere Seite und wartest auf uns.«

Marla schüttelte den Kopf. »Nein, Tiron, das werde ich nicht tun. Ich werde als Maus gemeinsam mit euch den Abgrund überqueren, so kann ich euch die brüchigen Stellen zeigen. Wenn ich mich an einer unsicheren Stelle befinde, setze ich mich kurz auf die Hinterbeine, damit ihr wisst, welches Holzbrett gemeint ist.«

Tiron nickte. »Gut, machen wir es so.«

Marla konzentrierte sich, und nach kurzer Zeit saß abermals ein kleiner Nager auf dem Boden. Die Maus huschte eilig zum Anfang der Brücke, setzte sich auf den ersten Querbalken und wartete auf die beiden anderen. Tiron lief noch einmal um den Felsquader und überprüfte ein weiteres Mal die Seile und Halterungen, dann setzte er vorsichtig einen Fuß auf die Brücke. Er drehte sich zu dem Zimbarer um.

»Charim, bleibe du ein kleines Stück hinter mir – falls ich irgendwo einbreche, haben wir zumindest eine kleine Chance, dass du mir helfen kannst.«

Charim sah ihn düster an und winkte kurz mit der Hand. Tiron wertete es als Zeichen der Zustimmung und betrat endgültig die Brücke. Sie begann sofort, leicht zu schwanken. Beim zweiten Schritt auf die nächste Latte ertönte ein lautes Ächzen – es hörte sich an, als würden die Taue unter ihrer Last anfangen zu stöhnen.

Marla in Mäusegestalt lief hingegen immer gleich zwei, drei Sprossen voraus, wobei sie jede Holzlatte noch einmal längs ablief, um zu sehen, ob alles in Ordnung war.

Tiron schritt vorsichtig weiter, er hatte beide Hände jeweils rechts und links an die oberen Seile gelegt. Man konnte sehen, wie sich bereits seine Handknöchel weiß abzeichneten, so fest umklammerte er die Taue. Er blickte bewusst nicht nach unten, sondern konzentrierte sich ganz auf die gegenüberliegende Seite und auf Marla.

Die Maus gab nun ein leises Piepsen von sich und stellte sich kurz aufrecht. Tiron nickte, und besah sich das Holz genauer – die Latte vor ihm war in der Mitte angebrochen. »Danke«, sagte er zu Marla, doch die Panthera war schon weiter gelaufen.

Tiron drehte sich kurz zu Charim, der ihm in einem kleinen Abstand folgte. »Achte auf dieses Holz, Zimbarer! Es ist morsch.«

Gepresst meinte Charim: »Schon gut, Tiron. Habe Marla durch deine Beine gesehen.«

Sie überschritten vorsichtig die beschädigte Stelle. Marla ließ schon wieder ein Piepsen hören, und das zweimal hintereinander.

Tiron wollte sich die schadhafte Stelle gerade genauer ansehen, als eine tiefe und dunkle Stimme durch den Abgrund donnerte. *»Willkommen am Abgrund der Seelen! Was ist euer Begehren?«*

Tiron und Charim zuckten zusammen.

»Was war denn das, Tiron?«, flüsterte Charim kreidebleich.

»Keine Ahnung«, flüsterte Trion leise zurück.

Schon wieder donnerte die Stimme zu ihnen – diesmal noch eindringlicher und lauter: *»Was ist euer Begehren?«*

Die Gefährten sahen sich aufmerksam um, doch sie konnten niemanden entdecken.

Plötzlich zeigte Charim auf die beiden umgestürzten Felsblöcke am oberen Erdrand des Abgrundes. Sie hatten sie schon gestern bemerkt, als der Wind durch die Lücke gepfiffen hatte. Tirons Blick folgte dem Arm Charims und entdeckte direkt unterhalb der beiden Felsen ein riesiges steinernes Auge, das sie durchdringend anstarrte.

Charim rief Tiron erbost zu: »Ich schwör´s dir – ich bringe den Alten um, wenn wir das hier überstehen! Davon hat er uns natürlich nichts erzählt!«

Tiron beachtete ihn gar nicht, er hatte nur Augen für diese seltsame Erscheinung.

Dann rief er dem Auge entgegen: »Wir sind auf dem Weg zu den Norodim, wir möchten Antworten auf unsere Fragen – das Wohl von Chem hängt davon ab! Das ist unser Begehren.«

Er wartete auf eine Antwort, doch es blieb still. Das steinerne Auge zeigte keinerlei Regung mehr. Tiron sah Charim an und zuckte mit den Schultern.

Charim meinte unsicher: »Deine Antwort scheint diesem Etwas wohl gefallen zu haben. Gehen wir am besten weiter … «

Tiron machte sich bereits auf, weiterzulaufen, als die Stimme erneut durch die Schlucht hallte: *»Halt, Mensch! Wie kannst du es wagen, dem Hüter der Schlucht den Rücken zu kehren!«*

Tiron blieb wie angewurzelt stehen und drehte sich langsam dem Auge zu. Er bemühte sich, seiner Stimme einen möglichst festen Klang zu verleihen. »Nun, Hüter der Schlucht, nachdem Ihr mir keine Antwort gabt, bin ich davon ausgegangen, dass meine Auskunft ausreichend war.«

»Ob eine Antwort für den Hüter ausreichend ist – entscheidet der Hüter und nicht der Mensch«, kam es grollend zurück.

Plötzlich fuhr Charim aufgebracht dazwischen. »Ja – und war sie es nun, oder nicht? Wir haben nicht den ganzen Tag Zeit.«

»Charim!!«

»Ja, ist doch wahr, Tiron, wir stehen hier über einem Abgrund und diskutieren mit einem steinernen Auge, was wir hier wollen«, blaffte der Zimbarer zurück und blickte gleichzeitig unsicher in den Abgrund.

Die Stimme erhob sich erneut. *»Der Hüter entscheidet, ob ihr den Abgrund passieren dürft. Was wollt ihr von den Norodim?«*

»Hilfe! Wir ersuchen um Hilfe für den Kampf gegen den Fürsten der Finsternis – Obsidian. Ich bin der Träger des Schlüssels. Der Stern von Taurin – er ist es, der mich an diesen Ort führte.«

»Der Stern gilt seit Langem als verschollen – wie sollte er in die Hände einer so armseligen Kreatur gelangen?«

»Der Bewahrer der alten Schriften, Faranon, meinte, der Stern suche sich seinen Träger und nicht umgekehrt – seht her!« Tiron griff sich an den Hals, zog das Amulett hervor und hielt es dem Auge entgegen. Das Sonnenlicht fiel auf den Schlüssel und warf das Licht in allen Regenbogenfarben an die umliegenden Felswände.

Man sah jetzt förmlich, wie das Auge seine steinernen Brauen nach oben zog, als versuchte es, näher an den Gegenstand zu kommen, den Tiron in der Hand hielt.

»Bei allen … Es ist der Stern – der EINE Schlüssel. Wo hast du ihn gefunden – Mensch?«

»Ich sagte Euch bereits – er hat mich gefunden und nicht ich ihn, Hüter! Ihr fragtet mich nach meinem Begehren, ich habe

Euch wahrheitsgemäß geantwortet! Habe ich nun Eure Erlaubnis, die andere Seite zu betreten?«

»Du hast meine Erlaubnis! Dem Träger des Sterns ist der Übertritt zur anderen Seite allzeit gewährt! Und fürchte dich nicht vor den Wächtern! Nun geh, Schlüsselträger, gemeinsam mit deinen Begleitern, aber wartet – ich mache es euch ein wenig leichter!«

Die Brücke begann, leicht zu schwanken und erstarrte dann unvermittelt mitten in der Bewegung, gleichzeitig vernahm man ein leises Knirschen. Ungläubig starrte Tiron auf den Übergang unter seinen Füßen. Die Brücke verwandelte sich vor seinen Augen zu Stein. Er stand auf einmal auf einem soliden und festen Boden. Kein Holz, keine Seile – nur festes Mauerwerk. Er blickte zurück zu dem Auge, doch es war verschwunden – nichts ließ erkennen, dass dort etwas Besonderes gewesen war.

Charim stampfte mit seinem Fuß auf den Boden der Brücke, ganz so, also traue er der Sache immer noch nicht. Als er feststellte, dass es wirklich Stein war, lehnte er sich an die nun dastehende Steinmauer und rief in Richtung des Auges: »Na also, geht doch!«

Tiron musste unwillkürlich lachen. »Charim, Charim … Es nimmt noch mal ein böses Ende mit dir und deinem losen Mundwerk.«

Inzwischen hatte sich Marla wieder in ihre menschliche Gestalt gewandelt und kam auf die beiden zu. »Was war *das* denn?«

»Keine Ahnung, Marla. Doch was immer es auch war, es hat uns geholfen. Und zwar auf Grund der Tatsache, dass ich der Träger des Sterns bin. Wer weiß, wie es ausgegangen wäre, wenn ich ihn nicht gehabt hätte.«

Die Panthera nickte bestätigend, »Müßig, darüber jetzt nachzudenken. Trotzdem sollten wir die Brücke verlassen – nicht, dass sich dieses seltsame Auge anders besinnt. Gerade nach Charims *höflicher* Bemerkung.« Sie boxte dem Zimbarer leicht in die Seite.

Aber diesmal grinste er nur und hielt den Mund.

Die Drei beeilten sich, auf die andere Seite des Abgrundes zu gelangen, und angesichts des festen Steins unter ihren Füßen stellte das jetzt kein Problem mehr da. Als sie wohlbehalten ankamen, klopfte sich Charim einen nichtvorhandenen Staub aus seiner

Jacke und erklärte: »Den ersten Schritt hätten wir gemacht. War doch keine große Sache, oder?«, und sah Marla und Tiron mit herausfordernd fragender Miene an.

Marla schüttelte nur den Kopf, Tiron hingegen konnte sich ein Schmunzeln nicht verkneifen. »Kommt, gehen wir weiter«, sagte er, ohne näher auf den Zimbarer einzugehen.

Von der Brücke führte ein kleiner Weg weiter bergauf, der nach kurzer Zeit eine Biegung machte. Dahinter öffnete sich ein riesiges, natürlich entstandenes Plateau. Es war zu allen Seiten von Fels umgeben, ähnlich eines großen Amphitheaters – nur eben ohne Sitzplätze.

Genau in der Mitte stand das Gegenstück zu der Drachenstatue in der Burg. Hier war der friedliche Drache in Stein gehauen. In den Fels war eine kleine Treppe gemeißelt, sodass man über diese Stufen in den Kessel hinabtreten konnte. Die Drei blieben jedoch oben am Rande der Treppe stehen und sahen sich erst sorgfältig um. Auf der gegenüberliegenden Seite im Fels entdeckten sie einen großen Höhleneingang, Tiron zeigte darauf: »Seht – das muss der Eingang zu den Höhlen der Norodim sein.«

Marla blickte sich nervös um und sagte leise: »Offensichtlich … was mir aber eher Kopfschmerzen bereitet: wo, bei allen Göttern, sind die Wächter?«

Die Gefährten blieben einige Zeit ruhig stehen, um zu sehen, ob sich etwas rühren würde, aber alles blieb ruhig und unnatürlich still.

Nach einer Weile ergriff Tiron das Wort. »Ihr bleibt hier, ich werde jetzt die Treppe hinunter gehen. Wenn tatsächlich ein Angriff der Wächter erfolgen sollte, habe ich als Träger des Schlüssels höchstwahrscheinlich die größten Chancen.«

Marla und Charim nickten. Marla flüsterte noch leise: »Sei vorsichtig!«, doch er war schon die ersten Stufen hinabgestiegen und hörte sie nicht mehr.

»Wenn das mal gut geht«, murmelte Charim beunruhigt.

Tiron war mittlerweile unten angekommen. Vorsichtig sah er sich um, doch nichts rührte sich. Er wandte sich der Statue zu, um zu sehen, ob er einen Hinweis fand, ähnlich der Tafel, die Marla am Fuße der anderen Statue in der Burg gefunden hatte.

Gerade war er im Schatten der Skulptur angekommen, als er ein leises Rauschen wahrnahm.

Schon hörte er einen panischen Ruf von Marla: »Tiron! Vorsicht, sieh zum Himmel – die Drachen!«

Tiron blickte nach oben, und sah den ersten Wächter aus den Wolken hervorbrechen. Der Drache flog mit angelegten Schwingen – pfeilschnell auf das Plateau zu.

Tiron hechtete unter die Statue, um wenigstens ein kleinwenig Deckung zu haben. Unbewusst griff er zu dem Amulett und nahm es vom Hals in die Hand. Schon war der Wächter über ihm. Kurz über dem Boden breitete der Drache seine Schwingen aus und bremste seinen Sturzflug ab. Sand wurde aufgewirbelt, als er landete; Tiron meinte, ein leichtes Zittern des Erdbodens wahrzunehmen. Nicht nur das der Staub ihm die Sicht nahm, er bekam ausserdem einen heftigen Hustenanfall, als die feinen Körnchen sich auf seine Lunge legten. Der Wächter hob den Kopf und ließ ein ohrenbetäubendes Brüllen ertönen. Tiron drückte sich gegen einen der Steinfüße des Standbildes und hoffte, dass der Drache ihn nicht gesehen hatte. Doch es war leider nicht so – er *hatte* ihn bemerkt. Der Wächter senkte seinen Kopf, um die Statue genauer in Augenschein zu nehmen, dann entdeckte er Tiron. Er zog seinen Kopf nach hinten und richtete sich auf – Tiron vernahm ein zischendes Geräusch – so, als würde Luft eingesaugt … dieses tiefe Einatmen verhieß nichts Gutes.

Tiron presste sich noch enger an den Stein. Dann brach die Urgewalt der Bestie hervor – der Drache spuckte Feuer. Nichts hielt Drachenfeuer stand, das wusste Tiron aus den Erzählungen von Xinbal. Und die Flamme schoss geradewegs auf ihn zu! Er rettete sich mit einem tollkühnen Sprung und rannte um die Skulptur herum zur hinteren Seite. Er spürte dabei den heißen Atem des Wächters im Nacken und erkannte aus den Augenwinkeln: dort, wo er vor einem Augenblick noch gestanden hatte, war alles verbrannt, selbst der Stein hatte begonnen, zu schmelzen. Schon wieder hörte man das tiefe Einsaugen von Luft. Hektisch suchte Tiron nach einer Deckung, doch der Sprung hatte ihm zwar das

Leben gerettet, ihn aber weit außerhalb einer möglichen Sicherheit gebracht. Er war völlig schutzlos – seine Gedanken rasten – suchten nach einem Ausweg – doch es war zu spät, eine weitere Flammenwand kam donnernd auf ihn zugerast! Instinktiv ging Tiron in die Knie und hob die Arme schützend vor sein Gesicht. Er spürte die Wucht, mit der die Feuersbrunst ihn erreichte, doch seltsamerweise spürte er keine Hitze – es war eher das wohlige Gefühl einer wärmenden Glut am Herd …

Die Flammen drangen nicht zu ihm durch – er stand einfach auf und war vom Feuer umhüllt.

Der Schlüssel! Er hielt ihn immer noch in der Hand! Diese plötzliche Erkenntnis durchfuhr ihn wie ein Blitz. Das Amulett beschützte ihn. Welche Macht musste es haben, dass es ihn sogar vor Drachenfeuer schützte!

Er hielt es hoch und schrie dem Drachen entgegen: »Wächter, ich bin der Träger des Schlüssels!«

Als die Flammen erloschen, stand der Drache auf allen Vieren und starrte ihn durchdringend an. Die blauen Augen schienen ihn förmlich zu durchbohren, doch man merkte dem Wesen an, dass es verwirrt war. Tiron hörte weiteres Flügelschlagen – der zweite Wächter war im Anflug und landete gleich neben dem ersten. Beide sahen sich nun aufmerksam an – es schien, als würden sie miteinander sprechen – jedoch ohne Worte.

Der Neuankömmling wandte sich zu Tiron, legte den Kopf etwas schief und beäugte ihn aufmerksam. Plötzlich vernahm Tiron eine sanfte Stimme in seinem Kopf.

»Ein erneuter Träger des Sterns von Taurin? Lange ist es her, dass wir den Schlüssel zum letzten Mal gesehen haben. Du … « – der Drache hob den Kopf und sah zu Charim und Marla, die immer noch völlig entgeistert am Kopf der Treppe standen und versuchten, das eben Gesehene zu begreifen – *» … nein, ich muss mich verbessern – ihr. Ihr wollt also zu den Alten Wesen, den Norodim?«*

Tiron ging einen zögernden Schritt auf den Wächter zu und antwortete ebenfalls wortlos, nur durch die Kraft seiner Gedanken: *»Ja, das wollen wir. Wir möchten die Norodim um Rat fragen, und auch um Hilfe bitten. Dunkle Wolken liegen über Chem, seit das Böse sich wieder erhoben hat.«*

Der Wächter machte eine Bewegung, die Tiron als Zustimmung oder Nicken deutete. »*Ja, Mensch, wir hörten davon.*«

»*Mein Name ist Tiron.*«

»*Gut, also Tiron. Wir wissen, dass der Fürst der Finsternis wieder nach der Macht greifen will.*«

Der zweite Wächter wurde unruhig, scheinbar dauerte ihm die Unterhaltung zu lange. Tiron vermutete, dass er der Feindselige, der Angriffslustige der beiden Drachen war, das zumindest würde zu seinem Verhalten passen.

Tiron fragte höflich: »*Habt Ihr, werte Wächter, auch einen Namen?*«

»*Natürlich haben wir Namen, aber sie sind für euch unaussprechlich. Die Norodim gaben uns zwei Wörter in eurer Sprache – für euch heiße ich Chimaira, und das ist mein Bruder Zelos.*«

Tiron verneigte sich. »*Eine große Ehre, Euch kennenzulernen, Chimaira, und natürlich auch Euren Bruder Zelos. Zelos schien, wie ich gerade eben erfahren durfte, etwas ungehalten über unser Erscheinen gewesen zu sein*«.

»*Bitte vergib ihm – er kann manchmal sehr unbeherrscht sein.*«

Jetzt war sich Tiron, ob der Verteilung der Charaktere, sicher. Chimaira war die Sanfte, Zelos der Wilde. »*Ich verstehe es. Ein Mann namens Faranon klärte uns über die Drachen auf – dass Ihr gemeinsam aus einem Ei entspringt und die Gegensätze des Lebens verkörpert.*«

Chimaira legte den großen schuppigen Kopf schief. »*Ihr kennt Faranon, den Hüter der Schriften?*«

»*Ja, er wies uns den Weg hierher, und half uns dabei, Dinge zu verstehen, die vorher im Dunkeln lagen. Allerdings konnte er uns nicht alle Fragen beantworten. Deshalb haben wir uns zu den Norodim aufgemacht.*«

»*Ich verstehe.*«

Plötzlich ertönte eine andere, tiefe und dunkle Stimme in Tirons Kopf.

»*Und du glaubst, dass du nun die Erlaubnis der Wächter bekommst, in das Reich der Norodim einzutreten?*«

Tiron versteifte sich und nahm eine aufrechte, stolze Haltung an. »*Nein, nicht nur ich, sondern auch meine Gefährten. Sie haben ebenso das Anrecht wie ich, zu den Norodim zu gelangen. Alle Gefahren und Kämpfe, die uns bis hierher geleitet haben, haben wir gemeinsam bestanden! Ihnen gebührt ebenso der Respekt und die Ehre, vor die Alten Wesen treten zu dürfen.«*

Chimaira bog ihren langen schuppigen Hals nach vorne, so, dass sie mit ihrem Kopf fast Tiron Gesicht berührte. Tiron nahm einen leichten Schwefelgeruch wahr.

»Weise gesprochen, junger Tiron. Ich sehe, der Stern hat anscheinend eine gute Wahl getroffen.«

»Und wenn er sich irrt, der Stern? Nein, Chimaira! Du kennst die Regeln, wir müssen ihn prüfen!«, vernahm Tiron Zelos´ Stimme in Gedanken.

»Der Stern irrt nicht!«, kam es störrisch zurück.

Zelos´ Stimme wurde nun zornig. *»Das kannst du nicht tun!«*

Mit einem Ruck fuhr Chimairas Kopf zu ihrem Bruder. *»Was können wir nicht tun? Er ist der Träger des Sterns, selbst das Auge hat das anerkannt! Also, warum sollte er nicht vorgelassen werden? Nur weil die Regeln es so sagen? In den Regeln steht nur, dass wir diejenigen prüfen sollen, die zu den Norodim wollen. Es steht nichts darüber geschrieben, was wir tun sollen, wenn der Schlüssel auftaucht! Es ist also unsere Entscheidung, und nicht die Regeln bestimmen darüber!«*

Allem Anschein nach verfehlten Chimairas Worte ihre Wirkung nicht. Zelos blieb still. Tiron hatte dieses Wortgefecht zwischen den Wächtern aufmerksam verfolgt. Eines zeigte sich jetzt – der weibliche und sanfte Drache stand auf seiner Seite, wenn man von einer Seite überhaupt sprechen konnte. Zelos hingegen war und blieb unberechenbar. Entweder akzeptierte er die Argumente seiner Schwester, und sie trugen somit die Entscheidung gemeinsam – oder es würde zu einem heftigen Streit zwischen beiden kommen, und gleichgültig, wie der ausging – er, Tiron, würde dabei nur verlieren. Wenn Chimaira die Oberhand im Falle eines Streites behielt, würden sie sich mit Zelos einen neuen, mächtigen Feind geschaffen haben. Würde die sanfte Drachin nachgeben, müsste Tiron sich der angesprochenen Prüfung unterziehen. Und auf beides konnte er liebend gerne verzichten. Zelos schien immer noch zu überlegen. Er blieb stumm, aber vielleicht unterhielten sie sich auch nur, ohne dass Tiron es hören konnte. Er beobachtete die beiden Wächter angespannt, sie standen sich immer noch Auge in Auge gegenüber. Zwei Urgewalten, die jederzeit wie Sturm losbrechen konnten.

Plötzlich wandte sich Zelos zu Tiron. »*Es ist entschieden! Wir werden die Norodim befragen, was zu tun ist. Sie haben die Regeln aufgestellt, sie entscheiden, ob sich der Träger des Sterns der Prüfung zu unterziehen hat oder nicht. Du hast Glück, Mensch, dass meine Schwester ein weiches Herz hat. Ihr wartet hier, bis wir wieder zurückkommen.*«

Innerlich atmete Tiron auf – kein Kampf und keine Prüfung – zumindest vorerst. Es lag nun in der Hand der Alten Wesen. »*Danke, Zelos!*«

»*Danke nicht mir, sondern Chimaira. Ich hätte dich der Probe unterzogen.*« Damit machte der große Drache kehrt und lief in Richtung Höhleneingang.

Seine Schwester wandte sich zu Tiron. »*Ich werde mein Bestes tun, Tiron. Sollten die Norodim allerdings Zelos zustimmen, dann kann ich nichts mehr für dich erreichen. Dann wirst du dich der Prüfung unterziehen müssen.*«

Tiron verneigte sich noch einmal. »*Schon für das, was Ihr bisher getan habt, Chimaira, stehen wir tief in Eurer Schuld.*«

Der Wächter – oder besser gesagt: die Wächterin – verneigte sich ebenfalls und folgte ihrem Bruder zum Höhleneingang.

Tiron machte hastig kehrt und lief zurück zu Marla und Charim.

Kapitel 17

Die Entscheidung der Norodim

Der Zimbarer und die Panthera warteten schon voller Ungeduld und Neugierde, als Tiron bei ihnen eintraf. Charim platzte heraus: »Was war *das* denn? Ich dachte schon, du wärst erledigt, als dich der Flammenstrahl mit voller Wucht traf. Und danach? Ihr steht euch gegenüber, keiner spricht ein Wort – das war wirklich unheimlich.«

Tiron winkte ab. »Setzen wir uns – ich erkläre es euch.« Die Drei setzten sich auf die obersten Stufen der Steintreppe, und er schilderte ausführlich die Geschehnisse auf dem Platz. Er erklärte den Freunden die momentane Situation. Abschließend meinte er: »Jetzt seid ihr im Bilde. Es heißt also warten, und ich habe keine Ahnung, wie lange das dauern wird.«

»Wie sind denn die Stimmen der Drachen, die du in deinem Kopf hörst?«, wollte Marla interessiert wissen.

»Passend zu ihrem Charakter. Chimairas Stimme ist weich, vielleicht sogar ein wenig zart. Zelos hingegen hat eine tiefe Stimme, ich will jetzt nicht sagen, mit einem bösen Unterton, sondern herrisch. Befehlston trifft es wohl am ehesten.«

Charim blickte versonnen auf das Amulett, das Tiron mittlerweile wieder am Hals trug. »Es scheint ganz schön mächtig zu sein, dieses Ding da.« Er zeigte auf den Stern.

Tiron nahm das magische Schmuckstück in die Hand. »Ja, Charim, das ist es. Welche Macht hat der Stern von Taurin wohl noch, wenn er in der Lage ist, mich vor Drachenfeuer zu schützen?«

Marla betrachtete den Stern ebenfalls nachdenklich. »Das wirst du wohl im Laufe der Zeit herausfinden. Der Schlüssel hat dich akzeptiert, denn sonst hätte er dich heute nicht vor Schaden bewahrt.«

Tiron schaute zum Eingang der Höhle, wandte sich aber gleich wieder Marla und Charim zu, denn dort tat sich gar nichts. »Lasst uns ein kleines Feuer machen; solange die Drachen nicht zurückkehren, können wir sowieso nichts anderes tun außer uns ein wenig zu wärmen. Wie wäre es, wenn wir uns hier mal umsehen, ob wir etwas Holz finden?«

Marla nickte. »Vorher würde mir gerne die Statue unten auf dem Platz ansehen, vielleicht finde ich ja etwas, das uns weiterhilft, falls sich die Norodim doch dazu entscheiden, dich einer Prüfung zu unterziehen.«

Tiron meinte anerkennend: »Gute Idee, mach das! Und wir werden ebenfalls die Augen offenhalten.«

Die Panthera erhob sich und lief die Treppen hinunter, um den Steindrachen in Augenschein zu nehmen.

»Gehen wir zurück zur Brücke, vielleicht finden wir da genug Holz.«, schlug Charim vor und stand gleichfalls auf. Er streckte sich kurz und sah zu Tiron. »Kommst du mit?«

»Ja, natürlich – oder glaubst du, ich bleibe hier sitzen?« Tiron folgte Charim zu der Kehre, und gemeinsam liefen sie bergab der Brücke entgegen.

Weit und breit war kein Holz zu finden, als Charim Tiron plötzlich anstieß: »Schau mal – da oben!«

Tiron tat es – in zehn Fuß Höhe ragte ein kleiner metallischer Gegenstand über einen Felsabsatz. »Das sehen wir uns mal an.«

Sie suchten nach einer geeigneten Stelle, um aufsteigen zu können, denn unterhalb des seltsamen Gegenstandes war die Wand lückenlos und glatt.

Ein paar Fuß weiter fanden sie eine günstige Gelegenheit, um nach oben zu kommen. Trotz der geringen Höhe erwies sich die kleine Klettertour als ziemlich riskant, da sich der Fels als äußerst brüchig und zudem auch noch sehr glatt herausstellte. Sie erreichten ihr Ziel jedoch ein paar Augenblicke später – und entdeckten auf dem Felsabsatz ein völlig ausgebleichtes Skelett! Tiron kniete sich sogleich nieder und besah sich die Gebeine. »Ein Männerskelett, das sehe ich an den Beckenknochen. Der liegt schon sehr lange hier, die Knochen sind komplett verwittert.«

Charim, der hinter Tiron stand, überlegte: »Wer er wohl gewesen ist? Bestimmt einer, der sich der Prüfung unterziehen musste, dann wahrscheinlich mit knapper Not entkam und sich hierher flüchtete.«

»Eher unwahrscheinlich, Charim. Sieh, der Oberschenkelknochen ist gebrochen, er hätte nie und nimmer diesen Fels erklimmen können. Stell dir vor, du hättest einen Beinbruch – würdest du noch eine Wand emporsteigen?«

Charim schüttelte den Kopf. »Nein, natürlich nicht. Aber wie kam er dann an diesen Ort?«

»Dieses Geheimnis werden wir wohl niemals erfahren«, meinte Tiron, während er sich wieder erhob.

Neben den Knochen lag ein uraltes, größtenteils verrostetes Kurzschwert. »Das ist das Metall, was wir von unten gesehen haben«, stellte Charim fest und schaute sich neugierig weiter um. Dann lief er ein paar Schritte zur Seite. »Tiron!«

»Ja?«

»Komm mal hier rüber.«

Tiron gesellte sich zu dem Zimbarer, der nun auf dem Boden kniete und dort etwas untersuchte. Er ging ebenfalls in die Hocke.

Vor Charim lag ein kleiner, verfallener Stoffhaufen – vermutlich einmal eine Ledertasche oder Beutel. »Der Inhalt ist nicht mehr erkennbar. Bis auf das hier … « Charim hielt Tiron einen goldenen Siegelring entgegen.

Tiron nahm den Ring entgegen und sah ihn sich genauer an. Er war tatsächlich aus Gold. Ein kleiner blauer Edelstein, ebenfalls in Gold gefasst, zierte ihn. Der Stein – Tiron vermutete, es handelte sich um einen Achat –, trug eine Gravur – ein Wappen. Es stellte eine Burg dar, um die sich eine Schlange ringelte.

»Hast du so etwas schon mal gesehen, Tiron?«, fragte Charim neugierig.

»Nein. Diese Symbole sind mir völlig unbekannt. Entweder er war selbst ein Hoher Herr, oder aber, der Tote hat diesen Ring einem Reichen entwendet.« Tiron gab Charim den Ring zurück. »Du hast ihn gefunden, also gehört er dir!«

Strahlend nahm dieser den Ring aus Tirons Hand, drehte ihn nach allen Seiten, um ihn genau anzusehen, dann steckte er ihn in die Tasche. »Vielen Dank, Tiron!«

»Danke nicht mir, sondern ihm.« Tiron zeigte auf die Gebeine. »Lass uns ein paar Steine aufschichten, um ihm ein würdiges Grab zu geben. Ob er es verdient hat oder nicht, ist nicht von Bedeutung, doch er soll nun seinen Frieden finden.«

Die beiden schichteten die brüchigen Knochen sauber übereinander und legten zum Schluss den bleichen Schädel darauf. Dann umbauten sie die Gebeine mit Steinen, sodass eine kleine Pyramide entstand. Zu guter Letzt lehnten sie die verrostete Waffe des Unbekannten an den Felsstoß und verließen die Totenstätte.

»Marla wird uns bestimmt schon suchen«, befürchtete Charim während ihres Rückweges.

»Wahrscheinlich, hoffentlich hat wenigstens sie Holz gefunden.«

Als sie am Plateau eintrafen, saß Marla wieder an der Stelle, an der sie sich getrennt hatten. Unschwer war zu erkennen, dass auch sie nichts Brennbares entdeckt hatte. Marla sah den beiden entgegen. »Auch kein Holz?«

»Leider nein, aber dafür das hier!« Charim streckte ihr stolz den Ring entgegen.

Marla griff danach und musterte das Schmuckstück aufmerksam. »Das Emblem habe ich noch nie gesehen. Wo hast du den denn her?!«

Tiron erzählte kurz, wie sie den Toten gefunden hatten und wollte dann von Marla wissen: »Und bei dir? Etwas Besonderes entdeckt?«

»Nein, gar nichts. Die Statue hat keine Inschriften oder Verzierungen. Ich sah mich noch … « Sie wurde unterbrochen von einem Geräusch, es klang wie ferner Donner.

Charim sprang auf. »Seht, die Drachen kommen aus der Höhle!«

Tatsächlich erschien Chimaira als erste. Tiron erkannte sie sofort, da sie hellere Schuppen als ihr Bruder besaß. Schon hörte er wieder die sanfte Stimme in seinem Kopf. *»Tiron, komm bitte zu uns und bringe deine Gefährten ebenfalls mit.«*

Tiron drehte sich um und wollte das Gehörte mitteilen, doch ehe er den Mund aufmachen konnte, sprach Marla schon: »Nicht nötig, Tiron, wir haben es auch gehört! Lassen wir sie also nicht warten.«

»Dann hat es also nichts mit dem Schlüssel zu tun, dass ich sie hören kann. Sie entscheiden, wer sie verstehen soll und wer nicht«, stellte Tiron verblüfft fest. Das Herz schlug ihm bis zum Hals, als er vor Chimaira trat.

Jetzt hatte es sich entschieden, ob er geprüft werden sollte, oder nicht.

Nun erschien auch ihr Bruder Zelos im Höhleneingang. Tiron versuchte, aus den Gesichtern der Drachen etwas herauszulesen, aber sie zeigten – oder besser gesagt, *hatten* – keinerlei Gesichtsregungen, und so war nicht erkennbar, zu welchem Ergebnis die Zusammenkunft mit den Norodim geführt hatte.

Die Drei hatten mittlerweile Chimaira erreicht, und auch ihr Bruder gesellte sich zu ihnen. *»Entschuldigt bitte, dass wir euch haben warten lassen, aber es wurde eine längere Unterredung. Doch zuerst einmal, Tiron, stelle uns bitte deine Gefährten vor.«*

Tiron war überrascht, er hatte gedacht, die Wächter würden gleich zur Sache kommen. *«Chimaira, die Frau zu meiner rechten Seite ist Marla vom Volke der Panthera, und hier zur linken, das ist Charim aus der Stadt Nerun in Zimbara.«*

Marla und Charim verneigten sich leicht. Der Gruß wurde von dem weiblichen Drachen erwidert, der ebenfalls den Kopf neigte. Nur Zelos zeigte keinerlei Regung und stand teilnahmslos hinter seiner Schwester.

Chimaira ergriff das Wort. *»Vielen Dank. Ich denke, da ihr ausreichend Zeit hattet, euch zu besprechen, sind deine Gefährten über uns im Bilde?«*

Tiron nickte kurz.

»Gut. Wir haben mit den Alten Wesen gesprochen. Lange und ausführlich. Wir sind zu dem Ergebnis gekommen, dass du nicht geprüft werden musst.«

Tiron atmete innerlich tief auf, fühlte, wie sich der Kloß in seinem Hals verflüchtigte, und auch Charim und Marla sah man die Erleichterung an.

Chimaira sprach weiter. *»Die Norodim haben anerkannt, dass der Stern dich erwählt hat, denn sonst hätte er dich nicht vor dem*

Feuer meines Bruders beschützt. Das Feuer wäre der erste Teil der Prüfung gewesen.«

Zelos schaltete sich nun das erste Mal in das Gespräch ein. *»Ich hätte ihn auch den zwei restlichen Prüfungen unterzogen, und außerdem – er hat mit dem Feuer nur Glück gehabt, nichts weiter!«*

Chimaira drehte sich zu ihrem Bruder: *»Die Norodim sind weise und klug. Sie haben entschieden, Zelos. Bitte respektiere diese Entscheidung.«*

Ihr Bruder warf den Kopf in die Höhe und brummte unwillig: *»Jaja, das tue ich schon, Schwester.«*

Tiron wandte sich an den männlichen Drachen. *»Zelos, ich kann verstehen, dass Ihr Euch unsicher ob meiner Aufrichtigkeit seid. Doch ich versichere Euch, wenn die Entscheidung anders ausgefallen wäre – ich hätte sie ohne Widerspruch akzeptiert und mich den Prüfungen unterzogen. Deswegen biete ich Euch heute meine Freundschaft und auch Treue an, in der Hoffnung, eines Tages auch Euch beweisen zu können, dass das Vertrauen der Norodim gerechtfertigt ist. Doch bis es soweit ist, kann ich Euch leider nur mein Wort geben, und darauf hoffen, dass Ihr es annehmt.«*

Nach Tirons Worten trat eine angespannte Stille ein, denn alle Augen waren auf Zelos gerichtet. Der Wächter hatte sicher nicht mit einem solchem Angebot gerechnet, denn man merkte ihm eine gewisse Nervosität an. Er trat mit seinen großen Füßen kurz auf der Stelle. Allem Anschein nach suchte er fieberhaft nach einer Antwort, wie er, ohne sein Gesicht zu verlieren, auf diesen Vorschlag reagieren sollte.

»Freundschaft, Nordmann, entsteht nicht durch Worte, sondern durch Taten. Ich hoffe, die Norodim haben sich nicht in dir getäuscht. Du wirst Gelegenheit bekommen, dich zu beweisen, vielleicht schneller, als dir lieb ist. Ich werde dich ab dem heutigen Tage genau beobachten, darauf hast du mein Wort.«

Tiron verneigte sich tief. *»Danke, Zelos, so möge es sein.«*

Zelos grüßte zurück, wenn auch nur durch eine fahrige Bewegung seines Kopfes. Während seiner Verbeugung meinte Tiron wahrgenommen zu haben, dass Chimaira ihm kurz zugezwinkert hatte – augenscheinlich war sie mit dem Ausgang des Gespräches zufrieden und meinte freundlich, *«Kommt jetzt, die Norodim erwarten euch!«*

Zelos brummte nur: *«Meine Schwester begleitet euch. Wir werden uns in Kürze wiedersehen.«* Er breitete seine riesigen Flügel aus und erhob sich in die Luft. Staub wurde aufgewirbelt und nahm ihnen für einen Moment die Sicht.

Chimaira sah ihm nach, und die Gefährten hörten in ihren Köpfen wieder ihre Stimme. *«Seht ihm seine distanzierte Haltung nach, es ist nun mal seine Art, aber er hat auch seine guten Seiten. Übrigens, Tiron, du hast gerade sehr klug und weise gehandelt.«*

»Danke, Chimaira. Ich hielt es für das Beste, wobei ich das, was ich ihm gesagt habe, auch ernst meine.«

Der große sanfte Drache nickte nur und setzte sich in Richtung Höhleneingang in Bewegung.

Als sie gemeinsam durch den Eingang schritten, wurde den Gefährten das ganze Ausmaß der Höhle deutlich – sie war einfach riesig.

Der Zugang wurde flankiert von zwei haushohen marmornen Statuen – zwei in Stein gehauene Männer in wallenden Umhängen sahen auf die Eintretenden herab. Der eine Mann stützte sich auf einen langen Stab, der andere hielt ein Schwert in der Hand, das er gen Himmel reckte. Ihre ebenmäßigen Gesichter erstrahlten in einen würdevollen Glanz und wurden von kunstvoll in den Stein gemeißelten langen Haaren umrahmt. Nach den Skulpturen waren jeweils rechter und linker Hand große Nischen in den Fels geschlagen worden, diese waren aufgefüllt mit Stroh und trockenem Laubwerk. Tiron vermutete, dass es sich um die Schlafstätten für Chimaira und Zelos handelte. Die Höhle öffnete sich nach innen hin wie eine riesige Kathedrale. Sie war durchzogen von vielen Tropfsteinen, manche davon hatten kolossale Ausmaße – sie glichen großen Türmen und gigantischen Baumstämmen. Ein breiter Weg führte durch diesen steinernen Wald in den hinteren Teil der Grotte. Dort, kaum erkennbar, waren die Umrisse eines Gebäudes auszumachen. Tiron konnte nicht sagen, wie groß es war, denn er vermochte die Entfernung im Halbdunkeln nur schlecht abzuschätzen.

Chimaira bemerkte ihre staunenden Mienen und stellte lachend fest: »*Beeindruckend, nicht wahr?*«

Marla antwortete ihr. »*Allerdings, nie hätte ich gedacht, so etwas Großartiges zu Gesicht zu bekommen.*«

»*Nun, Marla, auch ich hätte nicht gedacht, einer vom Volke der Panthera zu begegnen. Ich kenne euch aus den Erzählungen der Alten Schlachten, viele von euch haben damals Verrat am eigenen Volk begangen.*«

»*Ja, Drache, das ist leider wahr. Ich habe es damals selbst miterlebt.*«

Der Drache blieb erstaunt stehen und beugte sich zu Marla herunter. »*So bist du älter als ich?*«

Marla blickte in das große Drachengesicht. »*Ja, es scheint wohl so. Obwohl ich dachte, dass Ihr schon vor den Norodim hierwart?*«

»*Das stimmt auch, aber viele von uns sind nach den Alten Wesen oder den Schlachten geboren worden. Wie jede Rasse pflanzen auch wir uns fort. Nur ist es bei uns ein bisschen komplizierter, und dauert etwas länger.*«

Marla nickte. »*Viele meiner Schwestern kamen durch die Untreue ums Leben. Ich selbst habe für sehr lange Zeit versteckt in den Sümpfen von Moorland gelebt. Und ich sage Euch, Chimaira – der Verrat hat die ganze Zeit überdauert, es noch nicht lange her, dass ich auf eine von meinem Volk traf, die immer noch gemeinsame Sache mit dem Bösen macht.*«

Der Drache schüttelte traurig den Kopf. »*Es tut weh, nicht wahr? Aber wie du sicherlich schon weißt, teilen wir Drachen in dieser Hinsicht das gleiche Schicksal wie die Panthera.*«

»*Ja, wir haben davon gehört, dass einige der Drachen ebenfalls einen Pakt mit Obsidian geschlossen haben.*«

Tiron und Charim hatten das Gespräch zwischen der Panthera und der Wächterin aufmerksam verfolgt. Tiron wollte gerade eine Frage an Chimaira richten, als diese meinte: »*Seht ihr – wir sind fast da.*«

Sie hatte Recht, nachdem Tiron nur auf Marla und den Drachen geachtet hatte, war ihm entgangen, wie nah sie dem Gebäude gekommen waren.

Allerdings, so stellte Tiron überrascht fest, war der Ausdruck *Gebäude* alleine unzureichend – vor ihnen ragte ein gigantischer

Palast aus dem Halbdunkeln! Die Front bestand aus einem Vordach, das von vier mächtigen Säulen gestützt wurde. Zwischen den beiden mittleren Säulen befand sich der Eingang ins Innere. Vor den Stützen waren große Feuerschalen aufgestellt worden, die auf wuchtigen Metallgestellen ruhten. Die stark flackernden Flammen tauchten die Umgebung in ein geheimnisvolles goldenes Licht. Je näher sie kamen, umso größer und höher türmte sich der Prachtbau vor ihnen auf. Tiron fühlte sich mit einem Mal immer kleiner und unbedeutender. Selbst aus der Nähe betrachtet, vermittelte der Palast den Eindruck, als sei er in einem Stück aus dem Fels geschlagen worden.

Welche großartigen Baumeister müssen dies hier geschaffen haben, dachte Tiron bei sich.

Chimaira blieb stehen. *«Ab hier müsst ihr nun alleine weiter – geht die großen Stufen zum Eingang hinauf und tretet ins Innere des Tempels, dort werdet ihr erwartet.«*

Tiron schaute den Drachen fragend an. »*Und Ihr, Chimaira?«*

»Ich werde zum Eingang der Höhle zurückkehren und auf euch warten.«

»Vielen Dank für Eure Hilfe!«

Der Drache nickte ihnen zu und machte kehrt.

Tiron wandte sich an seine Gefährten. »Jetzt bin ich wirklich gespannt auf die Norodim.«

Charim meinte, erleichtert, die Gesellschaft der Drachen vorerst los zu sein: »Und ich bin froh, dass es mit dieser Prüfung gut ausgegangen ist. Zelos hat das allem Anschein nach gar nicht gepasst. Er war richtig wütend.«

»Er verkörpert das Gegenteil von der sanften Chimaira, deswegen habe ich auch versucht, ihn ein wenig zu besänftigen. Wir können es uns nicht leisten, ihn zum Feind zu haben.«

Marla nickte zustimmend. »Ich glaube, Tiron, das hast du ganz gut hinbekommen. Er war zum Schluss zumindest nicht mehr so ganz aufgebracht.«

»Ja, das hat wohl Chimaira auch gedacht. Nachdem ich zu Zelos gesprochen hatte, blinzelte sie mir kurz zu.«

Die Gefährten erklommen die Stufen zum Eingang des Tempels. Oben angekommen, standen sie zwischen den riesigen Säulen.

Rechts und links des Eingangs standen wieder zwei Menschen aus Stein, ganz ähnlich jenen, die sie schon bei Eintritt in die Höhle gesehen hatten. Als Tiron, Marla und Charim durch das Portal hindurch traten, kam ihnen ein einzelner Mann entgegen. Er trug einen weißen langen Umhang, der bis zum Boden reichte. Mit der einen Hand umklammerte er fest einen sechs Fuß langen Holzstab, der ihm als Gehstütze diente. Sein langer, schlohweißer Bart reichte ihm fast bis an die Gürtellinie.

Als er die Drei sah, blieb er stehen und hob zur Begrüßung seinen Arm. »Willkommen, meine Freunde. Herzlich willkommen! Ich begrüße euch im Tempel der Norodim. Eure Ankunft wurde bereits erwartet.«

Tiron trat vor. »Wir danken den Göttern, endlich vor dem Alten Geschlecht zu stehen. Ich grüße Euch ebenfalls, weiser Mann.«

Der Unbekannte ging ein paar Schritte auf sie zu. «Ob ich weise bin, wage ich mir nicht anzumaßen, wohl aber bin ich reich an Erfahrung und Wissen.«

Er streckte Tiron seine Hände entgegen und Tiron ergriff sie und der Alte meinte, »So, du bist also der Träger des Schlüssels. Tiron soll dein Name sein. Ich selbst bin Belarion, Herr über diesen Tempel.«

»Belarion!«, entfuhr es dem staunenden Charim, und bei diesem Namen versanken alle drei Gefährten in einen Kniefall, um Belarion ihre Ehrerbietung zu erweisen.

Dieser lachte. »Steht auf, bitte, es ist nicht notwendig, vor mir in den Staub zu fallen.«

Sie erhoben sich beeindruckt, und Tiron richtete das Wort an das Oberhaupt. »Erlaubt Ihr mir, Euch meine Gefährten vorzustellen?«

»Das ist nicht notwendig, Tiron, wir wissen bereits, wer sie sind.« Belarion ging auf Marla zu. »Das ist also die Panthera. Marla ist dein Name, nicht wahr?«

Marla nickte.

»Es ist mir eine Ehre, dich begrüßen zu dürfen. Nur wenige können sich rühmen, eine von deinem Volk mit eigenen Augen gesehen zu haben. Obwohl ich selbst natürlich, zumindest vor langer Zeit, schon einige Male die Gelegenheit hatte«, lächelte er verschmitzt und wandte sich weiter an Charim. »Charim, nehme ich an?«

»Ja, Herr!«

»Aufgebrochen aus Nerun, um Kräuter zu sammeln – und heute stehst du vor mir, um gemeinsam mit deinen neuen Freunden Chem zu retten. Das Leben hält schon seltsame Wege für einen bereit, oder?«

Charim wusste keine richtige Antwort, er hob hilfesuchend seine Hand. »Ja, in der Tat sehr sonderbar.«

Der Alte legte tröstend die Hand auf Charims Schulter. »Ihr seid bestimmt hungrig und durstig. Bitte kommt, und lasst euch bewirten – nicht, dass ihr mich noch als unhöflich bezeichnet.«

Sie lachten alle und folgten Belarion, der schon kehrt gemacht hatte, um weiter ins Innere des Palastes zu gelangen. Als sie durch die erste große Halle wandelten, konnte Tiron nur staunen. Überall waren Bilder und Wandteppiche, welche die Geschichte von Chem erzählten. Auf einem Teppich sah er Leander im Kampf gegen Obsidian, in einem anderen Bild wurde der Auszug der Narsim aus der Lindwurmfestung dargestellt. Unzählige weitere Geschehnisse waren hier festgehalten, doch Tiron kannte nur die allerwenigsten. Ihm wurde mit einem Male bewusst, wie wenig er doch über Chem und dessen Geschichte wusste. Natürlich hatte er in den letzten Wochen viel gehört, und manches erzählt bekommen, doch das waren nur Dinge gewesen, die für sein Vorhaben von Wichtigkeit waren. Irgendwann würde er vielleicht die Gelegenheit haben, dieses Versäumnis aufzuholen. Charim ging es wohl ebenso. Tiron musste grinsen, als er in das verwirrte Gesicht des Zimbares blickte.

Marla hingegen schien viele der Ereignisse zu kennen, ab und zu huschte ein wissendes Lächeln – oder aber auch ein böser Schatten – über ihr Gesicht.

Belarion bemerkte ihre fragenden Blicke, denn er blieb stehen. »Imposant, nicht wahr?«

Tiron meinte: »Ja, aber verzeiht mir, dass ich viele dieser Begebenheiten nicht kenne, und deshalb auch nicht verstehe.«

Der Norodim lachte lauthals. »Junger Mann, als diese Geschichten niedergeschrieben wurden, hat noch nicht einmal der Vater deines Ururgroßvaters gelebt! Wie solltest du sie deshalb kennen? Zumal, verzeih mir bitte, du und deine Vorfahren seit jeher in den einsamen Wäldern von Asgard zu Hause gewesen seid. Das einzige, was ihr ab und an zu Gesicht bekommen habt, waren vermutlich ein paar fahrende Händler, die abenteuerliche Halbwahrheiten erzählt haben. Trotzdem hast du in den letzten Wochen mehr erfahren, als so mancher nicht in zwei Leben zusammentragen könnte. Nur wenige gibt es, die dir zu allen diesen Darstellungen Auskunft geben könnten, also mache dir keine Vorwürfe wegen deiner Unwissenheit!«

»Ich würde sie gerne kennenlernen, die Erzählungen über Chem«, gab Tiron etwas kleinlaut zurück.

Belarion schmunzelte. »Vielleicht ergibt sich eines Tages die Möglichkeit, aber ihr seid ja nicht hier, um die Chronik von Chem zu studieren, obwohl euer eigentliches Anliegen natürlich eng mit dieser verwoben ist. Lasst uns weitergehen.«

Damit schien das Thema vorerst beendet zu sein, denn der Norodim setzte seinen Weg fort. Die kleine Gruppe passierte die riesige Halle mit den Bildern, und lief auf eine große Türe zu, die mit vielen Ornamenten unbekannter Herkunft verziert war. Die Muster im Holz erinnerten eher an eine Schrift als dass sie nur eine Zierde waren. Tiron fiel mit einem Mal auf, dass er keinen der anderen Norodim gesehen hatte – er fragte sich, ob sie mit Belarion hier wohl alleine in diesem großen Gebäude waren. Belarion drückte gegen die Tür, und die zwei Flügel schwangen nach innen auf. Sie betraten jetzt einen Raum, der allem Anschein nach für Zusammenkünfte diente. Eine kreisrunde Tafel stand in der Mitte, sie war in ihren Ausmaßen gewaltig. Es mochten wohl an die fünfzig Personen an ihr Platz finden, ohne dass sich diese gegenseitig ins Gehege kamen – und diese Tafel war voll besetzt!

Die Alten Wesen, die Norodim hatten sich in diesem Raum versammelt. Tiron sah in viele würdevolle Gesichter – Männer wie Frauen. Belarion, das Oberhaupt der Norodim, führte die Gefährten um die Tafel, gefolgt von vielen neugierigen und fragenden Blicken.

Als sie auf der anderen Seite des runden Tisches ankamen, zeigte Belarion auf drei freie Plätze. »Bitte setzt euch.« Er selbst nahm ebenfalls neben ihnen Platz. Alle Augen richteten sich auf die drei Gefährten, als das Oberhaupt das Wort ergriff.

»Brüder und Schwestern, ihr alle wisst, dass Obsidian dieser Tage wieder versucht, die Gleichgewichtsverhältnisse in Chem zu seinen Gunsten zu ändern. Wir alle haben die schrecklichen Tage der Alten Schlachten noch in schmerzhafter Erinnerung. Viel Leid brach seinerzeit über Chem herein, doch es gelang den Menschen, unter hohem Blutzoll, den Fürsten der Finsternis zu schwächen. Nun tritt er wieder ans Tageslicht, und das stärker denn je. Wir haben uns von jeher jeglicher direkter Einmischung ferngehalten, und das aus gutem Grund: Wir sind zu wenige. Wohl aber haben wir den Völkern, die den Kampf aufnahmen, unsere Unterstützung zuteil werden lassen. Wir standen ihnen mit Rat zur Seite und gaben ihnen die Mittel an die Hand, um Obsidian zu vernichten. Wir gaben ihnen die Schlüssel!«

Bei den letzten Worten war Tiron wie vom Donner gerührt und glaubte, sich verhört zu haben. Belarion sprach vom Schlüssel in der Mehrzahl – es gab also mehrere – oder mindestens zwei …

Charim und Marla schauten ihn völlig ratlos und fragend an. Belarion sprach indessen ungerührt weiter. »Das Ergebnis ist euch bekannt. Ein Schlüssel wurde in Sicherheit gebracht – einer ging verloren.«

Tiron blickte mit großen Augen seine beiden verblüfften Gefährten an, und sie dachten alle dasselbe: Es gab also wirklich zwei Schlüssel und es waren Waffen, die Obsidian töten konnten.

Charim lehnte sich zu Tiron und flüsterte sarkastisch: »Gut, dass uns dieser alte Mann in der Burg auf diesen Umstand hingewiesen hat!« Er schnaubte ärgerlich. »Der Hinweis, dass es zwei Schlüssel gibt, wäre doch eine wichtige Information gewesen – oder meinst du nicht? Wehe, wenn ich diesen senilen Hexer noch mal sehe!«

Tiron grinste Charim an und wisperte zurück: »Du hast Recht, aber vielleicht hatte er seine Gründe, nicht darüber zu sprechen. Wir werden bestimmt noch die Gelegenheit bekommen, ihn danach zu fragen.«

»Wenn ich ihn zuerst in die Finger bekomme, wirst du keine Möglichkeit mehr dazu haben«, raunte der Zimbarer zähneknirschend.

Tiron winkte ab und wandte sich wieder Belarion zu. Dieser sprach gerade davon, wie sie zu den Norodim gefunden hatten und endete mit den Worten: » … aber das wird uns Tiron sicher selbst erzählen können.«

Das Oberhaupt nickte ihm zu und gab zu verstehen, dass es nun an Tiron sei, über die zurückliegenden Ereignisse zu berichten. Tiron erhob sich von seinem Platz und sah in die Runde.

»Hohe Herren und Frauen der Norodim … viel ist geschehen in den letzten Monden. Vor nicht allzu langer Zeit bekam ich Kenntnis davon, was mir meine Mutter in meinen Kindesjahren als Geschenk hinterließ.« Er zog das Amulett unter seinem Hemd hervor und hielte es in die Höhe. »Den Stern von Taurin!«

Unruhe entstand unter den Anwesenden, alle blickten gebannt auf den Schlüssel. Tiron hörte einen Norodim die Worte: »Der Stern! Er ist es tatsächlich!« murmeln.

Nun erzählte Tiron den Norodim von ihren Erlebnissen, und von dem, was sie inzwischen erfahren hatten. Beim Bericht über das gesichtete Heer des Bösen hörte er erschrockene Ausrufe.

Belarion hob beschwichtigend seine Hände. »Liebe Brüder und Schwestern, ihr seht, die Lage ist ernst – sehr ernst. Durch die List von Tiron und seinen Gefährten haben wir etwas Zeit gewonnen. König Thalen wurde bereits unterrichtet. Wir hoffen, dass auch er den Ernst der Lage begreift, und die anderen Königshäuser unterrichten wird. Allerdings haben wir darüber noch keine Kenntnis.«

Tiron nickte und fiel Belarion ins Wort. »Hoher Herr, was uns vielmehr bewegt, ist Eure Aussage, dass es *zwei* Schlüssel gibt! Diese Tatsache war uns unbekannt, weswegen Ihr Euch sicher vorstellen könnt, dass wir mehr über diesen Umstand erfahren möchten! Vor allem, was es mit dem zweiten Schlüssel auf sich hat.«

»Ich kann deine Ungeduld verstehen, junger Freund, doch muss ich dich um ein klein wenig Nachsicht bitten. Du wirst es erfahren, das sei dir versichert. Jetzt sollten wir allerdings das weitere Vorgehen planen, denn die Zeit drängt. Ich schlage vor, angesichts der späten Stunde, dass morgen der Hohe Rat der Norodim zusammentritt und wir uns jetzt zur Ruhe begeben. Außerdem werden unsere Gäste Hunger und Durst haben.« Er sah in die große Runde, »Sind die Norodim damit einverstanden?«

Einträchtiges Nicken kam von den Anwesenden, und wie durch ein geheimes Zeichen erhoben sich fast alle der Norodim und verließen wortlos den Raum.

Es blieben jedoch fünf – zwei Frauen und drei Männer –, sitzen. Belarion schenkte ihnen ein kurzes Lächeln und meinte dann: »Wir sehen uns morgen nach Sonnenaufgang in der Ratskammer. Ich wünsche dem Hohen Rat eine gute Nacht.«

Von den fünf Verbliebenen – die anscheinend die Mitglieder des Hohen Rats darstellten –, wurde dieser Wunsch ebenso höflich erwidert, dann erhoben auch sie sich und verließen den Saal.

»Kommt, ihr drei, ich zeige euch eure Gemächer. Ihr möchtet euch sicherlich ausruhen. Es war ein langer und ereignisreicher Tag für euch.« Er schmunzelte ein wenig und fügte hinzu: »Man bekommt es nicht jeden Tag mit zwei ausgewachsenen Drachen zu tun. Ich habe zudem nach euren Pferden schicken lassen – sie werden an ihrem Platz ausreichend versorgt. Außerdem werden gerade Speisen auf die Zimmer gebracht.«

Charim stöhnte auf. »Vielen Dank, ich bin schon fast am Verhungern.«

Marla lachte. »Charim – du bist *immer* am Verhungern! Bei dir schon ein Zustand der Normalität.«

Mitlachend, folgten sie Belarion zu ihren Zimmern. Er führte sie durch hohe und große Gänge. Tiron musste sich immer wieder vergegenwärtigen, dass sie sich in einer Höhle befanden, die Ausmaße der steinernen Architektur waren wirklich einzigartig.

Kurze Zeit später standen sie vor einer kleinen Pforte, der Norodim wies hinein. »Das hier ist der Vorraum, hier könnt ihr euch gemeinsam aufhalten. Seht ihr dort die Türen?« Sie bejahten. »An diesen Raum grenzen fünf Schlafgemächer, wählt euch einfach das Passende aus. Ich denke, sie wurden in der Zwischenzeit hergerichtet. Ich werde dafür sorgen, dass euch die Speisen im Vorraum serviert werden.

»Belarion, ich … «, setzte Tiron an.

Dieser fiel ihm sofort ins Wort: »Ich weiß, Tiron! Viele Fragen, aber nochmals – bitte habt noch etwas Geduld. Ihr werdet morgen vieles in der Ratsversammlung erfahren. Und jetzt: Gute Nacht. Schlaft euch ordentlich aus.«

Sie murmelten ebenfalls eine gute Nacht und beobachteten, wie Belarion langsam in den Gängen entschwand.

Charim ließ sich in einen der umstehenden Sessel fallen. »Was für Tag, oder?! Ich kann es nicht glauben, es gibt tatsächlich zwei Schlüssel. Dieser alte Geheimniskrämer von Faranon.«

»Beruhige dich wieder, Charim. Noch mal – er wird bestimmt seine Gründe gehabt haben«, meinte Tiron. Er sah zu Marla, die sehr in sich gekehrt wirkte. »Alles in Ordnung bei dir, Marla?«

»Ja, ich denke gerade über den zweiten Schlüssel nach. Was er wohl sein mag?«

Tiron zuckte mit Schultern. »Keine Ahnung, aber ich bin mir ziemlich sicher, dass wir es morgen erfahren werden. Unser Schicksal scheint es wohl zu sein, dass wir uns immer wieder in Geduld üben müssen, bis wir Antwort auf unsere Fragen bekommen.«

Auf dem Gang erklangen leise Schritte. Ein Mann und eine Frau erschienen in der Tür, beladen mit zwei großen Körben. Sie stellten diese auf dem Tisch ab, und der Mann sprach: »Wir wünschen Euch einen guten Appetit! Mit besten Grüßen von unserem Herrn, Belarion.«

»Wir bedanken uns für die Mühen, die wir Euch zu so später Stunde verursacht haben«, sagte Marla freundlich.

Die Diener lächelten, freudig berührt von der Anerkennung, verneigten sich und traten den Rückweg an. Kaum waren sie weg, schnellte Charim von seinem Sessel hoch und fing an, die Körbe zu untersuchen.

»Seht euch das an – Wein, Obst, Käse, Wurst, Brot und – bei allen Drachen – sogar Brathähnchen! Der Tag ist gerettet.«

Marla und Tiron schüttelten nur die Köpfe.

»Ja, unser Tag auch! Der Gedanke, morgen deine mürrische Laune ertragen zu müssen, falls du hungrig zu Bett gehst, wäre auch keine gute Aussicht gewesen«, unkte die Panthera.

Doch der Zimbarer gab nur einen unverständlichen Laut von sich, denn zwischen seinen Zähnen befand sich bereits das erste Hühnerbein.

Sie sprachen später noch eine Weile über die heutigen Ereignisse, und begaben sich dann zu Bett – in gespannter Erwartung auf den nächsten Tag.

Kapitel 18

Der zweite Schlüssel

Es war kurz nach Sonnenaufgang, als Belarion an ihre Tür klopfte. Tiron öffnete, und begrüßte das Oberhaupt der Norodim.

Belarion winkte mit der Hand. «Bitte folgt mir in die Ratskammer, wir haben viel zu besprechen.«

Da alle drei bereits fertig waren, konnten sie sofort aufbrechen. Der Norodim führte sie in den großen Saal, der ihnen bereits vom gestrigen Tage her bekannt war, und ging dort auf eine Seitentüre zu, welche er langsam öffnete. Sie traten hindurch in einen kleinen Raum. Tiron sah sich um – hier war mehr ein Gewölbe als ein Zimmer. Als Decke war eine Kuppel in den Fels geschlagen worden, diese wurde von sechs wuchtigen Säulen getragen. An den Säulen waren Kerzenhalter befestigt, und ihre Lichter warfen ein warmes Leuchten in den Raum. Unter der Kuppel befand sich, wie im großen Saal, eine kreisrunde Tafel. Sie war reich mit Intarsien geschmückt, die offenbar eine Geschichte erzählten; auch Drachen waren abermals zu sehen. Ansonsten war der Raum schmucklos, bis auf einen großen Wandteppich, der an der Stirnseite von der Decke hing. Er stellte eine große Burg zur Schau; ihre Banner wehten im Wind. Die Lindwurmfestung! Ein Bildnis aus früheren Tagen, denn sie strahlte in vollem Glanz, und kein Verfall war zu sehen.

Die fünf Mitglieder des Hohen Rates, welche Tiron, Marla und Charim gestern bereits gesehen hatten, saßen schon am Tisch. Belarion gebot den Gefährten, gleichfalls Platz zu nehmen. Als sie saßen, betrat eine Dienerin den Raum. Sie trug ein großes Tablett mit Wein, Wasser und frischen Früchten. Wort- und grußlos stellte sie es in der Mitte der Tafel ab, und verschwand so still, wie sie gekommen war.

Die Tür fiel mit einem leisen Knirschen ins Schloss, und Belarion richtete das Wort an Tiron, Marla und Charim. »Zuerst möchte ich euch die Anwesenden vorstellen. Dies hier ist Lady Helena – Hohe Frau und zudem Ratsmitglied im Ältesten Rat der Narsim von Norgrond.« Die Vorgestellte nickte ihnen freundlich zu.

Bei Tiron kamen, als der Norodim den Namen der Dame nannte, schmerzhafte Erinnerungen an seine Mutter hoch. Wo sie jetzt wohl sein mochte? Und ob sie überhaupt noch am Leben war?! Schnell verdrängte er diese Gedanken, denn Belarion sprach weiter.

»Zur Rechten von Helena sitzt Varna, vom Volk der Amazonen, oder auch … « – Belarion sah Marla mit einem sanften Lächeln an – » … Panthera genannt!«

Marla blieb der Mund offen stehen, ungläubig betrachtete sie die andere Amazone.

Der Norodim lächelte immer noch. »Ja, Marla, du wunderst dich, warum du die Anwesenheit einer Panthera nicht bemerkt hast. Varna wird dich später aufklären, und ich denke, ihr beiden habt sicher viel miteinander zu besprechen. Ihr seht außerdem – nicht alle im Hohen Rat der Norodim entstammen auch unserem Geschlecht.«

Marla sah noch immer völlig verwirrt zu der Panthera, die Varna genannt wurde.

Diese lächelte sie freundlich an. »Später, Marla! Ich weiß, du hast viele Fragen auf dem Herzen. Mir würde es nicht anders ergehen.«

»Nun weiter«, mahnte der Oberste der Norodim. »Neben Varna seht ihr Asran, den großen Gelehrten von Ankor. Links von ihm sitzt Galamthiel, Magier des Blauen Bandes. Zuletzt möchte ich euch vorstellen: Lauron von Asgard.«

Tiron hob erstaunt eine Augenbraue und sah Lauron an. »Ihr kommt aus meiner Heimat, Herr Lauron? Noch nie hörte ich dort Euren Namen.«

Lauron lachte lauthals. »Nun, Tiron, das mag daher kommen, dass ich dem Alten Geschlecht angehöre. Die Zeiten, als mein Name in Asgard gerufen wurde, liegen noch vor den Alten Schlachten!

Und Menschen, mein lieber Tiron, vergessen schnell – manchmal zu schnell.«

»Bitte verzeiht mir, Herr«, beeilte sich Tiron zu sagen. »Es sollte gewiss kein Angriff auf Eure Person sein.«

»So habe ich das auch nicht aufgefasst, junger Freund.«

Belarion schaltete sich wieder ein. »Gut – nachdem wir uns einander nun vorgestellt haben, lasst uns über die jüngsten Ereignisse sprechen, und was wir deswegen unternehmen können. Zuerst möchte ich euch mitteilen, dass ich heute früh Nachricht von König Thalen erhalten habe. Sein Heermeister Adrian hat ihn über die Situation unterrichtet, und König Thalen war, gelinde ausgedrückt, tief bestürzt. Eure Angaben über die Heerschar des Bösen wurden ebenfalls bestätigt, und sie ziehen tatsächlich nach Norden. Deine List, Tiron, ist geglückt! Ein weiterer Vorteil: Sie kommen, auf Grund ihrer großen Anzahl, nur sehr langsam voran. Thalen hat bereits Boten zu allen bekannten Reichen gesandt, um die Völker zu warnen, und die dortigen Herrscher darum gebeten, ein Heer aufzustellen. Jetzt scheint es also soweit zu sein – die dunklen Wolken über Chem werden zu einem Sturm.«

Tiron fiel bei diesen Worten ein Stein vom Herzen. »Das sind gute Nachrichten, zumindest was die Reaktion von König Thalen anbelangt. Jetzt ist es an uns, einen Plan aufzustellen.«

Belarion überlegte nachdenklich: »Helena ist Ratsmitglied von Norgrond. Wenn wir entschieden haben, was zu tun ist, schlage ich vor, dass du, liebe Helena, zu König Thalen reist, um ihn darüber zu informieren. Du bist damit unsere Verbindung zu den Narsim.«

Helena nickte. »Nach unserem Gespräch werde ich aufbrechen. Ich werde mit Thalen alles in die Wege leiten.«

»Danke, liebe Freundin. Nun zu dir, Tiron, und deinen Gefährten. Eure Aufgabe wird es sein, den zweiten Schlüssel zu finden. Die Kraft des Sterns von Taurin ist zwar groß, aber nur beide Schlüssel gemeinsam haben die Macht, Obsidian endgültig zu vernichten. Der zweite Schlüssel ist ein Speer – genannt »Die Lanze des Lichtes«. Wenn der Träger die Lanze *und* den Stern in Händen hält, vereinigen sich die Kräfte beider Schlüssel. Aber nur, wenn beide den Träger akzeptieren … «

»Die Lanze des Lichtes … «, murmelte Tiron. Skeptisch sah er in die Runde und fragte: »Wie könnt Ihr Euch sicher sein, dass Obsidian durch die Schlüssel vernichtet wird? Leander hat es versucht und ist gescheitert!«

»Leander kam nicht dazu, die beiden Schlüssel einzusetzen«, erklärte Lauron, doch Tiron setzte sofort nach: »Ihr müsst entschuldigen, aber das ist nun wirklich sehr verwirrend! Mein Meister, Xinbal, erzählte mir, Leander wurde durch eine Zauberlanze getötet. Das verstehe ich nicht – gibt es denn zwei davon?«

»Nein, es gibt nur eine. Leander wurde mit seiner eigenen Lanze – dem zweiten Schlüssel also – getötet.«

»Und wie kam es dazu?«, fragte Marla.

»Wie die Lanze in Obsidians Hände gelangte, wissen wir nicht. Wir vermuten allerdings, dass er sie Leander im Zweikampf entrissen hat. Diese Vermutung stützen einige Beobachtungen seiner damaligen Begleiter«, antwortete Lauron.

Varna bemerkte dazu: »Doch wir alle hatten dabei noch Glück im Unglück.«

»Inwiefern das?!«, hakte Marla nach.

»Wenn der Fürst der Finsternis gewusst hätte, welche Waffe er da in Händen hielt – er hätte sie sofort an sich genommen und in Sicherheit gebracht. So aber ließ er sie achtlos im Körper von Leander zurück und verließ das Schlachtfeld.«

»Seltsam, dass Obsidian nicht bemerkt haben soll, was für eine starke magische Energie diese Waffe besitzt«, grübelte Tiron nachdenklich.

»Die Lanze gibt ihre Kräfte nur frei, wenn sie mit dem Stern in Verbindung tritt, ansonsten hält man sie für einen ganz normalen Speer.«, erklärte Lauron. »Rein äußerlich unterscheidet sie sich nicht von anderen Lanzen, außer durch einige Runen, die in den unteren Teil des Schaftes eingraviert wurden. Ich bezweifle stark, dass diese während eines heftigen Gefechtes bemerkt werden. Außerdem waren wir nicht in der Lage, diese Schriftzeichen zu entziffern, also ist es unwahrscheinlich, dass es jemand Anderes könnte, und das auch noch während eines Kampfes!«

»Aber warum hat der Stern seinen Träger nicht beschützt? Er hat mich sogar vor Drachenfeuer bewahrt, da müsste doch ein Angriff mit einer Lanze eine Kleinigkeit sein. Vor allem, wenn man bedenkt, dass es sich hier um den zweiten Schlüssel gehandelt hat!«, insistierte Tiron, dem das alles nicht so recht in den Kopf wollte.

»Du hast vollkommen Recht, Tiron. Der Tod von Leander lässt daher nur einen einzigen Schluss zu … «, sagte Lauron ernst und Tiron vollendete den Gedanken: » … er hatte auch den anderen Schlüssel, den Stern von Taurin, nicht mehr.«

Zustimmendes Nicken kam von den Ratsmitgliedern.

»Genauso muss es gewesen sein«, bestätigte Lauron traurig. »Warum, wieso, weshalb, all das liegt im Dunkeln, denn von diesem Zeitpunkt an war der Stern von Taurin verschollen. Er tauchte erst wieder auf, als Mortran ihn deiner Mutter zum Geschenk machte und sie ihn später an dich weiterreichte.«

»Xinbal meinte, er wäre ein sehr mächtiger Zauberer gewesen, dieser Mortran.«

»Ja, das war er«, ergriff Belarion wieder das Wort. »Weise und gut, aber auch launisch wie kleines Kind. Wir hatten viel und guten Kontakt zu ihm. Wir, die Norodim, waren deshalb sehr erstaunt, als wir hörten, dass sich der Stern all die Jahre in seinem Besitz befunden hatte, und er nichts darüber verlauten ließ. Vor allem wäre es wichtig gewesen, zu erfahren, wie und durch wen der Stern in seine Hände gelangt war. Du siehst, Tiron, je mehr wir fragen, umso mehr Rätsel tun sich auf.«

Tiron sah in die Runde. »Vielleicht werden wir auf die eine oder andere Frage noch eine Antwort bekommen, doch jetzt ist eines wichtig: wo befindet sich jetzt die Lanze des Lichtes und wie kommen wir dorthin?«

»Oh, danke – ich schätze, wir sind etwas vom eigentlichen Thema abgekommen. Die Lanze wurde später auf dem Schlachtfeld von einer Panthera in Sicherheit gebracht. Sie wurde an einem geheimen Ort versteckt und magisch gesichert. Dort ruht sie noch heute – in Senuum.«

»In Senuum?«, staunte Tiron. »Dort habe ich lange Jahre mit meinem Meister verbracht, und er lebt noch immer dort, doch von einer Lanze wurde nie gesprochen, selbst in den alten Legenden, die er mir erzählte, nicht!«

Belarion schmunzelte. »Xinbal weiß bestimmt sehr viel, aber

doch nicht alles. Nur die Norodim, und jetzt auch ihr, wissen von dem zweiten Schlüssel. Dieses Wissen hat diesen Ort nur einmal, nämlich mit Leander, verlassen.«

»Und woher wusste dann diese Panthera davon? Die, die den Speer auf dem Schlachtfeld in Sicherheit brachte?«, hakte Charim nach.

»Weil ich diese Panthera war!«

Die Drei sahen Varna, von der diese Worte gekommen waren, entgeistert an.

»Du?!«, fragten Tiron, Charim und Marla fast gleichzeitig, dabei ganz die höflicher Anredeform vergessend, was Varna aber nicht zu stören schien.

»Ja, doch ich war keine Augenzeugin des Kampfes zwischen den Beiden. Nach der Schlacht, als ich Leander suchte, fand ich seinen Leichnam und die Lanze.«

Tiron meinte, eine Träne im Auge von Varna zu sehen. »Also wusste auch Faranon nichts von dem zweiten Schlüssel«, schlussfolgerte er.

»Nein, auch er nicht. Sie wird zwar in den Schriften erwähnt, doch gerade diese Bücher verwahren wir hier«, kam die Antwort.

»Wo in Senuum liegt die Lanze?«, wollte Tiron wissen.

»In den Anhöhen von Murthal. Sie wurde in einem der Hügelgräber, zusammen mit einem namenlosen Krieger, bestattet.«

»Die Gegend um Murthal? Die ist mir bekannt, aber dort sind hunderte von Begräbnisstätten namenlos Gefallener. Wie sollen wir das Grab dort finden? Xinbal sagte damals zu mir, ich solle den Ort um jeden Preis meiden, da dort Ghule ihr Unwesen treiben. Der Ort passt auch zu ihnen, denn sie sind Leichenfledderer«, meinte Tiron nachdenklich.

»Viele der gefallenen Krieger fanden nach der Alten Schlacht dort ihre letzte Ruhestätte.«, bestätigte der Oberste der Norodim. »Das genau war auch der Grund! Selbst wenn jemand in Erfahrung gebracht hätte, dass der zweite Schlüssel dort versteckt ist, hätte er sämtliche Gräber durchsuchen müssen. Dass dieser Ort zusätzlich eine Heimsuchung durch Guhle erlebte, war ein glücklicher Zufall, denn so mied jegliches Lebewesen diese Gegend erst recht!«

»Was es für uns aber nicht gerade einfacher macht. Ghule sind sehr gefährlich und unberechenbar!«, meinte Marla. »Sie gehören zur Seite des Bösen, sind aber auch dort nicht gerade gern gesehene Gäste. Trotzdem, wäre die Lanze hier nicht sicherer gewesen? Es wusste doch keiner, außer den Norodim, wie mächtig diese Waffe ist.«

»Nun, vielleicht wäre sie das gewesen, doch es bestand ein großes Risiko. Die Panthera!«, erklärte Belarion zu ihrem Erstaunen, und die Drei sahen Varna fragend an.

Die Amazone ließ ihren Kopf etwas hängen. »Ja, es stimmt, ich war das Risiko.«

»Wieso du?«, fragte Charim verblüfft, doch statt Varna antwortete Marla.

»Die Panthera können ihre Aura gegenseitig wahrnehmen, und es gibt Mächtige unter uns, die sogar Gedanken lesen können. Das war das Risiko, nicht wahr? Varna wusste um die Macht der Lanze. Also habt Ihr, Belarion, den Speer außerhalb in Sicherheit gebracht, und zwar ohne dass Varna das Versteck kannte. Wäre sie also tatsächlich unter den Gedankeneinfluss einer Abtrünnigen gekommen, so würde diese zwar erfahren, dass es eine kraftvolle Waffe gibt – nicht aber, wo sie sich befindet.«

Die Ratsmitgliedes nickten beeindruckt und Lauron bestätigte: »Du hast in allem, was du eben sagtest, Recht.«

»Dann verstehe ich aber eines nicht«, sprach Marla weiter. »Warum, Varna, kann ich dich dann nicht wahrnehmen?«

»Du musst bedenken, diese Ereignisse liegen sehr lange zurück. Ich habe lange gebraucht, um einen Weg zu finden, mich, gewissermaßen gedanklich, unsichtbar für mein Volk zu machen. Und wie du bemerkt hast, ist es mir gelungen«, erklärte Varna unter dem nachdenklichen Blick der drei Gefährten.

»Warum liegt die Waffe dann immer noch dort?«, fragte Tiron gleich darauf.

»Sie wurde versteckt kurz nach der Schlacht. Wie gesagt – vor sehr langer Zeit! Niemand hat sie bis heute gefunden, geschweige denn, überhaupt danach gesucht. Also – weshalb das Versteck aufgeben, und das erneute Risiko eingehen, entdeckt zu werden?«, erklärte Lauron.

»Klingt einleuchtend«, meinte Charim. »Hoher Herr, Ihr

spracht vorhin davon, dass die Lanze außerdem magisch gesichert wurde. Wie meintet Ihr das?«

»Das Hügelgrab hat einen versteckten Eingang, der in eine kleine Kammer führt. In dieser ruht die Lanze bei dem Toten in einem Steinsarkophag. Der Schrein ist mit einer großen Granitplatte bedeckt. An den vier Kanten der Platte ist jeweils ein magisches Siegel angebracht.«

»Das wiederum nur der öffnen kann, der auch den Stern von Taurin trägt ... «, ergänzte Charim wissend.

»Das glaube ich nicht, Charim ... «, zweifelte Tiron, » ... denn das würde sicherlich voraussetzen, dass der erste Schlüssel, also der Stern von Taurin, auch beim Verschließen der Gruft vor Ort gewesen wäre. Und wir wissen, dass er das nicht war, denn zu diesem Zeitpunkt wusste niemand, wo er sich befand.«

Belarion nickte anerkennend. »Sehr gut kombiniert, junger Mann.«

Charim verzog sein Gesicht. »Stimmt, da war ich wohl etwas zu vorschnell.«

»Wie so oft!«, schmunzelte Marla leise und erntete dafür einen bösen Blick von Charim.

Belarion sprach indessen weiter. »Die vier magischen Siegel sind nur mit der richtigen Beschwörungsformel zu lösen. Bei falscher Anwendung stürzt das Grab in sich zusammen, und begräbt jeden, der sich darin befindet.«

Marla stützte ihren Kopf in beide Hände. »Wäre es möglich, dass die Ghule bereits auf das Grab gestoßen sind und es zum Einsturz gebracht haben könnten? Als Aasfresser haben sie sich doch bestimmt über die Ruhestätten hergemacht ... Das würde alles schwieriger machen.«

»Das wissen wir nicht. Ihr werdet es erst erfahren, wenn ihr vor Ort seid. Allerdings hätten wir davon erfahren, wenn die Siegel gebrochen worden wären. Die Lanze liegt also noch dort«, kommentierte Asran.

»Schön und gut, Herr Asran«, seufzte Tiron, »aber zuerst einmal müssen wir an das Grab gelangen. Wie finden wir es? Wir haben bestimmt nicht die Zeit dazu, jedes einzelne zu untersuchen.«

Belarion sah Tiron freundlich an. »Das braucht ihr auch nicht.«

Er zog einen kleinen Gegenstand aus dem Saum seines Umhanges und legte ihn auf den Tisch.

Wie auf ein geheimes Kommando beugten sich die zwei Pantheras, Charim und Tiron nach vorne, um ihn genauer zu betrachten. Etwas Rundes und Flaches lag vor ihnen. Eine Scheibe von der Größe eines kleinen Tellers. Das Stück bestand aus einem gelblichen Stein, der so glatt geschliffen und poliert war, dass man hindurchsehen konnte. Es waren rundherum die Zeichen der Himmelsrichtungen eingraviert und dort, wo sich die Prägung des Südens befand, war eine Halterung angebracht.

»Was ist das?«, staunte Charim.

»Es gibt in Murthal einen besonderen Ort. Einen großen Höhenrücken, der nicht zu übersehen ist. Dort oben stehen zwei steinerne Obelisken, sie wurden damals zu Ehren der Toten aufgestellt. An jeder Säule wurde in sechs Fuß Höhe eine Kerbe angebracht. Dort legt einen geraden Stock ein und platziert die Scheibe genau in der Mitte. Das Symbol für Süden muss nach unten zeigen. Wenn die ersten Sonnenstrahlen des Tages die Obelisken erreichen, wird die Scheibe das Hügelgrab, in dem die Lanze verborgen ist, offenbaren.« Er nahm das Stück vom Tisch und reichte es Tiron mit den Worten: »Achte gut auf sie.«

»Danke, Belarion, das werde ich gewiss tun. Und wie wird der Sarkophag entsichert, wie werden die magischen Siegel gelöst?«

»Auf dem Stein steht eine Inschrift, folgt deren Anweisungen. Nur wenn ihr diese genau befolgt – und nur dann – wird er sich öffnen. Achtet auf das `Rechts und Links´.«

Der Zimbarer schüttelte den Kopf. »Schöne Aussichten! Erst Ghule, dann vielleicht das Grab ausschachten müssen, oder wenn nicht – lebendig begraben zu werden.«

»Wir werden es schon schaffen, Charim«, tröstete Marla. »Wir haben mittlerweile ziemlich viel Übung mit solchen Abenteuern, meinst du nicht?!« Sie zwinkerte ihm zu, und Charim brummelte etwas Unverständliches vor sich hin.

Tiron räusperte sich. »Wir werden morgen früh in Richtung Senuum aufbrechen – die Hohe Frau Helena wird ebenfalls abreisen, um König Thalen zu unterstützen. Welche weiteren Schritte sollten wir noch besprechen? Was geschieht in der Zwischenzeit, und was, wenn wir den zweiten Schlüssel in unseren Händen halten?«

Belarion lehnte sich in seinem Stuhl zurück und hob die Hände. »Den Norden für unsere Sache zu gewinnen, wird sich als schwierig erweisen, denn die Menschen leben dort versprengt – haben keine einheitliche Führung. Außerdem gab es in der Vergangenheit immer wieder einzelne Stammesfürsten, die sich mit dem Bösen zusammengetan haben. Der Fürst der Finsternis hat bei diesen Menschen oftmals leichtes Spiel, sie auf seine Seite zu ziehen. Die Lebensbedingungen im Norden machen es ihm einfach, die Menschen durch seine falschen Versprechungen über genug Nahrung, Wohlstand und Macht zu blenden.« Er schüttelte traurig den Kopf.

»Im Süden sieht es anders aus«, fuhr er dann mit seiner Ausführung fort. »König Thalen hat die südlichen Reiche schon benachrichtigt, das heißt, Zimbara und Taurin wissen bereits Bescheid. Lady Helena wird die Narsim dort unterstützen, gemeinsam mit Zimbara und Taurin eine Armee aufzustellen. Diese sollte sich möglichst bald in Bewegung setzen. Die Narsim besitzen genug Schiffe – deshalb sollte der Transport über den Fyndyr, Richtung Norden, kein Problem darstellen. Außerdem werden sie so sehr schnell vorankommen. Und je weiter sie vorankommen, desto sicherer werden die Grenzen im Süden sein!«

Die Gefährten wechselten Blicke mit Lady Helena, die zu all dem gelassen nickte.

»Das alles bedeutet also...«, erklärte Belarion, »...dass alle unsere Heere im nördlichen Teil von Schattenwelt zusammentreffen werden. Es gilt, dafür einen geeigneten Platz zu finden, der uns Vorteile verschaffen könnte. Mein Vorschlag dazu: Wir senden schon heute Kundschafter nach Norden, um eventuelle Nachschublinien und schnelle Wege zu erforschen. Ich werde außerdem Chimaira und Zelos aussenden, die Bewegungen des Bösen von der Luft aus im Auge zu behalten.«

Belarion sah fragend in die Runde, und jeder der Anwesenden gab mit einem ernsten Kopfnicken sein Einverständnis dazu.

Nun meldete sich zum ersten Male der Magier Galamthiel zu Wort. »Ich werde dir, Tiron, und Euch, Lady Helena, Kristallwasser mitgeben. Mit dieser Flüssigkeit habt ihr zu jeder Zeit die Möglichkeit, mit uns in Verbindung zu treten, um uns über die neuesten Ereignisse auf dem Laufenden zu halten. Lady Helena kennt die Handhabung des Kristallwassers bereits aus der Vergangenheit. Wer soll es bei euch sein, der im Gebrauch des Wassers unterwiesen werden soll?«

»Ich denke … Marla – du solltest diese Aufgabe übernehmen«, sagte Tiron. »Herr Galamthiel wird sicher mit mir übereinstimmen. Du hast die größte magische Erfahrung von uns dreien und wirst dadurch am schnellsten lernen.«

»In Ordnung«, nickte Marla, und daraufhin meinte der Magier: »Dann ist es so entschieden. Lady Helena wird dich im Anschluss an diese Zusammenkunft unterweisen.«

Lauron sah Belarion an und hob um Aufmerksamkeit bittend die Hand. »Wenn Ihr erlaubt, Herr, so werde ich nach Norden, nach Asgard, gehen, um zu sehen, was ich dort im Verborgenen tun kann, um das Böse davon abzuhalten, weitere Menschen als Verbündete zu finden.«

Der Oberste der Norodim sah das Ratsmitglied fragend an. »Dir ist klar, Lauron, nachdem das Böse sich im Norden zusammenzieht, dass du dich großen Risiken aussetzt, entdeckt zu werden? Ferner hätten wir keinerlei Möglichkeit, dir zu Hilfe zu eilen.«

»Ich weiß, Belarion, trotzdem bitte ich Euch um die Erlaubnis. Ich werde sehr behutsam und umsichtig zu Werke gehen. Immerhin geht es um meine Landsleute. Überdies werde ich nicht untätig zusehen, wie die Finsternis sich meiner Heimat Asgard bemächtigt. Ich hoffe, Ihr versteht das?«

Belarion nickte ernst. »Der Rat soll entscheiden!«

Es entstand eine lange Diskussion um das Für und Wider, doch der Rat gab Lauron schließlich sein Einverständnis. Nachdem auch diese Entscheidung gefallen war, ließ sich Belarion in die Lehne seines Stuhles zurückfallen, seufzte kurz und sagte: »Ich glaube, jetzt wäre eine Pause angebracht, meint ihr nicht? Lasst uns ein wenig die Beine vertreten.«

Kapitel 19

Der Hohe Rat

Die Ratsmitglieder und die drei Gefährten erhoben sich von ihren Plätzen. Varna hakte sich vertraulich bei Marla unter und fragte freundlich: »Was meinst du? Wollen wir beide einen kleinen Spaziergang unternehmen?«

Marla stimmte dankbar zu, sie wollte unbedingt Näheres über die andere Panthera erfahren. »Gerne, Varna!«

»Ihr entschuldigt uns? Sozusagen ein Gespräch unter Schwestern!«, warf Varna schelmisch in die Runde. Und ohne eine Antwort abzuwarten, verließen die beiden Amazonen den Raum.

Charim klopfte Tiron auf die Schulter. »Da haben sich zwei gefunden, die sich viel zu erzählen haben.«

Tiron zuckte mit den Schultern. »Wer kann es ihnen verdenken?! Es wird praktisch ein Gespräch über Jahrhunderte, unglaublich, oder? Wenn man Marla sieht, vergisst man leicht, wie alt sie wirklich ist.«

Charim blickte gedankenverloren in die Luft. »Stimmt! Schau sie dir an. Keine einzige Falte – und diese Figur erst!«

Tiron gab ihm einen leichten Stoß in die Rippen. Charim schrak hoch. »Ja, ist schon gut – hab nur mal kurz geträumt.«

Tiron grinste. »Von Marla?! Gefällt sie dir?«

Charim wurde rot. »Natürlich! Dir vielleicht nicht?«

»Komm, Charim, du weißt genau, wie ich das meine.«

Der Zimbarer winkte unwirsch ab und wandte sich zu Lauron, der in der Nähe gestanden hatte. Tiron schmunzelte nur, angesichts der Reaktion seines Gefährten. Dann kam Galamthiel, der Magier des Blauen Bandes auf ihn zu.

»Ich hätte eine Bitte an dich, Tiron.«

»Sprecht, Herr Galamthiel.« »

Du wirst morgen nach Senuum aufbrechen, und ich gehe davon

aus, dass du die Gelegenheit nutzen wirst, deinen ehemaligen Meister, Xinbal, zu besuchen?«

»Hoher Herr, Ihr kennt ihn persönlich?«

»Ja, wir haben lange Zeit gemeinsam einen gleichen Zweig der Magie erforscht. Doch irgendwann trennten sich unsere Wege, auf Grund unterschiedlicher Ansichten. Denn – und das wirst du sicher bestätigen –, ist Xinbal in vielerlei Hinsicht ein, wie soll ich sagen – nun ja, ein seltsamer Kauz mit vielen Eigenheiten. Es ist nicht leicht, mit ihm auszukommen.«

Tiron lachte laut auf. »Oh ja, Herr Galamthiel, das ist er wahrlich, und Ihr habt Recht – ich dachte schon darüber nach, ihn zu besuchen. Xinbal lebt seit sehr langer Zeit in dieser Gegend. Ich denke, er wird uns in mancher Hinsicht, auf Grund seiner genauen Ortskenntnisse, helfen können. Was wäre denn nun Eure Bitte an mich?«

»Könntet ihr ihm eine Schriftrolle überbringen? Darin sind meine Ergebnisse über den besagten Zweig der Magie enthalten. Nachdem sich unsere Wege trennten, habe ich auf diesem Gebiet weitergeforscht. Ich denke, Xinbal hat das ebenfalls, natürlich auf seine Weise, getan. Es ist, das gebe ich ehrlich zu, nicht ganz uneigennützig, weshalb ich das tue. Kein Magier gibt gerne seine Ergebnisse preis. Ich bin jedoch an einem Punkt angelangt, an dem ich, vorsichtig ausgedrückt, nicht mehr weiterweiß. Ich möchte ich ihn deshalb um Hilfe und Unterstützung bitten. Vielleicht habe ich etwas übersehen.«

»Das werde ich gerne tun. Ich werde seine Antwort überbringen.«

»Das wird nicht nötig sein. Er wird sich bestimmt mit mir in Verbindung setzen. Wahrscheinlich zuerst mit einem Hinweis, dass ich die Hälfte übersehen habe, und was für ein Quacksalber ich doch bin« meinte Galamthiel leicht ironisch.

Tiron grinste vergnügt. »Das würde durchaus zu ihm passen. Doch er ist kein schlechter Mensch – es ist nur seine ureigene Art.«

»Du kannst mir glauben, Tiron, leicht fällt mir das nicht. Ich würde es nicht tun, wenn es nicht von allergrößter Wichtigkeit wäre.«

»Was erforscht Ihr denn eigentlich?«, wollte Tiron, jetzt neugierig geworden, wissen, doch Galamthiel hüllte sich in Schweigen.

»Es genügt, wenn du ihm die Schriftrolle übergibst.«

Tiron versuchte erst gar nicht, weiterzubohren. »Ihr habt mein Wort, dass er sie erhalten wird.«

»Danke, junger Freund.« Ohne ein weiteres Wort zu verlieren, wandte sich der Magier ab.

Nachdenklich sah Tiron ihm hinterher, wie er den Raum verließ.

Charim stand plötzlich wieder neben ihm. »Was wollte er?«

»Ich soll Xinbal eine Schrift von ihm übergeben.«

»Das würde bedeuten wir lernen deinen Meister kennen? Da bin ich ja gespannt.«

»Er weiß mehr über Senuum als jeder andere, vielleicht kann er uns im einen oder anderen Falle helfen. Aber nun komm, lass uns etwas die Beine vertreten.«

Sie verließen den großen Saal, und schlenderten langsam durch die Vorhalle – Richtung Ausgang der Höhle. Charim wurde etwas unruhig. »Wo willst du hin, Tiron? Doch nicht etwa zu den Drachen?«

Tiron lachte. »Doch, Charim, genau das will ich. Ich möchte mit Chimaira sprechen.«

»Hoffentlich ist Zelos nicht in der Nähe«, meinte Charim sichtlich nervös.

Als sie den Ausgang erreichten, war von beiden Drachen keine Spur zu sehen. Tiron richtete seine Gedanken auf die sanfte Wächterin. *»Chimaira, hier ist Tiron. Wäre es möglich, mit Euch zu sprechen?«*

Ein paar Augenblicke später vernahm er in seinem Kopf die sanfte Stimme des weiblichen Drachen. *»Natürlich, Schlüsselträger.«*

Er sah, wie sich plötzlich ein großer Schatten über den Vorplatz legte, dann wirbelte Staub auf, und Chimairas Kopf erschien im Höhleneingang. *»Was gibt es denn?«*

Charim sah sich derweil hektisch um.

»Nein, Charim, Zelos ist nicht bei mir, er jagt gerade im Ankorgebirge«, beruhigte ihn die Drachin.

Der Zimbarer atmete auf. »*Es ist ja nicht so, dass ich mich fürchte. Er ist mir einfach zu unbeherrscht und unberechenbar.*«

»*Nun, das liegt bekanntermaßen in seiner Natur. Es sei dir aber versichert, dass er keinen Groll gegen dich, besser gesagt, gegen euch, hegt. Er nimmt seinen Auftrag als Wächter sehr ernst.*« Sie wandte den großen schuppigen Kopf zu Tiron. »*Was wolltest du von mir wissen?*«

»*Hat irgendjemand in den letzten Jahren versucht, zur Höhle zu gelangen? Also jemand, dem es nicht gestattet war?*«

Chimaira schien zu überlegen. »*Warum fragst du mich das?*«

»*Wir fanden gestern, am Rande der Schlucht, ein ausgebleichtes Skelett, und manche Dinge deuten darauf hin, dass der Tote eine hohe Stellung gehabt haben muss. Er hatte eine schwere Verletzung, sein Oberschenkel war gebrochen. Ich dachte, vielleicht wurde er der Prüfung unterzogen und dabei verletzt oder getötet.*«

»*Nein, Tiron, nicht, dass ich davon wüsste. Viele haben es versucht, aber die meisten scheiterten schon am Abgrund der Seelen. In den letzten Jahrhunderten hat es eine Handvoll Abenteurer geschafft, die andere Seite zu erreichen, aber sie alle bestanden die Prüfung nicht. Glaube mir, Drachenfeuer lässt keine bloßen Verletzungen zu … sie sind alle zu Asche und Staub geworden. Doch ist es in der Tat seltsam, dass ein Mensch über den Abgrund gelangt sein soll, ohne dass wir davon Kenntnis hatten.*«

»*Danke, Chimaira, ich wollte es nur wissen.*«

»*Wie läuft die Ratsversammlung?*«

»*Ihr wisst davon?*«

»*Natürlich, Belarion hat mich und meinen Bruder bereits informiert, dass wir Ausschau nach dem Bösen halten sollen.*«

»*Ich denke, die Versammlung verläuft gut. Manchmal brummt mir schon der Schädel, wie viele neue Einzelheiten wir in den letzten Tagen erfahren haben. Der Stein ist nun ins Rollen gekommen. Wollen wir also hoffen, dass sich alles zum Guten wenden wird.*«

»*Ich glaube, das wünschen sich alle. Doch es liegen dunkle Zeiten vor uns, und viele Lebewesen werden ihr Blut in Schattenwelt lassen!*«, meinte Chimaira traurig.

Tiron machte ein düsteres Gesicht. »*Ja, Drache, wir werden einen hohen Preis zahlen müssen. Charim und ich werden jetzt wieder zur Versammlung gehen. Grüßt Euren Bruder von uns!*«

Der Drache deutete eine Verbeugung an. »*Ich werde es ausrichten. Grüßt bitte ebenfalls Marla von mir. Wie hat sie es verkraftet, eine von ihrem Volk hier zu treffen? Ich konnte es ihr vorhin nicht sagen, denn ich durfte und wollte nichts vorweg nehmen.*«

»*Wir alle waren erstaunt, und Marla wohl am meisten. Sie hat eine von ihrem Blut wiedergefunden. Ihr könnt Euch sicherlich vorstellen, wie viele Fragen sich aufgetan haben.*«

»*Ja, das glaube ich gerne. Nochmals – grüßt sie von mir.*« Chimaira drehte sich um, stieß sich kräftig vom Boden ab und flog davon.

Charim sah ihr erleichtert hinterher. »Jedes Mal, wenn ich diese gewaltigen Schwingen und die Klauen sehe, läuft es mir kalt den Rücken hinunter. Ich möchte diese beiden Drachen wirklich nicht zum Feind haben.«

»Und doch werden wir es mit ihnen zu tun bekommen, denn auch das Böse hat Drachen in seinen Reihen. Erinnere dich an den Vorfall mit den Trollen und Harpyien.«

»Ich weiß, aber eigentlich will ich da jetzt gar nicht drüber nachdenken.« Er schüttelte sich, als wollte er diesen unangenehmen Gedanken schnell abstreifen.

Tiron legte seine Hand auf Charims Schulter. »Komm, lass uns zurückgehen.«

Sie schlenderten zurück in den Versammlungsraum. Marla und Varna waren noch nicht von ihrem Spaziergang zurückgekehrt, alle anderen saßen bereits auf ihren Plätzen. Charim nahm sich einen Apfel aus der Obstschale und biss genüsslich hinein. Lauron hatte sich etwas Wein eingeschenkt und unterhielt sich, wild gestikulierend, mit Asran und Galamthiel. Als Tiron sich gesetzt hatte, gab Belarion zu verstehen, dass er mit der Versammlung fortfahren wolle.

Die Gespräche verstummten, und die Anwesenden wandten sich ihm zu. »Auch wenn die beiden Pantheras noch nicht hier sind, möchte ich unsere Unterredung nun fortsetzen.«

Genau in diesem Moment betraten auch Varna und Marla den Raum. Der Norodim lächelte ihnen kurz zu. »Wir wollten gerade anfangen. Bitte setzt euch.«

Die beiden Amazonen murmelten eine Entschuldigung und nahmen Platz.

»Da jeder nun weiß, was er zu tun hat, möchte ich nochmals auf die Prophezeiung eingehen.«

Tiron sah Belarion erstaunt an. »Hoher Herr, ist das notwendig? Wir kennen sie bereits.«

»Es ist notwendig, Tiron, denn du kennst nicht alles, was geschrieben wurde. Der Rest der Weissagung dürfte, vor allem für dich, von entscheidender Bedeutung sein.« Der Norodim schlug ein großes Buch auf, welches die ganze Zeit vor ihm auf dem Tisch gelegen hatte. Er blätterte eine Weile darin, schlug dann eine Seite aus der Mitte des Buches auf, und begann, laut vorzulesen:

»Höret, Ihr Gelehrten von Chem!

In dunklen Zeiten, die über das Land hereinbrechen werden, wird ein Mann aus dem Norden kommen. Er wird das Licht bringen. Doch vorher werden Blut und Tränen fließen. Das Böse von Schattenwelt wird wieder erwachen und sich erneut erheben, um das Land dem Dämon der Finsternis zu Füßen zu legen.

Jedoch der Stern von Taurin wird Einhalt gebieten! Aber wisset auch, die Macht des Sterns verdunkelt sich, wenn die Hände, die ihn tragen, solchen mit falschen Absichten gehören. Der Träger des Sterns hält alle Macht in seinen Händen, wenn er sie zu nutzen weiß. Seine Stärke und seine Klugheit werden sich mit der Macht des Sterns zu einer Einheit verbinden. Diese Einheit wird dem Bösen die Stirn bieten und es zurück in seine dunklen Abgründe drängen. Die Norodim wissen, die Torwächter beschützen. Doch merket auf; kann etwas, das schon tot ist, noch sterben?

Als er geendet hatte, meinte Tiron: »Das ist uns alles bekannt.«

»Nicht so ungeduldig, junger Mann«, tadelte ihn Belarion und las weiter:

»Es wird der Eine kommen, um das zu vollenden, was der Andere begonnen hat. Ohne Licht kein Schatten – ohne Hell kein Dunkel. Töte das Licht und Du wirst sterben! Töte den Schatten und Du wirst leben! So steht es geschrieben und so wird es geschehen.«

Nachdem Belarion geendete hatte, ließ Charim sich in die Lehne seines Stuhles zurückfallen und schüttelte seufzend seinen Kopf. »Was hat das jetzt zu bedeuten? Langsam verstehe ich gar nichts mehr. Immer dann, wenn wir meinen, es sei alles geklärt, tritt erneut eine Wendung ein.«

Tiron sah den Norodim an. »Erklärt es mir. Was ist damit gemeint: *töte das Licht und du wirst sterben?«*

Belarion räusperte sich. »Nun – die Prophezeiung wurde nach dem Dunklen Zeitalter niedergeschrieben. Eine Weissagung wird in einem tiefen Bewusstseinszustand ausgesprochen, das heißt, dass derjenige, der sie spricht, sich in einer Trance befindet. Er redet aus einer höheren Ebene seines Bewusstseins, und kann sich hinterher nicht mehr daran erinnern. Aus diesem Grund ist bei einem Orakel immer ein weiterer Teilnehmer anwesend, um die rezitierten Worte niederzuschreiben. Die Gabe, in höhere Regionen des Ichseins einzutreten, haben nur sehr fähige Seher. Die in solch einer Sitzung niedergelegte Weissagung in einen richtigen Zusammenhang mit vergangenen, aktuellen oder zukünftigen Geschehnissen zu bringen, ist eine dann aber ganz andere Sache.

Der Satz » … *und der Eine wird kommen, um das zu vollenden, was der Andere begonnen hat* … « bezieht sich, und ich denke, da sind wir uns einig – auf deine Person, Tiron. Leander hat das begonnen, was du vollenden sollst, nämlich Obsidian zu vernichten.«

»Soweit, so gut, Belarion. Und die anderen Worte?«

Verlegen kratze sich Belarion am Kopf. »Sind auch für uns ein Rätsel.«

Charim blickte erstaunt auf. »Wie? Ihr, die großen Alten Norodim – wisst es nicht? Das hätte ich nun aber wirklich nicht gedacht!«

»Charim!«, fuhr Marla dazwischen.

»Lass ihn, Marla. Er hat in gewisser Weise nichts Falsches gesagt. Es ist so, wie ich sagte – die Worte in den richtigen Zusammenhang bringen, ist nicht einfach. Wir glauben allerdings, dass du die Worte bald selbst entschlüsseln wirst. Die Zeit einer Konfrontation mit dem Bösen steht unmittelbar bevor, und so werden sich dir neue Wege öffnen, den Sinn dieser Weissagung zu verstehen.«

»Das wollen wir hoffen! Ich würde ungern in eine Schlacht ziehen, ohne zu wissen, wie ich meinen Gegner vernichten kann. Denn, und so sieht es wohl aus, ist es zwar wichtig, beide Schlüssel zu besitzen, aber das alleine wird sicherlich nicht ausreichen!«, meinte Tiron sorgenvoll.

Marla räusperte sich kurz. »Hoher Rat, da wäre noch etwas. Varna wird mir beibringen, wie ich meine Gedanken und meine Aura vor unseren abtrünnigen Schwestern verbergen kann. Ich kann das natürlich nicht an einem Tag erlernen, ich werde eine längere Zeit benötigen. Deshalb meine Bitte an den Rat der Norodim und an euch, Tiron und Charim: Varna soll mit uns gehen, denn so kann sie mich während unserer Reise unterrichten. Das würde uns viel Zeit ersparen. Varna hat bereits ihr Einverständnis dazu gegeben.«

Tiron schaute die beiden Pantheras an. »Ich denke, ich spreche auch für Charim, wenn ich sage, dass Varna uns willkommen ist. Ihre Fähigkeiten und Erfahrungen suchen ihresgleichen und könnten von entscheidender Bedeutung sein. Allerdings kann ich nur für uns und nicht für den Rat sprechen.«

Charim nickte nur, zum Zeichen, dass auch er einverstanden war.

Galamthiel bekundete seine Ansicht: »Nachdem bereits Lady Helena und Herr Lauron ausgesandt werden, so sollten wir es

Varna nicht verwehren. Wenn sie es möchte, so hat sie mein Einverständnis.«

Varna lächelte. »Danke, Galamthiel.«

Belarion beugte sich über den runden Tisch vor. »Haben die anderen Mitglieder des Rates Einwände?« Man sah nur Kopfschütteln. »Gut. Varna wird sich also mit Tiron, Charim und Marla auf die Suche nach der Lanze begeben. Marla sollte jetzt mit Lady Helena gehen, damit sie im Gebrauch des Kristallwassers unterrichtet wird. Morgen in aller Frühe wird sich Lady Helena nach Norgrond begeben und Herr Lauron wird nach Asgard reisen. So erkläre ich die Versammlung des Hohen Rates für beendet. Ich werde die Brüder und Schwestern von unseren Übereinkünften unterrichten. Vor uns liegen ereignisreiche Zeiten. Wir werden uns zum Abendmahl sehen – ich werde nach euch schicken lassen.«

Belarion erhob sich, nickte würdevoll allen Teilnehmern der Versammlung noch einmal zu und verschwand durch die Eingangstüre.

… selbst ich, Faranon, Hüter der Schriften, gerate bisweilen ins Grübeln, denn es ist schon seltsam, welche Wendungen das Schicksal manchmal im Leben für einen bereit hält …

Aus einem unbedeutenden Menschenkind aus dem Nordlanden wurde der zweite Schlüsselträger, er fand die Norodim, widerstand Drachenfeuer und erfuhr von einem weiteren machtvollen Schlüssel – der Lanze des Lichts!

Und war zuerst das Ziel nur, die Unsterblichen zu erreichen, so führte ihn nun die Suche nach dem zweiten Schlüssel wieder zurück in die Gefilde seines ehemaligen Meisters Xinbal.

Und das sollte erst der Anfang sein …

Kapitel 20

Kalet Semyah – die Große Ebene

Die Gefährten hatten sich an der riesigen Drachenstatue auf dem Vorplatz zur Höhle versammelt. Die Sonne warf ihre ersten goldenen Strahlen über das Ankorgebirge. Nach dem gestrigen Abend waren die meisten früh zu Bett gegangen, so auch Tiron. Er fühlte sich ausgeruht und erfrischt.

Langschläfer Charim blinzelte allerdings noch geistig ein wenig abwesend ins erste Tageslicht und Marla, die gerade hinzutrat, sah müde aus.

»Hallo, Marla«, begrüßte Tiron sie, »mir scheint, die letzte Nacht war kurz?«

»Ja, ich habe mich bis lange nach Mitternacht mit Helena im Gebrauch des Kristallwassers geübt.«

»Und? Wie seid ihr vorangekommen?«

»Ich denke, gut. Es ist eigentlich nicht schwierig, wenn man konzentriert bei der Sache ist. Nachdem mir aber tausend Dinge durch den Kopf gingen, war es um meine Aufmerksamkeit schlecht bestellt, und so dauerte es leider etwas länger.«

»Nur zu verständlich. Uns allen schwirrt der Kopf – viele Neuigkeiten, noch mehr Besonderheiten, und dazu eine bevorstehende Zeit, die sehr ungewiss ist. Ah, da kommt Belarion.«

Die Drei erblickten den Obersten der Norodim, der mit seinem Gefolge im Höhleneingang erschienen war. Dort blieb die Gruppe stehen, nur Belarion alleine ging auf die Gefährten zu.

Als er bei ihnen angelangt war, nickte er ihnen freundlich zu.

»Es ist soweit, liebe Freunde – der Zeitpunkt, an dem sich unser aller Schicksal entscheiden wird, rückt näher. Lady Helena und Lauron haben sich bereits vor Sonnenaufgang aufgemacht. Chimaira und Zelos sind ebenfalls schon unterwegs. Chimaira wird übrigens irgendwann zu euch stoßen, um euch über eventuelle

Bewegungen des Bösen zu unterrichten. Wollen wir hoffen – vor allem bei Herrn Lauron –, dass alle ihre Ziele unbeschadet erreichen. Eure Pferde findet ihr an dem Ort, an dem ihr sie zurückgelassen habt. Ich denke, sie wurden gut versorgt und sind jetzt voller Tatendrang, ihre Reiter schnell an ihr Ziel zu bringen.« Er blickte sich suchend um. »Wo ist eigentlich Varna?«

»Ich bin hier, Belarion.« Varna trat soeben aus dem Höhleneingang hervor.

»Gut.« Der Norodim sah in die Runde. »So seid ihr nun vollzählig. Meine Freunde – es steht uns allen eine dunkle und entbehrungsreiche Zeit bevor. Ich wünsche euch nicht nur Glück, sondern hoffe, dass wir uns alle wohlbehalten wiedersehen werden. Wir werden euch über all unsere Bemühungen auf dem Laufenden halten.«

Kein Lachen war auf den Gesichtern zusehen, jeder war sich der ernsten Worte Belarions bewusst.

Tiron trat zu dem Weisen hin, reichte ihm seine Hand. »Vielen Dank, Belarion, das hoffen wir auch. Deshalb sage ich auch nicht Lebwohl, sondern auf Wiedersehen.«

Er wandte sich seinen Gefährten zu. »Lasst uns gehen! Wir haben eine Verabredung mit der Finsternis … «, und fügte sarkastisch hinzu: » … da wollen wir uns doch nicht verspäten, oder?«

Charim schüttelte seinen Kopf und sprach bitter: »Ich habe sowieso nichts Anderes vor!«

Sie wendeten sich entschlossen ab und liefen über den Vorplatz, Richtung der kleinen Steintreppen. Nachdem sie die Stufen emporgestiegen war, drehte sich Tiron noch einmal um und winkte den Norodim einen Abschiedsgruß zu. Dabei dachte er nur: *»Wer weiß, ob wir sie je wiedersehen werden.«* Dann folgte er den Anderen.

Als Tiron seine Gefährten beim Abgrund der Seelen einholte, erschallte eine bekannte Stimme.

»Ich wünsche dir alles Gute, Schlüsselträger. Sei unverzagt, und glaube an dich, dann wird dein Vorhaben auch gelingen.«

Und wieder verwandelte sich die Brücke vor ihren Augen zu Stein, kaum dass sie einen Fuß darauf gesetzt hatten.

Tiron schaute nach oben, direkt in das große Steinauge. »Ich danke Euch, Hüter der Schlucht, und ich werde mir Eure Worte zu Herzen nehmen.«

Doch das Auge blieb still.

Marla legte ihre Hand auf Tirons Schulter, »Lass uns weitergehen. Es hat wahrscheinlich alles gesagt, was es aus seiner Sicht zu sagen gab.«

Tiron nickte, und sie folgten Charim und Varna, die die gegenüberliegende Seite des Abgrundes schon fast erreicht hatten. Dort ebenfalls angekommen, fragte Tiron bei Varna nach: »Weißt du, was für ein Wesen dieses Auge ist?«

»Wir wissen nicht viel über das Auge.«, antwortete Varna mit einem Achselzucken. »Es ist seit Anbeginn der Zeit da. Es nennt sich selber *Hüter der Schlucht*; und auch wir kennen sonst keinen anderen Namen. Belarion weiß mehr, spricht aber sehr selten darüber. Und wenn er das tut, ergeht er sich nur vagen Andeutungen.«

»Sollte ich ihn wieder sehen, werde ich ihn danach fragen, Varna«, erklärte Tiron.

Die vier liefen den schmalen Pfad weiter bergab, und gelangten wenig später wieder an den Ort, an dem sie die Pferde zurückgelassen hatten. Statt der drei standen nun vier Tiere in der Schlucht.

Charim runzelte die Stirn. »Wie in aller Welt kommt denn das Pferd hierher?«

Varna stieß ihm leicht in die Rippen. »Dachtest du, ich *laufe* nach Senuum?«

»Nein, natürlich nicht. Aber … «

»Da ist nichts dabei, Charim«, unterbrach ihn die Amazone. »Belarion hat Faranon beauftragt, ein weiteres Pferd heraufzuschaffen – das ist alles.«

»Aha … deswegen … «, brummelte Charim leicht verlegen.

Sie lösten die Fesseln der Tiere und saßen auf. Tiron sah Varna fragend an – diese meinte: »Wir müssen die Kluft wieder zurück bis zur Passstraße von Ankor, dann Richtung Am´Dyr Brücke.«

Charim grinste Tiron spitzbübisch zu. »Werden wir also auf einen gewissen Herr Faranon treffen? Sehr schön!«

Varna schüttelte jedoch den Kopf. »Da muss ich dich leider

enttäuschen, Charim – wir werden nicht an der Lindwurmfestung vorbeikommen. Es gibt einen kürzeren Weg zur Am´Dyr Brücke. Wir werden ein Stück auf der Passstraße reiten, dann aber einen alten, nur wenig bekannten Pfad nehmen. Das spart uns Zeit – denn Zeit ist das einzige, was wir nicht haben.«

Charim zuckte mit den Schultern. »Schade, ich hätte ihn gerne wiedergesehen, es wäre bestimmt eine sehr nette Unterhaltung geworden. Da wären nämlich von meiner Seite noch ein paar Fragen offen!«

Tiron lachte. »Die Fragen kann ich mir lebhaft vorstellen. Immer noch sauer auf Faranon? Er kann doch nichts dafür. Er wusste gar nicht, dass es die Lanze überhaupt gibt. Das hast du doch gehört.«

»Egal, es gibt jede Menge anderer Sachen, die er uns vorenthalten hat.«

Marla schaltete sich ein. »Charim! Wollen wir jetzt reden oder reiten? Wir haben die Norodim unverletzt erreicht, sie helfen uns, und wir suchen jetzt den zweiten Schlüssel. Was ist also dein Problem?«

»Schon gut, schon gut – ich hab´ keines. Los jetzt«, rief Charim und ließ sein Pferd antraben.

Die vier ritten die Kluft hinunter und erreichten nach nicht allzu langer Zeit die Passstraße.

»Seid vorsichtig, und verhaltet euch möglichst ruhig. Es sind bestimmt Kundschafter unterwegs.«, mahnte Varna.

Sie hielten sich jetzt Richtung Westen.

»Kaum zu glauben, dass es erst zwei Tage her ist, dass wir hier entlang kamen«, flüsterte Marla zu Tiron einige Zeit später.

Tiron nickte. »Es geht alles so schnell, dass es mir manchmal wie ein Traum vorkommt.«

Hintereinander, aufgereiht wie an einer Perlenschnur, trabten sie den Pass hinunter. Langsam wurde die Straße wieder breiter und der Waldgürtel etwas lichter, als Varna nach einiger Zeit ihr Pferd anhielt.

»Was ist los, Varna?«, fragte Marla leise.

»Wir kommen gleich zu dem kleinen Pfad. Aber etwas

stimmt nicht! Hört genau hin. Die Geräusche des Waldes sind verstummt.«

Tatsächlich vernahmen sie keinen Laut, weit und breit eine unnatürliche Stille. Tiron gab ein Zeichen, dass sie absitzen sollten, er hatte nun ebenfalls bemerkt, dass auch der Stern an seinem Hals warm wurde, also war tatsächlich Gefahr im Verzug. Er trat leise zu Marla. »Kannst du mal nachsehen, was der Grund hierfür ist?«

Marla nickte, konzentrierte sich, ihre Umrisse verschwammen, und alsbald saß ein kleiner Hase an Boden, der sich sofort in den Wald aufmachte. Tiron fasste sein Pferd am Geschirr und wies mit einer Handbewegung die anderen an, das Selbe zu tun. »Wir warten hier, bis Marla zurückkehrt.«

Sie führten die Tiere ein kurzes Stück in den Wald, und ließen sich dort nieder. Still saßen sie an die Bäume gelehnt und warteten. Nach kurzer Zeit schon tauchte Marla zwischen dem Geäst wieder auf.

»Wir haben ein Problem. Nicht weit von hier lagert eine kleine Gruppe von Trollen. Sie haben sich so postiert, dass sie die Passstraße überblicken können. Der Abgang zum Pfad liegt leider hinter ihrem Lager. Wir können sie auch nicht umgehen, da der Waldgürtel zu eng ist. Sie würden uns sofort bemerken.«

»Das geht ja schon gut los. Wie viele sind es?«, fragte Tiron angespannt.

»Ich habe vier gezählt, jedoch lagen fünf Wasserflaschen in der Nähe der Feuerstelle. Also vermute ich, dass einer von ihnen irgendwo Wache hält. Ich habe ihn jedenfalls nicht bemerkt. Was wollen wir tun?«

»Ich vermute Folgendes: nachdem die, die von uns an der Brücke niedergemacht wurden, nicht zurückgekommen sind, werden die anderen wahrscheinlich einen Suchtrupp losgeschickt haben. Sie haben mit Sicherheit die beiden Leichenfeuer am Ufer des Fyndyr gefunden und es wird unschwer zu erkennen gewesen sein, dass es sich beim zweiten Feuer um Trolle gehandelt hat.«

»Nachdem sie hier lagern, müssen sie zwangsläufig an der Burg von Faranon vorübergekommen sein. Ob sie ihn wohl gefunden haben?«, meinte Charim nachdenklich.

»Faranon kann gut auf sich selber aufpassen. Er hat die Burg mit allen möglichen magischen Illusionen ausgestattet. Du erinnerst dich noch an die unsichtbare Türe? Nein, wenn er nicht gesehen werden will, so wird ihn auch keiner bemerken. Ich denke, die Trolle werden nur eine leere Festung vorgefunden haben«, sagte Marla beruhigend.

Tiron sah zu Varna. »Was meinst du?«

»Marla hat Recht. Wir sollten uns um Faranon keine Gedanken machen. Ich würde ein Ablenkungsmanöver vorschlagen. Da ich mich hier am besten auskenne, werde ich in anderer Gestalt der Straße weiter folgen. Die Trolle bemerken mich mit Sicherheit und werden sich vermutlich sofort an meine Fersen heften. Ihr könnt indessen ungehindert auf den Pfad abbiegen. Sobald die Kreaturen weit genug entfernt sind, werden sie sich wundern, warum ich auf einmal weg bin. Den davonfliegenden Vogel werden sie gar nicht wahrnehmen. Mein Pferd nehmt ihr mit.«

»Und wenn nur ein Teil der Trolle die Verfolgung aufnimmt?«

»Dann, mein lieber Charim, wird sich ein Kampf wohl nicht vermeiden lassen. Der Vorteil würde aber somit klar auf unserer Seite liegen, denn die Trolle haben sich getrennt.«

Tiron erhob sich. »Gut – so machen wir es.«

Sofort verwandelte Varna sich und nahm die Gestalt eines Mannes an. »Ein alter Mann auf Wanderschaft, aber sie werden sich wundern, wie schnell dieser Greis ist«, lachte die Panthera leise.

»Marla, du weißt, wo sie lagern. Gehe dorthin zurück und sieh nach, ob tatsächlich alle Varna folgen.«

»Mach ich, Tiron.« Und schon war Marla erneut im Unterholz verschwunden.

»Pass auf dich auf, Varna.« Doch auch die zweite Amazone winkte nur ab und lief zurück auf die Passstraße.

Tiron und Charim führten die Pferde leise an den Waldrand. Charim seufzte und ließ seinen Standardspruch vom Stapel: »Wenn das mal gut geht!«

»Ist es schon, Zimbarer!« Grinsend kam Marla schon wieder zurück und knuffte den vor Schreck zusammenzuckenden

Charim in die Seite. »Ihr hättet sehen sollen, wie schnell sie ihre Sachen gepackt haben, und Varna hinterher sind. Es sind alle weg.«

»Also, dann macht schnell!«, befahl Tiron und bestieg bereits sein Pferd.

Sie ritten eilig, aber vorsichtig die Straße entlang und hielten nach dem Abzweig des Pfades Ausschau.

Marla steckte kurz darauf den Arm aus. »Da vorne ist er.«

Hinter einer kleinen Biegung führte ein schmaler Weg in den Wald. Wer nicht genau danach suchte, konnte ihn leicht übersehen, da das Geäst der Bäume die Sicht auf den Pfad stark einschränkte.

Genau in diesem Moment trat ein Troll auf die Straße!

Er schien nach etwas zu suchen, denn im ersten Moment bemerkte er die bestürzten Reiter nicht.

»Verdammt, es waren nicht fünf, sondern sechs Trolle!«, flüsterte Marla erschrocken.

Nun hatte auch die Kreatur die Gefährten entdeckt. Die Augen des Trolls waren starr auf die drei Reiter vor ihm gerichtet. Staunen zeichnete sich auf seinem Gesicht ab. Anscheinend konnte er aber auch Eins und Eins zusammenzählen, denn sein Blick ruhte jetzt auf Varnas Pferd. Er begann, zu knurren, doch ehe er den Mund aufmachen konnte, sirrte etwas an Tirons Ohr vorbei. Der Troll riss die Augen auf, seine Beine gaben nach und er brach in Knie. In dieser Haltung verharrte er ein paar Augenblicke, ganz so, als würde er mitten auf der Straße beten, dann kippte er langsam zu Seite. Der Troll starb ohne einen weiteren Laut. Der Pfeil hatte punktgenau sein Herz getroffen.

Tiron drehte sich um und sah, wie Charim gerade seinen Bogen wieder herunternahm. Er zuckte mit den Schultern. »Ich dachte, bevor er anfängt zu rufen … «

Marla klopfte Charim anerkennend auf den Rücken. »Respekt, Zimbarer! Ein guter Schuss.«

Charim lächelte verlegen und sein Gesicht nahm einen leicht rötlichen Ton an.

Tiron hingegen überlegte schon weiter. »Wir können den Troll hier nicht liegen lassen – wenn die anderen zurückkommen, wissen sie sofort, was los ist. Los, helft mir – wir nehmen ihn mit.« Er stieg vom Pferd und gemeinsam mit Charim wuchteten sie den toten Körper auf Varnas Reittier.

Angeekelt murrte Charim: »Meine Herrn, wie diese Biester stinken, unglaublich. Ob der sich jemals gewaschen hat? Vermutlich kennen Trolle so etwas gar nicht.«

Tiron schauderte leicht. Das Wesen roch stark nach altem Schweiß, gewürzt mit einer guten Note ranzigen Fettes. Die Gefährten verwischten sorgfältig sämtliche Blutspuren, saßen wieder auf und verließen schnell die Straße. Ihr Pfad erwies sich als kleiner Weg, der sich eine Zeit lang neben der Straße durch das Gehölz schlängelte, um dann Richtung Norden abzuknicken.

Eine Weile später verließen die Reiter den Wald, und trafen auf ein lichteres Gelände, das sie leicht bergauf führte. Der Weg verlief am unteren Rand des Gebirges entlang und wurde jetzt steiniger. Immer wieder hielten sie nach Varna Ausschau, doch weit und breit war nichts von ihr zu sehen.

Kurze Zeit später stießen die drei Gefährten auf einen Spalt im Erdboden. Tiron schätze ihn auf drei Fuß Breite. Darüber waren mehrere Holzplanken gelegt, die aber auf Grund ihres morschen Zustandes nicht gerade vertrauenerweckend aussahen. Tiron glitt aus dem Sattel und untersuchte den Spalt im Boden genauer – er führte tief ins Erdreich.

»Komm, Charim, hilf mir. Hier werden wir unseren *wohlriechenden* Freund bestatten.«

Charim grinste, und die beiden zogen den toten Troll vom Pferd und warfen ihn in den Erdspalt; der Aufprall des Körpers erfolgte Augenblicke später.

»So – ich denke, das dürfte genügen. Der Rest der Trolle wird bestimmt nach ihm suchen, aber selbst wenn sie unsere Spuren finden sollten, werden sie geraume Zeit beschäftigt sein.« Tirons Blicke suchten bedrückt den Horizont ab. »Wo Varna nur bleibt?«

»Mach dir keine Gedanken, Tiron. Sie ist erfahren und vorsichtig«, beruhigte ihn Marla.

Die Drei machten sich daran, jetzt selbst vorsichtig den Erdspalt zu überqueren und setzten dann zügig ihren Weg fort.

Nach einer Weile rief Charim, der als Letzter ritt, nach vorne: »Sagt mal, ihr beiden, mir fällt da gerade etwas ein. Müssen wir eigentlich wieder durch das Moorland? Nicht falsch verstehen, Marla, ich habe ja nichts gegen dein dortiges Zuhause. Nur wenn ich an diese stinkende Brühe mit all diesen kleinen geflügelten Monstern denke, da stehen mir jetzt schon die Haare zu Berge.«

»Das war nicht mein Zuhause! Das war einzig und allein eine notwendige Zuflucht. Und falls es dich beruhigt – ich muss da auch nicht unbedingt wieder hin. Varna wird wissen, ob wir durch dan Sumpf müssen oder nicht – also wirst du dich noch gedulden müssen, bis sie wieder bei uns ist.«

Der Zimbarer murrte hinter ihr: »Ich hoffe inständig, wir können einen anderen Weg nehmen.«

Marla sah hoch oben über ihren Köpfen etwas schweben, und schaute in den Himmel. »Da – das könnte Varna sein!«

Tirons und Charims Blicke folgten Marlas ausgestrecktem Arm, und sie sahen einen kleinen Falken herannahen, der kurz darauf vor ihnen niederging, um sich auch wirklich in Varna zurückzuverwandeln.

Sie lief lachend auf die Gefährten zu. »Sie haben mich fast bis zur Am´Dyr-Brücke verfolgt und konnten es wahrscheinlich nicht fassen, dass der alte Mann vor ihnen so schnell laufen konnte. Und dann erst ihre Gesichter, als der Greis plötzlich vor ihren Augen spurlos verschwand.« Als Varna in die Gesichter der Drei sah, wurde sie schlagartig ernst. »Was ist passiert?«

Tiron schilderte ihr in knappen Worten die Begegnung mit dem Troll.

Nachdenklich fasste sich die Panthera, nachdem Tiron geendet hatte, an den Kopf. »Ärgerlich, aber ich glaube, da sind wir mit einem blauen Auge davongekommen. Es war eine gute Entscheidung, dass ihr die Leiche des Trolls mitgenommen habt. Wenn der Rest dieser Kreaturen zurückkommt, bleibt der eine verschwunden und nichts deutet auf uns hin.«

»Es sei denn, sie finden unsere Fährte. Die Abdrücke der Pferde sind im weichen Waldboden deutlich zu erkennen«, mahnte Charim.

»Selbst wenn sie diese finden sollten, wird es schwer sein, uns zu folgen. Der Pfad ist steinig, und nicht immer erkennbar, das werdet ihr schnell feststellen. Deswegen werden sich auch unsere Spuren schnell verlieren«, gab Varna beruhigend zurück.

»Müssen wir eigentlich durch Moorland?«, fragte Charim sofort nach.

»Nein, wir umgehen es. Es dauert zwar etwas länger, ist aber dafür weniger beschwerlich.«

Erleichterung machte sich auf Charims Gesicht breit.

»Siehst du, Charim, alle Sorge umsonst!«, sagte Marla und wandte sich an die andere Panthera. »Weißt du, Varna, er hatte nämlich schon wieder Angst, auf kleine Monster zu treffen«, witzelte sie.

»Was für kleine Monster?«

»Du weißt schon, bsssss … « Marla ahmte eine Mücke nach.

»*Diese* Monster? Ja, sehr gefährlich!«

»Genau – und sie mögen am liebsten Zimbarerblut, darnach gieren sie richtig!«, gluckste Marla.

»Jetzt reicht´s aber, ihr zwei närrischen Weiber. Entschuldigung, dass ich danach fragte!«, rief Charim zornig.

Die beiden Pantheras und Tiron begannen angesichts des hochroten Kopfes von Charim, lauthals zu lachen.

Tiron beschwichtigte Charim grinsend: »Beruhige dich. Sie haben doch nur Spaß gemacht, außerdem bin ich auch froh, dass wir nicht durch den Sumpf müssen.«

Charim winkte nur beleidigt ab.

Varna wollte eben auf ihr Pferd steigen, als sie kurz innehielt und an ihrem Sattel roch. »Was stinkt denn hier so? Ihr habt doch nicht etwa … «

»Hattest du gedacht, wir hätten den Troll die ganze Strecke getragen?!«, knurrte Charim.

»Herzlichen Dank! Bis der Gestank wieder aus dem Leder raus ist, wird es ewig dauern.« Angeekelt stieg die Amazone in den Sattel. »Also, dann wollen wir mal weiter. Ich reite voraus.«

Marla, Tiron und Charim ritten Varna hinterher, die weiter dem Pfad in Richtung Norden folgte. Lange Zeit ritten sie am Fuße des Ankormassivs entlang und die Sonne hatte mittlerweile ihren Zenit weit überschritten, als sie sich die erste Rast an einem kleinen Bach gönnten. Die Gefährten führten ihre Pferde zum Ufer, tränkten sie ausgiebig und banden sie in der Nähe des Gewässers an einen

Baum. Tiron und Charim setzen sich auf zwei große Felsbrocken in die Sonne und streckten ihre Füße in das kristallklare Wasser. Varna und Marla hatten sich in den Schatten einer großen Tanne zurückgezogen und unterhielten sich angeregt. Nach kurzer Zeit zog Tiron seine Beine aus dem Wasser, die schneidende Kälte hatte bereits zu einem Taubheitsgefühl geführt, doch es belebte seinen ganzen Körper. Er schlenderte zu den Pferden, um ihre Hufe zu untersuchen, ob er etwas Auffälliges entdecken konnte. Aber es schien alles in Ordnung zu sein, denn die Tiere machten einen ruhigen und ausgeglichenen Eindruck. Der bis jetzt doch sehr steinige Weg hatte die Pferde reichlich beansprucht, und einen lahmenden Gaul konnten sie gegenwärtig am allerwenigsten gebrauchen.

Tiron kramte aus seiner Satteltasche ein Stück Brot hervor und biss hungrig hinein. Kauend lief er zu den beiden Pantheras. »Ich habe mir gerade die Hufe der Pferde angesehen – alles in Ordnung. Hoffen wir, dass sie weiterhin so gut laufen. Varna, kannst du abschätzen, wie lange wir dem Steig noch folgen müssen?«

»Ja. Etwa einen halben Tagesritt. Wir werden es vor Anbruch der Nacht nicht schaffen. Ich denke, in drei Tagen werden wir die Kalet Semyah zu Gesicht bekommen, und am Horizont wird auch Moorland auftauchen. Dann werden wir den Pfad verlassen.«

»Kalet Semyah?«, horchte Tiron auf.

»Ja, die Grosse Ebene. Sie zieht sich von den Ausläufern des Ankor bis hoch in den Norden von Schattenwelt. An ihren östlichen Rändern berührt sie Moorland, wie auch Senuum. Kaum Wasser und so gut wie keine Vegetation machen sie zu einer unwirtlichen Gegend. Wir werden uns deshalb nur an ihrem Rand aufhalten. Dort gibt es noch vereinzelte Wasserstellen, die aber gefährlich sein können, denn zu diesen Orten kommt natürlich auch die Dunkle Seite, um zum rasten. Da ist äußerte Umsicht und Achtsamkeit gefordert.«

Tiron nickte. »Zieht sich unsere Route lange an der Grenze dieser Kalet Semyah hin?«

»Zwei Tagesritte werden es bestimmt sein. Wenn nichts dazwischen kommt.«

»Heißt also, wir reiten beide Tage vollkommen ungeschützt im offenen Terrain?!«

»Stattdessen käme nur der Weg durch Moorland in Frage – und das wäre mit unseren Pferden nicht zu machen.«

Tiron seufzte. »Ja, das steht wohl außer Frage. Aber die Aussicht auf zwei Tage ganz ohne Deckung ist nicht gerade ermunternd. Wenn wir die Ebene erreicht haben, sollten wir uns überlegen, nachts zu reiten, das wäre deutlich sicherer. Lasst uns jetzt lieber aufbrechen, damit wir bis zum Sonnenuntergang möglichst viel Wegstrecke zurücklegen.«

Marla erhob sich und lief los. »Ich sage Charim Bescheid.«

Die Gefährten füllten ihre Wasserflaschen nochmals auf und verließen kurz darauf den Lagerplatz.

Der Weg wurde nun etwas weniger steinig und flachte außerdem ab. Tiron nahm die Hand hoch, um seine Augen vor der Sonne zu schützen, und ließ seinen Blick am Ankorgebirge entlang gleiten. Direkt über ihm türmte sich die Krähenspitze auf – diesen Gipfel hatten sie bereits von Faranons Burg aus gesehen. Sie thronte mit ihrer schneebedeckten Kuppe über dem Massiv. Mächtig, beeindruckend und majestätisch. Er überlegte, welchen Blick man wohl von dort oben hätte, bestimmt konnte er fast ganz Schattenwelt überschauen.

Plötzlich riss ihn Charim aus seinen Gedanken. »Sag mal, wird es dir nicht Angst, wenn du an die bevorstehenden Tage denkst?« Er rutschte bei diesen Worten unruhig im Sattel umher.

Tiron sah dem Zimbarer eindringlich in die Augen. »Mir ist ebenso flau im Magen, Charim – aber wenn du die Angst zu sehr von dir Besitz ergreifen lässt, so ist sie wie ein wildes Tier – sie frisst dich auf, sie lähmt dich. Lasse also nicht zu, dass sie sich deiner bemächtigt!«

»Das ist leichter gesagt als getan«, murmelte Charim nachdenklich.

»Ja, so ist es – und glaube bloß nicht, dass es mir leicht fällt.«

Der Zimbarer nickte und wirkte ein wenig beruhigter. »Hast du dir eigentlich mal Gedanken über diese Prophezeiung gemacht? Du weißt schon, das mit dem – *töte das Licht, töte den Schatten* – und so?«

»Ich habe keinen blassen Schimmer, was das zu bedeuten hat.

Ich hoffe fest, dass wir dieses Rätsel lösen können, bevor es zu einer Begegnung mit Obsidian kommt.«

»Hmm, sonst wäre es wohl schlecht bestellt um dich?«

»Danke, Zimbarer – für diese aufmunternden Worte. Du verstehst es wirklich, einem Mut zu machen«, gab Tiron mürrisch zurück.

»Entschuldige – es war nicht so gemeint. Wir werden das gemeinsam schaffen. Wir werden diesem Fürsten der Finsternis ordentlich eins verpassen – und zwar so, dass er mit seinem fürstlichen Hintern geradewegs in das schmutzige Loch fliegt, aus dem er gekrochen ist.«

Angesichts von Charims Worte musste Tiron lauthals lachen, sodass Marla sich auf ihrem Pferd umdrehte und schmunzelnd meinte: »Ihr zwei scheint ja sehr viel Spaß zu haben!«

Sie winkten nur ab und ritten lachend weiter.

Drei lange Tage den Pfad entlang waren bereits vergangen. Gerade schickte die Sonne sich an, allmählich hinter den Bergen abzutauchen und so brach jene Zeit vor dem Dunkelwerden an, in der die Umgebung in einen rotgoldenen Ton getaucht wurde. Auch die Natur hatte sich merklich verändert – zwar sah man es noch nicht – aber die Gefährten spürten, dass sie sich den ersten Ausläufern der Kalet Semyah näherten. Der Baumbestand war jetzt von niederem Wuchs, und wurde zusehends lichter. Auf Grund dieser Gegebenheit suchten Die vier Reiter bereits seit einiger Zeit nach einem geeigneten Platz für das Nachtlager. Endlich fanden sie eine kleine Baumgruppe, die etwas dichter stand und somit genügend Sichtschutz bot. Direkt davor befand sich ein großer Findling, der möglichen neugierigen Blicken vom Tal her im Weg lag. Die Gefährten leinten ihre Pferde hinter den Bäumen an, und legten sich, nachdem sie die Wache eingeteilt hatten, zur Ruhe.

Die Nacht war still und klar, als Varna Tiron weckte, damit er die nächste Wache übernahm.

»Irgendetwas Auffälliges?«, flüsterte er.

»Nein, außer … « – Tiron sah Varna im Mondschein schelmisch grinsen und dann auf Charim zeigend –, » … er spricht im Schlaf – von Marla!«

»Varna – tu mir bitte einen Gefallen! Behalte es für dich, und zieh ihn bloß nicht morgen damit auf. Er traut sich sonst Marla nicht mehr unter die Augen.«

»Wofür hältst du mich?«, fragte die Panthera mit gespielter Empörung und setzte ernsthaft – zumindest *versuchte* sie, ernst zu wirken –, hinzu: »Ich möchte doch einem aufkeimenden Glück nicht im Wege stehen.«

Tiron schüttelte nur den Kopf und stand schmunzelnd von seinem Lager auf. »Geh schlafen, Varna.«

Er lief zu dem großen Findling und kletterte ihn empor. Von dort hatte er den besten Überblick, außerdem konnte man ihn selbst nur schwer wahrnehmen, da seine Silhouette mit der Baumgruppe im Hintergrund verschmolz. Tiron setzte sich und betrachtete die unter ihm liegende Landschaft. Der Mond hatte seine volle Größe erreicht und schickte seine silbernen Strahlen über das Land. Vereinzelt hörte er leise Geräusche von Tieren, die im Unterholz nach Nahrung suchten. In der Ferne vernahm er das Heulen eines Wolfes, aber ansonsten blieb alles ruhig. Nach geraumer Zeit weckte er Charim und legte sich dann selbst zur Ruhe.

Es war kurz nach Sonnenaufgang, als Die vier sich wieder in Bewegung setzten. Tiron wollte so schnell wie möglich die Kalet Semyah erreichen. Dort beabsichtigten sie, bis zum frühen Abend zu rasten, um erst in der Dämmerung weiterzureiten.

Nach längerem Ritt zeigte Varna Richtung Norden. »Die Kalet Semyah – und seht ihr? Rechter Hand liegt auch Moorland!«

Tatsächlich konnten sie in weiter Ferne eine große Grünfläche ausmachen, die von Wasser durchzogen war. Die Wasserflächen glitzerten im hellen Sonnenlicht, gerade so, als hätte ein Riese Diamanten in einer Wiese verloren.

»Es sieht von weitem so friedlich aus! Doch wenn ich zurückdenke, wie viel Mühen es gekostet hat, hindurch zu kommen…«, sagte Charim nachdenklich.

»Es hatte auch was Gutes, Charim. Ihr habt mich getroffen!«, lächelte Marla.

Der Zimbarer schaute sie an und schnitt eine Grimasse. »Stimmt, wie konnte ich das nur vergessen!«

Marla funkelte ihn empört an. »War das jetzt ironisch gemeint, mein Lieber?«

»Nein, nein, natürlich nicht. Ich – äh – wir, sind froh, dass du an unserer Seite bist«, gab Charim erschrocken zurück. Marlas heftige Reaktion hatte ihn wohl überrascht.

Varna lehnte sich auf ihrem Pferd nach links und flüsterte feixend zu Tiron: »Wie heißt es so schön – was sich liebt, das neckt sich.«

»Hör schon auf, Varna. Wenn es tatsächlich so sein sollte, dann lassen wir den Dingen ihren Lauf und gießen kein zusätzliches Wasser auf die Mühlen. Habe ich dein Wort?«

»Natürlich hast du das, Tiron! Ich habe wahrlich keine Lust, mich die nächste Zeit mit zwei verliebten Streithähnen auseinander setzen zu müssen.«

»Und die sich darüber noch nicht mal im Klaren sind.«, setzte Tiron noch hinzu. »Also belassen wir es auch dabei.«

Sie hatten nun die Kalet Semyah erreicht, eine riesige, bis zum Horizont reichende Ebene. Eine Geröllwüste, die von einzelnen kleineren Sanddünen durchzogen wurde. Ein scharfer, lauwarmer Wind blies stetig Richtung Nordwest. Er führte Staub und Sand mit sich, immer wieder bildeten sich am Rand der Dünen kleine Windhosen, die ein paar Fuß hoch über den Boden tanzten, um sich dann urplötzlich in Nichts aufzulösen. Außer vereinzelten Kakteen, die wie steinerne Mahnmale aus dem Boden wuchsen, war weit und breit kein Leben zu sehen, einmal abgesehen von zwei winzigen Echsen, die geschäftig über die Steine liefen.

»Kein Wasser – kein Leben. Nur wenige wagten es, die Grosse Ebene zu durchqueren«, sagte Varna.

»Und wie viele schafften es?«, wollte Charim wissen.

»Vielleicht drei, vier Handvoll – von den meisten, die es versucht haben, hat man nie wieder etwas gehört oder gesehen. Diejenigen, welche die andere Seite erreichten, sprachen mit Schaudern von der Kalet Semyah. Es sollen riesige Kreaturen unter dem Sand lauern, die nachts auf Beutefang gehen. Ob das nun Wahrheit oder Mythos ist, kann ich nicht beurteilen, doch man erzählt sich diese Legenden schon seit dem Ersten Zeitalter. Und ehrlich gesagt, bin ich nicht scharf darauf, herauszufinden, ob es der Wirklichkeit entspricht oder nicht.« Fröstelnd schüttelte sich Varna. »Nicht mehr lange, und wir erreichen eine kleine Wasserstelle – dort können wir rasten und die Nacht abwarten. Ab jetzt heißt es, doppelt wachsam zu sein, denn ihr seht, die Landschaft bietet keine Deckung. Vor allem, wenn wir in die Nähe der Oasen kommen, ist äußerste Vorsicht geboten. Wie ich gestern schon sagte: auch die Dunkle Seite nutzt diese Orte.«

Tiron schaute kritisch über die Ebene. »Im Galopp würde jede Menge Dreck aufgewirbelt, der Wind trägt ihn hoch hinaus und die Staubfahne würde meilenweit sichtbar sein, reiten wir also langsam.«

Sie setzten sich wieder in Bewegung und hielten die Zügel kurz. Allen Gefährten sah man jetzt an, dass sie sehr angespannt waren. Tirons Augen suchten beständig den Himmel ab, ob nicht eine Auffälligkeit vorhanden wäre. Mehrmals stockte ihm der Atem, als er einen schwarzen Punkt am Horizont ausmachte, doch jedes Mal stellte sich der dunkle Schatten als eine gewöhnliche Krähe heraus. Wie Varna vorhergesagt hatte, tauchte nach nicht allzu langer Zeit die Wasserstelle vor ihnen auf. Sie machten Halt und suchten, soweit das überhaupt möglich war, hinter einem Busch mit ausladenden Zweigen Deckung. Marla wandelte ihre Gestalt in die eines kleinen Falken, um zu erkunden, ob jemand in der Oase anwesend war. Sie flog in niedriger Höhe mehrmals über die Wasserstelle hinweg, und kam nach kurzer Zeit zurück.

Nach dem Wechsel zurück in ihre menschliche Gestalt berichtete sie: »Bis auf ein paar Spuren am Ufer habe ich nichts entdecken können. Das Wasser scheint klar und sauber zu sein. Der Platz ist eingesäumt von dichtem Buschwerk und einigen größeren Palmen, aber das ist genau das Problem. Die Sträucher wachsen sehr dicht, wir sind also vor den Blicken Neugieriger geschützt, doch haben wir andersherum keinerlei Sicht nach außen … Jeder, der zu dieser Wasserstelle möchte, könnte uns überraschen.«

»Danke, Marla. Wir werden trotzdem dort lagern. Doch sobald wir die Wasserstelle erreicht haben, werden wir abwechselnd Wache stehen«, bestimmte Tiron.

Vorsichtig näherte sich die kleine Gruppe der Oase.

Nur mit viel Mühe gelang es ihnen, die Pferde durch das Dickicht zu bewegen, wiederholt scheuten die Tiere nervös und versuchten, auszubrechen. Als alle endlich das Dickicht durchquert hatten, standen sie an einem kleinen Weiher mit glasklarem Wasser. Die Luft war hier angenehm kühl. Einige mittelgroße Palmen spendeten ausreichend Schatten, und machten so die Hitze etwas erträglicher. Die Gefährten banden ihre Tiere an einer der Palmen an, ließen die Leinen jedoch lang genug, damit die Pferde selbstständig trinken konnten. Varna übernahm die erste Wache, und da es inzwischen früher Nachmittag war, zogen sich die anderen in die Schatten der Bäume zurück, um ein wenig zu dösen. Nachdem Varna von Charim abgelöst worden war, gesellte sie sich zu Marla. Die beiden Amazonen begannen, wie in jedem ruhigen Augenblick, sofort zu üben, damit Marla weiter erlernte, ihre Anwesenheit vor anderen Pantheras geheim halten zu können.

Tiron lag mit geschlossenen Augen unter einem Strauch. Leise trug der Wind bruchstückhafte Gesprächsfetzen der beiden Amazonen zu ihm herüber. Er vernahm Worte wie: » … konzentriere dich … «, und: » … siehst du die Aura? Ja!?! Dann machst du es falsch. Noch mal von vorne … «

Er hatte das Gefühl, erst kurze Zeit die Augen zugemacht zu haben, als Charim ihn zur nächsten Wache rief. Charim beteuerte auf die nicht ganz ernst gemeinte Nachfrage von Tiron, dass er genau für die ausgemachte Zeit auf seinem Posten gestanden habe, und ihn keineswegs zu früh geweckt habe. Noch etwas schläfrig machte Tiron sich auf, seinen Platz am Rande der Wasserstelle einzunehmen. Er wählte eine Stelle mit Sicht ins Landesinnere, denn von der Seite der Geröllwüste würde bestimmt niemand auftauchen. Die Landschaft war hier steppenähnlich. Wenig Buschwerk, ab und zu ein paar Grasflächen, die auf Grund der Hitze und des Wassermangels stark braun gefärbt waren. Außer dem leisen Rauschen des Windes vernahm Tiron keinen Laut. Er lag bäuchlings auf dem Boden, unter einem Busch, und beobachtete zwei Ameisen, die um einen Grassamen wetteiferten – als ihn plötzlich ein Geräusch aufschreckte. Es klang wie das Grollen eines weitentfernten Gewitters. Leise und doch unüberhörbar. Tiron stand sofort auf, um eine bessere Sicht zu haben, doch in der unmittelbaren Umgebung war nichts zu entdecken. Am Rande des Horizonts türmten sich dunkle Wolken am Himmel auf und erneut ertönte das Donnern. Es schien also tatsächlich ein Unwetter zu sein, außerdem – wenn wirklich unmittelbar Gefahr im Verzug wäre, hätte ihn der Stern mit Sicherheit gewarnt. Dieser Gedanke beruhigte Tiron, sodass er sich entspannte und sich abermals an seinen Platz unter der Staude legte.

Der Rest der Wache verstrich ereignislos – nur die beiden Ameisen kämpften immer noch verbissen. Tiron lief zurück zu den anderen, damit Marla seinen Posten einnehmen konnte. Varna wiederholte wohl zum X-ten Male die Verschleierungsprozedur, denn in Marlas Gesicht spiegelte sich ein Anflug von Dankbarkeit, als Tiron sie bat, jetzt die Wache zu übernehmen. Schnell verabschiedete sie sich und verschwand eilig zwischen den Büschen.

»Und? Kommt ihr voran?«, erkundigte sich Tiron.

Varna lächelte. »Ich bin zuversichtlich. Marla ist eine gelehrige Schülerin. Vermutlich ein bis zwei Tage noch, dann hat sie den Dreh raus.«

Tiron sah zu Charim. Er schlummerte tief und fest im Schatten der großen Palmwedel. Dann schaute er nach oben zum Himmel. »Es wird bald dämmern – wenn Marla von ihrer Wache zurückkommt, werden wir aufbrechen. Einverstanden?«

Varna betrachtete mit einem schnellen Seitenblick den schlafenden Zimbarer und meinte neidisch: »Gut, dann werde ich jetzt auch versuchen, noch ein bisschen zu schlafen.« Sie rutschte einfach am nächsten Baumstamm nach unten und bemühte sich, eine geeignete Schlafposition zu finden. Tiron hingegen lief zum Wasser, um sich noch ein wenig zu erfrischen, dann legte auch er sich in den Schatten.

Es begann bald darauf, zu dunkeln. Marla war gerade von ihrem Wachposten zurückgekommen, und sofort begannen die Gefährten, ihre Pferde zu satteln. Nachdem wie immer sämtliche Spuren ihrer Lagerung sorgfältig beseitigt waren, brachen sie auf – Richtung Norden, immer am Rande der Kalet Semyah entlang.

Sie waren längst außerhalb der Oase und so bemerkten sie auch nicht, dass eine große Nebelkrähe – die in unendlicher Geduld stundenlang völlig starr in einer der großen Palmen gesessen hatte –, ihren Platz verließ, um lautlos in die Nacht entschwinden …

Trotz der Nacht kamen sie gut voran, denn der Mond stand hell am Firmament und keine Wolke trübte den Himmel ein. Es war kurz nach Mitternacht als sich der Geruch der Luft schlagartig änderte. Er wurde schwerer und bekam eine faulige Duftnote. Die vier Gefährten hatten die Ausläufer von Moorland erreicht.

»Ich hatte fast vergessen, wie schrecklich dieser Geruch ist«, meinte Marla leise und rümpfte die Nase.

Varna sah sie fragend an. »Wie lange hast du in Moorland gelebt?«

»Zwei Menschengenerationen!«

»Das ist lange solch einen düsteren Ort.«

Marla zuckte mit den Schultern. »Irgendwann akzeptiert man es, aber gewöhnt habe ich mich nie daran. Ich empfand es zum damaligen Zeitpunkt als eine gute Idee und es war eine halbwegs sichere Zuflucht, denn lange blieb ich unentdeckt. Da hast du es besser getroffen, Varna.«

»Was die Wohnstatt anbetrifft, ganz sicher.«

»Wie kamst du überhaupt zu den Alten Wesen? Wir hatten bis jetzt noch nie darüber gesprochen«, wollte Marla wissen.

»Ich wurde in der letzten der Großen Schlachten schwer verwundet. Ich habe es den Heilern der Norodim zu verdanken, dass ich heute noch lebe. Als ich Leander fand, bekam ich einen Pfeil in den Rücken.« Marla hörte nun einen zornigen Unterton in Varnas Stimme: »Ist typisch für das Böse. Der Troll hatte nur darauf gewartet, dass sich jemand Leander näherte – um ihm dann feige in den Rücken zu schießen. Wie gesagt, ich ging zu Boden, doch der Pfeil traf nicht mein Herz, sondern durchbohrte die Lunge. Man fand mich mehr tot als lebendig, und brachte mich zu den Norodim. Sie waren die Einzigen, die in der Lage waren, mir zu helfen. Ich verdanke ihnen mein Leben. Aber sie kannten auch die Situation, in der ich mich, beziehungsweise unser Volk, befand. Sie gewährten mir Schutz und Asyl –allerdings durfte ich Aburin nicht verlassen. Das Risiko, von den abtrünnigen Pantheras entdeckt zu werden, war zu hoch, denn ich kannte nun das Geheimnis um die Lanze.«

Varna seufzte wehmütig, und fuhr fort: »Ich wurde zwar wieder gesund, doch ich tauschte meine Freiheit gegen einen goldenen Käfig. Ich würde ihn nur verlassen können, wenn ich es schaffte, mich vor den Augen meiner Schwestern zu verbergen. Ich suchte deshalb nach einem Ausweg aus diesem Dilemma – und so fing ich an, meinen Geist immer weiter zu trainieren. So schaffte ich es tatsächlich irgendwann, meine Aura zu verschleiern.«

Tiron, der mit Charim vor ihnen ritt, drehte sich halb im Sattel um. »Warum hast du Aburin nicht verlassen, als es soweit war?«

Varna sah ihn erstaunt an. »Wo sollte ich denn hin? Lange Jahre waren ins Land gezogen; ich hatte in dieser Zeit keinen Kontakt nach außen. Mein Volk war in alle Winde zerstreut, und teilweise dem Bösen verfallen. Ich hatte keine andere Möglichkeit, als zu bleiben. Versteht mich nicht falsch – ich hegte keinerlei Abneigung oder Groll gegen die Norodim – ganz im Gegenteil. Sie hatten mich mittlerweile in ihre Gemeinschaft aufgenommen und voll akzeptiert – und jetzt endlich, nachdem ich ihnen bewiesen hatte, dass ich kein Risiko mehr darstellte, konnte ich auch Aburin das eine oder andere Mal verlassen. Es gab von nun an keinen goldenen Käfig mehr. Mir stand es frei, jederzeit zu gehen – und doch blieb ich, denn die Norodim lehrten mich ein Wissen, das keine Panthera jemals erreichen würde.«

Nach diesen Worten blieb Varna still. Tiron vermutete, dass sie, in sich gekehrt, über vergangene Zeiten nachdachte. Wenn er über seine eigene Geschichte nachdachte, ging es ihm zuweilen ebenso. »Manche unserer Wunden verheilen auch nach vielen Zeitaltern nicht.«, brummte er zu sich selber.

Nachdem offenbar keine Fragen offen geblieben waren – oder vielleicht niemand eine weitere stellen mochte –, ritten die Gefährten stillschweigend weiter. Beständig begleitete sie von nun an der Geruch von Moder und Fäulnis. Ab und zu vernahmen man Geräusche aus dem Inneren von Moorland; mal ein sanftes Plätschern, mal ein kaum hörbares Knacken im Geäst der Bäume. Doch es war nichts, was zur Besorgnis Anlass geben konnte.

Inzwischen wurde es langsam hell und Tiron wandte sich an Varna. »Kennst du einen Platz zum Rasten? Wenn nicht, sollten wir langsam danach Ausschau halten.«

»Wir werden noch einen halben Tagesritt brauchen, dann

erreichen wir Senuum«, überlegte Varna. »Dort, an der Grenze zu Moorland, gibt es eine alte Köhlerei. Sie ist meines Wissens unbewohnt. Wenn wir jetzt scharf reiten, könnten wir sie auch in kürzerer Zeit erreichen.«

Tiron nickte und blickte Marla und Charim auffordernd an: »Was meint ihr dazu?«

Charim überlegte kurz und meinte entschlossen: »Ich bin für Weiterreiten. Es wird noch etwas dauern, bevor die Sonne ganz aufgeht, das heißt, wir werden nur eine Weile bei Tageslicht reiten, sind aber dafür schon am frühen Vormittag in Senuum. Außerdem ist der Boden hier weniger sandig, sodass nur spärlich der Staub aufgewirbelt wird. Ich würde das Risiko eingehen.«

Marla nickte zustimmend. »Auch meine Meinung, ich bin für Weiterreiten.«

»Dann gebt eurem Pferd die Sporen. Wir sind die Nacht über zwar zügig geritten, doch die Tiere können noch einiges vertragen.« Tiron presste die Absätze seiner Stiefel in die Flanke seines Pferdes, worauf dieses sofort davonjagte. Die anderen drei folgten ihm.

Sie waren eine Zeitlang im scharfen Galopp geritten, als sie das Tempo etwas verlangsamten, um den Tieren eine kleine Verschnaufpause zu gönnen. Die Pferde waren schweißgebadet, und weißer Schaum troff bereits von den Mäulern. Dankbar nahmen die Tiere einen leichten Trab auf.

Varna rief von hinten: »Wir sind schneller, als ich dachte! Seht ihr?! Da vorne beginnt Senuum!«

In der Tat, vor sich nahmen sie eine leichte Veränderung der Vegetation wahr. Die Landschaft wurde zusehends lichter und war nicht mehr ganz von so üppigem Grün – was auf Wassermangel hindeutete. Dort hörte also Moorland auf. Tiron hatte seine alte Heimat erreicht …

Eigenartig – vor mehr als drei Monden war er von jenem Ort aufgebrochen; und jetzt hatte er das Gefühl, als sei er jahrelang weg gewesen. Er war gespannt, wie es Xinbal in dieser Zeit ergangen war und musste unwillkürlich bei diesen Gedanken grinsen. Wahrscheinlich war der Alte mürrisch wie eh und je.

Kapitel 21

Aram der Köhler

Wie Varna es vorausgesagt hatte, erreichten sie Senuum schon kurze Zeit später. Plötzlich brachte Tiron sein Pferd unversehens zum Stehen. Einzig Charim hatte den Grund für den abrupten Halt ebenfalls bemerkt. In einiger Entfernung kräuselte sich eine dünne Rauchwolke gen Himmel, und in der Luft lag ein ganz leichter Geruch nach verbranntem Holz. Die Köhlerei war also in Betrieb, das bedeutete, jemand war vor Ort.

»Hattest du nicht gesagt, dass dieser Weiler verlassen wäre?«, fragte Tiron.

»Das war er auch – vor Jahren«, erwiderte Varna. »Was aber nicht heißen muss, dass er es jetzt immer noch ist.«

Tiron zeigte in die Richtung des Qualms. »Also irgendjemand scheint anwesend zu sein. Er ist auf jeden Fall unglaublich leichtsinnig, so auf sich aufmerksam zu machen … «

» … oder aber, er fühlt sich sehr sicher. Was in diesem Landstrich wahrscheinlich nur auf die Kreaturen des Bösen zutreffen würde«, ergänzte Marla bissig.

»Gut, sehen wir uns die Köhlerei einmal an«, entschied Tiron und setzte ergänzend hinzu: »Jetzt ist äußerste Vorsicht geboten. Am besten, wir kundschaften das Gelände von zwei Seiten her aus. Charim, du gehst mit Marla, Varna wird mit mir kommen. Wir werden uns von Norden nähern. Ihr beide schlagt einen Bogen, und schaut euch das von Osten aus an. Falls ihr etwas entdeckt, macht euch bemerkbar. Das sollte Marla tun, denn in einer anderen Gestalt kann sie sich unauffällig bewegen. Wir werden es ebenso halten. Bitte unternehmt nichts Unbedachtes!«

Ohne weitere Worte trennten sich die Gefährten. Tiron und Varna behielten ihre Richtung bei, die beiden Anderen schlugen die östliche Route ein.

Die Köhlerhütte lag knapp dreihundert Fuß vor ihnen. Die Rauchfahne, die sie wahrgenommen hatten, entstammte einem Kohlenmeiler, der sich keinen Steinwurf entfernt von dem Gebäude auftürmte und still vor sich hinschwelte. Das Anwesen lag auf einer schmalen Lichtung, durch die sich ein kleiner Bach hindurchschlängelte. Das Nass war unerlässlich für einen Köhler, denn er musste damit die Temperatur im Meiler regulieren. Später brauchte er große Mengen des Wassers, um den Schwelbrand im Inneren schnell abzulöschen, denn sonst verbrannte die Holzkohle und seine ganze Arbeit wäre umsonst. Tiron lag mit Varna, gut geschützt im hohen Gras, am Rande der Lichtung. Es war niemand zu sehen, und bis auf ein leises, aber stetiges Knistern aus dem Meiler vernahmen sie keine ungewöhnlichen Geräusche. Tiron hielt Ausschau nach Charim und Marla, sie mussten irgendwo in der Nähe des Meilers sein, doch er konnte sie nicht entdecken.

Varna stieß ihn sacht in die Seite und flüsterte ihm zu: »Was wollen wir unternehmen?«

»Im Moment noch nichts. Wir warten ab. Sollte irgendetwas faul sein und … « – Tiron fasste den Schlüssel an – er war warm –» … und es *ist* etwas faul, Varna. Der Stern hat gerade seine Temperatur verändert. Egal, wer es ist – sie werden sich mit der Zeit verraten. Geduld ist nicht gerade die Stärke des Bösen.«

Varna schmunzelte. »Da hast du allerdings Recht. Hoffen wir, dass Charim und Marla sich ebenfalls ans Abwarten halten werden.«

Eben wollte Tiron antworten, da rief Varna leise: »Da – sieh!«

Eine Gestalt trat in den Türrahmen der Hütte. Sie nahmen sie nur schemenhaft wahr, denn die Sonne stand noch nicht allzu hoch am Himmel, weshalb die Hausseite mit dem Eingang im Schatten lag.

Einen Augenblick später machte die Person einen weiteren Schritt hinaus ins Sonnenlicht. Es war ein Mensch, genauer gesagt, ein Mann – vermutlich der Köhler. Er sah bedauernswert aus, hatte ausgemergelte Gesichtszüge, und seine Kleidungsstücke waren in einem beklagenswerten Zustand. Sein Hemd, wohl früher weiß gewesen, war fast schwarz vom Kohlenstaub, außerdem waren beide Ärmel stark eingerissen. Seine halblange Hose hatte schon bessere Tage gesehen, denn sie war an diversen Stellen mehrmals geflickt. Das Gesicht war mit Ruß befleckt, doch Tiron schätzte ihn auf ein mittleres Alter.

Der Mann sah sich unsicher um, seine Bewegungen wirkten schreckhaft und gleichzeitig abgestumpft.

»Er hat Angst«, stellte Varna nüchtern fest.

»Ja, fragt sich nur, vor was. Ich glaube nicht, dass es an uns liegt, von uns kann er noch nichts bemerkt haben. Da geht etwas Anderes vor sich.«

Die Panthera hob den Arm. »Achte auf sein rechtes Bein, Tiron. Er zieht es leicht nach, unterhalb des Knies ist seine Hose rosa verfärbt – er blutet.«

Jetzt konnten sie es deutlich sehen, denn der Mann hatte ihnen gerade seine rechte Seite zugewandt. Ein dünnes, rotes Rinnsal zog sich an seiner Wade hinunter.

Tiron sah die Panthera an. »Was meinst du? Könnte er sich selbst verletzt haben?«

»Ich weiß nicht so recht. Wenn du dich verletzt hättest, würdest du dann umherlaufen – ohne zuerst die Wunde zu versorgen? Sieh dir diesen gehetzten Blick an. Er hat nicht nur Angst – er hat Todesangst!«

Plötzlich entdeckte Tiron ihre beiden Gefährten Charim und Marla hinter dem Meiler.

»Verdammt, die sollen in Deckung bleiben!«, knurrte er. Die beiden hatten den Mann bei der Hütte bisher nicht bemerkt. Bis jetzt beruhte das Ganze noch auf Gegenseitigkeit, denn auch der Köhler machte keine Anstalten, dass er sie entdeckt haben könnte.

Marla riss Charim unvermittelt zu Boden. Tiron atmete erleichtert durch, jetzt hatten also auch sie die Gestalt des Mannes erblickt.

Der Köhler lief zum Meiler, er zog sein Bein nun immer stärker nach, und das Gesicht spiegelte den Schmerz wieder.

Völlig unerwartet tauchte da plötzlich Marla hinter Tiron und Marla auf.

Varla nickte ihr anerkennend zu. »Gut gemacht, Marla – ich habe deine Aura nicht wahrgenommen.«

Tiron wollte sofort wissen: »Was gibt's? Ich dachte schon, ihr würdet den Köhler dort drüben überhaupt nicht bemerken.«

Marla machte ein ernstes Gesicht. »Das haben wir auch nicht!«

»Wie?! Ihr seid doch in Deckung gegangen ... «

»Ja, aber nicht wegen des Mannes. Die Hütte steckt voller Oger! Auf der Rückseite ist ein kleines Fenster. Dort nahm ich eine Bewegung wahr und sah nach. Ich zählte acht von diesen Bestien, kaum dass sie Platz in der Hütte haben. Eine Frau sowie ein kleines Kind sind in ihrer Gewalt, wahrscheinlich die Familie des Mannes. Sie setzen ihn als Köder ein, er sollte uns vermutlich anlocken, und dabei benutzen sie die Familie als Druckmittel.«

»Aber, bei allen Göttern – woher *wussten* sie, dass wir hier vorbeikommen würden?«

»Das ist doch jetzt egal, Tiron«, sagte Marla ungeduldig. »Das Böse hat seine Augen überall. Wichtig ist jetzt, wie wir diese unschuldigen Menschen aus den Klauen der Oger befreien.«

»Ja – natürlich ... «, Tiron fuhr sich angespannt mit beiden Händen durch die Haare. »Sie wissen, dass wir da sind. Sonst hätten sie den Köhler nicht vorgeschickt. Du sagtest, acht Oger, Marla?«

Sie nickte.

»Wir sind ihnen nicht nur an der Zahl, sondern auch kräftemäßig unterlegen. Wenn sie spitzkriegen, dass wir sie bemerkt haben, ist das Leben der Frau und des Kindes verwirkt. Wir müssen sie aus dem Haus bekommen und zwar so, dass sie keinen Verdacht schöpfen. Die Frage ist andererseits – wie gut sind sie informiert? Wissen sie, wer wir sind, oder sind es nur Wegelagerer, die uns durch Zufall entdeckten? Wir müssen an den Köhler rankommen, egal wie!«

Die beiden Amazonen sahen sich an. »Als Gestaltwandler sollten wir das doch hinkriegen!«, sagte Marla.

Tiron nickte. »Varna – sieh bitte nach, ob es im Sichtbereich durch die Fenster und Türen irgendwo einen toten Winkel gibt. Dorthin müssen wir den Mann lotsen. Und Marla, du informierst Charim. Er soll weiterhin stillhalten.«

Beide Pantheras verwandelten sich eilends in kleine Nager und sprinteten auf flinken Pfoten los.

Als Erste kam Marla wieder zurück. »Charim weiß Bescheid – er wird nichts unternehmen.«

Dann tauchte Varna auf: »Es gibt eine einzige Stelle zwischen dem Haus und dem Kohlenmeiler. Kein Fenster, keine Türe, kein Spalt. Wenn wir ihn dort hinleiten könnten, sind die Oger blind.«

»Gut, dann werden wir es versuchen. Mein Vorschlag ist Folgender: Varna, kannst du dich in einen Oger verwandeln?«

Varna verzog angewidert das Gesicht. »Muss das sein?«

»Kannst du es nun, oder nicht?«

»Ja, natürlich«, sagte sie leicht missmutig.

»Gut. Du, Marla, nimmst Kontakt mit dem Köhler auf und dirigierst ihn zu der Stelle, die Varna beschrieben hat. Du erklärst ihm die Situation. Hat er es verstanden, gibst du uns ein Zeichen. Wenn wir das sehen, wird sich Varna in so ein Scheusal verwandeln.«

Tiron wandte sich an Varna. »Du wirst in Ogergestalt genau gegenüber der Eingangstüre aus dem Wald treten – mit mir als Gefangenen! Du rufst laut zur Hütte hinüber – die Oger werden uns sehen und herauskommen. Allerdings wird bestimmt einer zurückbleiben, so dumm sind sie nun auch wieder nicht, die Gefangenen alleine zu lassen.«

»Ja, das ist zu befürchten!«, bestätigte Marla.

Tiron nickte. »Hier kommt aber unser guter Charim auf den Plan. Er ist der beste Bogenschütze von uns. Während die Oger aus der Hütte kommen, schleicht er zum Fenster auf der Rückseite. Der Oger – hoffen wir, es ist nur einer, der die Frau und das Kind weiter bewacht – muss lautlos getötet werden, damit die anderen keinen Verdacht schöpfen. Wenn sie draußen im Gelände auf Varna und mich zulaufen, gebe ich Varna einen heftigen Stoß, sodass sie zu Boden fällt, und ich flüchte! Die Biester werden mir folgen, das ist dann Charims Chance, die Gefangenen aus der Hütte zu holen und mit dem Köhler zusammen in Sicherheit zu bringen.«

»Und du?!«, wollte Varna wissen.

»Ich werde inzwischen versuchen, in einem großen Bogen wieder zur Hütte zu gelangen – dort wartet ihr zwei dann bereits. Dadurch haben wir den Rücken frei, denn die Hütte ist hinter uns.« Tiron kratzte sich am Kopf. »Ich denke, drei, vier Oger werden wir mit dem Bogen schon mal erledigen, bevor wir direkt aufeinandertreffen. Ich hoffe nur, dass Charim bis dahin wieder zurück ist. Einverstanden?«

»Große Alternativen haben wir ja nicht, oder?«, meinte Marla.

Tiron hob die Schultern. »Ich weiß selbst, dass einiges schieflaufen kann. Es braucht nur einer der Oger rauszukommen, oder zwei, drei bleiben in der Hütte zurück, dann ist der Plan im Eimer. Vertrauen wir auf unser Glück. Einem Kampf werden wir so oder so nicht entrinnen können. Doch die Erfolgsaussichten, die Familie unverletzt aus dieser Situation zu bringen, ist meines Erachtens so am größten.«

Marla sah zur Hütte – der Köhler stand vor seinem Kohlenmeiler und schien das Gebäude unschlüssig zu begutachten. Sie atmete tief durch. »Ich kläre jetzt Charim über unseren Plan auf, danach werde ich mir den Köhler vorknöpfen. Wenn ich die rechte Hand hebe, ist alles klar und es kann losgehen.«

Kurze Zeit später schritt eine Katze gemächlich über den Platz und begann, zwischen den Beinen des Köhlers herumzuschleichen. Zuerst versuchte der Mann, die Katze fortzuscheuchen und schubste sie immer wieder weg.

Doch mit einem Mal erstarrte er mitten in seiner Bewegung und beäugte argwöhnisch das seltsame Gebaren des Tieres. Er kniete sich nieder, was ihm sichtlich Schmerzen bereitete, und sein Gesichtsaudruck veränderte sich zusehends. Kurz darauf stand er langsam auf, um der Katze möglichst unauffällig zu folgen. Marla führte ihn an die von Varna beschriebene Stelle zwischen Hütte und Meiler, und verwandelte sich dort in ihre menschliche Gestalt zurück. Der Köhler hielt sich vor Schreck mit beiden Händen den Mund zu, um nicht laut aufzuschreien, lief aber nicht fort – Marla hatte ihn wohl irgendwie vorgewarnt, dass gleich etwas Seltsames passieren würde. Tiron sah, wie sie nun heftig auf den Köhler einredete, und wie dieser immer wieder nickte oder den Kopf schüttelte. Dann gab sie das verabredete Zeichen. Tiron beobachtete Charim, der langsam aus seiner Deckung kam – den Bogen bereits im Anschlag.

Varna erhob sich und sagte trocken: »Es geht los.«

Langsam wandelte sie ihre Erscheinung und nahm die Gestalt eines Ogers an.

Tiron schaute sie unwillkürlich angewidert an. »Du bist wirklich unglaublich hässlich!«

»Danke! Genau das, was ich jetzt brauche!« Varnas Stimme hatte heiseren und knurrenden Tonfall angenommen.

Tiron hielt ihr beide Hände entgegen. »Binde einen Strick darum, aber so, dass ich ihn leicht abstreifen kann.«

Varna tat, wie ihr geheißen, nahm dann Tiron fest am Arm und zog ihn mit auf die Lichtung. Hundert Fuß vor dem Haus blieben sie stehen, und Varna brüllte gegen die noch geschlossene Türe an.

»He, ihr erbärmlichen Wichte! Während ihr euch da drin vergnügt, tun andere eure Arbeit.«

Sie zog Tiron nach vorne, sodass die Oger in der Hütte ihn gut sehen konnten. Es entstand Unruhe im Haus, die Türe wurde geöffnet und die Oger traten heraus.

Tiron fing in Gedanken an zu zählen: »*Eins, zwei …* « Einer nach dem anderen erschien im Türrahmen, dann atmete Tiron innerlich auf. Er war bei der Zahl Sieben angelangt, tatsächlich war nur ein Oger im Haus zurückgelassen worden. Der Plan hatte bisher funktioniert, und Tiron handelte sofort. Er ging ein wenig in die Knie, schnellte vor und rammte Varna mit voller Wucht seine Schulter in die linke Seite. Varna wurde regelrecht zur Seite gefegt. Gedanklich entschuldigte er sich bei ihr, aber es sollte echt aussehen, damit die Oger keinen Verdacht schöpften. Varna lag am Boden und stöhnte; die Oger standen starr, von der gerade eingetretenen Situation völlig überrascht. Tiron drehte sich blitzartig und rannte, wie von Wölfen gehetzt, zurück in den Wald.

Er hörte noch, wie eine der Bestien Varna in ihrer Ogergestalt anschrie: »Du ungeschickter Narr!«, und die anderen anbellte: »Was ist los mit euch? Hinterher, sonst mache ich euch Beine, ihr faules Pack.«

Tiron hatte mittlerweile genug Vorsprung und lief etwas langsamer. Wenn er zurück auf die Lichtung kam, sollten die Oger knapp hinter ihm sein. Außerdem verschaffte er Charim so mehr Zeit, die Familie in Sicherheit zu bringen.

Hinter sich vernahm er deutlich die Stimmen der Verfolger.

Ein Oger rief laut: »Da vorne ist der Schlüsselträger – gleich haben wir ihn.«

Tiron glaubte, sich verhört zu haben, doch Zeit zum Nachdenken blieb keine. Er schlug sich in dichteres Unterholz, hier würden die Bestien auf Grund ihrer Größe schwerer vorankommen. Er hörte seine Jäger fluchen, als sie ebenfalls durch das Dickicht brachen. Tiron lief hastig weiter und schlug dann eine Kurve, um wieder zurück zur Lichtung zu gelangen. Seiner Schätzung nach musste inzwischen Zeit genug vergangen sein für Charim.

Schon schimmerte die helle Lichtung durch die Bäume, Tiron hetzte atemlos durch das letzte Unterholz, und kurz, bevor er die Waldschneise erreichte, rief er: »Ich bin es! Sie sind mir dicht auf den Fersen.«

Als er ins Freie rannte, blendete ihn das helle Sonnenlicht, und er musste die Augen kurz schließen. Beim Öffnen genügte ihm ein Blick, um die Situation zu erfassen. Ein Oger lag schon reglos in der Mitte der Lichtung auf dem Boden, Varna und Marla warteten mit gespannten Bögen, auch Charim war bereits da!

Tiron eilte zu den drei Gefährten. Wortlos reichte ihm Marla seinen Bogen. Er bemühte sich, ruhiger zu atmen, was ihm angesichts der Anstrengung nicht leicht fiel, und legte schnell einen Pfeil an die Sehne. Dabei keuchte er: »Sechs Oger! Die ersten vier Pfeile müssen treffen, dann haben wir nur noch zwei im Kampf gegen uns.«

Charim klopfte ihm sachte auf die Schulter. »Ruhig, Tiron, wir machen das schon.«

Dann brachen die Oger mit Gebrüll auf die Schneise.

Vier Pfeile sirrten gleichzeitig durch die Luft. Drei Oger brachen einen Augenblick später zusammen. In einem der toten Körper steckten zwei Pfeile. Die drei verbliebenen Bestien schossen auf die Gefährten zu.

Tiron zog sein Schwert, als neben ihm schon ein weiteres Geschoss eine Bogensehne verließ – Charims Pfeil surrte an seinem Ohr vorbei.

»Unglaublich, wie schnell er mit dem Bogen ist«, dachte Tiron noch, dann waren die Gegner da.

Charim trat einen Schritt zurück, denn durch den zweiten Schuss hatte er keine Zeit gehabt, sein Schwert zu ziehen. Dazu brauchte er einen kurzen Moment.

Ein Oger fuchtelte mit einem Kurzschwert, der andere schwang eine lange und große Keule. Heulend schlugen sie blindlings auf Die vier Menschen ein und behinderten sich dabei gegenseitig.

Marla und Varna trennten sich von der Gruppe ab und zogen damit die Aufmerksamkeit des Schwert schwingenden Ogers auf sich. Nun hatten die Freunde Platz zum Kämpfen und es dauerte keinen Wimpernschlag, bis der Oger mit dem Kurzschwert zu Boden ging. Gegen die flinken Klingen der Pantheras hatte er keine Chance. Ungleich schwieriger gestaltete sich die Angelegenheit mit dem letzten Verbliebenen. Er hatte mit seiner langen Keule eine gewaltige Reichweite. Immer wieder mussten Charim und Tiron weit zur Seite springen um aus dem Gefahrenbereich der Waffe zu kommen. Sie begannen, den Oger zu umkreisen. Jeder der Kämpfer wartete auf eine Chance, um zuzuschlagen, doch dann ging plötzlich alles rasend schnell …

Etwas blitzte auf – die Kreatur stöhnte kurz und griff sich an den Oberschenkel – Varna hatte ihren Dolch geworfen!

Der Oger knickte abrupt ein, verlor einen Moment die Balance und musste seine Deckung öffnen. Schon war Tiron über ihm, um den entscheidenden Treffer zu setzen, und das Wesen brach mit einem lautlosen Schrei zusammen … der letzte Gegner war besiegt.

Tiron ließ sich auf den Boden fallen, der schnelle Lauf durch das Unterholz hatte viel Kraft gekostet, und nur langsam kam er jetzt wieder zu Atem. Er sah fragend zu Charim. »Wo ist der Köhler und seine Familie?«

»Im Wald – sie waren ziemlich verwirrt. Ich denke, sie hatten mit ihrem Leben bereits abgeschlossen. Wenn du willst, werde ich sie jetzt holen?«

Tiron nickte. »Mach das.« Dann rappelte er sich schnell wieder auf, und bevor der Zimbarer losgehen konnte, hielt ihn Tiron zurück und sah seine drei Gefährten mit bleicher Miene an. »Sie wissen es! Das Böse weiß Bescheid!«

Verdutzte Gesichter blickten ihn an, und Marla fragte: »Wie meinst du das denn jetzt?«

Tiron schilderte in kurzen Worten, was er im Wald gehört hatte.

Varna zog skeptisch die Augenbrauen zusammen. »Und du bist auch sicher, dass du dich nicht verhört hast?«

Tiron schüttelte den Kopf. »Ganz sicher – er sprach vom Schlüsselträger.«

Charim schaute ungläubig auf Tiron. »Aber woher haben sie das erfahren?«

Tiron blickte eindringlich in die kleine Runde. »Erinnert euch, was Faranon gesagt hat: die Späher des Bösen sind überall. Charim, hole die Familie, vielleicht haben sie etwas aufgeschnappt, das uns weiterhilft. Die Oger waren die ganze Zeit über im Haus.«

Charim setzte sich sofort in Bewegung und verschwand im Wald.

Tiron wandte sich an die beiden Amazonen. »Marla, kümmerst du dich bitte um die Pferde?« Marla nickte und verließ ebenfalls den Platz.

Zu Varna gewandt fragte Tiron dann: »Was ist passiert, nachdem ich im Wald verschwunden bin?«

Die Panthera begann, bei der Erinnerung zu grinsen. »Der Anführer … « – und dabei zeigte sie auf die tote Bestie direkt vor dem Haus –, » … schickte die Oger hinter dir her. Dann kam er auf mich zu. Fragte, wer ich sei. Doch bevor ich antworten konnte, schalt er mich einen nichtsnutzigen Haufen Dreck, der nicht einmal auf ein armseliges Menschlein aufpassen könne. Weiter kam er leider nicht, denn da steckte schon der Dolch in seinem Herzen. Charim kam fast zeitgleich mit der Frau und dem Kind aus dem Haus. Marla schob ihm den verwirrten Köhler zu, Charim packte den Mann und seine Familie bei der Hand, und Die vier verschwanden im Wald. Den Rest kennst du.«

Tiron nickte. »Lass uns hier sauber machen. Am einfachsten wird sein, wir werfen die Leichen der Oger hinter den Meiler. Das Kind der Familie hat wahrlich schon genug für heute gesehen.«

Tiron und die Panthera holten zuerst den Leichnam des Wächters aus dem Haus und hatten ihre Mühe, denn Oger waren, durch ihren massigen Körper, schwer wie Blei. Sie legten die Bestie am Meiler ab und schleiften die restlichen sieben Oger ebenfalls dorthin. Gerade als sie sich des letzten Körpers – es war der des Anführers –, entledigten, trat Charim mit der Köhlerfamilie aus dem Wald. Ihre Gesichter besaßen eine aschfahle Farbe.

»So sehen nur Menschen aus, die in das Anlitz des Todes geblickt haben!«, flüsterte Varna leise zu Tiron. Dann gingen sie der Gruppe entgegen.

Das Kind lag völlig verängstigt in den Armen seiner Mutter und wimmerte leise. Der Köhler packte Tirons Arm mit beiden Händen. Tränen liefen dem Mann über die Wange. »Habt Dank, Herr – vielen Dank. Ohne Euch wären wir nicht mehr am Leben.«

Tiron legte ihm die Hand auf die Schulter. »Ihr schuldet uns keinen Dank, denn wir sind vermutlich der Grund, weshalb Ihr überhaupt in diese Situation geraten seid.«

Der Mann stutzte und sah ihn fragend an. »Wie meint Ihr das, Herr?! Ich verstehe nicht?«

Tiron winkte ab. »Nicht jetzt, Köhler. Später sollt Ihr mehr erfahren, doch zuerst lasst Eure Frau Euer Kind versorgen. Wir haben die Leichen der Oger hinter den Meiler gebracht.«

Er wandte sich zu der Frau und sprach sie sanft an. »Ihr könnt zurück ins Haus – lasst dem Kind Eure ganze Fürsorge angedeihen. Ich denke, es hat Ruhe bitter nötig. Ihr, Köhler, helft uns bitte. Wir wollen die toten Oger in den Meiler werfen, so werden sie am sichersten beiseite geschafft.«

Der Köhler nickte. »Dazu brauche ich einen Augenblick Zeit, denn ich muss den Kegel öffnen.«

»Macht das – übrigens – wie ruft man Euch?«

»Ich bin Aram. Aram, der Köhler. Das sind meine Frau Freya und mein kleiner Sohn Marek.« Er verbeugte sich leicht und fragte vorsichtig: »Und wem haben wir unser Leben zu verdanken?«

Varna, Charim und Tiron nannten ihre Namen. Der Köhler schaute sich suchend um. »Doch sehe ich nicht das Hexenweib. Nie zuvor im Leben sah ich eine Katze zur Frau werden.«

Varna zischte ihn verärgert an: »Zügelt Eure Zunge, Aram. Sie ist kein Hexenweib – sondern von uralten Geschlecht, das schon lange vor Eurer Zeit über diesen Boden wandelte.«

Aram duckte sich unter den Worten der Panthera, als würde eine Peitsche auf seinen Rücken knallen.

Tiron gebot Einhalt. »Lass ihn, Varna. Woher sollte er das wissen? Nur selten bekamen Menschen seines Schlages ein Panthera überhaupt zu Gesicht.«

Varna wandte sich unmutig ab.

Tiron sprach den Köhler beruhigend an. »Die andere Frau und auch diese hier ... « – er zeigte auf Varna –, »sind von edlem Blut und leben schon sehr lange in diesen Gefilden. Sie haben schon zu Zeiten der Alten Schlachten Seite an Seite mit den Menschen gegen das Böse gekämpft. So bitte ich Euch also, bringt ihnen Respekt und Höflichkeit entgegen, denn dieses haben sie auch verdient.«

Die Köhlerfrau sah die Panthera mit großen Augen an, und Aram blickte mit offenem Mund zu Varna, dann fiel er auf die Knie und rang die Hände. »Ich bin nur ein armer Köhler, der nichts Böses im Sinn hat. Wenn meine Worte Euch Schmerzen bereitet haben – so bitte ich untertänigst um Verzeihung.«

Varna musste bei der theatralischen Vorstellung des Köhlers grinsen, und wandte sich sofort ab, damit er es nicht bemerkte. Sie versuchte, einen möglichst ernsten Gesichtsausdruck aufzusetzen und wandte sich wieder zu ihm. »Gut, Aram ich verzeihe Euch.« Und schmunzelnd fügte sie hinzu: »Aber nur, wenn Ihr uns ein gutes Abendessen bereitet, wir haben nämlich großen Hunger.«

Damit war das Eis gebrochen, denn Aram sprang sofort auf. »Natürlich. Das sollt Ihr bekommen. Zumindest alles, was unsere bescheidene Küche Euch Hohen Herrn und Damen bieten kann.«

Tiron lachte. »Ich bin mir sicher, Aram, es wird vorzüglich sein, doch jetzt lasst uns zuerst die Leichen im Feuer bestatten.«

Die Männer wandten sich dem Kohlenmeiler zu, während die Frau des Köhlers zusammen mit Varna zum Haus ging. Als Tiron sich nochmals kurz umdrehte, sah er, wie Varna ihren Arm um die Hüfte der Frau schlang und sorgenvoll fragte: »Was ist passiert, Freya? Ihr müsst mir alles erzählen, doch vorher sollten wir uns um den kleinen Marek kümmern.«

Tiron grinste – Frauen sind aufmerksame Beobachter, aber sie reden auch gerne. Wenn die Köhlerfrau etwas aufgeschnappt hatte – Varna würde es jetzt erfahren.

Der Köhler öffnete den Kegel des Meilers. Charim und Tiron sahen ihm dabei zu, wie er vorsichtig einen Teil der Abdeckung, eine Mischung aus Gras, Erde und Moos, entfernte. Aram musste das Gesicht wegdrehen, so stark war die Hitze, die ihm aus dem Inneren entgegenschlug. Verrußt und verschwitzt ließ er sich von oben langsam herunter und meinte dabei: »Das Holz ist zu einem großen Teil schon verkohlt, es ist ein bereits ein Hohlraum entstanden. Wir können die Leichen dort hineinwerfen. Die Hitze ist so stark, es wird in kürzester Zeit nichts mehr von ihnen übrig bleiben.«

Tiron warf dem Köhler einen prüfenden Blick zu. »Was macht Eure Wunde am Bein?«

Aram schien erstaunt. »In all der Aufregung spürte ich keine Schmerzen, aber jetzt, da Ihr mich darauf ansprecht … ja, es brennt … «

»Zeigt mir die Wunde.«

Der Köhler zog sein Hosenbein nach oben. Knapp unterhalb des Knies klaffte eine Fleischwunde. Tiron sah sie sich genauer an, sie war zum Glück nicht allzu tief und es schienen auch sonst keine Sehnen oder Knochen betroffen zu sein.

»Wie ist das passiert, Aram?«

»Einer der Oger stellte mir eine Frage, und als ich nicht sofort antwortete, schlug er mir mit dem scharfen Ende eines Speeres in die Kniekehle.«

»Geht zu Eurer Frau ins Haus, die Wunde muss ausgewaschen werden. Varna wird Euch eine Heilsalbe auftragen, damit der Wundbrand nicht eintritt. Wir erledigen hier den Rest.«

Aram wollte protestieren, doch Tiron winkte ab. »Geht, wir kommen schon zurecht.«

Gehorsam machte der Köhler kehrt und lief zur Hütte. Kaum war er im Haus verschwunden, trat Marla mit den Pferden aus dem Schatten der Bäume. Sie führte die Tiere hinter das Haus und ließ sie im Schatten grasen – dann gesellte sie sich zu Tiron und Charim. Diese hatten bereits den zweiten Kadaver nach oben gezogen und in der Öffnung versenkt. Die Gluthitze machte ihnen schwer zu schaffen, denn sie konnten nicht direkt an den Einschnitt heran. Sie mussten die Leichen mit dem Kopf voraus so lange nach oben schieben, bis sie von selbst hineinrutschen. Marla fasste nun mit an. Sie und Charim hoben die Oger auf den Meiler. Tiron, der oben saß, zog sie ganz herauf und erledigte den Rest. Eine Weile später quollen dicke, schwarze Rauchwolken aus der Öffnung, und es roch ekelhaft nach verbranntem Fleisch. Abgekämpft standen die drei vor dem Kegel, und Charim sah sorgenvoll in den Himmel. »Der Rauch ist bestimmt meilenweit zu sehen.« Dann sah er die beiden anderen an und sein Gesicht verzog sich zu einem Grinsen. »Ihr seht aus, als hättet ihr eine Woche in einer Kohlengrube gearbeitet.«

Marla blitzte ihn an. »Glaubst du etwa, du schaust besser aus?«

Charim sah verdutzt an sich herunter und klopfte vergeblich auf die schwarzen Rußflecken an seiner Kleidung. »Ich kann dir nicht widersprechen. Suchen wir den Bach auf…«

Halbwegs sauber betraten sie einige Zeit später die Heimstatt des Köhlers. Das ganze Erdgeschoss bestand aus einem einzigen Raum. In der Mitte gab es einen großen, einfachen Holztisch mit zwei Bänken. Linker Hand befand sich ein Herd aus Lehmziegeln; ein Topf stand auf dem Feuer und etwas gut Duftendes brodelte schon darin. Zwei lange Regale, in denen Holzteller und Schüsseln aufbewahrt wurden, hingen an der Wand über der Kochstelle. Im rechten hinteren Bereich des Raumes führte eine schmale Treppe nach oben. Als Tiron hinaufsah, nahm er eine wuchtige Kleidertruhe und die Umrisse eines Betts wahr. Alles in allem war das Haus mit einfachsten Mitteln gebaut und eingerichtet worden. Varna, Freya und Aram saßen am Tisch und unterhielten sich. Das Kind entdeckte Tiron nicht, deswegen vermutete er, dass es bereits im oberen Stockwerk schlief. Das Bein des Köhlers war vom Blut gereinigt worden, und ein sauberer Verband zierte seine Wade. Das Köhlerpaar sah müde aus. Als die Frau die Neuankömmlinge bemerkte, sprang sie jedoch gleich auf. »Ich habe einen Kräutereintopf vorbereitet, Brot ist auch noch da. Das ist leider alles, was wir Euch bieten können.«

»Vielen Dank … «, sagte Tiron, » … das ist mehr als ausreichend. Übrigens, das hier ist Marla.« Er wies auf die Amazone, die nickte.

Der Köhler erhob sich und reichte der Panthera die Hand. »Auch Euch, Hohe Frau – vielen Dank für unsere Rettung. Und bitte verzeiht mir mein ungehobeltes Benehmen.«

Tiron schmunzelte, Aram hatte wohl angenommen, dass sie den Vorfall Marla gegenüber erwähnt hätten.

Marla hingegen sah den Köhler erstaunt an und fragte: »Was meint Ihr damit, Köhler?«

Varna schaltete sich ein. »Nichts, Marla, es ist alles gut. Aram hatte sich vorhin über deine Kunst des Verwandelns erschrocken. Da er so etwas noch nie gesehen hatte, ist ihm die Angst in die Glieder gefahren. Und wie soll man etwas in Worte fassen, das man nicht kennt. Die Gefahr, die falschen auszusprechen, ist deshalb sehr groß.«

Aram sah sie unendlich dankbar an und wandte sich beschämt an Marla. »Ich nannte Euch Hexenweib. Verzeiht, ich wusste es nicht besser.«

Marla sah ihn an, dann legte sie den Kopf in den Nacken und fing an zu lachen. »Hexenweib? Aram, man hat mich schon Schlimmeres geheißen. Zumindest hat dieses Hexenweib Euch gerettet, also kann es ja gar nicht so böse sein. Und jetzt habe ich Hunger – der Eintopf duftet herrlich.«

Alle lachten, Freya holte die Teller aus dem Regal, und bald saßen alle vor dem Eintopf, der nicht nur würzig roch, sondern auch genauso köstlich schmeckte.

Charim hatte gerade seine dritte Portion vertilgt, schob satt seinen Teller weg und rieb mit der flachen Hand über seinen Bauch. »Ihr seid eine wunderbare Köchin. Mein Magen ist kurz vor dem Platzen«, presste er müde hervor.

Marla grinste ihn an. »Alter Gierschlund.«

»Ich hatte wirklich richtigen Hunger! Außerdem, und da müsst ihr mir doch zustimmen, es war ganz vorzüglich.«

Alle pflichteten ihm bei, und Freya bekam einen hochroten Kopf angesichts des zahlreichen Lobes. Schüchtern sagte sie: »Nun lasst es gut sein – es war doch nur Eintopf.«

Aram begann, Fragen zu stellen, er wollte wissen, was Die vier Fremden denn in diese Gegend verschlagen hätte. Die Gefährten erzählten ihm nur das Allernotwendigste und antworteten oftmals ausweichend.

Schließlich meinte Tiron zu Aram: »Wisst Ihr nicht, dass es zur Zeit sehr gefahrvoll in Schattenwelt ist? Das Böse ist dabei, sich wieder zu erheben!«

Der Köhler senkte den Kopf. »Ihr wisst nicht viel über uns. Die Zeiten sind hart, und irgendwie muss ich die Familie durchbringen. Wir wohnen vier Tagesreisen zu Fuß in der Nähe der Stadt Lyngdahl.«

Tiron nickte. »Ich kenne die Stadt vom Hörensagen. Sie liegt im südwestlichen Ende von Asgard.«

»Das stimmt. In den Wintermonden verdinge ich mich dort als Tagelöhner bei einem Schmied. Harte Arbeit und schlecht bezahlt. Deswegen ziehen wir in den Sommermonden hierher. Ich hörte vor vier Jahren von einem Reisenden über eine verlassene Köhlerei. Ich ließ mir den Weg beschreiben, und suchte sie. Als ich das erste Mal an diesen Ort kam, war das Haus eine Ruine – baufällig und zerfallen. Ich errichtete es neu und nahm den Kohlenmeiler wieder in Betrieb.«

Der Köhler warf seiner Frau einen liebevollen Blick zu, sie lächelte ihm zu und er fuhr fort: »Im zweiten Jahr kam Freya mit. Natürlich waren wir uns im Klaren darüber, dass wir uns in Schattenwelt befanden. Doch die Not war groß, und so gingen wir das Risiko ein – und es ging auch gut – bis heute. Holzkohle wird in Lyngdahl gut bezahlt, vor allem im Winter. Fünf Mondumläufe kaum Schlaf, denn der Meiler muss ständig beobachtet und gepflegt werden. Einmal zu viel Hitze – und zwei Wochen harte Arbeit waren umsonst. Doch mit den Einnahmen aus dem Verkauf und dem zusätzlichen Lohn kann ich meine Familie ernähren. Und … «, fügte er voller Stolz hinzu, » … ich kann sogar noch etwas auf die Seite legen. Nicht viel, aber immerhin etwas. Irgendwann wird es für ein Stück Land reichen. Dann baue ich Weizen an, und die Arbeit wird für uns alle leichter.« Bei diesen Worten nahm er seine Frau zärtlich in den Arm und drückte sie hoffnungsvoll.

Tiron erwiderte ernst: »Aram, Ihr solltet morgen Eure Familie nehmen und wieder zurück nach Lyngdahl reisen. Schattenwelt ist noch nie ein sicherer Ort gewesen, aber die Zeiten, die jetzt angebrochen sind, stellen alles in den Schatten. Ihr habt für heute Glück gehabt. Fordert es nicht ein zweites Mal heraus.«

Freya antwortete an Stelle von Aram: »Ihr habt Recht, Herr. Was nützt alles Geld der Welt, wenn die Menschen, die du liebst, am Grunde eines Grabes liegen. Und wir müssen auch an unseren Sohn denken.« Sie schaute ihren Mann eindringlich an. »Aram?!?«

Der Köhler seufzte schwer und rang sichtlich mit sich, dann gab er ihr einen Kuss auf die Stirn. »Wir werden morgen aufbrechen.«

»Eine weise Entscheidung!«, urteilte Marla, und Charim nickte ernst dazu.

Tiron erhob sich, blickte Varna an und gab ihr zu verstehen, dass sie ihm folgen sollte. Er ging nach draußen vor die Hütte.

Es war mittlerweile später Nachmittag. Die Sonne hing tief über dem Horizont, und die Lichtung lag schon halb im Schatten. Tiron spürte die aufkommende Kühle der Nacht und atmete tief durch, als er hinter sich die Türe hörte – Varna.

Sogleich fragte er sie: »Konntest du etwas von der Frau in Erfahrung bringen?«

»Es fiel mehrmals der Name *Schlüsselträger*, und die Oger wussten, dass wir kommen würden. Doch woher, davon wurde nicht gesprochen. Freya hörte außerdem etwas Merkwürdiges. Die Oger erwähnten immer wieder den Namen *Shadras* und *Thormod*. Thormod ist uns allen wohlbekannt – der verfluchte Vasall Obsidians. Aber Shadras? Ich glaube, dieses Wort aus dem Vergangenen Zeitalter zu kennen. So wurden meines Wissens damals Spione bezeichnet. Ganz sicher bin ich mir allerdings nicht. Vielleicht weiß Marla mehr darüber.«

»Dann fragen wir sie!«

Im Haus saßen die anderen immer noch am Tisch, bis auf Freya. Man hörte sie im oberen Stock, sie sah nach dem kleinen Marek.

Tiron setzte sich wieder auf seinen Platz und fragte die Panthera: »Marla, sagt dir der Name *Shadras* etwas?«

Die Gesichtszüge von Marla änderten sich blitzartig. Sie hieb mit der flachen Hand wütend auf den Tisch. »Shadras? Diese elenden Kreaturen Thormods! Natürlich kenne ich sie – die Shadras sind seine Kundschafter. Sie sind die Augen und Ohren des Schwarzen

Hexers. Was sie erfahren, erfährt auch er – und somit natürlich ebenfalls Obsidian. Es sind die Nebelkrähen des Nordens, die unter seinem Bann stehen. Listenreich und tückisch! Sie waren es, die entscheidenden Anteil an der Niederlage der Menschen in den Alten Schlachten hatten!«

Dann stockte sie mitten im Redefluss. Sie schien die Lage einzuschätzen und kam zu einem Schluss: »Die Shadras haben uns gefunden, nicht wahr? Sie waren es, die die Oger hierher geführt haben.«

Blitzschnell drehte sie sich zu Aram. »Köhler, habt Ihr in letzter Zeit Krähen über Eurem Haus fliegen sehen? Sprecht!«

Aram wurde blass auf Grund von Marlas harschen Worten, man sah ihm regelrecht an, dass er angestrengt nachzudenken begann. Verlegen kratzte er sich dann am Kopf. »Ich bin mir nicht sicher. Ich habe darauf wirklich nicht geachtet.«

Da erschallte eine Stimme von oben, Freya streckte ihren Kopf über die Kleidertruhe. »Aber ich habe sie gesehen. Zweimal. Erst gestern flogen sie über das Haus, und heute, kurz bevor die Oger kamen, saß eine auf dem Dach. Wenn ich es recht bedenke, wunderte ich mich noch, da sie für eine Krähe etwas zu klein geraten schien.«

Tiron zog die Stirn kraus. »Als wir am Rande der Kalet Semyah ritten, fiel mir mehrmals eine Krähe am Horizont auf. Ich erwähnte es nicht, weil ich dem keine Bedeutung beimaß – ein Fehler, wie sich jetzt rausstellt.«

Marla erwiderte düster: »Also wissen wir jetzt eines sicher – sie folgen uns schon seit dem Ankorgebirge. Wer weiß, wie lange schon davor.«

Tiron schickte sich an, aufzustehen. »Aram, wir haben kurz etwas zu besprechen. Es soll keine Verletzung Eurer Gastfreundschaft sein, aber je weniger Ihr wisst, desto sicherer ist es für Euch und Eure Familie. Deswegen entschuldige die Unhöflichkeit, wenn wir uns jetzt für einen Moment nach draußen begeben.«

Aram hob beschwichtigend die Arme, »Nein, Ihr braucht Euch nicht entschuldigen. Ihr habt mehr getan, als wir je wieder gut machen können.«

Tiron nickte, und er und seine Gefährten verließen das Haus.

Die Dämmerung war nun hereingebrochen und alles war in trübes Grau getaucht.

Tiron sprach mit sehr leiser Stimme. »Sprecht nur im Flüsterton, denn auch die Nacht hat Ohren. Um das Gespräch von gerade eben fortzusetzen: Noch eines ist sicher – Thormod und Obsidian wissen nun, dass der Stern von Taurin wieder aufgetaucht ist. Doch ich glaube nicht, dass sie unser momentanes Ziel kennen. Sie vermuten gewiss, dass wir zu dieser geheimnisvollen Armee im Norden gelangen wollen. Bestimmt sind sie beunruhigt, dass sie über das Heer noch keine Kunde bekommen haben, trotz allen Einsatzes ihrer Kundschafter. Über den zweiten Schlüssel, die Lanze, haben sie sicherlich noch keine Kenntnis erhalten. *Noch* nicht!«

»Wie verhalten wir uns jetzt?«, fragte Charim leise.

Tiron blickte zu den beiden Pantheras. »Was meint ihr?«

Die beiden tauschten einen kurzen verwunderten Blick aus, dann sah Varna Tiron erstaunt an. »Natürlich verfolgen wir unseren Plan weiter! Bedenkt, dass die Ereignisse bereits in Gang gekommen sind. König Thalen hat die anderen Reiche benachrichtigt und stellt, mit Hilfe von Lady Helena, in diesen Tagen eine Armee auf. Herr Lauron ist in den Norden nach Asgard unterwegs, um Verbündete zu suchen. Belarion, Faranon, Chimaira, Zelos und all die anderen suchen nach Lösungen, um uns zu unterstützen. Unsere Aufgabe ist und bleibt, die Lanze zu finden!«

Charim warf Tiron einen entschlossenen Blick zu und nickte grimmig zu den Worten der Amazone.

Diese fuhr fort: »Was hilft alle Aufopferung, wenn wir zum Schluss nicht die Mittel haben, Obsidian zu töten, um dem Ganzen ein Ende zu bereiten? Das Böse weiß Bescheid – und?! Wir wussten, dass es irgendwann passieren würde. Nun ist der Fall eingetreten. Gut, früher als gedacht, das gebe ich zu. Das heißt für uns nur eines: Ab jetzt doppelte Wachsamkeit!«

Die drei anderen Gefährten nickten ernst.

»Wir werden Meister Xinbal aufsuchen, er wird uns zu den Anhöhen von Murthal führen. Wir werden die Lanze finden – und dann sehen wir weiter«, führte Varna ihre Gedanken fort. »Mein Vorschlag ist: Marla – Lady Helena hat dich im Gebrauch des Kristallwassers unterwiesen! Es ist an der Zeit, es einzusetzen. Wir müssen Belarion von unseren Entdeckungen berichten. König Thalen und alle anderen müssen davon unterrichtet werden.«

»Zweifelsohne!«, stimmte Tiron ihr zu.

Varna hob die Hand. »Die Zeit drängt, denn unsere Gegner wissen jetzt, dass erstens die einzige Waffe, die Obisidian töten kann, gefunden worden ist. Zweitens, dass sich die Menschen mit den Norodim verbündet haben. Die Dunkle Seite weiß: auch wenn die Alten Wesen nicht aktiv am Kampf teilnehmen werden, sind sie dennoch gefährliche Gegenspieler.« Varna atmete nach ihrer langen Rede tief durch und sah die Gefährten stumm und abwartend an.

Tiron blickte ihr direkt in die Augen. »Genauso sehe ich es auch, Varna. Keine Änderung!«

Marla meinte nur: »Ich hole das Kristallwasser. Möchtest du mit Belarion sprechen, Tiron?«

»Nein, ich denke, das sollte Varna tun. Sie hat es gerade auf den Punkt gebracht. Besser könnte es keiner von uns.«

»Dann komm, Marla, lass uns die Norodim unterrichten«, forderte Varna die andere Amazone auf.

Marla nickte. »Das Kristallwasser und alles, was wir brauchen, ist in einer meiner Satteltaschen.«

Die beiden machten sich davon.

Tiron gab dem nachdenklich schauenden Charim einen leichten Stoß mit der Schulter. »Und wir beide gehen wieder ins Haus.«

Eine Weile später kamen auch Marla und Varna zurück in die Hütte. Freya hatte sich zur Ruhe begeben, weshalb die Männer nur eine gedämpfte Unterhaltung führten.

»Und?«, fragte Tiron leise.

»Es hat geklappt. Morgen mehr dazu.«

Tiron verstand – die beiden wollten vor dem Köhler nicht sprechen. »Ich denke, wir sollten jetzt alle schlafen gehen.«

Aram schaute sich um. »Ich kann Euch leider keine Betten anbieten. Doch wenn wir den Tisch in die Ecke stellen, können alle hier die Nacht verbringen; so habt Ihr ein Dach über dem

Kopf. Ich werde nochmals Holz nachlegen, dann bleibt es die Nacht über warm.«

»Danke, Aram – das ist mehr als genug.«, sagte Marla freundlich zu dem Köhler, während sich alle erhoben.

Gemeinsam hoben sie den Tisch leise an und stellen ihn in die Ecke unter das Fenster. Charim ging nach draußen, um ihre Satteltaschen und die Decken zu holen. Damit richteten sich die Gefährten so bequem wie möglich auf dem harten Dielenboden ein.

Kapitel 22

Rückkehr nach Senuum

Tiron erwachte durch lautes Kindergeschrei aus dem oberen Stockwerk. Der kleine Marek hatte anscheinend beschlossen, dass die Schlafenszeit nicht nur für ihn, sondern auch für alle anderen vorbei sei. Tiron hörte das beschwichtigende Geflüster der Mutter, die allerdings ohne großen Erfolg versuchte, ihr Kind zu beruhigen. Müde quälte er sich aus seiner Decke, sah sich um und stellte fest, dass die anderen ebenfalls wach geworden waren. Beim Hinaussehen aus dem Fenster fühlte er die Wärme der langsam aufgehenden Sonne. Er verließ die Hütte und lief zum Bach, um sich den Schlaf aus den Augen zu waschen, und nach den ersten kalten Spritzern ins Gesicht wich auch die Müdigkeit. Neben sich vernahm er kurz darauf ein verschlafenes: »Guten Morgen.« Charim kniete sich ans Bachufer und tauchte gleich seinen ganzen Kopf unter Wasser. Prustend wie ein Walross kam er wieder hoch. »Das tut gut. Solltest es auch mal probieren.«

Tiron lachte belustigt. »Gleichfalls einen guten Morgen.«

Charim wischte sich das Wasser aus dem Gesicht und rubbelte sich mit einem mitgebrachten Stofftuch die Haare trocken.

Marla und Varna kamen nun ebenfalls an den Bach, sie winkten den beiden Gefährten zu und liefen ein Stück weiter hinter das Haus, so waren die zwei Frauen für sich.

Als Tiron und Charim wieder die Hütte betraten, machte sich der Köhler schon am Herd zu schaffen, schichtete Holz in den Ofen und zündete es an. »Ich wünsche Euch einen guten Morgen. Es tut mir leid, dass Ihr so abrupt geweckt wurdet von unserem Kleinen. Ich hoffe, Ihr habt trotzdem gut geschlafen?«

Charim stemmte beide Arme in den Rücken und drückte ihn

zum Hohlkreuz durch. »Es ging so, Köhler. Bretter ersetzen eben keine Daunen.«

Aram lachte. »Ja, das ist wahr. Aber zumindest war es warm und trocken. Kommt, junge Herren – helft mir bitte, den Tisch wieder in die Mitte des Raumes zu stellen.«

Eine kurze Weile später waren alle am Tisch versammelt. Freya hatte einen Kräutertee gekocht, dazu gab es Brot, Eier und Obst zum Frühstück. Tiron saß mit dem Rücken zum Fenster, ihm gegenüber hatte Marla Platz genommen. Die Unterhaltung drehte sich um die bevorstehende Abreise der Köhlerfamilie, und wie sie am sichersten in die Stadt Lyngdahl kommen würde.

Varna gab viele Ratschläge, wie sich das Köhlerpaar mit dem kleinen Sohn auf ihrer Reise möglichst unauffällig verhalten könnte. Sie setzte eben zu einem weiteren Vorschlag an, als Tiron die Veränderung in Marlas Gesicht wahrnahm. Alarmiert beugte er sich zu ihr vor. »Was ist los, Marla?«

Die Panthera zischte leise: »Nicht bewegen! Shadras!«

Alle am Tisch erstarrten mitten in ihren Bewegungen. Freya drückte das Kind an sich und sah mit angsterfüllten Augen ihren Mann an. Aram legte den Finger an die Lippen und bedeutete ihr, keinen Laut von sich zu geben.

Tiron flüsterte: »Wo?«

»Die Nebelkrähe flog eben vom Waldrand auf das Haus zu. Ich vermute, sie sitzt nun … « – Marla zeigte mit dem Finger zur Decke.

Tiron raunte leise: »Los, unterhaltet euch jetzt möglichst ungezwungen weiter. Die Krähe darf nichts bemerken. Charim – hast du deinen Bogen im Haus?«

Der Zimbarer deutete auf eine Ecke des Raumes, dort entdeckte Tiron die Waffe – angelehnt an die Wand.

»Geh und hole ihn!«, flüsterte er noch leiser, und an die anderen gewandt: »Charim und ich werden jetzt nach draußen gehen. Lasst euch nur nichts anmerken!«

Die Pantheras nickten und fingen eine lautstarke Unterhaltung an, auch Aram warf hin und wieder etwas ein, was ihm allerdings nur sehr gepresst und stockend gelang.

Charim holte seinen Bogen und legte einen Pfeil an die Sehne.

Tiron huschte zur Tür und öffnete sie leise. Beide liefen geduckt ins Freie. Vorsichtig schlichen sie unter dem kleinen Vordach an der Holzwand entlang, in Richtung des Kohlenmeilers.

Tiron flüsterte Charim zu: »Wir werden beide zeitgleich aus dem Schatten des Hauses treten. Der Shadras wird überrascht sein und davonfliegen. Sei dir deines Pfeiles also sicher, du hast nur diese eine Chance!«

Das Gesicht des Zimbarers hatte vor Anspannung eine farblose Blässe angenommen, er nickte mit schmalen Lippen. Tiron zählte mit seinen Fingern lautlos bis drei – dann verließen sie gemeinsam den Schatten und traten hinaus in die Sonne.

Tiron sah nach oben – dort auf der Firstkante des Daches hockte die Krähe, allerdings mit dem gefiederten dunklen Rücken zu ihnen. Sie hatte die beiden noch nicht bemerkt, das verschaffte Charim den entscheidenden Vorteil …

Das Spannen der Bogensehne verursachte ein kleines Geräusch. Der Shadras wirbelte herum, doch der Pfeil war schon unterwegs. Die Krähe hatte noch nicht einmal die Chance, ihre Flügel auszubreiten. Der Pfeil traf punktgenau die Mitte des Körpers. Es erfolgte ein erschrockenes, lautstarkes Krächzen, dann wildes Flügelschlagen. Trotzdem schaffte sie es irgendwie, in die Luft zu gehen – sie flog eine kurze Strecke weit.

Charim legte einen zweiten Pfeil an, als plötzlich, wie aus weiter Ferne, ein tönerner Schrei erklang. Der Shadras löste sich mitten in der Luft in schwarzen Rauch auf. Der Pfeil fiel zu Boden und nicht eine einzige Feder blieb von der Krähe zurück.

»Was war das denn?!«, stotterte Charim und suchte mit verwirrtem Blick den Horizont ab.

Tiron hob den Pfeil vom Boden auf – es war kein Blut daran zu sehen. Er gab ihn Charim zurück und klopfte ihm auf die Schulter.

»Gut gemacht, Zimbarer. Du bist wahrlich ein guter Schütze.«

Eben stürzten die anderen aufgeregt aus dem Haus. Sie hatten das Krächzen und sicherlich auch den Schrei gehört. Aram schaute sich suchend nach dem Shadras um.

Tiron blickte Marla fragend an. »Ihr habt den merkwürdigen, entfernten Schrei auch vernommen?!«

Alle bejahten, und Marla klärte sie auf: »Wenn man einen der Kundschafter tötet, werden die Bande zwischen ihm und seinem Herrn blitzartig durchtrennt. Den Schrei, den wir hörten – war der von Thormod. Es ist sein Geschöpf, und wenn es stirbt, empfindet er die Schmerzen seines Todes.«

Charim reckte eine Faust zum Himmel. »Also haben wir diesem Hexenmeister das erste Mal Schmerzen zugefügt. Wenn ich das gewusst hätte, wäre noch ein Pfeil geflogen.«

Freya sah sich gehetzt um. »Sind noch andere Shadras in der Nähe?!«

»Nein, Frau. Ihr könnt beruhigt sein, sie treten nur selten zu mehreren auf. Die Kundschafter zu erschaffen und am Leben zu erhalten, kostet Thormod viel Kraft. Er kann es sich nicht leisten, sie gemeinsam fliegen zu lassen, denn so würde er weniger sehen und hören. Nein, sie sind ihm nützlicher alleine.«

Tiron wandte sich Aram zu. »Das ist unsere und Eure Chance – Thormod ist vorübergehend blind, was uns betrifft. Also macht Euch mit Eurer Familie sofort auf und packt wirklich nur das Nötigste ein!«

Aram meinte traurig: »Nachdem wir nicht viel haben, brauchen wir auch nicht viel Zeit. Die Kohlensäcke sind sowieso schon auf den Karren verladen. Die kann und will ich nicht zurücklassen, denn das ist der Verdienst von einem halben Sommer Arbeit.«

»Gut«, nickte Tiron, »wir helfen Euch, Euer Pferd anzuspannen.«

»Ich werde gleich packen. Es wird schnell gehen«, sagte die Frau des Köhlers, während sie hastig ins Haus lief.

Tiron richtete den Blick auf seine Gefährten. »Wir brechen ebenfalls auf.« Und an die Pantheras gerichtet: »Könnt ihr bitte gleich die Pferde satteln? Wir helfen unterdessen dem Köhler.«

Schon kurze Zeit später war alles getan. Gemeinsam mit Aram verriegelten sie zum Schluss das Haus. Mit einem tiefen Gefühl der Trauer sah der Köhler seine Hütte an und flüsterte leise: »Ob ich jemals wieder an diesen Ort kommen werde?«

Varna, die die Worte gehört hatte, legte ihre Hand auf Arams Schulter. »Ich wünschte, ich könnte Euch sagen: Das werdet Ihr, doch dazu bin ich leider nicht im Stande. Jedoch sage ich Euch –

wenn wir mit unserem Vorhaben erfolgreich sind, dann könnte es vielleicht sein, dass Ihr diesen Ort irgendwann wiederseht.«

Die Verabschiedung fiel kurz, aber herzlich aus. Der Köhler brach mit seiner Familie in nordwestliche Richtung auf, um die Region Asgard und damit Lyngdahl zu erreichen.

Die Wegstrecke von Tiron und seinen Gefährten hingegen führte jetzt nach Osten, tiefer nach Senuum hinein – dorthin, wo Xinbal lebte.

Als sie die Lichtung verließen, äußerte Marla mit Schwermut in der Stimme: »Hoffentlich kommen sie gesund in Lyngdahl an. Sie haben jetzt vier, vielleicht fünf gefahrvolle Tage vor sich. Ob wir sie je wiedersehen werden?«

Tiron schüttelte den Kopf. »Wahrscheinlich werden wir nie etwas über das weitere Schicksal von Aram und seiner Familie erfahren. Wären die Zeiten anders, hätten wir sie sicher nach Asgard geleitet. Mich schmerzt es, diese Menschen in ihrer Not alleine zu lassen, aber wir haben dringlichere Aufgaben, die keinen Aufschub dulden.«, entgegnete er niedergedrückt.

Nach seinen Worten kehrte Schweigen ein, denn die Ereignisse des letzten Tages hatte ihnen deutlich aufgezeigt, wie viel ihr Gegner schon wusste.

Nachdem sie einige Zeit geritten waren, veränderte sich die Landschaft wieder. Der Mischwald wurde allmählich dichter, und Tiron hatte das Gefühl, seiner früheren Heimat immer näher zu kommen. Dieser Wald kam ihm vertraut und heimisch vor. Der Tag und auch die darauf folgende Nacht verstrichen ereignislos. Gleichwohl die Gefährten immer die Augen offen hielten und wachsam waren – Shadras oder auch andere Kreaturen des Bösen konnten sie nicht entdecken.

Am zweiten Tag um die Mittagszeit legten sie eine kurze Rast ein. Ein schmaler Bachlauf hatte sie zu einem kleinen See geführt. Das Wasser lag ruhig wie ein Spiegel da und keine Welle kräuselte sich am Ufer. Die vier tränkten die Pferde und stellten dabei fest, dass das Wasser von geringer Tiefe war und dadurch eine angenehme Temperatur besaß.

Kurzerhand entschlossen sich Tiron, Marla, Charim und Varna zu einem Bad. Nach dem staubigen Ritt am Rande Kalet Semyah war das eine Wohltat für den Körper! Sie ließen sich dabei viel Zeit, und nach einer ausgiebigen Mahlzeit setzten sie erfrischt ihre Reise gen Westen fort.

Die Gegend wurde Tiron immer vertrauter. Er konnte sich sogar an einige Orte erinnern, die er alleine oder mit seinem Meister besucht hatte.

»Morgen, noch vor Mittag, werden wir das Heim meines Meisters Xinbal erreichen«, war er sich jetzt sicher.

»Freust du dich, ihn wiederzusehen?«, fragte Marla neugierig.

Tiron grinste vergnügt. »Ich für meinen Teil schon. Fragt sich nur, ob es der alte Kauz auch so hält. Wahrscheinlich werden wir ankommen und er wird uns noch vor der Begrüßung zum Holzholen schicken. Würde zu ihm passen.«

Marla kicherte. »Es muss wirklich ein seltsamer Mensch sein, dein Meister.«

»Er hat einen weichen Kern, den er aber, wie ich gestehen muss, gut versteckt. Seltsam ist er eigentlich nicht, ich würde eher sagen – etwas verschroben. Er lebt schon sehr lange alleine in Senuum und hat, wie soll ich sagen, so manche Eigenheit angenommen.«

»Das ist nicht ungewöhnlich. Mir erging es in Moorland ähnlich – die unablässige Angst, entdeckt zu werden, die ständige Einsamkeit – glaube mir, es war nicht einfach, da einen klaren Verstand zu bewahren. Da gewöhnst du dir so einige Merkwürdigkeiten an.«

»Und die wären?«

Marla lachte hell auf. »Oh nein, Tiron, das werde ich dir bestimmt nicht erzählen. Es reicht schon, dass *ich* sie kenne.«

Tiron winkte schmunzelnd ab. »Schon gut. Ich hatte auch nicht wirklich erwartet, dass du es mir sagst.«

Charim ritt von hinten langsam an Marlas Seite und fing an, sie in ein Gespräch zu verwickeln. Tiron lächelte in sich hinein und ließ sich seinerseits zurückfallen. Varna schloss zu ihm auf und zwinkerte ihm schelmisch zu. Sie hatte ebenfalls Charims Vorstoß verfolgt.

Nach einiger Zeit wurde der Wald etwas lichter. Die Bäume traten mehr und mehr zurück, und vor ihnen öffnete sich eine riesige, langgezogene Lichtung. Die ganze Fläche war von saftigem Grün überzogen, zwischem dem Gras blühten immer wieder kleine Inseln aus Purpurklee. Die Gefährten bestaunten für einen kurzen Moment diese Schönheit der Natur.

Kritisch musterte Tiron dann das Gelände. »Ich schätze, es wird Nachmittag, bis wir zum anderen Ende der Lichtung gelangt sind. Soweit ich mich noch an Xinbals Worte erinnern kann, beginnt dort ein kleiner Weg, der dicht an seinem Heim vorbeiführt, zumindest hat Xinbal das irgendwann einmal so erzählt … « Er sah zu Marla und Charim. »Erinnert ihr euch an die Harpyien, welche die Trolle auf einer Waldschneise angriffen?«

Beide nickten.

»Ich habe keine Lust, dass es uns ebenso ergeht – also werden wir am Waldrand entlang reiten. Es dauert zwar länger, ist aber sicherer.«

Charim zog seinen Bogen vom Rücken und legte einen Pfeil bereit zum Spannen. Marla sah ihn verblüfft an. Er lächelte ihr zu. »Nur für alle Fälle.«

Einer hinter dem Anderen ritten sie nun am Rand der großen Waldlichtung entlang. Sie hatten dreiviertel der Wegstrecke zurückgelegt, als die Pferde plötzlich scheuten. Nur mit aller Mühe gelang es ihnen, die Tiere zu beruhigen.

Tiron fasste das Amulett an – es war kalt …

Von der Waldseite her vernahmen die Gefährten nun plötzlich laute Geräusche! Äste knackten, man hörte schnelle Schritte zahlreicher Füße. Die vier stiegen hastig von ihren Pferden ab und wollten gerade in Deckung gehen, als sie die Ursache für den Tumult erkannten: eine Horde Wildschweine brach auf die Lichtung. Eine Bache mit sieben Frischlingen – und der Grund für ihre Flucht kam gleich hinterher – ein riesiger Keiler.

Charim reagiert instinktiv – während die Wildschweine an ihm vorbeijagten, hatte bereits der Pfeil seinen Bogen verlassen. Man vernahm nur ein kurzes Quieken. Der Keiler hatte nichts Besonderes bemerkt, er verfolgte mit lautem Grunzen weiterhin die Rotte. Die Muttersau schlug einen wilden Haken und flüchtete keine dreihundert Fuß von ihnen wieder in den Wald.

Charim stand da und strahlte. Selbst Marla und Varna war nichts Spezielles aufgefallen, nur Tiron grinste ebenfalls.

Immer noch etwas beunruhigt, fragte Marla spitz: »Was gibt es denn da zu lachen? Bei mir hat jedenfalls für einen kurzen Moment das Herz ausgesetzt. Nicht auszudenken, wenn das eine Horde wild gewordener Oger gewesen wäre.«

Doch Charim und Tiron antworteten nicht, stattdessen liefen sie auf die Lichtung und beugten sich über etwas, das auf dem Boden lag. Marla sah, dass Tiron dem Zimbarer auf die Schulter klopfte, dann bückte er sich und hob etwas auf, das auf die Entfernung wie ein kleiner Sack aussah. Die beiden kamen zurück, und Marla erkannte in Tirons Händen einen der Frischlinge, in dessen Brust ein Pfeil steckte.

Sie riss die Augen auf. »Wie zum …??«

Charim kam feixend auf sie zu. »Als die Schweine vorbei liefen, kam mir unser Abendessen in den Sinn – wir haben nur Brot und etwas Dörrfleisch in den Satteltaschen. Ich dachte, das wäre doch eine gute Gelegenheit, unseren Speiseplan ein wenig aufzubessern. Du weißt doch mit Sicherheit ein gutes Rezept?«

Marla schüttelte nur den Kopf und lachte. »Die sind in deiner Phantasie doch bestimmt schon gebraten an dir vorbeigelaufen.«

Tiron lief inzwischen zu seinem Pferd und saß auf. »Charim, nimm du das Tier aus. Alles, was nicht verwertbar ist und übrig bleibt, vergrabe. Marla wird dir helfen. Es dämmert bald, deshalb suchen Varna und ich in der Zwischenzeit eine geeignete Lagerstelle. Bleibt hier in der Nähe, wir geben euch Bescheid.«

Nach kurzer Suche fanden er und Varna einen guten und geschützen Platz zwischen den Bäumen. Zur Lichtung hin war die Stelle von dichtem Buschwerk abgeschirmt, so würden sie gefahrlos ein Feuer entzünden können.

Tiron sandte Varna zu Charim und Marla, damit sie die Beiden zur Lagerstätte führen konnte. Er selbst suchte in der näheren Umgebung nach Feuerholz, zusätzlich brauchte er noch mittelgroße Steine, um die Feuerstelle einzugrenzen – das aber stellte sich im Wald als recht schwierig heraus. Es war einige Zeit nötig, bis er ausreichend Steine gefunden hatte. Er schichtete loses Reisig auf und steckte es in Brand. Eine kaum sichtbare Rauchfahne ringelte sich langsam in die Höhe – das Holz war gut trocken.

Geräusche von Hufen drangen zu ihm vor, Varna traf mit den beiden anderen ein.

Charim konnte es kaum erwarten – er sprang vom Pferd und suchte aus dem gesammelten Holz zwei Astgabeln und einen dickeren kräftigen Stock. Diesen spitzte er mit seinem Messer an, damit sie das Ferkel aufspießen konnten. Anschließend hängten sie es zwischen die Astgabeln über das Feuer. In kurzen Abständen drehte Charim den Braten über den Flammen, sodass nach einer Weile ein leckerer Duft von gebratenem Fleisch in der Luft lag. Gemeinsam mit den beiden Pantheras hatte Tiron inzwischen zwei umgefallene Baumstämme als Sitzgelegenheit ans Feuer geschleppt. Die Sonne war bereits untergegangen, als das Fleisch gar war – es schmeckte köstlich.

Während sie aßen, wandte sich Tiron an Varna. »Ich hatte völlig vergessen, dich danach zu fragen – wie urteilte eigentlich Belarion, als ihr ihn mittels des Kristallwassers über die Ereignisse unterrichtet habt?«

Wie vor den Kopf geschlagen schaute Varna ihn entgeistert an. »Du hast Recht, Tiron. Daran hatte ich überhaupt nicht mehr gedacht.«

»Durch den Vorfall mit dem Kundschafter hatte ich es ebenfalls vergessen. Was sagte er nun?«

»Er zeigte sich nicht sonderlich überrascht, dass das Böse bereits über uns Bescheid weiß.« Varna begann die einzelnen Fakten mit den Fingern aufzuzählen. »Also – Taurin und Zimbara entsenden ihre Armeen. König Thalen und Lady Helena konnten die beiden Herrscher von der Dringlichkeit dafür überzeugen. Die Narsim sind bereits auf dem Fyndyr nach Schattenwelt unterwegs. Auf den ersten Schiffen sind übrigens auch Heerführer Adrian sowie Lucien mit an Bord. Die Streitkräfte der anderen Reiche stoßen nach und nach zu den Narsim. Chimaira hat wohl bereits eine geeignete Stelle gefunden, die als Sammelpunkt dienen könnte. Belarion meinte, sie wird sich im Laufe der nächsten Tage bei uns einfinden. Ich teilte ihm mit, wo wir uns augenblicklich aufhalten und in welche Richtung wir weiterziehen werden, so hat Chimaira einen ungefähren Anhaltspunkt.«

Tiron atmete auf. »Das, Varna, sind wahrlich gute Nachrichten. So wurde unsere Anstrengung und Zuversicht bisher mit Erfolg belohnt. Die Menschen schließen sich wieder zusammen, um den Kampf gegen Obsidian erneut aufzunehmen. Das erste Mal – seit den Alten Schlachten. Das wird dem Fürsten der Finsternis und seinem Diener Thormod überhaupt nicht gefallen. Der Krieg wird unausweichlich sein!«

»Wenn wir nicht vorher eine Möglichkeit finden, Obsidian zu töten … «

Nachdenklich meinte Tiron: »Was wirklich schwierig werden wird. Zuerst brauchen wir die Zauberlanze. Dann – wir kennen weder den Aufenthalt von Obsidian oder Thormod, noch haben wir eine Ahnung, wie man den Fürsten vernichtet. Wir haben nichts in der Hand – außer einem vagen Hinweis in einer Schriftrolle.«

Varna richtete sich etwas auf, ihre Haltung und ihr Gesicht drückten Zuversicht aus. »*Du* bist der Träger des Sterns von Taurin, Tiron. Er hat dich auserwählt, also wird er dir auch einen Weg zeigen.«

Marla und Charim hatten die Unterhaltung aufmerksam verfolgt, sie stimmten Varna zu.

Marla nickte: »Ich glaube, Tiron, wenn du die Lanze in Händen hältst und die zwei Schlüssel nach so langer Zeit wieder vereint sind, dann wird sich ihre ganze Macht entfalten. Varna hat Recht – der Stern wird dir den Weg weisen!«

Tiron starrte in das Feuer und beobachtete das Flammenspiel. »Ich denke immer wieder über den Zusatz der Prophezeiung nach. Ihr erinnert euch? *Ohne Licht kein Schatten, ohne Hell kein Dunkel. Töte das Licht – und du wirst sterben. Töte den Schatten – und du wirst leben.* Manchmal habe ich das Gefühl, ich bin der Antwort ganz nahe, dann wiederum meilenweit davon entfernt.«

»Ist das bei einem Rätsel nicht immer so?«, meinte Charim. »Man ist am Verzweifeln und plötzlich, wenn man es am wenigsten erwartet, findet man genau das fehlende Teil und alles setzt sich zu einem Ganzen zusammen.«

»Charim, ich bin nicht am Verzweifeln, ich sprach lediglich von einem Gefühl, das ich bisweilen habe … «

»Wie auch immer – ich denke, wir sollten langsam zur Ruhe gehen. Heute werden wir bestimmt keine Antwort finden, und morgen wird ein langer Tag werden. Vielleicht hat dein alter Meister eine Idee, was damit gemeint sein könnte«, meinte Varna.

»Ja, das ist wohl das Beste, bevor wir uns hier die Köpfe heißreden«, gab Marla zu.

Charim streckte sich. »Stimmt, außerdem – mit vollem Bauch schläft es sich gleich doppelt so gut.«

»Ich übernehme die erste Wache«, erklärte sich Varna bereit. Sie stand auf, wünschte den anderen eine gute Nacht und zog sich an den Rand der Lichtung zurück.

Charim legte noch ein paar kleinere Holzstücke ins Feuer, um die Wärme etwas länger zu halten. Tiron wickelte sich in seine Decke, stopfte sich seinen Umhang als Kissen unter den Kopf und schlief sofort ein.

Kapitel 23

Die sprechende Eiche

Charim, der die letzte Wache gehabt hatte, weckte die Drei, als der Morgen graute. Tiefer Nebel hing in der Lichtung, er würde sich erst nach Sonnenaufgang auflösen. Tiron stand am Waldrand und beobachtete eine kleine Gruppe Rehe. Man sah nur ihre Köpfe, den Rest verbargen Nebelschwaden. Es sah eigenartig aus, denn jedes Mal, wenn die Tiere ihren Schädel senkten, verschwanden sie, um dann an anderer Stelle urplötzlich wieder aufzutauchen.

Marla stand plötzlich neben ihm – er hatte sie nicht kommen hören. »Gut geschlafen?«

»Tief und fest, Marla.«

Sie dehnte sich. »Ich auch. Ich glaube, wenn eine Horde Trolle über das Lager hergefallen wäre, ich hätte nichts gemerkt.«

»Kein Wunder. Wir haben auch gestern den ganzen Braten verspeist. Was machen Varna und Charim?«

»Sie satteln gerade die Pferde. Zu einem Frühstück hatte ohnehin keiner Lust. Selbst Charim meinte, er hat keinen Hunger. Wenn du mich fragst, kein Wunder. Er hat praktisch die Hälfte des Schweins alleine vertilgt«, unkte sie.

Tiron stimmte ihr scherzhaft bei und meinte, »Helfen wir ihnen, damit wir schnell aufbrechen können.«

Doch bevor sie sich in Bewegung setzen konnten, führte Varna, gefolgt von Charim, die Tiere auf die Waldschneise. Sie banden die Pferde nochmals kurz an, um auch hier die Spuren des Lagers gründlich zu beseitigen und setzten im Anschluss ihre gestrige Route fort.

Bald erreichten sie das andere Ende der Lichtung, wo sie nach kurzer Suche den von Tiron beschriebenen Waldweg entdeckten.

Er war kaum erkennbar und gerade so breit, dass ein einzelner Reiter ohne Probleme durchkam. Es blieb ihnen wie schon oft zuvor nichts anderes übrig, als hintereinander zu reiten. Mit der Zeit wurde der Wald immer dichter, mehr als einmal mussten sie absteigen, da die Äste der Bäume tief in den Pfad hineinragten und ein Durchkommen zu Pferd unmöglich war. Der Weg zog sich schier endlos dahin, und erschwerend kam hinzu, dass sie in manchen Fällen sogar in Düsternis reiten mussten. Das Blätterdach war stellenweise so undurchdringlich, dass kein Sonnenstrahl den Boden berührte. Die Eintönigkeit dieser Wildnis führte dazu, dass die Gefährten langsam jedes Gefühl für Zeit verloren hatten. Auch Tiron war in diesem Teil Waldes noch nie gewesen, und wenn er sich recht entsinnen konnte, hatte Xinbal sogar davor gewarnt, ihn zu betreten!

Viele dieser Bäume schienen uralt zu sein, und er hatte den Eindruck, als beobachteten sie ihn. Auch sonst vernahm er kaum Tierlaute, einzig und allein ein stetiges Ächzen der hohen Bäume begleitete sie. Allmählich beschlich Tiron ein beklemmendes Gefühl, dass diese Titanen des Waldes es nicht guthießen, wenn Wanderer die Füße auf ihren Grund und Boden setzten. Er wandte sich um – hinter ihm ritt, beziehungsweise lief, Marla. Er betrachtete sie kurz, sie schien das Gleiche zu empfinden wie er – ihre Gesichtszüge wirkten nervös und angespannt.

Tiron wusste nicht, wie lange sie schon unterwegs waren, als endlich ein erlösender Ruf von Varna kam: »Wir sind durch!« Sie lief an der Spitze der kleinen Gruppe und sah den Rand des Waldes als Erste.

Tiron atmete auf, nachdem er ins helle Sonnenlicht getreten war.

Charim, der als Letzter aus dem Wald kam, rang immer noch mit seiner Fassung. Aufgewühlt sagte er: »Was für eine unheimliche Gegend. Diese Bäume sind gefährlich – sie ließen uns nicht aus den Augen … wenigstens bilde ich mir das ein.«

»Charim, dieses Gefühl hatte wohl jeder von uns. Doch ich glaube nicht, dass sie gefährlich sind. Sie waren eher … neugierig«, wandte Varna ein.

»Neugierig?« fragte der Zimbarer gedehnt und blickte die Amazone verblüfft an.

»Ja, denn wenn sie Böses im Schilde führen würden, hätten sie wohl mehr als ausreichend Gelegenheit dazu gehabt, oder?«

Charim überlegte einen Augenblick. »Klingt einleuchtend. Aber egal. Ich bin jedenfalls froh, wieder draußen zu sein.«

Marla trat zu Charim, klopfte ihm auf die Schulter. »Glaube mir, das sind wir alle.«

Tiron, der über die letzten Worte von Varna nachdachte, stand etwas abseits am Rand des Waldes und besah sich eine riesige, hoch in den Himmel wachsende Eiche. Sie besaß einen knorrigen Stamm, dicke Wurzeln ragten aus dem Boden. Dieser Baum stand bestimmt schon seit Urzeiten hier. Was mochte er schon alles gesehen haben …

Tiron wusste nicht, weshalb oder wieso – irgendetwas sagte ihm, er solle seine Hand auf diesen alten Riesen legen. Er trat nahe zu der Eiche hin und betastete vorsichtig die Rinde. Kaum, dass er den Stamm berührt hatte, ertönte in seinem Inneren eine tiefe und steinalte, aber dennoch sehr freundliche Stimme.

»Sei gegrüßt – Schlüsselträger. Ich hoffe, wir haben dich sicher geleitet – und bitte verzeih die Neugier meiner Familie.«

Erschrocken zog Tiron seine Hand weg. Die drei anderen hatten ihn erstaunt beobachtet und liefen jetzt zu ihm.

»Was ist los, Tiron? Hast du einen Geist gesehen? Du bist aschfahl im Gesicht!«, stellte Varna beunruhigt fest.

Er sah sie etwas verstört an, »Du hattest Recht, Panthera.«

Varna zog die Augenbrauen zusammen, »Inwiefern!?«

»Der Wald will nichts Böses – die Bäume sind wirklich nur neugierig gewesen. Ihr haltet mich jetzt wahrscheinlich für verrückt, aber diese Eiche spricht. Sie hat es mir gerade eben erzählt, und sie nannte mich den Schlüsselträger!«

»Der Baum spricht?«, hakte Charim verwirrt nach.

»Ja, das sage ich doch – er spricht!«, nickte Tiron etwas ungeduldig und legte dann wieder seine Hand an den Stamm. »Wie soll ich Euch nennen? Habt Ihr einen Namen, werter Baum?«

Sofort vernahm er wieder diese uralte Stimme: *»Bäume – Schlüsselträger – haben keine Namen!«*

»Also gut, Herr des Waldes! Ihr spracht vorhin davon, dass Ihr uns sicher geleitet habt. Waren wir denn in Gefahr?«

»Oh ja, Schlüsselträger – das wart ihr! Eine Gruppe von zehn Nordmenschen streifte durch unseren Garten, und sie hatten keine guten Absichten! Sie suchten nach euch. Doch sie sind nicht mehr. Ihr müsst wissen, dass unser Garten viele Gefahren birgt – und für den, der Böses in sich trägt, kann es grauenvoll enden!«

»Habt Ihr etwas über die Absichten der Nordmenschen erfahren können, Herr Baum?«, wollte Tiron nervös wissen.

»Es waren Schergen des Hexers Thormod. Ausgesandt mit dem Ziel, euch zu töten. Doch sie suchten ohne Plan – sie kannten euren Weg nicht. Das lässt darauf schließen, dass mehrere solcher bösen Horden unterwegs sind.«

Tiron nahm seine Hand vom Stamm und teilte seinen Gefährten mit, was er gerade erfahren hatte.

Daraufhin traten Varna und Marla ehrfürchtig zu der Eiche, »Was immer Ihr auch seid, wir sind Euch zu großem Dank verpflichtet.«

Tiron berührte wieder den Stamm. *»Wir nehmen euren Dank an«*, konnte er vernehmen.

»Sagt uns bitte – konntet Ihr sonst noch etwas in Erfahrung bringen, das unter Umständen wichtig erscheinen könnte?«

»Die Schergen sprachen über den Schlüsselträger, und von Thormod, der auf einer Burg weilt – einer Burg mit Namen Sturmstein. Allerdings erfuhren wir nicht, wo diese genau liegt, doch es fiel ein Name – Yanar.«

Tirons Herz machte einen Sprung angesichts dieser Worte! Sie hatten endlich den Sitz von Thormod erfahren, und somit rückten sie wieder ein Stück näher an den Machtbereich von Obsidian heran!

Tiron verneigte sich. »Ich danke Euch von ganzem Herzen, Herr der Wälder. Das waren wichtige Neuigkeiten.«

»Ich wünsche dir, Schlüsselträger, alles Glück der Bäume. Du wirst es brauchen, denn in deiner Hand liegt das Schicksal von Chem. Gehe vorsichtig zu Werke – und lass den Mut nicht sinken, dann wird am Ende dein Unterfangen von Erfolg gekrönt sein. Und nun eine gute Reise!«

»Habt Dank, ich werde Eure Worte beherzigent.« Tiron nahm die Hand weg und trat von der alten Eiche zurück.

»Und?!«, fragte Marla sofort, auch Varna und Charim sahen ihn gespannt an.

Tiron verzog sein Gesicht zu einem boshaften Grinsen. »Ich habe eben den Aufenthaltsort von Thormod erfahren: eine Burg namens Sturmstein. Jetzt kennen wir endlich unser Ziel, und es wird nicht lange dauern, dann wissen wir auch, wo diese Burg liegt.«

»Unglaublich … «, murmelte Charim und sein Blick suchte Marla, die nachdenklich den alten Baum betrachtete.

Varna schüttelte den Kopf. »Wer hätte das gedacht, gestern noch sprachen wir darüber und heute erfahren wir es an diesem unheimlichen Ort – von einem Baum! Welche Wege doch manchmal das Schicksal nimmt – und was hält es wohl sonst noch für Überraschungen bereit?! Ich lebe so lange schon – und doch – nie hörte ich von einem Wald der sprechenden Bäume.« Immer noch kopfschüttelnd ging sie zu ihrem Pferd.

Tiron, Charim und Marla folgten ihr und saßen ebenfalls auf. In Gedanken versunken, verließen die Gefährten diesen seltsamen Ort.

Tiron schätzte, nur noch kurze Zeit – dann würden sie die Heimstatt von Xinbal erreichen. Die vier ritten nebeneinander her, und Tiron fragte in die Runde:

»Hat einer von euch schon mal den Namen *Sturmstein* gehört?«

»In der Zeit der Alten Schlachten residierte Thormod mitten in Schattenwelt – diese Burg nannte man Middelshorn«, antwortete Varna. »Doch von ihr blieb nichts mehr übrig. Sie wurde in der letzten Großen Schlacht völlig zerstört. Lange wusste man nicht, ob Thormod getötet worden war, oder nicht. Doch dann hörten wir erste Gerüchte über ihn: Einmal sah ihn jemand dort, dann tauchte er wieder an einem anderen Ort auf – und so weiter. Zuerst tat man es als Hirngespinste einfacher Leute ab, bis es zu einem Zwischenfall in Asgard kam. Herr Lauron, damals auf Reisen in eben seiner Heimat, traf durch Zufall auf eine der Nebelkrähen. Es gelang ihm, den Shadras lebend zu fangen. Er brachte ihn zu den Norodim, die wiederum die Möglichkeit besaßen, den Bann, der die Nebelkrähen hält, zu ihrem Herrn zurückzuverfolgen.

Ab diesem Zeitpunkt war klar – Thormod lebte noch. Doch an welchem Ort er sich versteckt hielt, war bis heute unbekannt. Ich vermute, diese Burg Sturmstein ist mit großem Aufwand magisch gesichert. Bannsprüche, Abwehrzauber, Vergessenszauber, Illusionen. Es gibt viele Möglichkeiten, sich – oder etwas – den Blicken Neugieriger zu entziehen.«

Tiron nickte. »Vielleicht kann uns Xinbal weiterhelfen, er lebt schon sehr lange hier. Möglicherweise kann er sich an etwas erinnern, oder andernfalls über einige ungewöhnliche Begebenheiten erzählen. Ich glaube nicht, dass ein Ort, an dem sich merkwürdige Dinge ereignen, lange gänzlich unentdeckt bleibt – zumindest bietet es Stoff für Geschichten und Legenden.«

Mittlerweile wurde die Landschaft Tiron immer vertrauter, und endlich sah er in einiger Entfernung zwischen Sträuchern und Bäumen die zwei wohlbekannten Hütten auftauchen.

»Wir sind da. Da vorne ist es!«, rief er aufgeregt.

Kurz vor dem Anwesen banden sie die Pferde an einige niedrige Büsche und traten durch das Strauchwerk an die große Feuerstelle. Diese war noch von Glut durchzogen, Tiron sah sich um. »Wartet hier. Ich sehe nach, er ist wahrscheinlich wieder in eines seiner Experimente vertieft und hat alles rundherum vergessen.«

Leise schlich er zu Xinbals Hütte und spähte hinein. Tatsächlich. Der Alte saß, leise vor sich hin meckernd, an seinem Schreibpult und hantierte mit ein paar geheimnisvollen Gerätschaften. Tiron musste sich zusammenreißen, damit er nicht laut loslachte.

Er stellte sich in den Türrahmen und rief hinein: »Hallo, Meister, wollt Ihr Euren alten Lehrling nicht begrüßen?«

Wie von der Tarantel gestochen, schnellte der Alte hoch. »Was, wie, wo?« – und ehe Tiron sich versah, hob Xinbal seinen Zauberstab: »*Torum secur!*«

Ein weißer Blitz traf ihn, und er wurde rückwärts zur Tür hinausgeschleudert. Benommen blieb er am Rande der Feuerstelle liegen. Marla und Charim eilten ihm zu Hilfe. Xinbal war inzwischen aus dem Haus getreten, sein Blick wanderte von Tiron zu den anderen und wieder zurück zu Tiron.

Tiron, immer noch leicht benebelt, schnauzte Xinbal wutentbrannt an: »Was war das, Xinbal! Könnt Ihr mittlerweile nicht mehr Freund von Feind unterscheiden?«

Langsam entspannten sich die Gesichtszüge des Alten und er begann, zu lachen. »Tiron? Bist du das? Natürlich bist du es. Willkommen, mein Junge. Endlich bist du da!« Der alte Meister lief auf Tiron zu und umarmte ihn stürmisch.

Charim flüsterte Marla zu: »Der hat doch nicht alle Tassen im Schrank!«

»Sei still!«, zischte sie zurück.

»Wolltet Ihr mich umbringen, alter Mann?«, fragte Tiron, immer noch leicht ungehalten.

Xinbal schaute ihn vorwurfsvoll an. »Wenn du gegen das Licht in der Türe stehst, kann niemand etwas erkennen. Also beklage dich nicht, es hätte schlimmer für dich ausgehen können. Und außerdem … « – dazu hob er tadelnd den Finger und senkte vorwurfsvoll seine Stimme – » … weißt du genau, dass niemand die Hütte ohne meine Erlaubnis betreten darf – oder ist dir das etwa schon entfallen?«

Tiron schüttelte den Kopf. »Immer noch derselbe alte Kauz! Seht ihr – ich hatte es euch doch gesagt! Darf ich bekannt machen – Meister Xinbal.«

Marla trat vor und reichte dem Magier ihre Hand. »Seid gegrüßt, Herr. Ich bin Marla vom Volke der Panthera.«

Charim verneigte sich leicht. »Charim aus Zimbara.«

Xinbal fixierte Varna, die sich nun ebenfalls vorstellte. »Varna, auch vom Volk der Panthera.«

Der Alte wiegte seinen Kopf hin und her, und schien angestrengt zu überlegen. »Gleich zwei vom Geschlecht der Amazonen?« Er blickte Tiron an. »Viel scheint passiert zu sein dieser Tage!«

»Ja, Xinbal. Sehr viel! Doch bevor wir Euch erzählen, warum wir Euch aufgesucht haben, gestattet mir die Frage: Woher wusstet Ihr, dass wir kommen? Ihr sagtet gerade eben: – endlich seid ihr da!«

Xinbal schmunzelte. »Von Belarion natürlich.«

»Belarion? Wie … «

Der Alte winkte ab. »Nicht wichtig – eine alte Verbundenheit aus vergangenen Tagen. Doch den Grund für euer Kommen nannte er nicht. Ich bin also sehr gespannt, was ihr zu erzählen habt. Wollen wir währenddessen etwas essen?«

Charim schaute ihn dankbar an. »Sehr gerne, Meister Xinbal.«

Der Magier lächelte. »Gut, mein Junge, dann hole gleich mal Holz, denn das Feuer muss neu geschürt werden.« Er sah die anderen auffordernd an. »Und ihr könnt ihm zur Hand gehen!«

Charim machte ein Gesicht, als hätte er in eine saure Zitrone gebissen und meinte ironisch zu Tiron: »Ich glaube, ich kann dich langsam verstehen.«

Also sammelten sie Feuerholz und entfachten die Glut erneut. Xinbal hatte sich ins Haus zurückgezogen, um eine kleine Stärkung herzurichten. Sie bestand aus Obst, Brot und frisch angemachten Käse. Als alle gemeinsam am Feuer saßen, schilderten Die vier dem Magier die vergangenen Ereignisse. Xinbal hörte aufmerksam zu, und entgegen seiner Art, was Tiron verwunderte, stellte er wenig Fragen, ferner unterließ er auch sonstige schnippische Bemerkungen.

Eine lange Zeit redeten sie ununterbrochen, bis Tiron abschließend darlegte: »Deswegen sind wir hier, in der Hoffnung, Ihr könnt uns weiterhelfen.«

Der Alte stand auf, verschränkte die Arme hinter seinem Rücken. »Bitte entschuldigt mich einen Moment, ich muss nachdenken.« Dann verschwand er wortlos in seiner Hütte.

Charim sah dem Alten nach. »Ein wirklich seltsamer Mann, dieser Xinbal. Wie konntest du es solange mit ihm aushalten, Tiron?«

Der zuckte die Achseln. »Er hat, wie gesagt, einen weichen Kern, auch wenn er es nicht gerne zugibt und schon garnicht zeigt.«

Man hörte sonderbare, leicht gedämpfte Geräusche aus dem Gebäude, kurz danach einen lauten Fluch. Charim und Marla sahen ihn fragend an, doch Tiron hob abwehrend die Hände. »Schaut mich nicht so an! Ich habe keine Ahnung, was er jetzt wieder macht.«

Marla stand auf und klopfte sich ein wenig Sand von der Hose. »Kommt, lasst uns nach den Pferden sehen. Es sieht mir ganz danach aus, als würde er länger brauchen. Für was auch immer!«

Sie kamen erst spät zurück an die Feuerstelle. Bei zwei Pferden hatten sie die Hufe etwas zurückschneiden müssen, ansonsten waren alle Tiere in einer guten Verfassung.

Der Alte war noch immer verschwunden, doch hin und wieder hörten sie sein leises Gemurmel aus der Hütte. Es verging eine weitere längere Zeit. Charim war, angelehnt an einen Baumstamm, eingeschlafen, und etwas abseits unterwies Varna Marla wieder einmal in ihrer Kunst. Tiron saß am Feuer und dachte über das Rätsel in der Prophezeiung nach, als Xinbal unversehens aus seiner Hütte trat. Er bemerkte sofort das ernste und sorgenvolle Gesicht seines Meisters. Die beiden Pantheras hatten den Zauberer ebenfalls gesehen und kamen zum Feuer. Marla gab während des Vorbeilaufens Charim einen leichten Schubs mit dem Fuß. Der Zimbarer schreckte aus seinem Schlaf hoch. Verschlafen rieb er sich die Augen und Marla streckte ihm den Arm hin: »Komm, du Schlafmütze. Xinbal ist anscheinend fertig.« Er fasste ihre Hand und zog sich hoch.

Der Alte hatte neben Tiron Platz genommen und wartete bereits ungeduldig. Als alle versammelt waren, räusperte er sich kurz.

»Viel hat sich verändert, seit Tiron von hier aufgebrochen ist … Die Zeit drängt nun, denn der Herr der Finsternis hat seine Augen und Ohren überall. Ihr hattet einiges zu berichten, und vieles davon ist sehr beunruhigend. Ihr wisst – ich bin nur ein alter Mann, der versucht, an diesem Ort ein wenig Ruhe zu finden.«

Bei diesen Worten musste Tiron grinsen. Dieser Sonderling stellte sich wiedermal als einen bemitleidenswerten alten Großvater dar.

Xinbal sprach weiter: »Große Last liegt auf euren Schultern. Vor allem auf den deinen, Tiron! Viele eurer Schilderungen waren auch für mich neu. Doch wichtig sind jetzt nur zwei Dinge: erstens – ihr müsst so schnell wie möglich die Anhöhen von Murthal erreichen, um die Lanze zu finden. Zweitens – ihr müsst den Standort von Thormods Burg in Erfahrung bringen. Wie hieß sie gleich?«

»Sturmstein!« meinte Charim leise.

»Natürlich – Sturmstein. Danke Charim, doch wir können übrigens im Augenblick offen davon sprechen, denn ich habe in der Zwischenzeit mein Anwesen magisch gesichert.«

Unwillkürlich sah sich Charim um, aber es war nichts zu sehen. Er wandte sich wieder dem Gespräch zu, wo der Alte gerade sagte: »Sollten Shadras dieses Gebiet hier erkunden, werden sie nichts als eine karge Landschaft sehen. So bleibt ihr, zumindest vorerst, unentdeckt. Die Anhöhen von Murthal sollten kein Problem darstellen – der Weg ist schnell beschrieben. Zu Fuß etwas weniger als zwei Tage. Mit den Pferden vielleicht nur einen Tag. Tiron kennt sich hier aus, also werde ich ihm später die notwendigen Kenntnisse über die Wegstrecke mitteilen.«

Tiron nickte, und Xinbal setzte seine Rede fort. »Jetzt zu dem Ort Sturmstein. Zu allererst sei gesagt, dass auch mir dieser Name unbekannt ist. Es liegt nahe, zu vermuten, dass dieser Platz im Verborgenen liegt und durch sehr starke Bannsprüche geschützt wird. In Schattenwelt gibt es viele Orte, die von Menschen gemieden werden – doch die meisten dieser Stellen sind mir bekannt und es ist offenkundig, warum man sich dort nicht aufhalten sollte. Doch wie gesagt, ich kenne nicht alle, aber es gibt da einen ganz bestimmten Ort, der mir in den Sinn kommt … « Er machte eine kleine Pause. Gespannt beugten sich die beiden Amazonen, Tiron und Charim vor, als er weitersprach.

»Schattenwelt grenzt im Norden an die Provinzen Asgard und Kroton. Es gibt dort eine Stelle, die »Nordhorn« genannt wird – dort bilden zwei Flüsse die Grenze zu Schattenwelt. Aus dem Osten kommt der Madayn – aus dem Westen der Fyndyr. Schattenwelt ragt an dieser Stelle tief in die nördlichen Provinzen hinein, wie ein Stachel oder eben ein Horn. Die Spitze des Stachels ist dieser Ort, den ich meine. Der Madayn und der Fyndyr brechen über eine Kante, fallen in die Tiefe und werden eins. So entsteht der Yanar, übersetzt der »Große Weise«. Der Yanar wiederum bildet nun die Grenzen zwischen Asgard und Kroton.«

Überrascht rief Charim: »Yanar? Das ist doch der Name, den uns der Baum nannte.«

Xinbal blitzte ihn an. »Welch Scharfsinn. Natürlich ist das der Grund, warum ich überhaupt auf diesen Ort kam, du Schlaumeier.«

Charim verschränkte kleinlaut seine Arme und warf dem Alten einen bitterbösen Blick zu, doch Xinbal sprach unbeeindruckt weiter. »Das Nordhorn ist im Grunde das letzte Stück Land, bevor die beiden Flüsse über den Grat fallen. Eigentlich befindet man sich schon weit in den nördlichen Provinzen, und doch steht man in Schattenwelt. Um diesen Platz ranken sich seit Jahren Gerüchte und Legenden. Ein unwirklicher Flecken Erde – kein Baum, kein Strauch, nur Felsen; und der Wasserfall übertönt jeden anderen Laut. Ich hörte Geschichten, dass in diesem Winkel immer wieder Menschen verschwunden sind. Gerüchte über einen namenlosen Schrecken, der dazu geführt hat, dass keine Menschenseele diesen Landstrich jemals freiwillig betreten würde. Und nachdem der Name Yanar gefallen war, bin ich ziemlich sicher, dass dieser Ort gemeint ist. Allerdings steht dort keine Burg, nicht mal eine Ruine oder etwas Ähnliches. Was aber nichts heißen muss, immerhin haben wir es mit einem der größten Schwarzmagier und seinem Herrn, Obsidian, zu tun. Ich meine, es wird ihnen ein Leichtes sein, ein Gebäude magisch zu verstecken.«

Varna hob die Hand und sah Xinbal an. »Dann kennen wir jetzt also endlich unseren Bestimmungsort! Dank Euch, Meister Xinbal!«

Der Alte verneigte sich leicht. »Keinen Dank, Panthera. Ich glaube, das war das Einfachste bei der Sache. Die Schwierigkeiten werden jetzt erst anfangen. Deshalb solltet ihr schnell den Obersten der Norodim unterrichten, denn dies ist eine entscheidende Erkenntnis.«

Varna nickte. »Ihr habt Recht. Inzwischen könnt Ihr Tiron den Weg zu den Anhöhen erklären. Marla?«

»Ich komme.« Beide Pantheras erhoben sich, um das Kristallwasser zu holen.

Charim meinte hastig: »Ich komme auch mit. Ich möchte schließlich mal sehen, wie das funktioniert.«

Tiron grinste – der Zimbarer hatte vermutlich keine Lust, mit ihnen alleine zu sein und sich dadurch der Gefahr auszusetzen, nochmal von Xinbal angegiftet zu werden …

Er beugte sich zu dem Alten vor. »Ich wusste, dass Ihr uns Beistand leisten würdet.«

»Ich tue, was ich kann, mein Junge.«

»Xinbal – ich habe hier etwas für Euch.« Tiron zog die Schriftrolle hervor, die ihm Herr Galamthiel in den Höhlen der Norodim übergeben hatte. »Von Herrn Galamthiel, einem Magier des Blauen Bandes. Er bat mich, Euch dieses Papier auszuhändigen. Er sprach davon, dass Ihr gemeinsam gearbeitet habt, doch eines Tages getrennte Wege gingt. Er weiß nicht mehr weiter. Er hat auf diesem Schriftstück seine gesamten Ergebnisse niedergeschrieben. Er vermutete, dass Ihr ebenfalls weitergeforscht habt, und so bittet er Euch um Nachricht – ob er vielleicht etwas übersehen hat.«

Xinbal verzog den Mund. »Galamthiel? Was könnte dieser Dilettant erfahren haben, was ich nicht schon lange herausgefunden habe?«

Tiron prustete los. Xinbal schnarrte ihn an. »Was gibt's da zu lachen?«

»Herr Galamthiel hat genau das vorausgesagt. Eure Reaktion. Nur – er meinte, Ihr würdet ihn Quacksalber nennen.«

»Quacksalber? Das wäre ja noch ein Kompliment. Jetzt gib schon die Schiftrolle her.«

Tiron grinste noch mehr – Xinbal war neugierig geworden. Er überreichte ihm das Dokument. »Ich weiß nicht, was zwischen Euch vorgefallen ist, aber Galamthiel machte mir keineswegs den Eindruck eines Dilettanten, denn er sitzt im Hohen Rat der Norodim.«

Xinbal hatte die Rolle unterdessen geöffnet und angefangen, zu lesen, er winkte mit der Hand ab und brummelte nur: »Ja, ja – später.«

Plötzlich rief er: »Das kann doch nicht … kann das sein … wäre das möglich?«

»Was wäre möglich, Xinbal?«, wollte Tiron neugierig wissen.

Doch der Alte winkte völlig aufgeregt ab. »Lass mich in Ruhe – muss nachdenken. Es ist wichtig!«

Tiron wusste sofort, dass jedes weitere Wort Verschwendung wäre und ließ den Alten in Ruhe. Xinbal andererseits erhob sich und lief, dabei mehrere erstaunte Ausrufe von sich gebend, zurück in seine Hütte. Belustigt sah Tiron ihm nach, wie er hastig die Tür aufriss, um dann halb stolpernd im Innern zu verschwinden.

Tiron saß bereits eine Weile am Feuer, als Varna, Marla und Charim zurückkamen.

»Was belustigt dich so?«, fragte Marla sofort, der Tirons immer noch vergnügter Gesichtsausdruck nicht entgangen war.

»Ich habe Xinbal die Schriftrolle von Herrn Galamthiel übergeben. Es hat ihm wohl nicht gefallen«, grinste Tiron. »Herr Galamthiel scheint etwas herausgefunden zu haben, was Xinbal scheinbar entgangen ist, und glaubt mir – so was nagt fürchterlich an seinem Selbstbewusstsein.«

Alle lachten, und Tiron fragte bei Varna nach: »Gibt es etwas Neues von Belarion und den anderen?«

»Sie kennen das Nordhorn, aber der Name Sturmstein ist ihnen ebenfalls unbekannt. Sie werden Nachforschungen anstellen, außerdem soll Faranon in den Schriften nach Hinweisen suchen. Belarion meinte nur, wenn es sich bestätigen sollte, dass dieser Ort der Sitz von Thormod und Obsidian ist, würde es den Heeren eine Menge Zeit ersparen.«

»Inwiefern?«

»Nun – sie sind mit den Schiffen auf dem Fyndyr unterwegs und würden so geradewegs zu diesem Ort gelangen. Sie bräuchten nicht anlanden und zu Fuß weitermarschieren.«

»Stimmt! Daran habe ich noch gar nicht gedacht!«

»Ansonsten keine Nachrichten. Weder von Herrn Lauron, noch von Chimaira oder Zelos.«

»Keine Nachrichten sind oftmals gute Nachrichten – warten wir also ab.«

Kapitel 24

Die Anhöhen von Murthal

Die Sonne war mittlerweile untergegangen, und den Rest des Tages hatten die Gefährten damit verbracht, sich auszuruhen. Von Xinbal sah man während dieser Zeit nichts, wenn man von dem einen oder anderen Laut aus seiner Hütte einmal absah.

Charim fragte Tiron aus: »Du hast wirklich keine Ahnung, um was es in dieser Schriftrolle geht?«

»Wenn ich es dir sage, nein! Sie war versiegelt, und genau so habe ich sie übergeben.«

Varna wollte wissen: »Hat Xinbal dir den Weg zu den Anhöhen erklärt?«

»Nein, noch nicht, denn als ich ihm die Rolle übergab, war es mit seiner Ruhe vorbei.«

»Wir müssen ihn danach fragen, Tiron. Noch heute! Wir wollen morgen in aller Frühe aufbrechen, und du weißt, dass die Zeit drängt.«

»Natürlich weiß ich das«, gab Tiron ein wenig ungehalten zurück. Er fasste eine Entscheidung und stand energisch auf. »Ich gehe zu ihm. Wenn wir ihn jetzt nicht fragen, sitzt er die ganze Nacht über seinen Büchern – und ich habe morgen keine Lust, unausgeschlafen und müde unsere Reise anzutreten.«

Er lief zu Xinbals Hütte und klopfte an die Tür. Nichts geschah. Er klopfte noch lauter. Erst nach dem dritten Pochen vernahm er drinnen ein Geräusch – so, als wäre jemand von einem Stuhl aufgestanden.

Die Türe öffnete sich und der Alte stand, mit griesgrämigem Gesichtsaudruck, im Eingang. »Was ist?«, blaffte er genervt.

Tiron verspürte eine aufkeimende Wut in sich, doch er blieb ruhig. »Xinbal, wir wollen morgen in aller Frühe los. Es ist schon spät, und wir wollen uns zur Ruhe begeben. Ihr wolltet mir den Weg zu den Anhöhen beschreiben, also wäre es jetzt an der Zeit, damit anzufangen.«

Der Alte guckte verständnislos und herrschte ihn an: »Deswegen störst du mich jetzt? Komm später wieder!«

Er wollte die Tür zuknallen, doch Tiron war schneller. Er fuhr mit dem Fuß in den Türrahmen. Jetzt platzte ihm der Kragen und er fauchte Xinbal wütend an: »Ihr alter, merkwürdiger Mann! Glaubt Ihr wirklich, dass sich alles nur um Euch dreht und alle nach Eurer Pfeife tanzen? Ihr kommt jetzt sofort raus und erklärt mir den Weg – oder ich komme rein und schleife Euch persönlich an Eurem Bart zum Feuer.«

Stille trat ein, dann schnarrte der Alte: »Na gut, na gut. Ich komme in ein paar Augenblicken«

»Nein! Ihr kommt jetzt. Eure Auffassung von ein paar Augenblicken kenne ich.«

Wieder Stille – dann öffnete sich die Türe. Xinbal trat hinaus und warf ihm einen giftigen Blick zu. »Lange schon hat niemand mehr gewagt, so mit mir zu sprechen!«

Tiron hielt seinem Blick stand und meinte trocken: »Dann ist es vermutlich einmal Zeit geworden.«

Das Gesicht von Xinbal spiegelte maßloses Erstaunen wieder. Tiron dachte schon, dass er jetzt eine Schimpfkaskade loslassen würde, aber der Alte strafte ihn Lügen. Genau das Gegenteil passierte.

Er begann, laut loszulachen.

Er klopfte Tiron auf die Schulter. »Du hast Recht. Ich bin schon ein seltsamer Kauz, was? Komm, lass uns zum Feuer gehen.«

Tiron schüttelte den Kopf. »Aus Euch soll einer schlau werden, Xinbal.«

»Ja – der gute alte Xinbal! Immer für eine Überraschung gut«, kicherte sein alter Meister.

Sie gesellten sich zu den anderen, die natürlich Zeugen der lautstarken Auseinandersetzung wurden und die beiden jetzt mit fragenden Mienen empfingen.

Als sie sich setzten, blaffte Xinbal schnippisch: »Schaut mich nicht so vorwurfsvoll an. Wichtige Studien dulden eben keinen

Aufschub. Also – ich erkläre euch nun den Weg zu den Anhöhen von Murthal.«

Schweigend lauschten sie der Wegbeschreibung, nur Tiron stellte eine kurze Zwischenfrage, da er Kenntnis über die Gegend besaß und deswegen zu einer Straßengabelung genauere Angaben wissen wollte.

Als der Alte seine Ausführungen beendet hatte, blickte er missmutig in die Runde. »Noch Fragen?«

»Was sind das für Studien, die so wichtig sind, dass sie keinen Aufschub dulden?«, fragte Charim in möglichst respektvollem Ton und machte sich bereits innerlich auf eine Standpauke gefasst.

Doch Xinbal blieb gelassen und entgegen seiner Art erwiderte er fast väterlich: »Neugier, mein unerfahrener Freund, war schon immer das Vorrecht der Jugend. Wenn ich es dir erklärte, würdest du es vermutlich nicht verstehen. Doch soviel sei gesagt: die Magie, die wir heute kennen, besteht aus den Kräften der Vier Elemente – Erde, Feuer, Wasser und Luft. Doch in alten Schriften ist die Rede von einer Fünften und sehr machtvollen Kraft – der Magie des Lichtes. Aber es gibt immer nur vage Anspielungen, denn das Wissen darüber ist in Vergessenheit geraten. Galamthiel und ich stießen vor vielen Jahren auf ein uraltes Buch – auf dessen Seiten wir Hinweise zu dieser legendären Magie fanden. Nicht nur das, es enthielt Andeutungen, wie man sie nutzen kann. Leider stehen die *wesentlichen* Aufzeichnungen aber in einer Sprache niedergeschrieben, die wir nicht verstanden.«

Xinbal seufzte tief bei der Erinnerung an diese Tatsache, bevor er fortfuhr. »So machten wir uns erst einmal daran, diese Sprache zu entschlüsseln. Auf Erfolg folgte Rückschlag, auf Rückschlag Erfolg. Es war ein ständiges Hoch und Tief. Es gelang uns, Teile davon zu entziffern, doch der Großteil des Wissens blieb im Dunkeln. Jahrelang studierten wir diese Bruchstücke, doch kamen wir zu keinem Ergebnis. Im Laufe der Zeit gelangten Galamthiel und ich zu verschiedenen Ansichten – und darüber trennten wir uns. Von diesem Zeitpunkt an gingen er und ich unterschiedliche Wege, und jeder forschte für sich weiter. Allem Anschein nach hat Galamthiel jetzt eine Lösung gefunden. Ausgerechnet dieser Dilettant. Offenbar hatte er einen seiner wenigen Geistesblitze.«

Varna flüsterte grinsend zu Tiron: »Das passt ihm wirklich ganz und gar nicht, dass er nicht selbst draufgekommen ist.«

Tiron grinste nur zurück und hörte dem Alten weiter gespannt zu.

»Diese Magie könnte eine entscheidende Bedeutung im Kampf gegen Obsidian spielen, denn sie ist, wie bereits gesagt, unglaublich mächtig. Die Zeit drängt also.«

Tiron kam eine Frage in den Sinn. »Gibt es einen Zusammenhang zwischen dieser Magie und der Zauberlanze, die wir suchen? Sie wird die *Lanze des Lichts* genannt.«

Xinbal wackelte unschlüssig mit seinem Kopf. »Die Lanze ist eine uralte Waffe. Hat euch Belarion erzählt, wer sie geschaffen hat – oder welche Kraft sie besitzt? Nein, natürlich hat er das nicht. Wie könnte er auch, denn die Norodim wissen es nicht. Und ja, ich für meinen Teil glaube, dass die Lanze tatsächlich etwas mit dieser Magie zu haben könnte.«

Tiron wunderte sich: »Warum wusstet Ihr über die Lanze Bescheid? Laut Belarion hat dieses Wissen die Höhlen der Norodim niemals verlassen?«

»Ich hatte keine Kenntnis. Ich erfuhr von der Lanze heute das erste Mal – durch dich. Und als du mir die Schriftrolle von Galamthiel überbracht hast, fügten sich auf einmal einzelne Teile zu einem Ganzen.«

Tiron runzelte grübelnd die Stirn. »Belarion glaubt, der Stern und die Lanze stehen in einer engen Verbindung. Nur beide Schlüssel zusammen entfalten ihre ganze Macht. Wie passt das zusammen? Der Stern wurde von den Norodim erschaffen, aber die Lanze, wie Ihr sagt, viel früher?«

»Tja!« Xinbal lehnte sich zurück und hob belehrend den Finger: »Ihr müsst wissen, es kommt zwar nicht häufig vor, doch es gab in der Vergangenheit immer wieder magische Gegenstände, die sich miteinander verbanden – und dadurch noch mehr Kraft erlangten. Und wer kann schon, bei einer uns unbekannten Magie, vorhersehen, was sie kann oder was sie nicht kann. Bedenkt Folgendes – Magie ist nichts anderes, als sich die Kräfte der Natur zunutze machen. Der Magier kann Einfluss auf diese Kraft nehmen und sie nach seinem Willen lenken. Doch oftmals geht die Natur ihre eigenen Wege, so also auch die Magie. Ein Hexenmeister wie Thormod nutzt zum Beispiel ausschließlich die zerstörerischen Kräfte der Vier Elemente für seine Zwecke, deshalb auch Schwarze Magie.«

Tiron fragte gespannt: »Was bedeutet das für mich?«

»Sollten beide Schlüssel zusammenkommen, entfalten sie ihre Macht und werden stärker. Doch keiner weiß, wie viel Macht die Lanze wirklich besitzt, dies gilt es, nun schnell herauszufinden. Doch dazu müssen wir erst die Magie verstehen und beherrschen. Es kommt nicht auf den Gegenstand an, sondern auf die Magie, die dahintersteckt. Wenn diese Magie enträtselt wird, hältst du vielleicht eine Waffe in Händen, deren Macht nicht einmal ansatzweise vorstellbar ist – und das wäre doch im Kampf gegen Obsidian ein netter Vorteil, oder?!« Xinbal schaute in den Himmel und schlug sich auf die Schenkel. »Es ist spät geworden und ich habe geplappert wie ein kleines Kind. Die Arbeit ruft und ihr solltet jetzt schlafen.«

Ohne weitere Worte zu verlieren, erhob er sich, wandte sich um und lief zur Hütte.

Charim sah ihm verwundert nach. »Was für ein eigenwilliger Sonderling. Im ersten Augenblick lässt er sich nicht in die Karten sehen, um im zweiten Rede und Antwort zu stehen.«

Nachdenklich nickte Tiron. »Er hat vorhin erst zu mir gesagt, er sei immer für eine Überraschung gut! Wollen wir hoffen, dass es ihm gelingt, was er vorhat. Ich dachte, die zwei Schlüssel sind schon machtvoll genug. Nicht auszudenken, welche Kraft noch im Verborgenen liegen könnte. Da hat er vollkommen Recht – es wäre vielleicht ein entscheidender Vorteil.«

Marla streckte sich und gähnte. »Genug gegrübelt für heute. Ich weiß nicht, wie ihr es halten wollt, aber ich lege mich jetzt schlafen.«

Tiron schmunzelte kurz. »Und ich mache das Vorrecht der Heimat geltend und werde mich in meiner Hütte zur Ruhe begeben. Für uns alle vier wäre sie sowieso zu klein. Ich wünsche euch eine gute Nacht.«

Die Gefährten nickten verständnisvoll, und er lief zu seiner Hütte, während die anderen anfingen, ihre Decken am Feuer auszubreiten.

Nach nunmehr drei Monden trat Tiron wieder an sein altes Bett. Er sah sich um. Xinbal schien seit dieser Zeit nur selten hier gewesen zu sein, denn alles war eingestaubt. Nach kurzer Überlegung schüttelte er den Kopf und ging wieder hinaus. Lieber bereitete er sein Nachtlager bei den anderen, er hatte keine Lust, jetzt noch die Putzfrau zu spielen.

Es dauerte keine Viertelstunde, und alle schliefen tief und fest.

Geweckt wurden sie von Xinbal, der laut mit einem Eimer klappernd durch das Lager lief, um Wasser zu holen. Nach einem knappen Guten-Morgen-Gruß war er auch schon wieder entschwunden. Die Gefährten schälten sich aus ihren Decken, machten sich frisch und versorgten zunächst ihre Tiere. Charim hatte zwischenzeitlich Holz auf die Restglut gelegt und entfachte das Feuer erneut. Die Wärme tat gut, denn die Nacht war kühl gewesen – langsam, aber sicher, wich die Kälte aus ihren Gliedern. Der Alte kam mit seinem Eimer Wasser zurück und stellte ihn ans Feuer. »Macht das Wasser heiß, ich bringe euch getrocknete Kräuter für den Tee, Brot, etwas Butter und Äpfel. Dann könnt ihr frühstücken. Aber lasst etwas von dem heißen Wasser übrig. Ich mag es nicht, mich kalt zu waschen.« Dann machte er sich wieder davon und verschwand in der Hütte.

Kurz darauf kam er mit der Verpflegung wieder heraus. »Ruft mich, wenn der Tee fertig ist – und dass ihr mir ein wenig von dem warmen Wasser aufbewahrt!«

Tiron verdrehte die Augen. »Ja, Xinbal. Wir achten schon darauf.« Varna goss das Wasser in den Kessel, der über dem Feuer hing, Marla schnitt das Brot und die Früchte auf und Die vier begannen, zu essen. Es dauerte eine Weile, bis das Wasser kochte. Einen Teil füllte Charim in eine Kanne um und gab die Kräuter hinein. Der Tee roch würzig nach einer Mischung aus Minze und Salbei – nachdem der Sud durchgezogen war, riefen sie Xinbal. Der alte Meister gesellte sich zu ihnen. Marla reichte ihm eine Tasse Tee, die er leise schlürfend trank.

»Ihr seht müde aus, Xinbal«, stellte Tiron fest.

»Kein Wunder, habe kaum einen Augenblick geschlafen. Wann wollt ihr aufbrechen?«

»Nach dem Essen.«

»Gut, dann wünsche ich euch jetzt schon eine gute Reise. Sobald ich etwas in Erfahrung gebracht habe, werde ich eine Nachricht schicken.« Xinbal erhob sich und sah seinen ehemaligen Schüler ernst an. »Tiron, auf ein Wort.«

Erstaunt sah Tiron zu ihm hoch, stand auf und folgte ihm.

Vor der Hütte sagte der Alte ernst: »Ich muss mich beeilen, um die Magie vor deinem Zusammentreffen mit Thormod und Obsidian zu entschlüsseln. Galamthiel hat einen entscheidenden Durchbruch geschafft. Das ist die einzige Hilfe, die ich dir bieten kann. Weit bist du schon gekommen. Eine Frage noch … «

»Ja, Meister Xinbal?«

»Du hast noch den Ring, den ich dir gab?«

Tiron hob die Hand und zeigte sie her. »Natürlich, hier ist er.«

»Gut. Du weißt noch das Wort?«

»Ja. Mit Mittelfinger und Daumen drehen. Dann *»Sactar«* sprechen – und die Zeit steht für drei Atemzüge still. Warum wollt Ihr das wissen?«

»Deine Reise wird jetzt immer gefährlicher. Ich wollte nur sichergehen, dass du den Ring nicht vergessen hast. Viel Glück, mein Junge.« Xinbal drückte seinen ehemaligen Schüler am Arm und verschwand in die Hütte.

»Typisch Xinbal«, dachte Tiron, *»kurz und knapp wie immer,* und murmelte ein: »Danke, Euch auch, Meister« gegen die geschlossene Tür. Dann machte er kehrt, die anderen waren bereits reisefertig.

Er winkte seinen Gefährten zu. »Also los, machen wir uns startklar.«

Sie räumten die Feuerstelle auf, sattelten die Pferde und verließen danach Xinbals Anwesen. Den mürrischen Alten bekamen sie nicht mehr zu Gesicht.

Die Gefährten schlugen weiter die östliche Richtung ein, dort befand sich ein größerer bewaldeter Höhenzug. Diesen mussten sie passieren, dahinter lagen die Hügelgräber von Murthal. Laut Xinbal benötigten sie dafür vielleicht einen Tagesritt. Der Boden war fest, die Landschaft offen. Wenig Bäume und Sträuche – weshalb sie ein schärferes Tempo vorlegen konnten. So sahen sie bereits kurz nach Mittag den besagten Höherücken, und trafen wenig später an seinem Fuße ein. Erst jetzt gönnte Tiron den Tieren eine kurze Rast. »Wir kommen schneller voran, als ich dachte. Wenn Xinbal richtig liegt, müssen wir jetzt für eine Weile am Rand des Bergrückens entlang reiten, dann treffen wir auf eine Schneise, die über den Höhenrücken führt.«

Varna blickte sich im Gelände forschend um. »Wir sollten zusehen, dass wir die Anhöhe des Bergrückens bis zum Einbruch der Dämmerung erreicht haben. Dort sollten wir die Nacht verbringen, so ist das Gebiet von oben besser zu übersehen. Ich halte es nicht für klug, unten zu übernachten, denn dort befindet sich bereits Murthal. Ich habe keine Lust, zwischen Ghulen zu schlafen.«

»Da bin ich deiner Meinung, wenn wir uns schon mit diesen Biestern rumschlagen müssen, dann wenigstens bei Tageslicht«, seufzte Charim sorgenvoll.

»Lasst uns erst einmal oben auf dem Berg ankommen, damit wir das Gelände besser überblicken können, danach werden wir entscheiden, was zu tun ist.«, bestimmte Tiron und streichelte nachdenklich über den Kopf seines Pferdes. »Lasst uns weiterreiten.«

Die Gefährten beendeten ihre kurze Rast und folgten weiter dem Fuße des Höhezuges. Der Bergrücken befand sich links von ihnen, rechter Hand zog sich eine weite Grasebene dahin. Die Hänge der Anhöhe waren mit Kiefern und Tannen bewachsen. Ein harziger Geruch wurde ihr ständiger Begleiter, der sich ab und an mit dem Duft von frischem Gras mischte.

Bald trafen sie auf die von Xinbal beschriebene Schneise. Sie stieg in einem flachen Winkel nach oben und war kaum bewaldet. Der Anblick, der sich den Vieren bot, erinnerte an einen Riesen, der mit seiner Keule einen Grat in den Bergrücken geschlagen hatte. Da der Boden, durch das Fehlen der Bäume, keinen Halt hatte, trug er längst deutliche Spuren von Erosion. Stellenweise waren große kahle Stellen zusehen, dort hatten Wind und Wasser den fruchtbaren Boden bereits weggeschwemmt. Wenn es regnete, konnte der Weg bergauf wohl sehr unangenehm werden, doch jetzt war es trocken, die Pferde fanden guten Halt. Um die größtmögliche Trittsicherheit für die Tiere zu gewährleisten, ritten die Freunde in großen Kehren immer quer zum Hang, weshalb sich der Aufstieg erheblich in die Länge zog. Doch bis auf einen kurzen Fehltritt von Varnas Pferd ging alles glatt, und so trafen sie am späten Nachmittag auf der Spitze des Bergrückens ein. Staunend besahen sie sich die andere abfallende Seite des Höhenzuges. Vor ihnen hatte sich eine gebirgig anmutende Landschaft geöffnet – die Ebene war übersät mit hunderten grasbewachsener Erhebungen, und zwischen diesen Hügeln wuchsen viele kleine Taxus-Eiben. Unter ihnen breiteten sich die Anhöhen von Murthal aus.

Varna murmelte: »Taxus-Eiben, sie werden auch Totenbäume genannt. Ich würde sagen, das passt zu diesem Ort.«

Charim hingegen deutete niedergeschlagen nach unten. »Seht euch diese vielen Grabhügel an, das müssen mindestens tausend sein. Wie sollen wir die Lanze hier jemals finden?«

Tiron zog die flache Scheibe, die er von Belarion erhalten hatte, aus seiner Satteltasche hervor. »Damit! Wir werden das Grab finden, Zimbarer!«

Charim sah überrascht auf den gelblichen Gegenstand in Tirons Hand. »Das hatte ich ganz vergessen. Was sagte der Norodim noch gleich …?«

»Ein größerer Hügel mit zwei Obelisken. Aufgestellt zu Ehren der Toten.«, erinnerte sich Marla.

Wie auf Kommando schauten alle in das Tal, doch von zwei Obelisken war weit und breit nichts zu sehen.

»Die Gräber sehen alle gleich aus, außerdem haben fast alle ein und dieselbe Größe«, stellte Charim ernüchtert fest.

Tiron stieg von seinem Pferd ab. »Es hat keinen Sinn, sich jetzt damit weiter zu beschäftigen. Suchen wir lieber ein Lager und erkunden morgen die Gegend. Die Dämmerung mit ihrem Zwielicht spielt dem Auge oftmals Streiche. Ich würde vorschlagen, wir laufen ein Stück den Bergrücken entlang und suchen uns einen Platz, der etwas tiefer zwischen den Kiefern gelegen ist.« Alle stimmten Tiron zu und saßen ebenfalls ab. Die Pferde nahmen sie an am Zügel und führten sie hinter sich her. Sie mussten nicht lange suchen, gleich nach der Schneise wuchs eine besonders dichte Buschgruppe aus Holundersträuchern – man konnte von Seiten der Hügelgräber aus nicht dahintersehen. Auf der anderen Seite der Sträucher befand sich eine kleine Mulde von etlichen Fußbreit Durchmesser. Zudem fiel sie an ihrem Rand steil bergab, weshalb man eine eventuelle Gefahr, die den Hang heraufkam, durch den lichten Wald gut erkennen konnte. Bald hatten Die vier auch eine Stellmöglichkeit für die Tiere gefunden, und entzündeten ein sehr kleines Feuer. Holz wurde nur spärlich nachgelegt, damit die Flammen nicht zu hoch loderten. Es gab einen kargen Imbiss, der aus getrockneten Früchten, Dörrfleisch und Wasser bestand.

Noch auf dem zähen Fleisch kauend, erklärte Tiron: »Wir werden unsere Sachen morgen hierlassen. Laut Belarion muss die Scheibe bei Sonnenaufgang an die Obelisken angebracht werden. Und da wir die erstmal finden müssen, kommen wir vermutlich frühestens übermorgen von hier weg.«

Varna warf unbehagliche Blicke in die Dunkelheit. »Eine lange Zeit, wenn man bedenkt, welche Kreaturen hier ihr Unwesen treiben!«.

»Widerliches Pack – diese Ghule.« Angeekelt schüttelte sich Marla.

»Vielleicht bemerken sie uns ja nicht.«, erwiderte Charim nicht gerade euphorisch.

Schweigend saßen sie zusammen, und nachdem eine Unterhaltung nicht mehr so richtig in Gang kam, ließen sie das Feuer herunterbrennen, verteilten die Wachstunden und legten sich schlafen.

Tiron wurde von lauten Vogelgezwischter geweckt, das gar nicht so recht in diese Gegend passen wollte. Marla und Charim schliefen noch, fest in ihre Decken eingerollt. Varna, welche die letzte Wache hatte, war nicht zu sehen. Tiron stand leise auf, schlich an den Holunderbüschen vorbei, um nach der Panthera zu sehen. Er entdeckte sie auf dem Boden, im höheren Gras liegend. Sie beobachtete die Hügelgräber. Als Varna ihn hinter sich hörte, drehte sie ihren Kopf und gab ihm zu verstehen, dass er zu ihr kommen sollte.

Tiron ließ sich ebenfalls zu Boden gleiten und kroch neben sie. »Was gibt es da unten?«, flüsterte er.

Die Amazone streckte den Arm aus und zeigte auf ein Hügelgrab, das rechter Hand lag. »Ein Ghul – siehst du ihn? Mindestens zwei habe ich dort seit Sonnenaufgang gesehen.«

Tiron schätzte die Entfernung bis zu dem Hügelgrab auf tausend Fuß, wenn man von der Talsohle ausging. Es war unwahrscheinlich, dass das Wesen sie wahrnehmen konnte, denn sie lagen weit oberhalb der Ebene.

»Wir wussten ja, dass sie hier sind«, meinte er leise. »Komm, wir ziehen uns zurück.«

Varna nickte, und langsam machten sie kehrt. Als sie das Lager erreichten, waren inzwischen auch Marla und Charim wach. Schweigend hörten die beiden Gefährten sich an, was Varna berichtete. Gemeinsam überlegten sie die Vorgehensweise, als Marla einen Vorschlag machte.

»Ich denke, wir sollten nicht zu viert in die Hügelgräber gehen. Es wäre besser, wenn zwei von uns auf dem Bergrücken bleiben, denn von dort hat man den besten Überblick. Wenn unten etwas passiert, können die anderen dann rechtzeitig gewarnt werden. Charim und du, Tiron, – ihr solltet hier oben bleiben. Varna und ich können uns verwandeln und sind so weniger auffällig.« Mit einem Grinsen setzte sie hinzu: »Oder glaubt ihr, dass Ghule Jagd auf Hasen machen?«

»Keine Ahnung, Marla. Aber ich schätze, wir – besser gesagt, ihr beide –, findet es bald heraus. Wenn Varna damit einverstanden ist?«, räumte Tiron ein.

Varna hob die Schultern. »Ich sehe keine große Gefahr für uns, Ghule sind stumpfsinnig und schwerfällig. Bis die einen Hasen bemerkt haben, ist der schon längst über alle Berge.«

Tiron musterte seine Gefährten durchdringend. »Das geht uns alle an – unterschätzt diese Biester nicht. Wenn ihr eurer Sache zu sicher seid, werdet ihr leichtsinnig. Und Leichtsinn kann bekanntlich tödlich enden!«

»Natürlich passen wir auf und sind vorsichtig. Es wäre nicht das erste Mal, dass wir uns mit dem Bösen herumschlagen müssen.«, beruhigte ihn Marla.

»Ich wollte es nur noch mal betonen! Wir sollten noch eine Kleinigkeit essen, bevor die Suche losgeht.«

Marla sah in die Runde, ihr Blick blieb schelmisch bei Charim hängen. »Dann seid bitte so gut und lasst mir etwas übrig. Ich will noch kurz nach den Pferden sehen.«

Während Marla im Wald verschwand, setzten sich die anderen um die erkaltete Feuerstelle.

Charim murrte. »Ich wünschte, mir würde wieder ein Wildschwein vor den Bogen laufen. Ich kann kein getrocknetes Fleisch mehr sehen.«

»Damit wirst du dich die nächste Zeit begnügen müssen. Wir sind schließlich nicht zu einem kulinarischen Ausflug angetreten.«, belehrte ihn Varna.

Charim erwiderte nichts mehr und biss stattdessen demonstrativ griesgrämig in ein Stück Dörrfleisch.

Eben trat Marla wieder durch die Bäume und lief zu den anderen Gefährten. »Die Tiere sind ruhig – alles in Ordnung. Ich musste nur die Leinen etwas nachziehen. Hier – ich habe unterwegs noch Beeren gefunden. Sie schmecken köstlich.« Sie nahm Platz und griff sich ein Stück Brot. Das Frühstück fiel entsprechend kurz aus, denn bei allen hatte sich eine gewisse Anspannung breitgemacht, die den Hunger unterdrückte.

So lagen sie nach kurzer Zeit an der gleichen Stelle wie zuvor Varna im halbhohen Gras und sahen hinab zu den Gräbern. In der Ebene herrschte im wahrsten Sinne eine Totenstille. Kein Laut drang zu ihnen hoch, und sie sahen nicht die geringste Bewegung.

»Charim – du bleibst hier, ich gehe hundertfünzig Fuß von hier, etwa dort drüben, in Stellung.« Tiron wies nördlich auf einen kleinen Vorsprung im Abhang. »So haben wir verschiedene Blickwinkel und können die Pantheras besser beobachten. Seid ihr soweit?«

Marla und Varna nickten und zogen sich vorsichtig zum Waldrand zurück – aus dem an anderer Stelle einen Moment später zwei Feldhasen hervorhoppelten. Die beiden Amazonen in Tiergestalt flitzten den Abhang hinunter, teilten sich nach zwei Seiten auf und fingen an, das Gelände zu erkunden.

Tiron schob sich von Charim weg, um seinen Standort an der überstehenden Felskante einzunehmen. Er brauchte ein paar Augenblicke, bis er dort angekommen war, hatte aber zu keinem

Zeitpunkt die beiden Hasen aus den Augen verloren. Marla und Varna liefen immer wieder auf die verschiedenen Hügel, stellten sich auf ihre Hinterläufe und sahen sich um. Jeder, der die beiden beobachtete, würde glauben, zwei Hasen bei ihrem Liebesspiel zu beobachten. Grab für Grab liefen die Amazonen in Tiergestalt ab. Glücklicherweise war von den Ghulen nichts zu sehen. Tiron nahm jetzt eine Veränderung im Verhalten der Hasen wahr ... sie bestiegen immer wieder einen Grabhügel im östlichen Bereich, richteten sich auf die Hinterläufe und blickten in eine bestimmte Richtung. Tiron folgte ihren Blicken, doch dort sah er nur die ewig gleichbleibenden Erhebungen der Gräber. Er stellte keine Abweichung fest, weder waren dort irgendwelche Ghule zu sehen, noch entdeckte er die Obelisken.

Und doch machten sich die Pantheras auf den Rückweg – also hatten sie etwas entdeckt!

Tiron trat vorsichtig den Rückzug an und schlich zu Charim. Er machte dem Zimbarer durch einen kurzen Wink verständlich, dass er zurück ins Lager gehen solle. Marla und Varna waren bereits dort angelangt, als Tiron und Charim eintrafen. Sie unterhielten sich schon aufgeregt.

Tiron fragte sofort: »Ihr habt etwas entdeckt?«

»Ja – allerdings. Wir haben die Obelisken gefunden!«

Tiron kratzte sich am Kopf. »Ich bin euren Blicken gefolgt, doch ich habe nichts Auffälliges erkannt.«

Die beiden Amazonen sahen sich verschwörerisch an.

Marla lächelte geheimnisvoll. »Sie sind von hier oben nicht zu sehen, denn die Steine befinden sich nicht dort unten bei den Gräbern. Die große Anhöhe, von der Belarion gesprochen hat – wir stehen direkt auf ihr! Man kann die besagten Steine aber nur erkennen, wenn man unten zwischen den Grabhügeln steht. Hier oben befindet sich keine tausend Fuß weit von hier eine kreisrunde Lichtung, die nur nach einer Seite offen einsehbar ist – nämlich aus der Richtung der Gräber. Deshalb konnten wir sie von unserem jetzigen Standpunkt auch nicht entdecken.«

Tiron sprang sofort auf. »Dann wollen wir uns doch die Lichtung und die Pfeiler mal ansehen. Wir laufen durch den Wald dorthin, das ist sicherer.«

Gespannt verließen die Gefährten das Lager und liefen in östlicher Richtung durch den Kiefernwald. Die Nadelbäume standen hier außergewöhlich dicht und sehr gleichmäßig, das Waldgebiet war, von wem auch immer, mit Absicht so angelegt worden. Tatsächlich erreichten sie die Waldschneise aber bereits nach kurzer Zeit. Die vier Freunde suchten eine Stelle, die ein klein wenig lichter war und schlüpften zwischen den Bäumen hindurch. Staunend blieben sie stehen. Vor ihnen öffnete sich ein kreisrunder Platz, der mit flachbehauenen Steinen ausgelegt war. Dieser Ort schien vor sehr langer Zeit errichtet worden zu sein. Viele der Steine waren mit dichten Flechten überwachsen, und in den Fugen wucherte das Unkraut bis zu drei Fuß hoch. In der Mitte des Kreises ragten die zwei Obelisken majestätisch in die Höhe. Tiron vermutete, sie mochten bestimmt zwölf Fuß Höhe haben, ihre Breite entsprach einem dickeren Baumstamm. Er überquerte den Steinboden, um sich die Säulen genauer anzusehen. Vorsichtig fuhr er mit der Hand sanft über die Steine – alle vier Seiten waren ebenmäßig glatt geschliffen und poliert. Das erklärte auch, weshalb im Gegensatz zu den Steinen am Boden keine Flechten oder Moose auf den Obelisken zu sehen waren: sie fanden dort einfach keinen Halt. Auf der Seite der Obelisken, welche den Grabhügeln zugewandt war, waren Schriftzeichen in einer unbekannten Sprache eingraviert worden. Die Säulen standen sechs Fuß weit voneinander entfernt. Tiron besah sich die Innenseiten der Steine und entdeckte die von Belarion beschriebenen Vertiefungen. Hier musste der Stab zusammen mit der Scheibe eingelegt werden. Beide Kerben bemerkte man überhaupt erst bei genauerem Hinsehen, so unscheinbar waren sie. Er hob den Kopf, sah über Lichtung hinweg und drehte sich zu den Grabhügeln. Die Vorderseite der Steine war exakt nach Westen ausgerichtet – wenn also die Sonne im Osten über der Lichtung aufging, schickte sie ihre Strahlen durch die zwei Obelisken – genau über die Anhöhen auf dem Gräberfeld. Wenn man die Scheibe zwischen den Säulen platzierte, würde irgendetwas passieren, das ihnen das Grab mit der Lanze offenbarte.

Varna stellte sich neben ihn. »Beeindruckend, nicht wahr?«

»Ja, Varna, das ist es. Da fragt man sich, welcher begabte

Steinmetz wohl diesen Ort erschaffen hat. Hast du übrigens die Schriftzeichen bemerkt?«

Varna nickte.

»Und?! Kannst du sie entziffern?«

»Ja, es ist die Alte Sprache von Chem. Auf der rechten Säule steht geschrieben: *Die Geburt der Sonne....* Auf der linken ist die Fortsetzung des Satzes eingemeißelt: *...kann eine Offenbarung sein.*«

Tiron runzelte seine Stirn. »Ein Rätsel für den, der zufällig hier vorbeikommt, für den Eingeweihten jedoch eindeutig. Mit der Geburt der Sonne ist der Sonnenaufgang gemeint. Mit Offenbarung – die Entdeckung der Lanze.« Er nickte zufrieden. »Ich habe genug gesehen. Für heute sind wir leider zum Nichtstun verdammt. Wir müssen den Sonnenaufgang morgen früh abwarten, dann werden wir mehr wissen.«

Charim und Marla hatten sich am Rande der Lichtung umgesehen, Charim stellte fest, »An diesem Platz ist schon lange niemand mehr gewesen. Bis auf ein paar Hufabdrücke von einem Reh haben wir nichts gefunden.«

»Gut, dann lasst uns jetzt zurückgehen«, schlug Tiron vor. Doch gerade, als die Gefährten die Lichtung verlassen wollten, griff er sich plötzlich an die Stirn. »Das hätte ich doch fast vergessen.«

Sie schauten ihn verwundert an.

»Vergessen? Was denn?«, fragte Marla.

»Der Stab! Wir müssen noch ein Holz fertigen, das zwischen die Steine passt. Also sollten wir natürlich auch wissen, wie lang es sein muss. Hat jemand von euch zufällig eine Schnur dabei?«

Allgemeines Kopfschütteln. Charim wandte sich zum Gehen und erklärte dabei: »Das hättest du früher sagen sollen, bei den Pferden haben wir davon mehr als reichlich. Ich laufe schnell zurück und hole ein Seil.«

»Danke«, nickte Tiron. »Wir warten hier solange auf dich.« Der Zimbarer verschwand durch die Bäume.

Varna sah gedankenvoll zu den Obelisken. »Ich bin wirklich sehr gespannt, was wir morgen vorfinden werden.«

»Ich auch«, stimmte Marla zu, »Schade, dass wir jetzt noch eine Nacht abwarten müssen.«

Die Drei liefen nochmals über den mit Steinen ausgelegten Kreis, um die Gräber in der Ebene erneut in Augenschein zu nehmen.

Marla ließ ihre konzentrierten Blicke über das unter ihnen liegende Areal schweifen, »Findet ihr es nicht seltsam, dass sich keiner von diesen Leichenfledderern blicken lässt? Es würde mich wirklich erstaunen, wenn sie nicht wüssten, dass Menschen da sind.«, sinnierte sie.

»Ich glaube, das werden wir morgen erfahren – was sie wissen oder nicht wissen. Spätestens dann, wenn wir zu den Gräbern hinunter müssen. Dort unten werden wir es mit ihnen zu tun bekommen, da bin ich mir ziemlich sicher!«, prophezeite Varna.

In diesem Moment kam Charim zurück – man sah ihm sofort an – etwas stimmte nicht! Tiron, Marla und Varna liefen ihm besorgt entgegen.

»Was ist passiert, Charim?«, rief Marla.

»Shadras! Ich habe einen Kundschafter in den Bäumen entdeckt und zwar direkt am Lager!«

Entsetzt schaute Tiron den Zimbarer an. »Hat er dich gesehen?«

»Ich bin mir nicht sicher. Als ich zu den Pferden kam, sah ich einen schwarzen Schatten in den Bäumen. Zuerst dachte ich, Licht und Dunkel hätten meinen Augen einen Streich gespielt. Ich drückte mich an einen Baumstamm und beobachtete die Stelle im Geäst einen Moment – und dort sah ich dann die Nebelkrähe. Sie schien gerade gelandet zu sein, um den Lagerplatz zu beobachten.«

»Also wusste der Spion noch nicht, wer dort lagert … «, überlegte Varna.

»Es scheint so.« Bei diesen Worten veränderte sich Charims Gesichtsausdruck. Er grinste zufrieden und setzte hinzu: »Er wird es auch niemals erfahren, wer an jenem Ort schlief! Ich hatte meinen Bogen nicht im Lager, sondern bei den Pferden gelassen. Die Nebelkrähe hat den Pfeil nicht mal kommen sehen. Wieder hörte ich Thormods Schmerzensschrei als der Shadras sich auflöste!«

Tiron klopfte ihm auf die Schulter. »Es ist wirklich ein Glück, Charim, dass du ein so hervorragender Schütze bist! Doch es zeigt erneut – unser Feind ist schnell. Außerdem weiß Thormod jetzt, dass hier, an diesem Ort, etwas nicht stimmt. Ich hoffe wirklich, dass wir die Lanze schnell finden und von hier fortkommen … «

Der Zimbarer fiel etwas ein, er streckte die Hand aus. »Hier – das Seil.«

Tiron nahm es entgegen, lief zu den beiden Obelisken und legte es dazwischen aus. Er markierte die Länge, indem er einen kleinen Knoten in das Tau band. Dann fasste er das Seil an der Markierung und ließ es nach unten baumeln. »Wir brauchen einen möglichst geraden Stock in dieser Länge und ungefähr daumendick.« Er rollte das Seil wieder zusammen, und gemeinsam verließen die Gefährten die Lichtung.

Es brauchte nicht lange, bis sie einen geeigneten Stab gefunden hatten. Tiron musste ihn noch auf die entsprechende Länge kürzen und einen tiefen Einschnitt in der Mitte vornehmen. In dieser Scharte würde später die Scheibe ihren Halt finden. Somit waren die Vorbereitungen abgeschlossen. Ab jetzt hieß es – warten bis zum Sonnenaufgang des morgigen Tages.
Es war mittlerweile Nachmittag geworden, und Die vier nutzen die Zeit, das Fell und die Hufe der Pferde zu säubern. Trotzdem stand immer jemand von ihnen Wache. Obwohl Charim den Shadras getötet hatte, bestand keine Gewissheit darüber, ob der Kundschafter nicht doch noch in der Lage gewesen war, seinem Herrn etwas mitzuteilen. Alle waren entsprechend angespannt und nervös, sahen immer wieder gen Himmel, ob sich dort etwas Ungewöhnliches tat. Die Pferde allerdings schienen sich, ob der hingebungsvollen Pflege, mehr als wohl zu fühlen.

Langsam ging der Nachmittag zur Neige und es wurde zusehends dunkler. Zwar ließ sich keiner der Ghule blicken, und auch sonst ereignete sich nichts, was nach einer Bedrohung aussah, aber trotz der Ruhe wagten die Gefährten es in dieser Nacht nicht, ein Feuer zu entzünden. Alle hatten sich in ihre Decken eingewickelt und erwarteten unruhig den neuen Tag. Tiron fiel erst lange nach Mitternacht in einen leichten Dämmerschlaf, und schreckte mehrfach bei einem ungewöhnlichen Geräusch unversehens hoch. Varna weckte ihn vor dem Sonnenaufgang. Dankbar, dass das Warten nun ein Ende hatte, wickelte er sich aus seiner Decke. Er sah hinüber zu den Gefährten, alle waren schon auf den Beinen. Sie brachen eilig das Lager ab, sattelten die Pferde und banden ihre Habseligkeiten fest. Alle vier legten ihre Bogen um, vergewisserten sich, dass Schwerter und Dolche gut am Körper saßen.

Tiron holte die gelbe Steinscheibe aus seiner Satteltasche hervor und hielt sie hoch, sodass auch die Gefährten sie sahen. »Mal sehen, was uns erwartet. Nicht mehr lange, dann geht die Sonne auf. Charim, du hast den Stab?«

Charim hob das Holzstück demonstrativ in die Höhe. »Hier ist er.«

Die Pferde ließen sie zurück, und liefen geduckt zur Lichtung. Beim Betreten der Schneise wurde es schon heller, die Sonne würde jeden Moment aufgehen. Tiron eilte zu den Obelisken und hantierte mit dem Stab, um ihn in die Innenseiten der Steine einzupassen. Das Holzstück fügte sich wie gewachsen zwischen ihnen ein.

Tiron holte die Scheibe hervor. »Was hat Belarion gesagt?«, flüsterte er gedankenverloren.

»Mit dem Symbol für den Süden nach unten, Tiron.«, raunte Marla leise.

Er drehte die Scheibe vorsichtig in die richtige Position und klemmte sie in der angebrachten Furche im Holz fest. Jeden Moment musste die Sonne über den Baumwipfeln erscheinen und würde ihre Strahlen auf die Lichtung werfen.

Die nächsten Augenblicke zogen sich für die angespannt wartenden Gefährten endlos hin … doch endlich kam die Sonne über dem Wald empor. Tiron beobachtete, wie ihr Licht langsam über den Boden der Lichtung wanderte und immer näher an die Steine rückte. Dann trafen die Strahlen auf den unteren Bereich der Obelisken, stiegen höher und höher, bis sie endlich die Scheibe erreichten. Das gelbliche Kristallglas glitzerte im Glanz der Sonne, doch nichts geschah …

Charim runzelte die Stirn und öffnete gerade den Mund, um etwas dazu zu sagen – als urplötzlich ein gleißender heller Lichtstrahl aus der Scheibe brach. Wie ein Brennglas wanderte dieser über die flachen Steine in Richtung der Gräber.

Die Freunde rannten zur Kante des Steinkreises, um besser

verfolgen zu können, was weiter geschehen würde. Der Lichtstrahl hatte bereits die Ebene erreicht und bewegte sich nach und nach über das Gelände, glitt immer weiter über die zahlreichen Grabstätten.

Mit einem Mal leuchtete dort unten ein stechend rotes Licht auf – in diesem Augenblick zog die Sonne über die Scheibe hinaus und der Strahl erlosch so schnell, wie er entstanden war.

Mit offenem Mund standen die Gefährten immer noch ehrfurchtsvoll und staunend oben auf der Lichtung, und sahen hinunter auf die Anhäufung der Grabhügel – dort, auf einem der Gräber, schimmerte, langsam verblassend, ein kleiner roter Punkt.

Sie hatten das Versteck der Zauberlanze gefunden!

Kapitel 25

Eine böse Überraschung

Immer noch völlig von dem Ereignis eingenommen, stotterte Charim: »Bei allen Göttern! Habt ihr so etwas schon mal gesehen? Unglaublich!«

Varna erwiderte leise und andachtsvoll: »Nein. Ich lebe schon so lange und glaube mir – *das* hat noch keiner von uns gesehen.«

»Habt ihr euch den Grabhügel gemerkt?«, fragte Tiron unvermittelt dazwischen, und riss sie damit alle aus ihren Gedanken. Seine drei Gefährten nickten. »Gut – jetzt gilt es! Wir steigen hinab und sehen uns den Hügel einmal an.«

»Hoffentlich müssen wir nicht graben … «, brummte Charim.

Tiron sah ihn erstaunt an. »Das, Charim, wird wohl unsere geringste Sorge sein. Bete lieber, dass die Ghule in tiefem Schlaf liegen und nicht bemerken, was auf ihrem Land vor sich geht!«

Er ging zurück zu den Obelisken, entfernte den Holzstab und zerbrach ihn in mehrere Teile. Die kostbare Kristallscheibe verstaute er wieder sicher in seinem Beutel. Die anderen kletterten bereits vorsichtig in den Abhang – hinunter zu den Ruhestätten. Tiron hastete zum Lichtungsrand, warf mit einer schnellen Bewegung die zerbrochenen Holzteile in den Wald und folgte seinen Gefährten über die Böschung. Der Untergrund des Gefälles bestand aus Gras und losem Kies. Er versuchte, seine Schritte sehr behutsam zu setzen, um keine unnötigen Geräusche, etwa durch herabrollende Steine, zu verursachen.

Die Gefährten warteten unten schon angespannt auf ihn. Varna raunte leise: »Ich gehe voraus. Achtet auf alles, was sich bewegt.«

Marla und Charim hatten ihre Bogen bereits in Händen, und Tiron zog sein Schwert. In tief gebückter Haltung schlichen sie vorsichtig zwischen den Grabhügeln entlang. Die Aufhäufungen hatten unterschiedliche Durchmesser und Höhen, hinter jedem dieser kleinen Berge konnte der Alptraum beginnen – ihre Nerven waren zum Zerreißen gespannt.

Jedesmal, wenn sie eines der Gräber hinter sich gelassen hatten und sich einem neuen näherten, kroch Varna ein Stück voraus. Sie untersuchte das Gelände, während Charim und Marla, mit ihren Bogen im Anschlag, sicherten. Diese Vorgehensweise brauchte viel Zeit, und so kamen sie nur sehr langsam voran. Zudem stellten sie fest, dass es zwar einfach gewesen war, das Grab von oben auszumachen – aber jetzt auf gleicher Höhe sahen fast alle Hügel gleich aus. Es kostete sie Mühe, die Richtung zu halten, deshalb war es ausschließlich an Tiron, den Standort des Grabhügels mit der Lanze im Auge zu behalten. Er musste den anderen die Sicherung der Gruppe überlassen.

Endlich galt es noch zwei der Gräber zu umrunden – dann würden sie endlich ihr Ziel vor Augen haben …

Tiron holte das Amulett hervor. Es war lauwarm, weil sich die Ghule irgendwo hier herumtrieben, aber es schien zumindest keine unmittelbare Gefahr zu geben. Aber sicher war er sich nicht, noch hatte er zu wenig Erfahrung, um den Schlüssel immer richtig deuten zu können, also blieb nur eines – Augen offen halten.

Varna raunte ihnen leise zu: »Wir sind gleich dort. Da vorne ist es!«

Tiron nickte wortlos. Wenn sie die Kristallscheibe nicht gehabt hätten, wären sie vermutlich tagelang hier herumgeirrt, und hätten den Standort trotzdem nicht gefunden. Dann erreichten die Gefährten endlich die Ruhestätte, in der die Lanze verborgen sein musste – das Grab unterschied sich nicht im Geringsten von den anderen. Tiron schickte Marla auf einen der Grabhügel in der Nachbarschaft, damit sie die Umgebung im Auge behielt. Die Panthera verwandelte sich wieder in einen Hasen, das war am wenigsten auffällig, wenn sie dort oben ihren Platz einnahm. Tiron umrundete gemeinsam mit Varna und Charim die Erhebung, um den Eingang zu finden. Doch selbst nach dem dritten Mal entdeckten sie nicht die kleinste Lücke in der Grasnarbe.

Charim seufzte schwer. »Also doch graben.«

»Abwarten! Wir waren noch nicht oben. Ihr erinnert euch? Unser Lichtstrahl wurde gespiegelt. Wir alle haben den roten

Schimmer gesehen, also muss irgendeine Vorrichtung dafür vorhanden sein, denn sonst wäre uns nichts aufgefallen.« Tiron begann langsam, Stück für Stück, den Hügel zu erklimmen. Jeden Fleck Boden und Grasbewuchs untersuchte er eingehend – und wurde tatsächlich in halber Höhe fündig. Er entdeckte plötzlich eine winzige Erhebung, die von unten nicht zu sehen war. Bei genauerem Hinsehen schimmerte jetzt etwas Metallisches durch das dichte Grün. Er tastete mit seinen Finger über das Gras und fühlte die Kühle eines festen Gegenstandes.

»Ich habe etwas gefunden!«, flüsterte er leise nach unten und riss fieberhaft Teile der Wiese heraus, um das Objekt freizulegen.

Das Gebilde entpuppte sich als ein kleiner Eisenring, in dem ein winziger roter Edelstein eingelassen war. Tiron bestaunte diese Vorrichtung – die unbekannten Baumeister hatten ihre Kunst wirklich verstanden. Der rote Stein würde nur aufleuchten, wenn ihn ein bestimmter Strahl – wie eben der aus Belarions Scheibe – punktgenau traf. Die zierliche Eisenhalterung schien im Boden verankert zu sein. Tiron schob mit seinem Zeigefinger vorsichtig etwas Erde zu Seite. Unten am Eisenring war ein langer Dorn angeschmiedet worden, so hatte man ihn problemlos fest ins Erdreich stecken können. Tiron packte das Eisen mit der Hand, um es herauszuziehen, doch der Ring saß unglaublich fest. Erst als er die zweite Hand zu Hilfe nahm, begann sich das Eisen langsam zu bewegen.

Charim beobachtete Tirons Bemühungen und raunte leise nach oben: »Was ist? Soll ich dir helfen?«

»Es ist ein Eisenring, der im Boden verankert ist. Aber schon gut, er gibt langsam nach«, schnaubte Tiron vor lauter Anstrengung.

Tatsächlich konnte er die seltsame Halterung nun stückweise herausziehen. Immer mehr des Eisendorns kam dabei zum Vorschein – er schien über eineinhalb Fuß lang zu sein.

Da – als Tiron es fast geschafft hatte, ertönte tief unter ihm ein dunkles Rumoren!

Er sah, dass der Dorn an seinem Ende mit einer Metallkette verbunden war, und durch das Herausziehen hatte er anscheinend im Inneren des Hügels einen Mechanismus ausgelöst. Das leise Grollen nahm an Stärke zu und plötzlich klaffte oben auf dem Grabhügel ein kleiner Einstieg.

Tiron wandte sich aufgeregt nach unten zu Charim und Varna. »Ich habe den Eingang gefunden!« – und noch während er diese Worte sprach, sah er, wie Marla auf dem gegenüberliegenden Hügel ihre Gestalt wandelte.

Sie hatte kaum ihren Wechsel vom Hasen zum Menschen vollendet, als sie zum Waldrand zeigte und dabei warnend rief: »Shadras!!«

Tirons Blick folgte ihrem ausgestreckten Arm, und er erblickte eine Nebelkrähen oben in den Bäumen. Instinktiv suchte er den Schlüssel und fluchte innerlich – das Amulett war brennend heiß, doch er hatte es nicht bemerkt … als er vorhin den Stern unter seinem Hemd hervorgezogen hatte, vergaß er anschließend, ihn wieder zurückzustecken – so lag der Schlüssel auf seiner Lederweste, und er konnte die warnende Veränderung nicht wahrnehmen …

Tiron schrie den Dreien zu: »Los – kommt zu mir auf den Hügel – schnell, schnell – beeilt euch!«

Sie waren noch nicht ganz auf der Erhebung angelangt, als die Hölle losbrach. Wie auf ein geheimes Kommando hin erschienen urplötzlich unzählige Ghule zwischen den Grabhügeln.

»Bei meiner Seele! Das müssen Hunderte sein!«, rief Charim entsetzt und hob seinen Bogen.

»Stellt euch Rücken an Rücken, sie müssen zu uns herauf, also sind wir im Vorteil«, befahl Tiron sofort.

Von allen Seiten rückten die Kreaturen immer näher an den Hügel heran. Die Luft war erfüllt von einem bösartigen Knurren. Tiron nahm seinen Feind genauer in Augenschein. Die Ghule trugen keine Schwerter und keine Bögen, ihre einzigen Waffen waren große Keulen – wenn man von den hässlichen Klauen ihrer Hände einmal absah. Geifernd standen sie da und starrten Die vier hasserfüllt an. Diese Bestien gierten nach frischem Fleisch und ihre Mahlzeit stand hier – auf diesem Grabhügel.

»Verdammt, auch das noch!«, rief Marla – Panik lag in ihrer Stimme.

Tiron entdeckte sofort den Grund: Dutzende von Harpyien

tauchten am Horizont über den Obelisken auf. Als ob die Leichenfresser nicht genug wären, jetzt kamen auch noch diese verfluchte geflügelten Brut dazu! Wie ein Blitz traf in die Erkenntnis: dieser Schlag war von langer Hand vorbereitet worden. Und sie waren so leichtsinng, zu glauben, sie hätten das Böse überlistet …

Varna streckte mit ihrem Bogen den ersten Ghul nieder, er war bereits gefährlich nahe an den Hügel herangekommen. »Wenn ich schon untergehe, dann will ich so viele wie möglich von euch mitnehmen«, knurrte sie wütend.

Als die Kreaturen ihren ersten Kameraden fallen sahen, brachen sie in ein ohrenbetäubendes Gebrüll aus und alle drängten zeitgleich nach vorne. Jeder wollte der Erste sein, der den Hügel erreichte, was zur Folge hatte, dass sie sich gegenseitig behinderten. So dauerte es auch nicht lange, und sie begannen kleinere Keilereien untereinander. Durch die Handgemenge kam der Strom ins Stocken und die Ghule boten den Gefährten ein leichtes Ziel. Pfeil um Pfeil schossen sie nun ab, und auf Grund der kurzen Distanz traf jedes Geschoss sein Ziel. Immer mehr tote Ghule türmten sich am unteren Rande des Hügels auf; sie bildeten ein weiteres Hindernis, das es den Nachfolgenden erschwerte, zu den Vieren hinauf zu gelangen.

Tiron blickte kurz hinauf in den Himmel – erstaunlicherweise griffen die Harpyien nicht in das Kampfgeschehen ein, sondern zogen weite Kreise über dem Gräberfeld. Das würde aber nicht mehr lange dauern, dessen war sich Tiron sicher. Er legte seinen letzten Pfeil an die Sehne und traf einen Ghul in die Brust, dann zog er sein Schwert. Ein Seitenblick zeigte ihm, dass auch seine Gefährten ihre Bogen weggelegt hatten – alle Pfeile waren verbraucht!

Marla, Charim und Varna hielten bereits ihre Schwerter in Händen. Die Pantheras schwangen zusätzlich ihre Dolche in der anderen Hand. Beide schlugen und stachen nach allem, was sich bewegte. Wieder bewunderte Tiron die grazilen Bewegungen der Amazonen – sie schienen fast zu tanzen, so behände waren sie mit ihren Waffen.

Er schlug einen Ghul nieder, der ihn beinahe erreicht hatte. Das Ungeheuer kippte nach hinten und riss die Nachfolgenden mit sich, das verschaffte Tiron einen kleinen Moment, um Atem zu schöpfen. Er blickte hinunter, und was er sah, stockte ihm jedoch den Atem. Das Grün der Murthaler Anhöhen war nicht mehr zu sehen, stattdessen schaute er auf ein Meer von Leibern, und Woge um Woge brandete an den Grabhügel heran.

Lange würden sie den Hügel nicht mehr halten können …

Er sah zu seinen Gefährten, Charim blutete aus einer klaffenden Wunde am rechten Oberschenkel und hatte sichtlich Mühe, sich auf den Beinen zu halten. Auch bei Marla entdeckte er eine Verletzung am Kopf. Wut stieg in ihm hoch. Doch es blieb keine Zeit, groß nachzudenken. Ein riesiger Ghul tauchte vor ihm auf, seine blutunterlaufenen Augen stierten Tiron unheilvoll an. Schaum troff aus dem Maul und seine gelben Zähne schlugen heftig aufeinander in der Gier nach Fleisch – seinem Fleisch.

Der Ghul holte mit seiner Keule aus, Tiron verlagerte sein Gewicht, um den Schlag besser parieren zu können. Die Waffen trafen sich mit solch einer Wucht, dass Tiron einen stechenden Schmerz im Handgelenk verspürte. Sein Gegner nahm die Keule mit beiden Händen, um eine größere Kraft in seinen Schlag zu legen, und machte damit einen tödlichen Fehler. Er hob die Keule über den Kopf und entblößte seine gesamte Vorderseite. Tiron stieß zu! Grenzenloses Erstaunen spiegelte sich in den Augen seines Feindes, als dieser die Klinge in seiner Brust betrachtete, bevor er lautlos zu Seite sank.

Doch für jeden Ghul, den sie niedermachten, traten zwei neue an seine Stelle. Und jetzt setzte ein schrilles Kreischen ein! Die Harpyien griffen an. Sie ließen sich wie Blitze vom Himmel fallen, erst kurz vor dem Boden breiteten sie ihre Schwingen aus und streckten ihre langen Krallen nach vorne. Varna schleuderte ihren Dolch und erwischte eine von ihnen mitten im Flug. Die Harpyie schlug wie ein Stein zwischen den Ghulen ein. Sofort stürztzten sich die Ghule auf den noch zappelnden Körper – sie wurde von ihnen einfach in Stücke gerissen.

Tiron lief es eiskalt den Rücken hinunter. Das Böse kannte keine Gnade, weder für den Feind noch für den Freund. Es grenzte an ein Wunder, dass noch keiner von seinen Gefährten gefallen war, doch Tiron musste der Anstrengung des Kampfes langsam Tribut zollen, seine Beine und Arme wurden allmählich müde. Lange würden sie dem Bösen nicht mehr standhalten können … Die Angriffe aus der Luft wurden immer heftiger, und nur mit Mühe konnten sie die Ghule noch zurückhalten. Es war schwierig, den Boden und gleichzeitig den Himmel im Auge zu behalten.

Plötzlich ertönte hinter Tiron ein Schrei. Er wandte sich mit erhobener Waffe um und sah Charim am Boden – ein Ghul direkt über ihm. Die Bestie holte aus, doch der Zimbarer schaffte es irgendwie, den Schlag mit seinem Dolch abzuwehren. Ein tiefer Schnitt klaffte am Unterarm des Ghules. Dann war Marla da und stieß ihr Schwert so tief in den Rücken des Gegners, dass er wie ein Streichholz zusammenknickte.

Doch sie mussten einen hohen Preis zahlen, denn dadurch, dass Charim zu Boden gegangen war, und Marla ihren Platz verlassen hatte, konnten ihre Feinde durch die jetzt entstandene Lücke bis zur Hügelspitze gelangen. Sie waren endgültig eingekreist!

Tiron kämpfte wie Trance, er sah nur noch geifernde Fratzen um sich, die gierig ihre Klauen nach ihm austreckten und ihn töten wollten. Er bekam aus den Augenwinkeln mit, wie Varna zu Boden ging, doch er konnte ihr nicht zu Hilfe kommen. Immer mehr der Gegner drangen auf die Grabhügelspitze vor. Dann sah er Varna fallen…

Eine tiefe Traurigkeit überkam Tiron. Bald war alles verloren, er und seine Gefährten würden hier ihr Leben lassen, und alles wäre umsonst gewesen … *Obsidian hatte gewonnen, noch ehe er ihm gegenüber treten konnte … das war einfach nicht gerecht!*

Doch mit einem Mal, ertönte über ihren Köpfen angstvolles Geheul, die Harpyien ließen blitzartig von ihnen ab, und ein riesiger dunkler Schatten fegte über den Hügel hinweg. In weiter Entfernung, am Rande der Anhöhen, machte Tiron einen hellen Feuerschein aus.

Und da hörte er die sanfte und klare Stimme in seinem Kopf: *»Tiron, nimm deine Gefährten an die Hand. Der Stern wird euch beschützen.«*

Tiron spähte in den Himmel und stieß einen Freudenschrei aus: »Chimaira!«

Die Drachen waren eingetroffen, das verlieh ihm ungeahnte Kräfte. Er sah, dass Marla und Charim beim Anblick der mächtigen Geschöpfe ebenfalls neuen Mut schöpften. Sie fegten ihre Feinde nun regelrecht vom Erdboden. Die Hügelspitze war unversehens wieder in ihrer Hand!

Instinktiv schrie Tiron zu beiden hinüber: »Charim, Marla – legt euch über Varna und fasst sie an den Händen.«

Die Gefährten drehten sich zu ihm und schauten ihn verwirrt an.

Tiron brüllte sie aufgebracht an: »Schnell! Nun macht schon!«

Schlagartig warfen sich beide über die Panthera und tasteten nach ihren Händen. Tiron rannte hinzu, legte sich schützend über die Drei und umfasste mit seinen beiden Händen die ihren. Die Ghule sahen jetzt ihre Chance und stürmten wieder auf die Grabhügelspitze – doch weit kamen sie nicht. Sie wurden von einem regelrechten Hölleninferno verschluckt! Chimaira und Zelos deckten den ganzen Grabhügel, samt Umgebung, mit Drachenfeuer ein. In diesem Feuer zerfielen die Gegner vor Tirons Augen zu schwarzer Asche. Er hingegen verspürte nur die angenehme Wärme, die er schon beim ersten Mal vor den Höhlen der Norodim erfahren hatte – der Stern von Taurin hielt seine schützende Hand über sie. Erschöpft ließ er seinen Kopf nach unten sinken und blieb regungslos liegen.

Als Tiron wieder aufschaute, wusste er nicht, ob nur Augenblicke oder ganze Ewigkeiten vergangen waren. Als er sich müde und ausgelaugt aufraffte, rührten sich auch Charim und Marla unter ihm – nur von Varna ging kein Lebenszeichen aus. Tiron kniete sich neben die Panthera, doch zuvor ließ er seinen Blick über die Anhöhen von Murthal schweifen. Nichts war so, wie er es in Erinnerung hatte. Alles Gras war schwarz und verbrannt. Kein Grün war zu sehen, selbst die Bäume standen als stumme Zeugen ohne Blätterkleid da und reckten ihre versengten Äste in den Himmel. Überall lagen die verkohlten Leichen der Ghule verstreut – die Drachen hatten wirklich ganze Arbeit geleistet. In der Ferne erblickte er Zelos. Der Drache lieferte sich noch immer mit den Harpyien einen heftigen Luftkampf, doch Tiron sah auch – er spielte nur mit ihnen. Gerade eben schnappte er eine der Bestien mitten im Flug, schleuderte die Harpyie wütend hin und her und ließ den leblosen Körper dann in die Tiefe fallen.

Bei diesem Anblick wünschte Tiron sich inständig, diesen Drachen niemals zum Feind zu haben. Er wandte sich wieder Varna zu, tief besorgt untersuchte er die Panthera. Erleichterung stellte sich ein, denn er bemerkte keine offensichtliche Verletzung, außer einer riesengroßen Beule am Kopf. Vermutlich hatte Varna ein Keulenhieb getroffen, der sie bewusstlos zu Boden fallen ließ. Abrupt landete Chimaira neben den Gefährten und fragte ebenfalls besorgt: »*Geht es ihr gut?*«

Tiron nickte und erklärte beruhigend: »*Sie hat wohl einen Keulenhieb abbekommen. Sie ist bewusstlos, wird aber sicher bald – mit einer gehörigen Portion Kopfweh – erwachen. Danke, Chimaira! Das war wirklich Rettung im letzten Augenblick. Wir verdanken Euch unser Leben. Wir hätten das nicht mehr lange durchgehalten.*«

Marla stürzte auf den Drachen zu und umschlang Chimairas mächtigen Hals mit beiden Armen. »*Danke, tausend Dank! Nie hätte ich gedacht, dass mich der Anblick von Drachen so glücklich machen könnte.*«

Der Drache schnurrte sanftmütig. »*Ja, es scheint, dass wir im richtigen Moment eingetroffen sind*«, und setzte anerkennend hinzu: »*Ihr habt tapfer gekämpft. Nicht viele hätten einer solchen Übermacht so lange standgehalten.*«

Ein großer dunkler Schatten fiel abermals über sie – Zelos traf ein. Er breitete seine riesigen Flügel aus und landete neben seiner Schwester. Sie mussten für einen Augenblick die Augen schließen, da Unmengen von Asche aufgewirbelt wurden. Als sich die Staubwolken legten, sah Tiron in die funkelnden Augen von Zelos.

Zu seiner Verwunderung neigte der Drache sein Haupt und Tiron hörte die dunkle und tiefe Stimme in seinem Kopf: »*Nun, Mensch, selten sah ich ein kleines Häufchen, wie ihr es seid, so aufrecht und mutig kämpfen. Ich zolle dir Respekt und Hochachtung. Der Schlüssel hat seinen Träger gut gewählt.*«

Dann, ohne ein weiteres Wort oder eine Antwort abzuwarten, stieß er sich vom Boden ab und flog davon.

Chimaira sah ihrem Bruder nach und äußerte voller Ehrfurcht:

»Ein Drachenleben dauert lange, sehr lange! Doch nie hörte ich meinen Bruder solche Worte zu einem Menschen sagen. Bewunderung und Wertschätzung klangen in seiner Stimme. Wenn du in Not kommst, wird er da sein, um an deiner Seite zu kämpfen. Du hast einen starken Verbündeten gefunden.«

Tiron murmelte: *»Schade, dass ich ihm nicht auch danken konnte.«*

»Dazu wird sich bestimmt irgendwann eine Gelegenheit ergeben.«

Marla rief jetzt von hinten: »Könntet ihr mir mal helfen?« Sie hielt Charim im Arm. Sein Gesicht war aschfahl, und die Wunde an seinem Oberschenkel blutete immer noch. Er musste inzwischen sehr viel Blut verloren haben.

Tiron eilte Marla zu Hilfe. Er beugte sich zu seinem Gefährten und legte ihm eine Hand auf die Schulter. »Guter Charim. Du hast tapfer gekämpft.«

Der Zimbarer winkte schwach ab. »Ich hatte mit dem Leben schon abgeschlossen.«

Tiron grinste ihn an. »Und doch bist du es noch – am Leben. Also wird dich doch so ein kleiner Kratzer nicht aus der Bahn werfen?«

Charim lächelte matt, gab aber keine Antwort.

Tiron sah sich die Wunde an, dazu wischte er mit einem kleinen Tuch das Blut weg, damit man die Art der Verletzung erkennen konnte. Ein großer Riss, von der Länge seines Zeigefingers, er schien allerdings nicht allzu tief zu sein.

Er klopfte Charim nochmals auf die Schulter. »Wie gesagt – ein Kratzer. Etwas Ruhe, ein paar Heilsalben – und in ein, zwei Tagen bist du wie neu.«

Marla bettete Charim etwas zur Seite und erhob sich. »Wir haben heute großes Glück gehabt. Ein wahres Wunder, dass wir alle noch am Leben sind.«

»Allerdings, Marla. Wie geht es dir?« Tiron zeigte auf ihren Kopf.

»Ach, das? Nicht der Rede wert, eine Keule streifte meinen Schädel.«

»Gut. Wir sollten auf jeden Fall Charims Wunde säubern und gründlich auswaschen. Kennst du eine Heilsalbe, die Entzündungen vorbeugt? Seine Wunde stammt nicht von einer Keule, sondern von einer Klaue – und wer weiß schon, in welchen Kadavern der Ghul vorher herumgewühlt hat.«

»Varna wird es wissen. Es ist nicht das erste Mal, dass sie Wunden versorgt.«

Tiron ging zurück zu Chimaira. *»Wir werden jetzt nach oben zum Lager gehen, um Charims Wunde zu versorgen. Wäre es möglich, dass Ihr Varna und ihn dort hinbringen könntet?«*

»Aber natürlich. Geh bitte ein paar Schritte zu Seite.« Chimaira breitete ihre Flügel aus und erhob sich einige Fuß über den Boden – wieder verdunkelten Wolken von Asche den Hügel. Vorsichtig schwebte der Drache über Charim, dann über Varna. Zärtlich und sanft nahm er mit seinen Krallen beide auf und flog davon in Richtung der Obelisken.

Tiron und Marla folgten Chimaira zu Fuß über das Schlachtfeld. Der Hügel mit der Lanze war nun leicht auszumachen – rings um die Erhebung türmte sich ein Berg von verbrannten Leichen …

Als die beiden Gefährten ihr Lager erreichten, wartete der Drache schon auf sie.

»Ich werde euch für eine Weile verlassen. Ich bin hungrig, und gehe nun auf die Jagd. Bis zum Einbruch der Nacht bin ich wieder bei euch.«

Tiron nickte. *»Nochmals meinen tiefen Dank, Chimaira.«*

Sie verneigte sich kurz und stieß sich dann vom Boden ab. Ein lautes Stöhnen riss Tiron herum – Varna war erwacht. Sie setzte sich auf und hielt mit beiden Händen ihren Kopf. »Was ist passiert? Ich erinnere mich noch an dieses dämonische Grinsen, bis es mir schwarz vor Augen wurde.«

Marla lachte. »Varna – du hast unseren Sieg über das Böse glatt verschlafen.« Doch dann setzte sie todernst hinzu: »Entschuldige, etwas Galgenhumor … Die *Drachen* haben uns zur rechten Zeit gefunden. Wenn sie nicht gekommen wären, würden wir jetzt als Futter für die Ghule oder Harpyien dort unten liegen.«

»Dann hatten wir mehr als Glück, würde ich meinen!«, murmelte Varna, und rieb sich dann über die Beule. »Oh mein Kopf! Mindestens zehn Schmiede schlagen den Amboss«, klagte sie.

»Ruh dich aus, ich werde dir einen schmerzlindernden Tee zubereiten, dann wird es besser. Vorher müssen wir Charim versorgen, er hat einiges abbekommen.«

Varna schaute betroffen zu Charim hinüber, der vor Erschöpfung auf seiner Decke vor sich hindämmerte. »Wie schlimm ist es?«

»Eine größere Wunde am Oberschenkel, zum Glück nicht allzu tief, doch er hat viel Blut verloren. Die Wunde stammt von einer Ghulklaue. Kennst du eine Wundsalbe die Entzündungen vorbeugt?«

»Ja, du brauchst frisches Bienenkraut, Kamille und Arnika. Es sind keine seltenen Kräuter, weshalb ich denke, sie werden leicht zu finden sein. In meiner Satteltasche sind zudem drei Beutel mit Pulver, nimm den, der mit dem schwarzen Band verschlossen ist. Zerreibe dann die Pflanzen so lange, bis eine Paste entsteht. Mische drei Teile davon mit einem Teil Wasser, und gib dann vier Prisen des Pulvers hinzu. Du musst alles gut vermischen! Lege es nicht direkt auf die Verletzung, sondern in ein Tuch. So fließt nur der Saft in die Wunde und es kommt zu keiner Entzündung.«

»Danke, Varna.« Marla setzte sich schon in Bewegung. Die andere Panthera nickte kraftlos und ließ sich auf die Seite sinken.

Marla sprach Tiron an. »Ich werde jetzt die Wunde von Charim säubern, Varna hat mir die Zutaten für eine Heilsalbe mitgeteilt. Könntest du sie suchen?«

»Welche brauchst du?«

»Kamille, Arnika, Bienenkraut und einen Beutel aus Varnas Satteltasche – verschlossen mit einem schwarzen Band.«

»Die Pflanzen kenne ich alle, das dürfte kein großes Problem sein, sie zu finden. Ich werde mich gleich aufmachen.«

»Gut, bis dahin kümmere ich mich um die beiden. Solltest du Wacholder finden, bringe eine Handvoll der Beeren mit. Dann kann ich einen Tee gegen Varnas Kopfschmerzen brühen – den ich übrigens auch gebrauchen könnte.« Sie verzog das Gesicht kurz zu einer komischen Grimasse.

Tiron lächelte, nickte zustimmend und verschwand im Wald. Er brauchte nicht lange, um die Pflanzen zu finden. Einzig das Bienenkraut schien sich vor ihm zu verstecken. Doch endlich entdeckte er auch davon eine große Staude.

Auf dem Rückweg schaute Tiron noch kurz bei den Pferden

vorbei. Sie standen völlig entspannt und hatten sich anscheinend nicht von dem ganzen Kampf aus der Ruhe bringen lassen. Er durchsuchte die Satteltaschen von Varna, fand den besagten Beutel und eilte zurück zu den anderen. Die Panthera hatte inzwischen Feuer gemacht und Wasser brodelte bereits im Topf vor sich hin. Charims Gesicht hatte wieder etwas Farbe angenommen, und gesäuberte Wunde stellte sich als nur halb so schlimm heraus. Varna schlief tief und fest.

»Wie geht es dir?«, erkundigte sich Tiron bei Charim, während er Marla die Zutaten übergab.

»Ein bisschen schwach. Die Wunde schmerzt glücklicherweise nur wenig – und dir, Tiron?«

»Erschöpft, aber ansonsten gut.«

»Ich hätte nicht gedacht, dass wir es schaffen.«

»Ich würde sagen, wir haben heute dem Tod ein Bein gestellt.«

»Sie wussten, dass wir kommen würden, nicht wahr? So viele dieser Bestien – und gleichzeitig die Harpyien! Das kann kein Zufall gewesen sein.«

»Ja, Charim, das sehe ich allerdings genauso. Wir haben das Böse unterschätzt.«

Eben war Marla mit der Heilsalbe fertig, strich sie auf ein frisches Tuch und legte es auf Charims Verletzung.

Tiron schaute ihr zu – als sie mit der Behandlung fertig war, forderte er sie auf: »Ruhe dich auch ein wenig aus, Marla. Ich übernehme die Wache, außerdem wird Chimaira bis zur Dämmerung wieder hier sein.«

Er half ihr hoch, und gemeinsam stützten sie Charim, bis sie an den Waldrand gelangen – dort im Schatten der Bäume war es angenehm kühl. Auch Varna hatte sich dorthin zurückgezogen.

Es kehrte Ruhe ein. Tiron saß angelehnt an einen Stamm und beobachtete die Grabhügel. Nichts rührte sich, außer ein paar dünnen Rauchfahnen, die langsam aus der Ebene nach oben stiegen. Heute hatte der Tod reiche Ernte gehalten.

Chimaira traf bei Anbruch der Dämmerung wieder im Lager ein. Sie landete am Waldrand. Tiron ging ihr entgegen. *»Eine gute Jagd gehabt?«*

»Ja, sie war erfolgreich. Wie geht es euch?«

»Gut, Chimaira. Charims Wunde ist nicht so schlimm, wie es zuerst aussah. Die Pantheras haben, außer Beulen und Kopfweh, nichts davongetragen.«

Der Drache lächelte erleichtert: *»Schön zu hören. Du siehst sehr müde aus, Schlüsselträger.«*

»Ich fühle mich auch so.«

»Dann lege dich jetzt ebenfalls schlafen. Ich werde die Nacht über euch wachen.«

»Danke, aber ich wollte noch etwas fragen: habt Ihr schon Neuigkeiten von den Norodim oder den Narsim?«

»Morgen, Tiron, morgen. Wichtig ist nun, dass ihr alle ausreichend ruht und euch erholt. Alles andere kann warten.«

Tiron nickte erschöpft. *»Ihr habt Recht – ich gehe schlafen.«*

»Gute Nacht, Tiron.«

»Gute Nacht, Chimaira.« Tiron machte kehrt und lief zum Lager zurück. Ohne etwas zu essen, zog er seine Decke über den Kopf und war Sekunden später auch schon eingeschlafen.

Kapitel 26

Chem – Kontinent der Gegensätze

Tiron erwachte, als es schon beinahe auf Mittag zuging. Verschlafen streckte er sich. In der Luft lag noch immer ein schwacher Geruch von verbrannter Erde und verkohltem Fleisch. Schlagartig kam die Erinnerung an den gestrigen Tag, und er sah sich suchend nach seinen Gefährten um. Sie standen, zusammen mit Chimaira, am Rand des Abhanges und unterhielten sich. Schnell streifte Tiron seine Lederweste über und band den Schwertgürtel um.

Charim rief ihm schon von Weitem zu: »Ah – unser Langschläfer ist endlich erwacht.«

Tiron begrüßte sie und fragte den Zimbarer: »Im Gegensatz zu dir habe ich gestern Nachmittag noch Wache gehalten. Was macht die Wunde?«

»Sie heilt schnell. Dank Marlas Wundersalbe.«

»Sie war nicht von mir, sondern von Varna«, berichtigte Marla ihn.

Tiron betrachtete die andere Amazone. Eine taubeneigroße Beule schillerte in allen Farben auf Varnas Stirn. Varna bemerkte seinen Blick. »Noch ein bisschen Kopfschmerzen, aber es ist auszuhalten.«

Tiron nickte. »Habt ihr schon etwas gegessen? Ich habe einen Riesenhunger.« Die anderen schüttelten die Köpfe. »Dann sollten wir das jetzt tun. Danach sehen wir uns das Grab an. Einverstanden?« Einträchtiges Nicken.

Chimaira holte tief Luft und blies einen kleinen Feuerstrahl auf das restliche Feuerholz – es brannte auf der Stelle. *»So geht es schneller!«*, zwinkerte sie verschmitzt.

Marla stellte sofort einen Topf mit Wasser für den Tee auf das Feuer, und Charim rieb sich hungrig die Hände. »Was haben wir denn noch so an Proviant? Vielleicht ein gutes Stück saftigen Bratens?«

Marla sah ihn schief von der Seite an, schüttelte den Kopf. »Ihr seht, es geht ihm eindeutig besser.«

Der Zimbarer grinste sie an, antwortete aber nicht. Varna holte das Brot, sowie Trockenfleisch und einige Beeren, die vom gestrigen Tag übrig geblieben waren, dann setzten sie sich gemeinsam an den Waldrand. Chimaira ließ sich mit ihrem mächtigen Leib vor ihnen nieder, so konnten die Sonnenstrahlen sie nicht erreichen, und es entstand eine angenehme Kühle.

Während des Essens griff Tiron seine Frage vom Abend zuvor wieder auf. *»Nun, Chimaira – wie sieht es bei den Narsim aus?«*

»Es gibt einiges zu berichten … « Der große Drache räkelte sich etwas bequemer zurecht. *»Adrian und Lucien kommen auf dem Fyndyr gut voran. Die Heere der anderen Reiche sind mittlerweile auch bei den Narsim eingetroffen. Viele Einheiten sind bereits verschifft und unterwegs. Für die restlichen Armeen werden gerade Flöße gezimmert, denn die Schiffe der Narsim reichen nicht aus. Ziel ist das Nordhorn, oder Burg Sturmstein, wie ihr es mitteiltet. Faranon hat sich sofort in seine Schriften vertieft und meinte nach einer ersten Sichtung, es könnte sich wohl tatsächlich um den Aufenthaltsort von Thormod handeln.«*

Chimaira warf den Gefährten einen bedeutungsvollen Blick zu, und aufmerksam beugten sie sich vor, jetzt wurde es besonders spannend … der große Drache fuhr fort: *»In einem dieser Bücher ist von einer Festung am Nordhorn die Rede. Dieser Bericht entstand allerdings Hunderte von Jahren vor den Alten Schlachten, alles wurde zunächst mündlich überliefert, bevor es die Chronisten der Norodim erst sehr viel später niederschrieben. Belarion mochte sich, auf Grund dieser unsicheren Quelle, noch nicht endgültig festlegen. Er ist aber der Meinung, solange wir kein anderes Ziel haben, sollte es vorerst beim Nordhorn bleiben. Und Faranon sucht inzwischen fieberhaft nach weiteren Hinweisen. Keinerlei Nachricht haben wir allerdings von Herrn Lauron.«*

Tiron schaute nachdenklich drein. *»Und das Böse …?«*

»Nun –» Chimaira wiegte den großen Kopf, *»- ganz Schattenwelt scheint in Bewegung zu sein. Oger, Trolle, Zwerge, Gnome,*

Harpyien, Faune, Schwarzelfen. Sie alle folgen offenbar einem geheimen Appell. Ihre Richtung – Norden! Würde deshalb auch ins Bild passen, dass die Burg ganz im Norden liegt. Vielleicht ziehen Obsidian und Thormod dort ihre Armeen zusammen, aber das ist nur eine Vermutung.«

Die vier sahen sich besorgt an. Jeder dachte das Gleiche, Varna sprach es aus: »Hoffentlich hat die Köhlerfamilie die Stadt Lyngdahl wohlbehalten erreicht.«

Tiron wandte sich an Chimaira. »*Belarion sprach davon, Ihr hättet einen Platz gefunden, an dem sich unsere Armeen sammeln können?«*

»*Ja*«, nickte der Drache bestätigend. »*Aber das ist sozusagen schon wieder Geschichte. Dass ihr Thormods möglichen Aufenthaltsort erfahren habt, hat die ursprünglichen Pläne entscheidend verändert. Der Platz ist unwichtig geworden. Das Ziel ist das Nordhorn.«*

Tiron stand auf. »Gut, dann sollten wir uns jetzt das Grab ansehen.«

»Endlich, ich dachte schon, du hättest vergessen, weswegen wir hier sind. Ich platze vor Neugier!«, witzelte Charim und erntete dafür von Marla einen missbilligenden Seitenblick.

Auch Chimaira erhob sich zu ihrer majestätischen Größe, machte einen langen Katzenbuckel und streckte sich ausgiebig. »*Geht ihr hinunter, ich werde das Gelände von hier oben im Auge behalten.«*

Tiron warf einen kritischen Blick auf den Oberschenkel des Zimbarers. »Kannst du laufen?«

Charim grinste ihn an. »Selbst wenn ich nur ein Bein hätte, würde ich mitkommen, das lasse ich mir doch keinesfalls entgehen.«

»Dachte ich mir schon!«

Die vier liefen zum Abhang und kletterten wieder hinunter zu den Grabhügeln. Es roch hier sehr stark nach verbranntem Fleisch. Zudem lag bereits ein leichter Verwesungsgeruch in der Luft. Etliche Aasfresser hatten sich bereits eingefunden. Geier, die Totengräber der Lüfte. Die Gefährten bemerkten auch einige

Ratten, die geschäftig zwischen den Leichen hin und her huschten. Charim machte die Verletzung mehr zu schaffen, als er zugab. Tiron bemerkte sein schmerzverzerrtes Gesicht, als sie langsam weiter abstiegen. Bald erreichten sie aber die ersten Hügel und mussten einige Umwege in Kauf nehmen, da die Leichen der Ghule im Weg lagen.

»Zelos und Chimaira müssen unseren Gegnern wie ein Alptraum vorgekommen sein«, meinte Charim schaudernd.

Varna drehte sich zu ihm um. »Du hast doch nicht etwa Mitleid? Was meinst du, was sie mit uns gemacht hätten, wenn die Beiden nicht gekommen wären?«

»Sie tun mir nicht leid«, protestierte Charim und humpelte an der Panthera vorbei. »Denkst du vielleicht, ich habe den Ghulen mein Bein absichtlich hingehalten, damit sie es zerkratzen?!«

Varna gab einer Leiche einen wütenden Tritt. »Jeder Ghul, der hier liegt, kann nicht mehr kämpfen und Obsidian hat einen Handlanger weniger. Je mehr, desto besser.«

Um den Eingang des Grabmals zu erreichen, in dem die Lanze verborgen sein sollte, mussten sie über Berge von toten Körpern klettern. Angeekelt wischte sich Marla oben ihre Hände an der Hose ab.

»Was gäbe ich jetzt für ein warmes Bad. Sie stinken schon im Leben, aber noch schlimmer im Tod.«

Tiron sah hinauf zu dem Drachen, der sie von der Anhöhe aus beobachtete und konzentrierte seine Gedanken: *»Wie sieht es aus, Chimaira?«*

»Soweit alles ruhig, Tiron.«

»Wir werden uns jetzt das Grab ansehen.«

»Seid bitte vorsichtig, denkt daran – Belarion sagte, die Lanze ist magisch gesichert!«

»Wir geben Acht, versprochen.«

Zum ersten Mal nahmen die Gefährten den Eingang nun genauer in Augenschein. Der Eisenring, den Tiron aus dem Erdreich gezogen hatte, löste einen Mechanismus aus, der eine Steinklappe zur Seite schwingen ließ. Die Öffnung war drei mal drei Fuß breit. Tiron kniete an den Rand des Einstieges und begutachtete den Zugang. Eine steile Treppe führte direkt hinunter in die Dunkelheit. Der Boden war nicht zu sehen.

Er versuchte durch Abtasten des Randes festzustellen, ob noch eine andere Vorrichtung vorhanden war – konnte aber nichts entdecken. »Wir brauchen Fackeln. Sucht nach Holz.«

Marla rollte die Augen. »Witzbold, schau dich um, alles ist verbrannt, wo sollen wir da Holz herbekommen«.

Tiron sah sie tadelnd an und zeigte auf den Waldrand. »Von dort! Dann muss eben einer von uns nochmals zurück.«

»Na gut – ich gehe schon.« Die Panthera verwandelte sich schnell in einen kleinen Sperling und flog hinauf zu Chimaira. Der Vogel verschwand hinter dem Drachen, und hervor trat wieder Marla in ihrer menschlichen Gestalt. Der Drache und die Amazone unterhielten sich kurz, dann verschwand Marla im Wald.

Charim sah hinunter in die dunkle Graböffnung. »Sollen wir es wagen?«

»Nein, auf keinen Fall, Charim. Wir wissen nicht, ob noch andere Gefahren da unten lauern. Wir werden eine Fackel hinunter werfen, dann sehen wir weiter.«

Ungeduldig warteten die Drei auf Marla. Sie tauchte nach kurzer Zeit zwischen den Bäumen auf – mit einem Stapel Astwerk in ihren Händen. Chimaira erhob sich, während Marla sich wieder in den Sperling wandelte. Der Drache ergriff mit seinen Klauen das Holz, breitete seine Schwingen aus und stieg mit einem einzigen Flügelschlag in die Luft. Chimaira drehte einen kurzen Bogen, ließ das Holz vor dem Grabhügel fallen und flog wieder zurück zu ihrem Beobachtungsposten. Marla war inzwischen auch eingetroffen, und mit einem triumphierenden Lächeln auf dem Gesicht sammelte sie die Äste ein. Oben auf dem Grabhügel angekommen, legte sie den Stapel ab und schaute ihre Gefährten schelmisch an: »Schneller ging´s leider nicht!«

Charim murmelte: »Panthera müsste man sein«, und bückte sich nach dem ersten Ast.

Indem die Freunde unverbrannte Kleidungsreste der Ghule einsammelten und damit die Enden der Äste umwickelten, stellten sie ein paar Fackeln her. Mit Tirons Feuerzauber steckten sie eine davon in Brand und warfen sie in die dunkle Öffnung.

Jetzt erkannte man: die Treppe führte etwa fünfzehn Fuß tief nach unten. Sie erblickten einen großen viereckigen Raum, der aus Stein bestand. Das flackernde Licht enthüllte dort einen mächtigen Steinsarkophag, dessen Abdeckplatte mit unzähligen Ornamenten und Schriftzeichen verziert war. Dem Totenschrein gegenüber standen zwei Drachenstatuen – sie dienten sicherlich als symbolische Wächter und stellten wieder die bekannten Gegensätze dar. Ansonsten schien der Raum leer zu sein.

Tiron wollte aber ganz sicher gehen. Er richtete seinen Blick auf Varna. »Könntest du dich unten mal umsehen? Als Maus oder etwas ähnlichem?«

Die Panthera nickte, wandelte sich sogleich zu einer kleinen Zauneidechse und huschte auf winzigen Klauen die Treppe hinunter. Die Freunde beugten sich gespannt am Eingang oben vor und beobachteten, wie das kleine Reptil die Krypta eingehend inspizierte. Varna lief einmal gründlich durch die gesamte Kammer, an jeder Wand entlang, untersuchte dann die Seiten des Steinsarkophags und kletterte anschließend auf den Deckel mit den Ornamenten.

Die Prozedur dauerte eine ganze Weile, dann erschien die Eidechse wieder oben am Eingang und verwandelte sich zurück in Varna.

Erwartungsvoll sah Tiron sie an. »Und?!«

Varna zuckte mit den Schultern. »Ich konnte nichts Außergewöhnliches feststellen. Keine Spuren eines Hinterhaltes, auch die magischen Siegel sind unbeschädigt.«

»Gut, dann steigen wir jetzt hinab. Ich gehe zuerst.«

Die restlichen Fackeln wurden entzündet, und vorsichtig stiegen alle nacheinander die Stufen hinunter. Unten angelangt, fielen Tiron in die Wand eingelassene Halterungen auf. Eisenrohre, die ein wenig schräg standen, darüber ein Metallring.

Marla sah, wie er nachdenklich die Metallteile studierte. »Fackelhalterungen, Tiron«, sagte sie und steckte ihre eigene in die Vorrichtung.

Die anderen taten es ihr ebenfalls nach – nun war das Gewölbe besser erleuchtet, und sie traten näher an den Totenschrein. Der Abschlussstein war unglaublich reich verziert. In der Mitte verlief, von oben nach unten, eine Inschrift. An allen vier Kanten, dort jeweils in der Mitte, befanden sich die von Belarion beschriebenen magischen Siegel: runde Scheiben aus gebranntem Ton, die mit Kupferfassungen im Stein verankert und gleichfalls mit Schriftzeichen versehen waren.

Charim wollte ein Siegel abtasten, doch Varna, die seine Absicht bemerkte, rief sofort: »Nicht anfassen! Die Siegel dürfen nicht berührt werden.«

Erschrocken zog Charim seine Hand zurück.

»Erst, wenn die Verschlüsse magisch entsichert sind, können sie gebrochen werden. Du erinnerst dich an die Worte des Obersten?«

»Ja, sicher. Er sagte etwas von einer Inschrift – und falls wir sie falsch angewenden, stürzt das Grab in sich zusammen!«, meinte Charim kleinlaut.

»Dann wollen wir es auch besser so halten«, mahnte Varna.

Tiron stand vor der schmalen Seite des Abschlusssteins und schaute auf die in Stein geschlagene Schrift – er las vor:

neb elmarhem thcindu hcuatsibo sthcinn newdnu
ne bege gesies rpsin miehegsad driw tztej
ridriwnet arsadet timeid niuaneg
rievella fuanunt gelerab tsoksad
nestokne belsad hcues edriwt snos
ne stonhcan ssumred llatsirk redrun
lhaw eidtbahr hinede jrüf senie
lhazr ednar eivettim redejni
nebelmat lährehcu e saw erabt soksad
neb egh cuas sumredej gunegth cinmed
thcade gudt sahna radh cuanef fohriw
thcar begtims llanebeudt sah llat sirkne nie
ierfo sneraw riwnede jrüf senie
ierdh connel hefost shets reiheniell audnnew

»Kennt von euch einer diese Sprache? Versteht das jemand?«, fragte Charim betroffen. Doch er sah nur in ratlose Gesichter.

Auch Varna schüttelte den Kopf. »Keine Ahnung. Diese Schrift ist mir völlig unbekannt.«

»Geht mir auch so«, murmelte Marla, während sie auf die Symbole starrte.

Tiron lief um den ganzen Schrein und besah sich die Schrift von allen Seiten, doch es gab nichts, was man daraus hätte lesen können.

»Belarion sagte, die Anweisungen gehen aus der Schrift hervor. Wenn sie also in einer uns unbekannten Sprache verfasst worden wäre, dann hätte er uns das mit Sicherheit mitgeteilt«, grübelte er.

»Vielleicht hat er es vergessen?«, widersprach Charim.

»Nein, das glaube ich nicht. Also denkt nach! Belarion geht davon aus, dass wir es lesen können. Es muss eine Anleitung oder etwas Ähnliches geben – und zwar hier in diesem Raum! Vielleicht haben wir was übersehen.«

Jeder fing an, die Gruft Stück für Stück zu untersuchen, sie hielten Ausschau nach weiteren Schriftzeichen, verborgenen Kammern – doch nichts. Tiron nahm die Drachenstatuen genau in Augenschein, er tastete mit seinen Händen jede Unebenheit der Skulpturen ab, doch auch hier fand sich nicht der kleinste Hinweis.

Marla schüttelte den Kopf. »Nein, hier ist nichts.«

Varna stand nachdenklich vor der Inschrift und fuhr mit ihren Fingern immer wieder über die eingemeißelten Buchstaben. Plötzlich sagte sie: »Mir fällt da etwas ein! Tiron – was sagte Belarion ganz genau zu uns?«

»Wir sollten uns getreu an die Schrift halten, nur dann würde der Inhalt preisgegeben.«

Varnas Augen blitzten mit einem Mal triumphierend. »Ja, aber er sagte noch etwas!« Die anderen blickten sie erwartungsvoll und gespannt an. »Belarion sprach davon, dass wir auf das *Rechts und das Links* achten sollten! Erinnert ihr euch?«

Die Drei sahen sich überrascht an. »Stimmt, ich entsinne mich jetzt auch«, bestätigte Marla.

Sie traten alle näher an die Steinplatte.

»Das hat er zwar gesagt, bringt uns aber auch nicht weiter. Ich kann trotzdem nichts entziffern«, murrte Charim.

Varna schlug mit der flachen Hand auf den Stein. »Schau hin! Das ist es!«

»*Was* ist es?«, fragte Tiron verständnislos.

»Ich kann es lesen. Das ist keine fremde Schrift, es ist die Sprache der Norodim – nur von links nach rechts geschrieben. Die Buchstaben sind rückwärts angeordnet und die Zwischenräume der Wörter sind bewusst falsch gesetzt. Außerdem fängt der Text von unten links an. Jeder, der Belarions Hinweis nicht in Händen hält, kann mit der Schrift nichts anfangen. Wartet mal etwas – ich lese es euch vor.«

Varna brauchte eine Weile, um sich mit der ungewohnten Schreibweise vertraut zu machen – dann las sie laut vor:

Wenn du alleine hier stehst, so fehlen noch drei -
eines für jeden – wir waren so frei.
Kristall hast du schon mitgebracht,
wir hoffen, daran hast du gedacht!
Dem nicht genug – jeder muss auch geben
das Kostbare, was euch erhält am Leben,
in jede Mitte, vier an der Zahl.
Eines für jeden – ihr habt die Wahl.
Nur der Kristall, der muss nach Osten,
sonst wird es euch das Leben kosten.
Das Kostbare legt nun auf alle vier,
genau in die Mitte, das raten wir dir.
Jetzt wird das Geheimnis preisgegeben.
Wenn nicht – bist auch du nicht mehr am Leben!

Sie sahen sich fragend und ratlos in die Gesichter.

»Natürlich! Schon wieder ein Rätsel. Hätte da nicht einfach stehen können: – Schön, dass du da bist, hier ist die Lanze –?«, maulte Charim.

Tiron überlegte währenddessen fieberhaft. »Es sind vier Siegel und die Inschrift sagt: *eines für jeden*. Also muss jeder von uns zu einem Siegel. Ich denke, das ist eindeutig. Doch was hat es mit dem Kristall auf sich und von welcher Kostbarkeit, die uns am Leben erhält, wird hier geschrieben?«

Varna las noch einmal den Text vor. Schweigend hörten sie zu. »Es ist von keinem bestimmten Kristall die Rede. Also muss es nur irgendein Kristall sein. Welcher Art er ist, spielt offenbar keine Rolle«, urteilte Varna stirnrunzelnd.

Marla sah ihre Freundin an. »Und wie in aller Welt sollen wir hier und jetzt einen Kristall auftreiben?«

Charims Gesicht, bisher ratlos und grüblerisch, verzog sich langsam zu einem Grinsen, dann stemmte er die Arme in Hüften. »Wenn ihr mich nicht hättet!«

Tiron sah ihn verdutzt an und begann nach einem Augenblick, erleichtert zu lachen. »Charim – ich fasse es nicht! Du hast einen Kristall, nicht wahr?«

Der Zimbarer sah in die verwirrten Gesichter der Pantheras, »Ja, da schaut ihr! Marla, du erinnerst dich noch an die Gefangennahme des Trolls – und wie wir ihn später in den Bergen verfolgten?«

Marla sah Charim mit großen Augen an und fasste dann aufgeregt nach seinem Arm. »Natürlich!«, platzte sie heraus. »Die Höhle mit den Kristallen. Du hast einen mitgenommen?«

Charim grinste. »Er ist oben im Lager – in meiner Satteltasche.«

Marla sah ihn liebevoll an. »Wenn wir dich nicht hätten! Ich werde den Stein sofort herholen. Ihr überlegt inzwischen, was es mit besagter Kostbarkeit auf sich hat.«, entschied sie und lief eilig zur Treppe. Sie nahm zwei Stufen auf einmal und verschwand durch die Öffnung.

Varna schüttelte nur den Kopf. »Ihr seid immer wieder für Überraschungen gut … Was meint ihr nun? Was ist es, das uns am Leben erhält und das wir geben sollen?«

»Keine Ahnung, Varna. Vielleicht ist Luft gemeint – sie erhält uns alle am Leben. Sie ist kostbar, doch wie gibt man sie? Vor allem – jeder einzelne muss es von uns tun«, grübelte Tiron.

»Nein. Ich glaube nicht, dass Luft gemeint sein könnte. Wir haben es anscheinend allesamt gemeinsam, deswegen kann es auch jeder geben. Trotzdem ist es etwas Einzigartiges und Persönliches, sonst müssten wir es nicht alle überlassen.«, sinnierte Varna.

»Was haben wir also alle gemeinsam, dass so einzigartig und kostbar ist und uns zudem am Leben erhält?«, fasste Charim zusammen.

»Ich habe keine Ahnung!«, murmelte Tiron, und nach seinen Worten trat Stille ein.

Jeder grübelte angestrengt über eine Lösung des Rätsels nach. Sie saßen angelehnt an die Wände der Kammer, als einen Moment später Geräusche von oben zu ihnen drangen. Marla kam zurück. Sie hob behutsam Charims Kristall in die Höhe. »Hier ist er!«

Vorsichtig legte sie den im Schein der Fackeln funkelnden Edelstein auf eine der Treppenstufen. Sie schüttelte ihre Hand kurz und fuhr mit dem Daumen über die Hose. »Allerdings sind die Ränder recht scharfkantig, ich habe mich gehörig geschnitten – es hört gar nicht auf, zu bluten. Schöne Grüße übrigens von Chimaira – draußen ist alles ruhig.«

Tiron sah sie an, dann ging ein Strahlen über sein Gesicht und er und sprang auf. »Natürlich, das ist es! Es ist das Blut! Versteht ihr nicht?!«

Die anderen sahen ihn an, als wäre er nicht ganz bei Trost. »Unser Blut ist einzigartig! Wir alle haben es, und doch ist es bei jedem Menschen anders. Es ist unendlich kostbar. Wenn wir es verlieren, verlieren wir auch unser Leben. Das Blut erhält uns, denn nicht umsonst wird es als *Lebenssaft* bezeichnet, oder?«

Varna schaute ihn betroffen an. »Du hast Recht. Darauf hätte ich auch kommen sollen. Wir müssen unser Blut geben. Der Kristall steht für das Licht, denn er kann es einfangen. Das Blut für die Magie – die Magie des Lebens.« Varna ging zu der Grabplatte und betrachtete sie aufmerksam. »Vier Menschen und vier Siegel. Das Blut muss genau in die Mitte der magischen Schlösser gegeben werden. Wir können uns aussuchen, bei welchem Siegel wir stehen. Nur derjenige, der den Kristall besitzt – also Charim, denn er hat ihn gefunden –, muss im Osten stehen.«

Charim sah sie kritisch an. »Und wenn wir falsch liegen?«

Varna schaute zur Inschrift und dann besorgt zur Decke. »Dann wird sich wohl der letzte Absatz erfüllen: *Nun wird das Geheimnis preisgegeben – wenn nicht – bist auch du nicht mehr am Leben!*«

»Ich bin sicher, wir liegen richtig«, sagte Marla überzeugt.

Tiron atmete tief durch. »Dann beginnen wir jetzt. Jeder sucht sich einen Platz. Charim – du stellst dich hier hin. Das ist die Ostseite – den Edelstein legst du auf das Siegel. Ein kurzer Schnitt mit unseren Dolchen wird genügen, ein paar Tropfen Blut von jedem von uns … Hat jeder seinen Dolch?«

Varna schüttelte düster den Kopf. »Nein, meiner steckt noch im Körper einer Harypie.«

»Hier, nimm meinen. Ich blute sowieso schon.« Marla reichte ihre Waffe an Varna.

Tiron sah ernst in die Runde. »Gut, achtet darauf, dass das Blut, wie beschrieben, in die Mitte des Siegels fällt«, mahnte er. »Fertig?«

Alle nickten entschlossen, und jeder fügte sich tapfer mit seinem Messer eine kleine Wunde an Hand oder Arm zu.

»Charim, lege jetzt den Kristall auf das Siegel.«

Der Zimbarer tat, wie ihm geheißen. Sie vernahmen ein kurzes Ächzen aus dem Innern des Grabmals und warfen sich verunsicherte Blicke zu.

»Was ist das?!«, murmelte Marla besorgt.

»Egal, was es ist, wir machen weiter – jetzt das Blut!«, befahl Tiron.

Angespannt hielten die Gefährten ihre Gliedmaßen mit den blutenden Wunden über die tönernen Siegel, und achteten peinlich genau darauf, dass die kostbaren Tropfen ihres Lebensaftes auf die richtige Stelle fielen. In der roten Flüssigkeit entstand sogleich Bewegung, und sie wurde wie magisch zu den Kupferschlössern hingezogen. Kaum erreichte das Blut die metallenen Öffnungen, als es auch schon langsam darin versickerte. Das unheimliche Ächzen begann von neuem, und es wurde durchdringender. Misstrauisch traten die Freunde einen Schritt zurück. Charim sah skeptisch zur Decke und zog unbewusst seinen Kopf ein. Da ertönte ein dumpfer Knall, gefolgt einem zweiten.

»Seht – die Siegel brechen!«, rief Marla erleichtert.

Zwei der magischen Tonsiegel waren schon zerplatzt, die beiden anderen zeigten bereits tiefe Risse und zersprangen ebenfalls mit einem lauten Knall. Die Granitplatte mit der Inschrift spaltete sich knirschend in zwei Hälften, die mit einem Schlag nach innen wegklappten. Eine Staubwolke wurde hochgewirbelt, und mit einem lauten Krachen hakten die Teile irgendwo ein. Dann trat Stille ein. Die Gefährten mussten husten, denn der Staub füllte die ganze Kammer aus.

Als der Nebel sich etwas lichtete, traten sie neugierig an den Totenschrein. Das Sarginnere war mit einem dunkelroten Stoff ausgekleidet worden, doch dieser war bereits stark zerfallen. Inmitten der Stoffreste ruhte das bleiche Skelett eines Kriegers.

Sein Brustkorb war mit einem Schild bedeckt worden, auf dem ein Wappen mit zwei weißen Drachen prangte.

Wer mochte er wohl sein?, fragte sich Tiron bei diesem Anblick unwillkürlich, aber nach Belarions Worten war es einfach einer der vielen, die damals in der Schlacht gefallen waren. Fest umklammert hielt der Tote etwas in der knöchernen Hand.

Einen langen schwarzen Speer!

Der Schaft war aus Holz, und Die vier sahen die kleinen eingravierten Runen am unteren Teil der Waffe. Die Spitze war mit einer Metalllegierung überzogen.

»Da ist sie – wir haben die Lanze des Lichts gefunden!«, rief Varna aufgeregt.

»Sie sieht irgendwie – wie soll ich sagen – so normal aus … «, meinte Charim enttäuscht.

»Denk daran, was Belarion sagte!«, meinte Varna. »Wenn sie von anderer Erscheinung wäre, hätte Obsidian sie damals nie zurückgelassen. Außerdem geht es nicht um das Aussehen, sondern um die Macht, die sie besitzt. Wie sagte Xinbal zu Tiron: Es ist nicht alles so, wie es scheint.« Sie sah Tiron fragend an. »Darf ich?«

Tiron nickte. »Natürlich! Du hattest sie vor langer Zeit schon einmal in Händen. *Du* warst diejenige, die sie in Sicherheit brachte.«

»Danke!«, murmelte die Panthera, deren Augen wie gebannt auf der Lanze ruhten. Sie beugte sich langsam über den Rand der Gruft und ergriff sie vorsichtig. Ehrfurchtsvoll hob sie die magische Waffe von ihrer Ruhestätte. Tiron beobachtete, wie sich in ihrem Gesicht lang verdrängte Erinnerungen widerspiegelten. Dann tat sie etwas, was ihn völlig überraschte – sie legte den Speer in beide Hände, kniete vor Tiron nieder und streckte ihm die Lanze entgegen.

»Für dich, Schlüsselträger! Chem hat lange auf diesen Moment gewartet.«

Tiron holte tief Atem und nahm die Lanze sachte aus ihren Händen entgegen. In dem Augenblick, als er sie berührte, schoss ein gleißend heller Strahl aus dem Stern von Taurin, welcher an der Schnur auf seiner Brust lag, und ebenso gleißte es aus der Lanze.

Die Kammer war für kurzen Moment taghell erleuchtet. Beide Lichtstrahlen durchfuhren Tirons Körper – und er fühlte eine unglaublich starke Macht in sich aufwallen … Bilder entstanden in seinem Kopf, aber so rasend schnell, dass er sie nicht erkennen konnte. Dann erlosch das Licht ebenso schnell, wie es gekommen war, und die Krypta wurde wieder dunkel.

»Tiron – ist alles in Ordnung?«, stotterte Charim entsetzt.

Tiron, immer noch etwas benommen, flüsterte leise: »Ja, es geht mir gut.«

Marla schaute ihn respektvoll an. »Es ist, wie Xinbal es vorausgesagt hat. Die beiden Schlüssel haben sich verbunden. Wir haben eben die Macht des Lichts gesehen!«

Immer noch blass und zitternd, raunte Tiron andächtig: »Ich habe eine ungeheure Kraft gespürt! Sie war äußerst machtvoll und stark. Aber da war noch etwas anderes – ich habe Bilder gesehen, doch es ging so schnell, dass ich kein Einziges genau erfassen konnte.«

»Vielleicht bist du noch nicht bereit dazu«, mutmaßte Varna verhalten.

»Ja, vielleicht bin ich das wirklich noch nicht«, meinte Tiron leise. Dann richtete er sich auf und blickte seine Gefährten an. »Lasst uns gehen. Unsere Arbeit an diesem Ort ist getan.«

Sie verließen schweigend nacheinander die Kammer, und oben trat Tiron als Letzter in das helle Sonnenlicht. Als Chimaira sie von ihrem Platz auf dem Hügel aus erblickte, erhob sie sich und sah angespannt zu ihnen herüber.

Tiron trat vor, hob die Lanze ins Sonnenlicht und rief laut: »Sieh her, Wächter von Aburin! Die Lanze des Lichts!«

Chimaira verneigte sich tief, und er hörte die Worte in seinem Kopf:

»So ist wieder verbunden, was vor langer Zeit getrennt. Der Träger hat seine Waffe gefunden, und der Stern seine Schwester. Dunkle Wolken werden hellem Sonnenlicht weichen – zittern möge nun der Fürst der Finsternis!«

Gestattet mir, Faranon, dem Hüter der Schriften, an dieser Stelle eine kleine Anmerkung:

Der Fund der Zauberlanze hatte auch gravierende Auswirkungen an anderer Stelle, denn der Fürst der Finsternis war wahrlich nicht erbaut über diese Entdeckung.

Doch lest selbst…

Die Gestalt kauerte am Boden der großen schwarzen Halle. Eine schwarze seidenene Robe bedeckte ihren zitternden Körper. Die Kapuze war ihr über den Kopf geglitten, nur eine lange Strähne grauen Haares schaute hervor. Auf dem dunklen Marmor erinnerte sie entfernt an einen dünnen Kreidestrich.

Die Worte, die donnernd durch den Raum hallten, schienen wie Peitschenhiebe auf den Rücken der Gestalt zu knallen. Er – denn unter der Robe verbarg sich ein Mann – krümmte sich vor Schmerzen, und ein unendlich qualvolles Stöhnen entfuhr seinen Lippen.

Er hatte versagt, und er wusste es – SIE hielten die Lanze des Lichts in ihren Händen, sie wussten um seinen Aufenthaltsort, und ihre Armeen waren bereits nach Sturmstein unterwegs …

Er hatte den Schlüsselträger unterschätzt – ein furchtbarer Fehler.

Und sein Herr duldete solche Unzulänglichkeiten nicht.

Doch unter all den Qualen fiel ihm – Thormod – eines auf: er hörte Sorge und sogar Furcht aus der Stimme seines Herrn heraus. Und sie war berechtigt, der Schlüsselträger hatte nun die einzige Waffe errungen, die Obsidian töten konnte.

Doch noch kannte er das Mysterium des Speeres nicht!

Das galt es jetzt mit allen Mitteln zu verhindern – dass dieser Mensch das Geheimnis der Zauberlanze erfuhr …

So konnte Tiron dem Hexenmeister Thormod und dessen Herrn Obsidian eine erste schmerzhafte Niederlage zufügen. Doch das war nur der Anfang zu einem weit größeren Abenteuer, dass nun auf die Gefährten wartete.

Der Geruch des Krieges wehte über Chem und eine lang vergessene Macht, die Magie des Lichts, wartet auf ihre erneute Geburt.

So seid gespannt, meine Freunde, welche überraschenden Wendungen das Schicksal im zweiten Teil der Chroniken für unsere Gefährten noch bereithalten wird.

Ich, Faranon – Hüter der Schriften, warte auf Euch …

ANHANG

DIE WICHTIGSTEN PERSONEN:

Tiron vom Schicksal zum Schlüsselträger auserkoren – geboren in der nördlichen Provinz Asgard

Charim vom Volk der Zimbarer, fantastischer Bogenschütze mit Vorliebe für gutes Essen,
Weggefährte Tirons

Marla vom Volk der Panthera, Amazone und Gestaltwandlerin, Weggefährtin Tirons

Varna vom Volk der Panthera, Amazone und Gestaltwandlerin, besitzt ganz spezielle Fertigkeiten,
Weggefährtin Tirons

Xinbal Magier mit vielen Eigenheiten und Geheimnissen, lebt in Senuum, Meister von Tiron in jungen Jahren

Galamthiel Magier des Blauen Bandes und Mitglied im Hohen Rat der Norodim, forschte lange Jahre gemeinsam mit Xinbal an der Magie des Lichts

Roga Cendor Tirons Vater und Dorfchef, fällt im Zweikampf mit Glagan

Helena Cendor Tirons Mutter, wird von Glagans Horde entführt

Glagan Anführer einer Horde des Bösen, steigt auf zum Heerführer des Bösen

Syrta vom Volk der Waldzwerge, Vasall und Diener von Glagan

Mortran Zauberer, der lange Zeit den Stern von Taurin besessen hat

König Thalen Herrscher der Narsim mit Sitz in Norgrond

Faranon *Hüter der Schriften* der Norodim, lebt in der Lindwurmfestung und hütet das Alte Wissen

Darn ein Kobold – schüchterner Diener von Faranon

Belarion Oberster der Norodim, Vorsitzender des Hohen Rates, lebt in den Höhlen von Aburin

Lady Helena Mitglied im Hohen Rat der Norodim sowie im Ältesten Rat der Narsim

Lauron stammt aus Asgard, Mitglied im Hohen Rat der Norodim

Adrian Heerführer der Narsim, vertraut mit Faranon

Lucien ein Narsim und Gefolgsmann Adrians

Chimaira Bergdrache, Wächter von Aburin, sanfte Schwester von Zelos

Zelos Bergdrache, Wächter von Aburin, wilder Bruder von Chimaira

Leander erster Schlüsselträger in den Alten Schlachten, lebte etwa tausend Jahre vor Tirons Zeit

Thormod Hexenmeister und Vasall von Obsidian, sein Sitz ist die Burg Sturmstein am Nordhorn

Obsidian Fürst der Finsternis ...

DIE VÖLKER – MENSCHLICH:

Narsim wörtlich übersetzt »Bergwächter« - sie leben am Fuße des Ankorgebirges, ihre Hauptstadt ist Norgrond, dem Sitz von König Thalen

Panthera ausgebildete Kriegerinnen, sie können durch magische Fähigkeiten ihr Aussehen verändern und werden durch Magie sehr alt

Norodim die Unsterblichen von Chem – sie sind gegen das Alter gefeit, können aber trotzdem getötet werden. Es gibt nur noch wenige der Norodim, die alle in den Höhlen von Aburin leben

Zimbarer Bewohner von Zimbara, Reich südlich von Schattenwelt, Zimbaras Hauptstadt ist Nerun

Nordmänner leben unter harten Bedingungen im Norden Chems, in den Regionen Asgard und Kroton

DIE VÖLKER – NICHT MENSCHLICH:

Bergdrachen leben im Ankorgebirge, besonderes Merkmal: blaue Augen, Geschöpfe mit vielen Geheimnissen und einer besonderen Beziehung zu den Norodim

Landdrachen auch »Drachen der Ebene« genannt, besonderes Merkmal: gelbe Augen, leben in den Ebenen von Schattenwelt, sind von Obsidian unterjocht

Waldzwerge klein gewachsen und hager, die Haut mit der Blässe eines Toten, kooperieren gerne mit dem Bösen, manche dienen in Glagans Armee

Trolle besitzen einen kleinen, untersetzten Körperbau sowie krumme Beine, sowie ein übergroßes Gebiss, gespickt mit scharfen Zähnen, Trolle sind immens schnell und beweglich

Kobolde kaum größer als ein Kind, mit leuchtend grünen Augen, müssen beim Bösen wie bei Menschen meist die niedersten Dienste verrichten

Oger werden über zwei Meter groß, sind von untersetzter, sehr muskulöser Statur, im Verhältnis zu ihrem Körper besitzen sie überlange Arme, Oger sind wilde und hartnäckige Kämpfer, oft in der Armee des Bösen

Ghule sie sind Leichenfledderer, von ähnlicher Statur wie die Oger, nur etwas kleiner, haben ein grobschlächtiges Gesicht mit blutunterlaufenen Augen und gelben Zähnen

Harpyien Wesen mit behaartem Körper und einem im

weitesten Sinne weiblichen Gesicht, anstelle von Armen besitzen sie Flügel, die in drei spitzen Klauen enden; sind immens gefährlich, denn sie sind auch Leichenfledderer – selbst kleine Kratzer haben oft böse Vergiftungen zur Folge

Shadras Nebelkrähen – fliegende Kundschafter und Spione von Thormod und Obsidian

WICHTIGE ORTE UND REGIONEN:

Chem so heißt der gesamte Kontinent

Asgard nordwestliche Region von Chem

Kroton nordöstliche Region von Chem

Zimbara südwestliche Region von Chem, Zimbaras Hauptstadt ist Nerun

Taurin südöstliche Region von Chem

Schattenwelt trennt den Süden und den Norden Chems, ist Heimat phantastischer Wesen und leider auch des Bösen

Senuum ein Grenzgebiet zwischen Asgard und Schattenwelt wörtlich übersetzt »Halbwelt«

Ankorgebirge grenzt Schattenwelt von Zimbara ab

Furt von Aburin im Ankorgebirge, hier liegt ein Höhlensystem, das Aufenthaltsort der Norodim ist

Abgrund der Seelen über diesen Abgrund führt eine Brücke, um zur Furt von Aburin zu gelangen

Lindwurmfestung liegt am Fuße des Ankorgebirges

Am´Dyr-Brücke Brücke über den Fyndyr auf dem Weg zur Lindwurmfestung

Norgrond Hauptstadt der Narsim – liegt am Fuße des Ankorgebirges und am Fluss Fyndyr

Fyndyr großer Fluss, der sich von Zimbara westlich durch Schattenwelt Richtung Norden schlängelt.

Madayn großer Fluss, der sich von Taurin östlich durch Schattenwelt Richtung Norden schlängelt

Yanar wörtlich »der Große Weise« – Fyndyr und Madayn vereinigen sich im Norden an der Grenze zu Schattenwelt, Kroton und Asgard zu diesem Fluss

Nordhorn Landzunge, an der sich die Flüsse Fyndyr und Madayn vereinigen und dort zum Fluss Yanar werden

Burg Sturmstein liegt am Nordhorn

Kalet Semyah Die Große Ebene – dehnt sich von den Ausläufern des Ankorgebirges am westlichen Rand von Schattenwelt bis zu den Grenzen Asgards aus

Moorland sumpfiges Gebiet westlich von Schattenwelt, grenzt in seinen Ausläufern an die Kalet Semyah

Anhöhen von Murthal großes Gebiet mit Grabhügeln aus der Zeit der Alten Schlachten in der Gegend von Senuum

SADWOLF